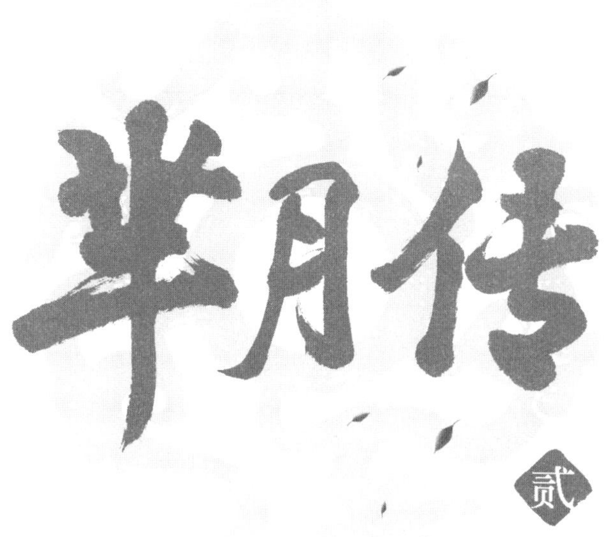

蒋胜男 著

浙江出版联合集团
浙江文艺出版社

前言

新华网西安6月13日电:2009年6月13日,秦兵马俑一号坑第三次考古发掘如期进行。这是其沉寂二十多年后迎来的第三次考古发掘。秦兵马俑一号坑是一个东西向的长方形坑,长230米,宽62米,坑东西两端有长廊,南北两侧各有一边廊,中间为九条东西向过洞,过洞之间以夯土墙间隔,估计一号坑内埋有约6000个真人真马大小的陶俑。

此前,陕西省考古研究所秦俑考古队在1978年到1984年间,对兵马俑一号坑进行了正式发掘,出土陶俑1087件。其后,考古队于1985年对一号坑展开了第二次考古发掘,但是限于当时技术设备不完善等原因,发掘工作只进行了一年。

据资料显示,1974年兵马俑出土不久,因其军阵庞大,考古专家推断:"秦俑坑当为秦始皇陵建筑的一部分。"此后,各家就以此为定论。

但是不久之后,学界就有人提出异议,认为这种先入为主的印象并不准确,而秦俑真正的主人,更有可能是秦始皇的高祖母,史称宣太后的芈氏。芈氏是秦惠文王的姬妾,当时封号为"八子",所以又被称为"芈八子"。

后来,在出土的秦俑中发现了一个奇异的字,刚开始学界认为是个粗体的"脾"字,后来的研究证明,另外半边实为"芈"字古写,所以这个字实则为两个字,即"芈月"。据学界猜测,这很可能即芈八子的名字。

芈月传 贰 目录

01

芈月传 贰

目录 02

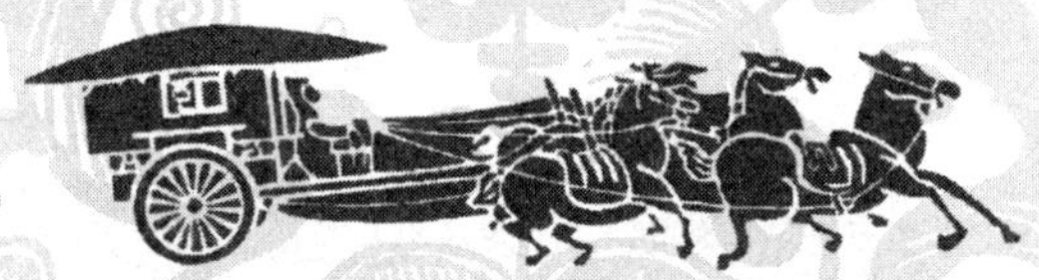

第二卷

蒹葭

蒹葭苍苍，白露为霜。所谓伊人，在水一方。溯洄从之，道阻且长。溯游从之，宛在水中央。

第二十章　思君子

楚宫。

高唐台。

春日雨后。

江南多雨。春天，尤其是一场春雨前后，就是两种不同的花季。

九公主芈月走过回廊，但处处落红，前些天新开的桃花被雨水打落了不少。她正暗自嗟叹，走到一处拐角，却又见一枝新杏雨后催发，微露花尖，更是喜人，不由得停下来，轻轻嗅了嗅花香。

正闭目享受这春日气息之时，却听得有人在到她身后，幽幽道："九妹妹好生自在。"芈月回头，见是七公主芈茵。

芈茵这些日子心事重重，芈姝婚事在即，各国使臣前来求亲，而她已经摆明是作为媵女陪嫁的人选，可是她自幼自负异常，又岂能够甘心接受这种命运？且又见近日芈姝与芈月过往甚密，每日共用朝食，又思及那日她跳祭舞大出风头，还得了楚王槐许多赏赐，这份嫉恨发酵到自己也无法忍住，当下假笑道："九妹妹这一身好生鲜艳，莫不是……"说到一半，故意掩口笑了笑，意有所指地说，"……小妮子当真春心动矣？"

芈月看着芈茵，脑子里却似跑马，她有时候觉得芈茵真是很奇怪，似乎只活在自己的世界里，图谋什么争什么全都写在脸上，却还扬扬得意，当自己手段高超，而完全看不到别人看她如同做戏。可有时候，她又会忽然有神来之思。便如芈月对黄歇的心意，芈姝完全不解，倒是她会一言中的。

芈月心念如电转，脸上表情都不曾变，只笑吟吟地带着一丝小妹妹的顽皮道："茵姊这话，我却不懂。谁的春心动了？莫不是茵姊自己？"

芈茵冷笑一声道："明人不说暗话。"说着指了指芈姝的方向，冷笑道，"她若是知道你心底想的人是谁，可要小心后果了。"

芈月淡淡一笑，这话若是早了几日说，她还有些顾忌，此时已知芈姝心事，听芈茵这等带威胁的话语，不免可笑。她拈了一枝杏花，转头笑盈盈地道："茵姊，你休要以己度人。姝姊是何等人，你知我知，你说她会不会听你信口开河呢？"

芈茵没想到芈月竟不受此言威胁，心中又疑惑起来，她定定地看着芈月，想说什么，最终还是没敢说，只得冷哼一声，转头就走。她走了几步，又觉得自己方才弱了气势，越想越气，待要回头找芈月，却又不好意思，一时不知如何是好。她满腔不忿，出了高唐台，又忽然想到一事，便径直转身，去云梦台上寻郑袖去了。

郑袖此时正在梳妆，见芈茵来了，也不以为意，只慢条斯理地在脸上调弄着脂粉。芈茵在一边等了许久，终于等得不耐烦起来，便道："夫人，我今日寻你有事。"

郑袖早知她的来意，轻叹一声，叫侍从出去，才悠悠道："七公主，过于焦躁，可不是后宫处事之道。"

芈茵冷笑，"夫人自说过助我，可不要后悔。"

郑袖心中冷笑，若不是因为眼见南后病重，她要图谋王后之位，这才刻意笼络芈茵母女以做工具，否则她才懒得理会这愚蠢的丫头。当下只懒洋洋地道："我自不会后悔。你又怎么了？"

芈茵便抱怨道："夫人答应得好，只是不见动静。如今八妹妹只与那贱人要好，偏将我闪在一边。我若再不思行动，岂不是连立的地方也没有了？"

郑袖轻笑一声，点着她道："你啊，你啊，你如今还不知道自己当用心何处吗？你与这小丫头争什么闲气？如今有一桩大喜之事就要来了。"

芈茵一惊，反问："何事？"

郑袖掩袖轻笑，道："你可知，秦王派使臣来，欲求娶八公主为继后？"

芈茵一怔，尚还未想明白此节，只问："那又如何？"

郑袖笑吟吟地招手道:"附耳过来……"

芈茵有些不解,但只得听了郑袖之言上前,却听得郑袖在耳边说了她的主意,当下就吓得魂飞魄散,浑身发抖,"这,这,如何可行?"

郑袖不耐烦地白了她一眼,道:"如何不行?"

芈茵犹豫,"此事若被威后得知……"

郑袖冷笑,"世间事,便是拼将性命,博一个前途。你既要安稳,又想虎口夺食,如何有这样便宜的事?你存了这样的心思,即便不去做,她又岂能容得下你?做与不做,又有何区别?"见芈茵还在犹豫,郑袖转过脸来又安抚道,"便是被她所知,那时节事情已经做完,她也回天无术,自然还得好好地安抚于你,圆了你的心愿。你且细想,此事便被人所知,你又有何损失?还不是照样为媵?若是成了,你更可风光出嫁。何去何从,你自作决断。"

芈茵犹豫半晌,还是下定了决心,道:"好,我便听夫人的,夫人也勿要负我。"

郑袖微微一笑,也不再说,心中却暗忖如今正是关键时刻,若南后死时,楚威后为了女儿的事焦头烂额,她便能够轻轻松松地哄着楚王槐遂了她的心愿。至于这其中的几个公主命运如何,又与她何关?只是脸上却是一脸的好意,重新将芈茵哄得高高兴兴转了心情,这才将她送出门去。

芈茵走出云梦台,心中天人交战,实是不能平息,足足犹豫了好几日,这才下定了决心。这日便取了令符出宫,在车上更了男装,直到列国使臣所居的馆舍之外,走下马车,看着上面的招牌,犹豫半晌,咬咬牙走了进去。

馆舍之中人来人往,列国之人语言不同,彼此皆以雅言交流,但自家人说话,却还是用的本国语言,因此人声混杂,不一而足。

芈茵在馆舍院中,东张西望。她亦是自幼习诗,不但雅言娴熟,便连各国方言也略知一二。但听得西边似是晋人语言甚多,便大着胆子,走进西院。

这些院落便是各国使节单独所居,显得清静了许多。芈茵走进院中,便见一个少年倚在树下廊边,手握竹简正在阅读。

芈茵走上前,轻施一礼,道:"敢问君子——"

那人抬起头来,芈茵略一吃惊,但见这少年相貌俊美,眉宇间一股飞扬之气,不同凡俗,当下退后一步,道:"敢问君子如何称呼?"

那人放下竹简,还了一礼,道:"不知这位姝子,到我魏国馆舍何事。"

芈茵吃惊地退后一步，道："你认得出我？"

那少年温文一笑，拱手道："嗯，是在下失礼了，姝子既作男装，我便当依姝子之服制而称呼。这位公子，不知到我魏国馆舍何事。"

芈茵定了定心神，道："我受人之托，来见魏国使臣。"

那少年正色拱手，这一拱手便与方才有异——方才是日常拱手之礼，如今这一拱手，便显出正式礼仪来，道："在下是魏国使臣，名无忌。"

芈茵一喜，道："公子无忌？我正是要寻你。"这公子无忌，便是如今魏王最宠爱的公子，也正是她今天来的目标之一。

公子无忌，便是后世所称的战国四公子之一信陵君魏无忌。此时他年纪尚轻，未曾封君，便仍以公子无忌相称。见芈茵寻他，诧异道："但不知公子寻无忌所为何事？"

芈茵扭头看了看，笑道："我有一事，要与公子面谈，此事恐是不便……"

魏无忌一怔，心中暗有计较，面上却不显，只是以手让之，引芈茵进了内室，但又不曾关上门，还用了一个小童在旁边侍奉着。

芈茵略有不安，道："我有一桩隐事要与公子相谈，这……"

魏无忌笑道："无妨，此子是我心腹之人，且此处为我魏国馆舍，若是有人，我唤他看着就是。"

芈茵无奈，只得依了。当下两人对坐，便说起正事。

芈茵单刀直入，道："听说公子此来，有意向我国公主求婚？"

魏无忌缓缓点头道："窈窕淑女，君子好逑。无忌确有此意。"

芈茵又笑道："宫中有三位公主，排行为七、八、九，不知公子欲求何人。"

按当时习俗，其实一嫁数媵，很可能一娶便是数名公主。要求何人，这种提法倒是奇怪。于是魏无忌问道："不知公子如何说。"

芈茵笑道："此间避人，公子尽可恢复称呼。"

魏无忌道："哦，便依姝子，姝子有何言，无忌洗耳恭听。"

芈茵笑道："实不相瞒，若是我朝与贵国结亲，当以嫡出八公主相嫁。我自也不必瞒公子，我便是楚国的九公主，名月。"

魏无忌又看了芈茵一眼，拱手道："原来是九公主，无忌失礼。"

芈茵便轻叹一声，道："实不相瞒，我与阿姊分属姊妹，将来必当同归君子，因此她诸事皆与我商议。闻听列国求亲，她也是女儿家心性，不免有些忧心忡忡。女子这一生，不过是求个合心意的夫婿而已，因此……"

她故意半含半露，欲等公子无忌追问，不料对方却是极沉得住气的，只是含笑看着她，却不接话。

芈茵只得又道："所以阿姊心中不安，我便自告奋勇，代她来打听诸国求亲之事。"说到这里，含羞低头道，"并非我冒昧无理，实是这几日情势逼人……"她顿了一顿，见那魏无忌还是不接话，心中暗恼之余，更觉得此人棘手，对于郑袖的计谋不免有些忐忑。只是事已至此，也不能转头就逃，只得又道："公子可知，秦国派使臣来，亦要代秦王求娶我阿姊为继后？"

魏无忌这才有些诧异道："秦国也派使臣来了？"

芈茵见他终于有了松动的表情，才暗松了一口气，当下以郑袖所教之言，道："正是，五国合纵，要与秦国为敌，秦国岂有不行动的道理？我听闻秦国先王后，正是公子的姑母。如今还有一位魏夫人亦是公子的姑母，如今甚得秦王宠爱，拟立为继后。若是秦楚联姻，恐怕魏夫人扶正无望。若是公子娶了楚国公主，那么魏夫人若得扶为王后，对魏国也是好处甚多。"

魏无忌已经听出她的意思，脸色微沉，道："那九公主这么做又是为了什么呢？"

芈茵道："秦乃虎狼之邦，我阿姊娇生惯养，并不愿意嫁入秦国，我将来既要为阿姊的陪嫁之媵，自然要为阿姊和自己谋算。若论当世俊杰，谁又能比得上魏国的公子无忌呢？因此……"

魏无忌到此时，才终于问了一句："如何？"

芈茵便道："阿姊派我来见公子，看公子是否如传说般温良如玉……"说到这里，她的声音也低了下去，似是含羞带怯，低声道，"如若当真，我阿姊拟约公子一见……"

魏无忌却没有回答，似在思索，良久才道："这当真是八公主的意思吗？"

芈茵点头道："是……"又忙道，"我想，是否请公子与我阿姊约在三日之后，汨罗江边少司命祠一会。"

魏无忌听了这话，沉默片刻，却出乎意料地拱手为礼，道："抱歉。"

芈茵一惊道："公子这是何意？"

魏无忌犹豫片刻，似不想回答，只道："九公主，身为淑女，不管是您还是八公主，都不当为此事，还是请回吧。"

若换了别人，早羞得起身走了，芈茵素来是个为达目的不惜颜面之人，虽然此刻羞窘已极，但思来想去自己并无差错，心中不甘，仍问了一句道：

“公子，何以如此？这般建议，于公子不是有利吗？”

魏无忌脸色已经有些涨红，显见也是强抑着怒气，终于忍不住讥讽道：“敢问九公主一句，魏夫人扶正与否，与九公主何干？秦魏两国的纠葛，岂是这么轻易可操纵的？况且婚姻是结两姓之好，楚国的嫡公主，恐怕要嫁的只能是一国之君或者是储君，无忌并非继承王位的人选，九公主怂恿在下与八公主私会，又是何用意呢？”

芈茵不料自己隐秘的心事竟被他一言揭破，只觉得脸皮似被撕了下来，羞得无地自容，不禁恼羞成怒道：“小女子只是提出一个对大家都有好处的建议而已，若是无忌公子不感兴趣，自有感兴趣的人。告辞！”

芈茵施一礼，向外行去，走到门边的时候，魏无忌叫住了她，道：“九公主。”

芈茵惊喜地回头，道：“公子改变主意了？”

魏无忌摇头，道：“不，我只是送给公主两句话。国与国之间，变化复杂，非宫闱妇人之眼界所能猜度的；为人处世，除了算计以外，更要有忠诚和信赖。”

芈茵恼羞成怒道：“但愿公子能够将此言贯彻此生，休要学那丈八的灯烛，照得见别人，照不见自己！”

芈茵一肚子怒气，出了西院，不想却与一人相撞。芈茵正是怒气勃发之时，不由得斥了一声道：“放肆！”

方才说完，便觉得周围皆静了下来，但见方才还是喧闹的正院，此刻人却都消失了，只余这个与自己对撞之人，以及他身后的护卫们。

芈茵这才觉得有些不妙，忙退后几步，仔细看去，但见对方亦是一个身着王服的少年，只是若说方才的公子无忌如人中珠玉，此人的面相，便如人中刀剑。

但见他眼神凌厉，似要看穿你五脏六腑一般，若说公子无忌是含而不露，此人却带着一股不能容人的戾气。芈茵生长于宫闱，以她的成长经历，却是有着趋吉避凶的天性，一看便觉得此人极不好处，当下把怒气先收了，只“哼”了一声，转头就要走。

那人却不肯放过，叫道：“站住，你是何人？”

便听得那人身边有人用齐语讨好地道：“太子，可需小人前去问他？”

但听那“太子”厉声道：“滚开！”

芈茵心中暗惊，难道此人便是齐国太子田地不成？若说此人年纪身份，亦是芈茵原来要算计下套的对象，只是万万不曾想到，此人竟是如此暴戾难当。

芈茵只得转过头，故作不知，反问道："阁下是何人？"

田地冷笑道："我却问你，你私自来找魏国使臣，是何用意？"

芈茵谅他在这各国馆舍之中，也不敢如何，当下冷笑道："我非得回答你吗？"

田地冷冰冰地道："你若不能回答，那我就只好把你带到我的下处问你了。"

芈茵一惊，退后一步，斥道："你敢！这里可是楚国。"

田地狞笑道："可这里是各国使馆，就算有什么事也是各国自行解决。"说到这里便喝道，"将她带走！"

芈茵见他竟如此蛮横，自知身单力薄，当下一咬牙，不管不顾，便向外狂奔。

田地也不追赶，只冷笑一声道："拿弓箭来。"齐国随侍连忙讨好地奉上了太子所用的弓箭，但见田地张弓搭箭，一箭向芈茵射去。

芈茵虽听到他方才的话，万想不到他竟当真如此大胆，奔跑中忽听得背后有风声传来，心神一乱，脚下就不小心一绊，摔倒在地，也幸得这一摔，躲过了射向她的那一箭。那箭便擦着她的背，钉在了她眼前的柱子上。

芈茵抬眼看那箭上的尾羽犹自微微颤动，吓得尖叫起来。却听得背后那人如恶魔般的声音传来："我这下一箭，便是取你发髻！"

芈茵还未醒过神来，但觉得头顶发束一紧一拽。顿时，束发的丝带被射断。她惊恐地转身，一头长发便散了下来，女儿之态皆露。

齐国太子田地手执长弓，缓缓搭箭，再度瞄准了她。芈茵瘫坐在地，浑身颤抖，恐惧地盯着箭头，连叫都叫不出声来了，田地一脸玩味地笑着道："果然是个妇人——嗯，这第三箭，要取你何处为好呢？"

此时便是他身边那些齐国侍从也不敢说话了，俱是一脸畏惧，看着田地，想说又不敢开口。

田地执着弓箭，嘴噙冷笑，锐利闪亮的箭头对准芈茵，慢慢地自她的头顶一直移到她的脚下。看着眼前的女子神情已经近乎崩溃，他这才慢慢地拉开弓箭，一寸寸地拉开，一点点地扣弦，忽然一松手，箭羽直朝芈茵的额头射去，这一箭便要射透她的头颅。

电光石火之间，忽然自她的身后有人一剑劈下，将这田地射来的箭劈成对半，落在地上。

芈茵惊魂未定，看着眼前这人，此时正是逆光之势，只见他全身似笼罩在一片金光之下。

那人见她竟是呆住了没有反应，眉头一皱，伸手将她扶了起来，问道："你没事吧？"

芈茵脸色苍白，浑身颤抖着，半偎着那人站起来，嘴角嚅动了两下，终于"哇"的一声哭了出来，整个人扑到了他的背后，死死抱住，道："子歇——"

原来此人正是黄歇，他正在前厅，闻声赶来，恰好救了芈茵。

田地正玩到兴头上，却见有人坏他好事，便将手中的弓箭对准了黄歇喝道："你是何人，敢来管我的事？"

黄歇手中剑未放下，将芈茵拉到自己身后护住，持剑行了一礼，道："在下是左徒屈原的弟子黄歇，奉师命前来接待各国使臣。"

这些日子他奉命接待各国使臣，亦知这齐国太子田地的为人。若言此人亦是文武双全，聪明过人，不知为何却养成了自负聪明、不能容人的脾气，竟是当面好揭人短，背后好骂人长。若是有那文才武功略胜过他的，他必不服到非要胜过对方；若是有人在他面前表现过聪明的，他必要将人打压一番；若是有人在他面前敷衍了事的，又要将人折辱一番。一来二去，便养成这般所谓"矜人臣以能，高天下以声，以为皆出己之下"的桀纣脾气来。

便是在他父亲齐王辟疆跟前，他亦是"智足以拒谏，诈足以饰非"，齐王辟疆只道此子聪明有才，便纵有些不如意之处，亦是轻轻放过。如此，他除去在齐王跟前略作伪装以外，更无人能管，益发暴戾自负。

田地见黄歇阻他，便收了弓箭，皮笑肉不笑地道："哦，原来是公子歇。失礼。"

黄歇还礼道："不敢！"

田地一指芈茵，笑道："我观此人鬼祟，恐是细作，因此质问，谁知她转身便逃，必是有鬼，因此以箭阻之。不知子歇何意，竟是要维护于她。"他在这馆舍之中张弓杀人，虽然强横，但亦不是完全不顾后果，只是自恃身为使臣，便是当场杀人，也只消随便栽上一个奸细之名，只说是追击误杀，又能如何！

此时见黄歇阻止，当下心中恼怒，便隐隐地指责黄歇暗派奸细，潜伏列国馆舍打探消息，如今见事不遂，便出面维护。于不动声色间，便加了一个大大的罪名给对方。

他这一指责甚是厉害，黄歇虽知他的用意，却不能不维护住芈茵，当下只得道："此处乃楚国馆舍，太子远来是客，不敢让太子越俎代庖。此为何人，由在下带走细问便可。"

田地冷笑道："就怕子歇带走，再无消息，回头这馆舍之中，便如市集一般，乱人往来，我等再无清静可言。此我等切身之事，岂可不容我过问?"

黄歇一滞，心中暗恼。老实说，他亦是想不出如今会有何事，竟让这楚国公主独身一人乔装到列国馆舍去私会。

正要强辩时，却听一人道："此人与我相约，请太子勿疑。"黄歇抬眼看去，却见西院之中，魏公子无忌匆匆而出，对田地拱手笑道。

却原来方才喧闹，魏无忌亦是闻声而来，却是迟了一步，刚好见黄歇劈断田地之箭，本不欲出头，但见田地咄咄逼人，无事生非，心中虽不齿方才那少女行事，却是亦知田地为人，不忍她受田地之害，便出口代为解释。

此番五国联盟，楚为合纵长，不免叫齐国甚为不悦。田地本拟将事闹大，拉上其他三国逼迫楚国，好打一打楚国这合纵长的脸，不想魏无忌出来解释，知三晋向来齐心，若再坚持下去，岂不孤立自己？只得冷笑道："既然是无忌公子之客，为何见了我就要跑?"

黄歇松了一口气，彬彬有礼地微笑道："太子动不动就张弓搭箭，的确是容易吓到胆小的人。"

田地死死地看着黄歇，像是要将他刻个记号似的，冷笑道："早听说公子歇胆色过人，有机会倒要好好请教一番。"

黄歇笑道："好说，好说!"说着又向魏无忌一拱手，道："多谢无忌公子，他日再向无忌公子道谢。"

魏无忌亦拱手。田地冷哼一声，转头就走。

魏无忌深深地看了芈茵一眼，亦转身回去。

黄歇转头，解下自己的斗篷，披在芈茵身上，护住她的头脸，扶着她快步出了馆舍，抬头欲寻与她同来之人。不料芈茵事前太过小心，恐人看见她如何行事，下车之时，便令车夫在僻静之处相候，此时自是无法寻见。黄歇无奈，只得扶了芈茵上了自己的马车，正欲离开，不料芈茵却是死死地抓住了他的手，缩在他的怀中，略一推开便颤抖不已。

黄歇见状，只得与她同坐上马车，芈茵一动不动地伏在他的身上，泪如泉涌。

黄歇却不敢真的就这么将她送回宫去，只行了一段路，见有一处竹林甚是僻静，便叫车夫停下，拉着芈茵进了竹林，从袖中掏出一块绢帕来欲递过去。不料一看，却是芈月那日送他的，连忙缩回了手，又掏了一块递过去。

芈茵接了绢帕，终于哭出声来，声音越哭越大，直至痛痛快快地哭了一场，这才含羞带怯地抬起泪眼，看着黄歇道："多谢子歇！今日若非子歇，我必是……"说到这里，不禁哽咽。

黄歇轻叹道："七公主，你如何会乔装改扮到列国使臣馆舍中去？"

芈茵无言以对，握着帕子半天，又欲哭道："子歇，我好害怕……"她无法作答，只好以哭泣掩饰。

黄歇无奈，只得道："罢了，七公主既不愿意明言，我这便送公主回宫。"

芈茵一急，又叫了一声道："子歇……"

黄歇问道："何事？"

芈茵抬头看着黄歇，但见他玉面俊颜，温文尔雅，又思及方才他那一剑劈下，将自己从死亡之境救了回来，心中一动，竟是有一股异样的情愫升了上来。她揉着帕子，红着脸看着黄歇，心潮涌动。

黄歇心中已是有些不耐烦了，神情却依旧温和，道："七公主，时候不早了，回去吧——"

芈茵回过神来，见黄歇神情不耐，不知为何，竟是舍不得他离了眼前，急切之下胡乱找着理由道："子歇——你，我——"突然间灵光一闪，便道，"我，我是来找你的！"

黄歇一怔道："找我？"

芈茵看着黄歇，心头的情愫越发肯定，有一种前所未有的感觉，让她不顾一切地想留住他的脚步，一方面是借口，另一方面却是真心地道："是，我是来找你的。因为，因为我倾慕公子——"

黄歇想不到是这个回答，怔了一下，道："公主慎言！"

芈茵却笑了，反上前一步，直与黄歇贴得不足两寸距离，逼得黄歇不得不退后两步，她才道："我没有胡说，自从那日一见公子，就私心倾慕，苦无机会。得知这次公子负责接待各国使臣，所以来到馆舍找公子，没想到遇上狂徒——"

黄歇退了好几步，静静地看着芈茵，直看得芈茵骤然轻狂的心也不禁冷了下来，才缓缓道："七公主，你不是来找我的，你是来找各国使臣的。因为你知道秦王前来求婚，所以你想制造一个让八公主抗婚的机会，这样你就有机会代替八公主嫁给秦王。只不过今天正好遇见在下，所以才故意这么说的，是与不是？"

芈茵心头狂跳，只觉得脸上热辣辣的，似被人扇了个耳光。方才魏公子无忌这般说来，她只是恼恨，此时黄歇再这般说，她却只觉得羞、恼、悔、恨、惭五味交杂，不禁又落下泪来，哽咽道："是，我知道子歇看不起我，在你的眼中，我就是一个只会算计和奉承的女子！可是我一介弱质女流，母亲没有尊位，又没有兄弟可以倚仗，我想要活得好，就得从小奉承好母后和八妹妹。可我不想一辈子都过这样的日子，让我的儿女也一辈子过这样的日子。为了不做陪嫁的媵妾，我算计错了吗？我为自己找一条出路错了吗？"

她初说的时候，还是含羞带愧，越说却越觉得自己有理，说到最后，直往前两步，对着黄歇眼神炽热。

黄歇却长叹一声道："七公主慎言。我非公主，不能知道公主的苦和乐，公主的行为，也不容在下置喙。不过事涉公主自己的清白，请下次休要再这般信口开河了。马车就在前面，公主自行回宫吧，容在下先走一步了。"

芈茵急得想去拉住黄歇，黄歇却转身快步离开了。

芈茵怔怔地看着黄歇远去的身影，恨恨地叫道："子歇，我心悦你，你是不是永远不会相信这一点……"

黄歇脚步略一顿，却又立即疾步而行，再不停留。他既知芈茵胡编乱造算计芈姝，又如何会相信她此刻明显是信口胡说的话？

芈茵独自在竹林中，又哭了一场，这才回了马车之内，吩咐车夫转回馆舍附近她自己马车停留的地方，再回了自己马车，由侍女重新梳妆过，回到宫内。

她佯装无事，却是暗怀鬼胎。一时想不知黄歇是否会将她的事情说出；一时想黄歇乃是君子，必不会害她；一时想黄歇对她是否会有爱意；一时又想自己那时披头散发，形状狼狈，素日的美色全失，实是丢脸，又筹划何时有机会当艳妆再见黄歇，务必要让他惊艳才是。一连数日，她脑海之中颠来倒去竟全是黄歇，连精心策划之事也无心再想了。思来想去，终究是有些不甘心。次日清晨，她便精心打扮想要再度出宫去见黄歇，但只走出自己的院落，便被玳瑁带人堵上，告知楚威后要召见她。

第二十一章　秦王谋

芈茵此时正在楚威后居室，恭敬地跪在楚威后面前。

楚威后正用着朝食，并不理会她。芈茵尴尬地跪着，努力地奉承着："母后的气色越来越好了，想是这女医开出的滋补之羹效果甚好。"

楚威后重重地把碗一放，冷笑道："便是喝仙露，若被人下了毒，也是枉然！我哪里还敢不好？我若有点闪失，姝还不知教人算计到什么地方去了！"

芈茵心头狂惊，脸上却故意装出诧异的神情，道："姝妹？姝妹怎么了？"

楚威后暗暗舒展了一下手掌，含笑对芈茵招手道："好孩子，你且过来。"

芈茵走到楚威后的身边，殷勤地俯下身子道："母后可有什么吩……"话音未了，楚威后已经重重地一巴掌打在了她的脸上，将她打得跌倒在地。芈茵抬起头惊恐地道："母后——"

楚威后一把抓起芈茵的头发怒骂道："我当不起你这一声'母后'——这么多庶出的公主，只有你能和姝养在一起。我将你视如己出，没想到却养出了你这种龌龊小妇来！"

芈茵听到这一声怒喝，心头只有一个念头"完了"。她自幼在楚威后手底下讨生活，楚威后积历年之威，此时早已经将芈茵吓得心胆俱碎。因不知楚威后如何得知她私下手段，也不敢辩，只掩面求饶道："母后息怒！若儿做错了事，惹了母后之怒，实是儿之罪也。可儿实不知错在何处，还望母后教我。”

楚威后笑对玳瑁道：“你且听听，她倒还有可辩的。”

玳瑁赔笑道：“威后英明，这宫中诸事，如何能瞒得了您！”

芈茵不解其意，只顾向玳瑁使眼色相求，玳瑁却不敢与她眼色相对，只垂头不语。

楚威后见她有不服的神情，冷笑着把她的事一件件报了出来，道：“哼，你当我不知吗？你蛊惑姝去与那个没落子弟黄歇一起跳祭舞，可有此事？”

芈茵一怔。

楚威后却不容她申辩，只步步上前，句句如刀，道：“你借姝的名义跑到国宾馆去跟魏无忌私相约会，可有此事？”

芈茵恐惧至极，竟是无言以对。

“哼，你以为我看不出你怀的什么心思？你想毁了姝的王后之位，然后你就可以取而代之？哼，这么多年来，我怎么就看不出你这条毒蛇有这么大的野心啊！”

楚威后越说越怒，一挥手，将芈茵掴倒在地上。

玳瑁忙上前扶着楚威后劝道：“威后，仔细手疼，休要气着了自己。”

芈茵脑子飞快地转着，连连磕头道：“母后，儿冤枉，儿绝对没有这样的心思，只怪儿懦弱没有主见，只晓得讨姝妹喜欢，哪怕姝妹随口一句话，也忙着出主意到处奔忙。其实也不过是姝妹兴之所至，转眼就忘记了，只是儿自己犯傻……”

楚威后朝玳瑁微笑道：“你听听她多会说话，颠倒黑白，居然还可以反咬姝一口……”

芈茵脸色惨白，努力挣扎道：“母后明鉴，工于心计的另有其人，九妹妹她和那黄歇早有私情，更是一直利用姝妹……”

楚威后冷冷地道：“不用你来说！她是个什么样的人，你是个什么样的人，我这双眼睛，看得清清楚楚！她是一身反骨，你是一肚子毒汁，都不是什么好东西！”

芈茵听了这话，顿时被击中要害，竟是不敢再驳。

玳瑁劝解道：“威后息怒，七公主只是不懂事，做出来的事也不过是小孩子的算计罢了。她若能改好，也不是不能原谅的。”

芈茵眼睛一亮，膝行几步道："母后，母后，儿愿意改！母后怎么说，儿就怎么改！只求母后再给儿一个机会。"

楚威后却抬手看着自己的手掌，方才用力过猛，固然是将芈茵打得脸上肿起一大片，但自家的手掌亦有些发红，只冷冷地道："你想活？"

芈茵拼命点头。

楚威后斜睨着她道："你倒很有眼力见儿。我的确不喜欢那个贱丫头，倒是对你有几分面子情。你们两个都不想跟着姝当陪嫁的媵妾，我也不想让姝身边有两个如狼似虎的陪媵，将来有误于她……"

芈茵听了这话，一则惊，一则喜。喜的是不必再为媵妾，惊的却是太知道楚威后的性子，不晓得对方又有什么样的事要为难自己，只能硬着头皮道："但听母后吩咐。"

却听得楚威后道："你听好了，你们两个之中，只能活一个。死的那个，我给她风光大葬；活的那个，我给她风光出嫁。你想选择哪个，自己决定吧！"

芈茵浑身发抖，好一会儿才伏地说道："母后放心，儿一定会给母后办好这件事。"

楚威后冷冷地道："我也不逼你，姝大婚前，我要你把这件事办了。若是再让我知道姝那边还有人生事，那么你也不必来见我了，直接给自己选几件心爱的衣饰当寿器吧。"

芈茵吓得忙伏地，再不敢说话，狼狈地退了出去。

五国馆舍之事，亦有人极快地报到了秦国使臣所住的馆舍之中。

此时，秦王驷正对着镜子，摸着光滑的下颌苦笑。他如今上唇如楚人一般只余两撇八字胡，下颌已经剃净了。

那日他设计越人伏击，本是暗中观察楚人反应，不想却被芈月那一声"长者"所刺激。回到馆舍，他对着镜子左看右看，看了数日，终于开口问樗里疾道："疾弟，你说寡人留这胡子，就当真这般显老吗？"

樗里疾在一边忍笑道："大王，臣弟劝过多少次，大王都懒得理会，如今怎么一个娇娇叫一声'长者'，大王便如此挂心了呢？"

秦王驷"哼"了一声，不去理他，又看着镜子半天，终于又问道："你说，寡人应该剃了这胡子吗？"

樗里疾笑道："大王一把络腮胡子，看着的确更显威武，可是在年少的娇娇眼中便是……"他不说完，只意味深长地一笑。

秦王驷奇道："寡人就纳闷了，怎么以前在秦国，就从来没听人说寡人留着胡子不好看……"

樗里疾暗笑道："大王，楚国的历史比列国都久，自然讲究也多。何况南方潮湿水多，人看上去就不容易显老。臣弟早就劝过您，入境随俗，入楚以后得修一修胡子。您看咱们入楚以来经过的几个大城池，就没有一个男人的胡子没修饰过的。您这胡子拉碴的，看上去可不吓坏年少的娇娇吗？"

秦王驷"哼"了一声，斩钉截铁地道："华而不实！依寡人看，楚国的男子都没有血性了。不以肥壮为美，却以瘦削为美；不以弓马为荣，却以诗赋为荣；不以军功为尊，却以亲族为尊。将来秦楚开战，楚国必输无疑！"

樗里疾呵呵笑着劝慰道："其实娇娇们透过胡子识得真英雄的也有啊，另外两位公主不就对大王十分倾慕吗？"

秦王驷摇头，不屑地道："那一个装腔作势的小女子，真不晓得说她是聪明还是呆傻。你说她呆傻，满脑子都是小算计；你说她聪明，那点小算计全都写在她的脸上。真以为别人跟她一般，看不出她那种不上台盘的小算计？"

樗里疾也摇头道："臣弟倒认为，那不是呆傻，是愚蠢。呆傻之人知道自己呆傻，凡事缩后一点，就算争不到什么至少也不会招祸，别人也不会同呆傻之人太过计较。只有愚蠢之人才会自作聪明，人家不想理会她，她偏会上赶着招祸。这等人，往往搬起石头砸自己的脚。"

秦王驷冷笑一声，道："你说她那日上赶着示好，却是何意？"

樗里疾谨慎地提醒："臣弟听到风声说，楚宫里有人在算计把那个庶出公主嫁过来。"

秦王驷倒不在乎什么嫡庶，须知两国联姻，就算是庶出的也得当嫡出的嫁，两国真有什么事，不管嫡的庶的都影响不了大局。只不过他这日所见，这两个公主的素质差得实在有些大。他想到这里不禁道："寡人观那个嫡出的公主，能够立刻下决断抛开那装腔作势的小女子，让那个倔强的娇娇代她去跳祭舞，这份决断倒是堪做一国的王后。"

樗里疾道："那个娇娇似乎也是个庶出的公主，听说她在去少司命祠的时候又遇上越人伏击，幸好接应的人及时赶到……"

秦王驷一怔道："哦，我们引越人伏击马车，本已经做好救人的准备，没有想到越人居然还有余党，若是伤了她，倒是寡人的不是了。"

樗里疾眼睛一转，笑道："听说这两个庶出的公主应该要做媵女陪嫁，那大王以后有的是机会好好补偿她！"

秦王驷没好气地道："哼，寡人来楚国为的是国家大事，你当寡人真有闲心哄小娇娇们？你有这工夫闲唠叨，还不如赶紧给寡人多收罗些人才……"

樗里疾这些日子全在加紧搜罗人才，也所说了芈茵在五国馆舍的事，便又告诉了秦王驷。秦王驷听了亦不觉好笑，道："这些后宫妇人，视天下英雄为无物吗？这等上不得台盘的小算计也来施行，实是可笑！"

樗里疾也摇头叹道："可见这楚王槐，哼哼，不如其父多矣。"

秦王驷自负地道："知己知彼，百战不殆。当年楚威王战功赫赫，寡人以前对楚国还有一些忌惮，如今亲到郢都，看到楚国外强中干、华而不实……哼哼！"

樗里疾提醒："不若我们明日约那公子歇一见？"

秦王驷点头道："看来我们对楚国的计划大可提前，所以当前尽快多搜罗熟悉楚国上下的人才，确是当务之急啊！"

这边秦人密议，另一头芈月得了芈姝再次嘱托，只得又出宫去，见了黄歇，说起此事，也取笑他一番道："我只道公子歇迷倒万人，不曾想这么快便被人抛诸脑后。"

黄歇苦笑告饶道："这桩事休要再提。"转而又道，"你可知七公主近来动向？"

芈月诧异道："茵姊又出了何事？"

黄歇便将那日在各国使臣馆舍之中遇到芈茵之事说了，又说到芈茵在竹林之中寻的借口，令芈月一时只觉得好生荒谬，失笑道："什么？她说她喜欢你？"

黄歇无奈地摇头道："一直听你说七公主是如何有心计的人，我实在是没有想到她的反应如此之快，居然立刻找到这么一个……荒谬的理由。"

芈月上下打量着黄歇，笑谑道："公子歇可是楚国有名的美男子，说不定她是真的喜欢你呢？"

黄歇没好气地道："你知不知道七公主是以你的名义去找的公子无忌？"

芈月惊愕地指着自己，"我？"

黄歇道："这次各国会盟是由夫子主事，所以接待各国使节的任务就落到我的身上。国宾馆里自然也有我可用之人，那个仆役见有陌生人进了魏国使臣的房间，就借送汤的机会想进去，虽然被挡在门外，但他却听到无忌公子称对方为'九公主'。"

芈月这才恍然，只觉得滑稽可笑。

"她果然贼心不死。当初想挑拨姝姊去追你，如今又以我的名义，欲去诱惑无忌公子私会姝姊，制造两人有私之事，做成定局，转头又说自家喜欢你。哼，她的诡计可真多啊！"

黄歇却道："可是如果无忌公子的事情泄露，别人只会以为是你，此事可能传到威后耳中，你要早做准备才是。"

芈月冷笑道："天底下不是只有她一个人聪明的。上次的事，相信王后已经告诉威后了。如今她又与郑袖勾结算计姝姊，我看此事，她必将自食恶果。"

黄歇叹道："她说，她所有的算计，都只是为了不想当媵。"

芈月冷笑道："谁又是想做媵的？可又何必生如此害人之心？她谋算的可不仅是不当媵妾，而且想要争荣夸耀，权柄风光。只可惜，她小看了天下英雄！如今列国争霸，能到郢都代表各国出使的，谁人不是一世英杰？她这等后宫小算计，如何敢到这些人精中来显摆？"

黄歇皱眉苦笑道："那我是不是要庆幸，自己只是一个黄国后裔，将来的前途顶多也就是个普通的卿大夫，不会引起贪慕权势的女子觊觎？"

芈月扑哧一笑道："你以为现在就没有女子觊觎你吗？"

黄歇看着芈月意味深长地道："若是我心仪的女子，我自然是乐而从之。"

两人说笑一番，黄歇便将昨日拜帖取出道："秦国的公子疾请我相见，不知为了何事。"

芈月眼一亮，拊掌笑道："大善！你我正可同去。我将姝姊之意转达，你亦可问明他的来意。"

黄歇沉吟道："难道八公主真的想嫁给秦王？"

芈月眨眼道："你可是不舍了？若是如此，我助你将她追回可好？"

黄歇沉了脸，道："我心匪石。"

芈月吐了吐舌，知道这玩笑开过了些，忙笑道："威仪棣棣。"

这两句皆是出自《邶风》之《柏舟》篇，两人对答，相视一笑，此事便不再提。

黄歇岔过话头道："对了，我昨天去舅父那儿，看到住在那里的那个张仪已经离开了。"

芈月诧异道："哦，这么快就离开了吗？他的伤好像还没全好呢。"

黄歇沉吟道："我听说他没有离开，好像又住进招揽门客的招贤馆去了。"

芈月不屑道："他被令尹昭阳打了一顿，郢都城里谁敢收他做门客啊？拿了我们的钱说去秦国又没走，看来又是一个招摇撞骗的家伙。"

黄歇摇头道："此事未到结果，未可定论。"

而此时，两人所谈论的张仪，却正在郢都的一家酒肆饮着酒。

这家酒肆，正在秦国使臣的馆舍附近。表面上看来，不过是一家经营赵酒的酒肆，可是张仪在郢都日久，既在外租住逆旅，又素来留意结交各地游士，便隐约听说，这家酒肆与秦人有关。

他得了芈月所赠的金子，本当起身前去秦国，可是他自忖在郢都混了数年，仍然如此落魄，便是缩衣节食到了咸阳，无华服高车，无荐人引见，照样不知何日方能出头。闻听秦国使臣因五国合纵之事，来到郢都，他便有心等候时机，与秦国使臣结交——不但可以搭个便车到咸阳，甚至有可能因此而得到引荐，直接面君。

所以这些时日来，他便每天到这间酒肆之中，叫得最便宜的一角浊酒，一碟时人称为菽的豆子，慢慢品尝，消遣半日。

初时酒肆之中的人还留意于他，过得数日，见他只是每日定时来到，定时走人，并无其他特异处，遂不以为意。

只是张仪坐的位置，往往是固定的，恰好在一个阴影处，能够看到诸人进出，又可远远地看到秦人馆舍的大门。

这一日，他又到酒肆，叫了一酒一菽，如往常一般消磨时光。却见秦人馆舍的门口，一行人往这酒肆而来。

张仪连忙歪了歪身子，缩进了阴影一分，显出有些疲倦的样子来，抬手拄头，恰好掩住自己的半边脸，倚着食案微闭了眼睛。

他这般作态，不为别人，却是为了刚刚看到的那群人中，有黄歇与做男装打扮的芈月二人。这两人是他的债主，黄歇还罢了，芈月那个小姑娘却是嘴巴不饶人的，更不知为何，尤爱与他抬杠。而且明显可见，与他二人同来的，还有那秦国使臣及身边近侍，若是让她失言说出自己的意图，就不免自贬身价了。

他虽然假寐，耳朵却一刻不曾放松，倾听着对方一行人越行越近，偶有交谈。

但听得芈月笑道："此处酒肆，当是公子疾常来之处了？"

便听得一个男子沉声道："也不过是见着离此馆舍甚近，图个捷径罢了。"

张仪捂在袖中的眼睛已经瞪大了，公子疾？他识得的公子疾乃是此人身边那个矮胖之人。这人当着正主儿的面，明目张胆地冒充秦王之弟，当真没关系吗？

却听得正牌公子疾笑道："阿兄与两位贵客且请入内，小弟在外头相候便是。"

张仪眼睛瞪大，公子疾唤作阿兄之人能是谁？难道是……他不敢再想象下去，顿时觉得心跳加快起来。

但听得步履声响，见那冒充公子疾之人与黄歇、芈月已经入内，正牌的公子疾却与数名随从散落占据了各空余席位。此时刚过日中，却是白日中人最是昏昏欲睡之时，酒肆中客人不多，那些人见这些秦人看上去甚是骄横的模样，过得不久，皆纷纷离去，只留得寥寥几席还在继续。

张仪假寐，也无人理他，他耳朵贴着食案，背后便是内厢，虽不能完全听到里面的言语，但全神贯注之下，也偶有一两句刮到。这等技法，亦是他当年在昭阳门下从奇门异士处学来的。

而此时内厢里，芈月却看着秦王驷的脸，饶有兴味地道："公子刮了胡子了，当真英俊许多。"

秦王驷见了这小姑娘的神情，冷哼一声，道："我却是畏你再称我一声'长者'！"

芈月吐吐舌，道："你便是刮了胡子，也是长者，不过那日是'大长者'，如今是'小长者'罢了！"

饶是秦王驷纵横天下，也拿这个淘气的小姑娘没办法，黄歇见状忙上前赔礼道："稚子无状，公子疾休要见怪。"

秦王驷哈哈一笑道："我岂与小丫头计较？公子歇且坐。"

黄歇与芈月坐下。

秦王驷倒了两杯酒来，与黄歇对饮。

芈月道："喂，我呢？"

秦王驷白了她一眼，道："一个娇娇，喝什么酒？喝荼便是。"

荼便是后世所谓之茶，此时未经制作，不过是晒干了的茶树叶子，用时煎一煎罢了，味道甚是苦涩难喝，素来只作药用，能解油腻，治饮食不调之症。在楚国除了治病以外，这种古怪的饮料，却也在一小部分公卿大夫中，成为一种时尚。

当下侍者端上一盏陶杯来，上面便是荼了。芈月记得昔年在楚威王处也喝到过此物，当时便喷了出来，当下问道："若无柘汁，便是蜜水也可，怎么拿这种苦水来？"

秦王驷笑道："此处是酒舍，却只有酒与荼。"酒舍备荼，却不是为了饮用，而是为了给酒醉之人解酒用的。

芈月不甘不愿地坐下，拿着陶杯看了半日，也没喝下一口。

黄歇笑道："公子疾在此喝醉过酒吗？竟知道他们还备得有荼。"

秦王驷摇头笑道："这倒不曾，此物是我备下的。因此处与馆舍相近，我常到此处，有时候未必尽是饮酒，偶尔也会饮荼，故叫人备得这个。"

黄歇笑道："公子疾真是雅人。"

秦王驷却摇头道："哪里是雅人，只不过秦地苦寒，一到冬日便无青菜，便要饮荼，我是饮习惯了。秦国不缺酒，却缺荼，须得每年自巴蜀购入。"

黄歇奇道："何不与我楚国交易呢？"

秦王驷笑而不语。

黄歇会意，也笑了，"秦国饮荼甚多吗？"

秦王驷道："公子歇颇知兵事啊。"

黄歇拱手道："不敢。"

芈月嗔道："你们一说，就说到军国之事了。"

秦王驷看了她一眼，道："男人不讲军国大事，难道还要讲衣服脂粉吗？"

芈月眼珠子转了一转，道："听说秦王派公子前来，是要求娶楚国公主？"

秦王驷点头道："正是。"他大致明白这小姑娘的来意了。

芈月笑嘻嘻地问秦王驷道："敢问公子疾，贵国君上容貌如何？性情如何?"

秦王驷微笑道:"你是为自己问,还是为别人问?"

芈月嗔道:"自然是为别人问,我又不嫁秦王。"

秦王驷道:"既然你不嫁秦王,又何必多问?谁想嫁,就让谁来问。"

芈月恼了道:"你……"

黄歇忙截住她道:"公子疾何必与一个小女子作口舌之争呢?"

秦王驷看了黄歇一眼,笑道:"那公子歇是否愿与某作天下之争?"

黄歇一怔,道:"公子疾的意思是……"

秦王驷一伸手,傲然道:"大秦自商君变法以来,国势日隆,我秦国大王,诚邀天下士子入我咸阳,共谋天下。"

芈月跳了起来,叫道:"秦国视我楚国为无物吗?"她看着黄歇,骄傲地一昂首道,"公子歇乃太子伴读,在楚国前途无限,何必千里迢迢远去秦国?"

秦王驷淡淡一笑,举杯饮尽,道:"南后病重,夫人郑袖生有公子兰,心存夺嫡之念,虎视眈眈,太子横朝不保夕。楚王如今年富力强,只怕此后二三十年,公子歇都要陷于宫廷内斗之中,何来前途?何来抱负?"

此言正中黄歇心事,他不禁一怔,看了秦王驷一眼,意味深长地道:"看来公子疾于我楚国内宫,所知不少啊!"

秦王驷却微微一笑,对黄歇道:"楚国内宫,亦有谋我秦国之心,我相信公子歇不会不知道此事吧?"

黄歇想起昨日芈茵之事,不禁一滞,心中暗惊,这秦国在郢都的细作,想来不少。

秦王驷又悠悠道:"况且太子横为人软弱无主,公子歇甘心在此庸君手下做一个庸臣?男儿生于天地之间,自当纵横天下,若是一举能动诸侯,一言能平天下,岂不快哉?"

他最后这两句"男儿生于天地之间"说得颇为铿锵,此时隔着一墙,莫说张仪耳朵贴着案儿听到了,便是樗里疾与秦国诸人,也听得精神一振。

黄歇沉默良久,才苦笑道:"多谢公子盛情相邀,只是我黄歇生于楚国长于楚国,楚国有太多我放不下的人和事,只能说一声抱歉了。"

秦王驷笑道:"不要紧,公子歇这样的人物,任何时候咸阳都会欢迎你。"

黄歇沉默地站起,向着秦王驷一拱手,与芈月走了出去。

秦王驷看着几案上的两只杯子,黄歇的酒未饮下,芈月的茶也未饮下,不禁微微一笑。

樗里疾走进来，见状问道：“阿兄，公子歇不愿意？”

秦王驷笑道：“人各有志，不必强求。天下才子，此来彼往，人才不需多，只要有用就行。”

樗里疾却叹道：“只是却要向何处再寻难得之士？”

秦王驷笑道：“或远在天边，或近在眼前。”说着站起来正欲走，却听得外面有人击案，朗声笑道：“一举能动诸侯，一言能平天下！大丈夫当如是也，好！”

樗里疾一惊，这正是方才秦王驷所说之言，莫不是有人听到？当下喝道：“是何人？”

秦王驷眉头一挑，笑道：“果然是近在眼前。”当下便扬声道：“若有国士在此，何妨入内一见？”

便见一个相貌堂堂的士子走了进来，但见此人带着三分落拓、三分狂放、四分凌厉，见了秦王驷，便长揖为礼道：“魏人张仪，见过秦王。”

樗里疾一惊，手便按剑欲起，秦王驷却按住了他，笑道：“哦，先生居然认得寡人？”

张仪笑道：“在下虽然不认得大王，却最闻公子疾之名。人道公子疾短小精悍，多智善谑，却不曾听说过公子疾英伟异常，龙行虎步。方才大王与人入内，人称您为公子疾，臣却以为，大王身后执剑者方为公子疾。可是？”

秦王驷笑看了樗里疾一眼，道：“你便以我为假，何以就能认定他为真？便是他为真，何以认定我便是秦王？”

张仪道：“此番秦国使者明面上乃是公子疾，能让从人簇拥，闻人称您为公子疾而无异色者，必不是胡乱冒认，真公子疾必在近处。且能够冒用公子疾的名字还能让公子疾心甘情愿为他把守在外面的，自然是秦王。更有甚者……”他膝行一步，笑道，“能够说得出‘男儿生于天地之间，自当纵横天下，若是一举能动诸侯，一言能平天下，岂不快哉’这样的话，也只有秦王了。”

秦王驷哈哈大笑道：“果然是才智之士，难得，难得！”

张仪也笑了。

两人正笑间，秦王驷却将笑容一收，沉声道：“寡人潜入楚国境内，你当知走漏风声是什么下场？你好大的胆子！”

张仪从容道："张仪是虎口余生的人，胆子不大，怎么敢投效秦王？"

秦王驷"哦"了一声道："你想投秦？"

张仪道："正是。"

秦王驷忽然大笑起来。

张仪装作淡定，手心却紧紧攥成一团。

秦王驷止了笑，看着张仪道："'一举能动诸侯，一言能平天下'……那张子如何让寡人看到张子的本事呢？"

张仪看着秦王驷，沉吟片刻，笑道："不敢说如何平天下，且让大王先看看张仪小试身手，如何'动诸侯'吧。"

秦王驷拊掌大笑道："大善，吾今得贤士，当浮一大白矣！"

且不提秦王驷如何与张仪一见如故，这边黄歇与芈月走出酒肆，两人对望一眼，皆知对方心事。

黄歇道："看来秦人其志不小。"

芈月却愁道："你说，我回去当如何与阿姊说这事儿？"

黄歇见她愁闷，心生怜惜。他知道芈月在宫中日子难过，虽然身为公主，衣食无忧，但每天面对着芈姝的骄纵任性、芈茵的善嫉阴毒，实是如履薄冰。再加上有楚威后时时怀着杀意，既要不惹芈姝之嫉，以挡楚威后的戕害，又要防着芈茵算计。偏她又生性骄傲，做不来曲意讨好、阳奉阴违之事，所以过得倍加艰难。

当下叹道："这种事却也无奈。你用公子疾的话回复她便是。她虽为公主，但私下恋慕一个男人也要彼此有情才是，否则，亦不好到处宣扬。"

芈月叹道："也只得如此了。"

黄歇见她闷闷不乐，更是心疼。此时两人正走在长街上，他忽然见一个店铺在卖着粔籹蜜饵，当下忙去买了几枚。那原是用蜜和米面加油煎成，吃起来又甜又酥，是芈月素来喜欢吃的。

芈月见黄歇将粔籹递与她，心中欢喜，故意不去接它，而是就着黄歇的手，吃了一口。见黄歇神情有些羞窘，知道他向为谦谦君子，如此在大街之上行为放肆，未免有些不好意思，心中大乐，把方才的一丝苦恼也笑没了。

而黄歇见芈月忽然就着他的手吃了一口粔籹，心中大惊，欲待缩手又恐她误会，欲就这样继续又怕是失了孟浪，想着她必是一时不注意，当下心中想着如何圆过来才好，又恐被人看到，忙做贼似的左右张望了一下，待转过头来，见芈月嘴角忍笑，才知道原是她故意淘气，当下也笑了，将手中剩下的粔籹递与她，故意拉下了脸道："拿着。"

芈月却笑盈盈地看着黄歇，道："多谢师兄。"

黄歇本来脸色就已微红，被她这样一看，脸更红了，当下把粔籹往芈月手中一放，便大步往前走去。

芈月接了粔籹，追了两步，拉住黄歇的袖子，道："师兄，你去哪儿啊？怎么不等等我？"黄歇努力不去看她，耳根却是越来越红，只努力端出严肃的样子来，道："方才秦王之图谋，我当禀报夫子。"他看了芈月一眼，迟疑一下，又道，"包括……包括那日七公主在列国使臣馆舍之事，你说，要禀与夫子吗？"

"为何不禀？"芈月直接反应道，"难道还有什么事不能与夫子说吗？"

黄歇松了口气，道："是，你说得是，我还道你会因为，会因为……"会因为什么，他没有说出来。

芈月却是明白的，道："她冒充我，是她的不是，我何必去担她的不是？我坦坦荡荡，何惧之有？"

黄歇看着芈月，两人相视一笑。

当下两人回到屈原府，恰好此时屈原亦在府中，便留两人用了膳食，方说正事。

黄歇先说了芈茵之事，又将秦王之事说了，叹道："'岂曰无衣？与子同袍。王于兴师，修我戈矛。与子同仇！'秦人的诗，充满了杀伐之气。秦人之志亦不小。"

屈原点头叹道："唉，我们都小看了这个秦王。他当初因为反对商君变法而被秦孝公流放，太傅也受劓刑。他继位以后车裂商鞅，我们还以为他会废除商君之法，秦国必会因新法旧法交替而陷入动荡，哪晓得他杀商君却不废其法。秦国在他的铁腕之下十余年就蒸蒸日上，看起来以后列国之中，只有秦国会因为变法而日益强大。"

黄歇叹道："唉，我们楚国当年吴起变法，本也是一个重获新生的机会，只可惜人亡政息，又陷入宗族权贵的权力垄断之中。如今秦国越来越强大，楚国却在走下坡路。"

黄歇与屈原说的时候，芈月先是静静地听着，黄歇善言善问，屈原循循善诱。于她来说，静听，往往收获很大。但有时候师徒讨论结束以后或者在中途，她亦会发表自己的看法。此时，她忽然道："我倒有个想法……"

黄歇看向芈月道："你有何主意？"

芈月便对黄歇说："师兄，你可还记得那张仪之事？"

黄歇亦是想到，点头道："正是。"他望向屈原道："夫子，如今争战频繁，那些失国失势的旧公子和策士，都在游说列国，以图得到重用。可是如今令尹昭阳刚愎自用，若楚国没有一个人站出来搜罗人才，则人才将会去了其他国家，将来必为我们的祸患。"

屈原看了看芈月，又看了看黄歇，心中已经有些明白，点头道："我知你们的意思了……"

芈月已经急问道："夫子既知，为何自己不收门客？"

屈原微笑着看着眼前两个弟子，心中明白这是两人相劝自己，却只是摇了摇头。

黄歇却道："夫子难道是怕令尹猜忌，影响朝堂？"见屈原不语，以为自己已经得知原因，却仍劝道，"可是夫子，您要推行新政，得罪人是在所难免的——"

屈原摆摆手阻止黄歇继续说下去，道："你的意思，我知道了。"他停下来，看着远处，沉默了一会儿，道，"当此大争之世，不进则退，不争即亡。秦国因变法而强大，列国因守旧而落伍，楚国变法，势在必行。但变法者，必将损伤朝堂诸公的利益，被人排挤、攻击在所难免，唯一可恃的，就是君王的信任和倚重。而君王的信任和倚重，来自自己的无私和忠诚。"

说到最后一句，黄歇忽然明白了屈原的意思，叫了一声："夫子——"却没有再说下去。他看向屈原的神情变得更加崇敬，也不免有些黯然。

屈原叹道："若是我也招收门客，必然要有私财豢养。拥私财养亲信，怎么会不留下让人攻击的把柄？君王又怎么能信任我？又怎么敢把国之大政托付与我？"

芈月此时也明白了，却只觉得痛心，道："夫子……"

屈原摆了摆手，声音仍如往常一般平缓，可芈月听来，却已经犹如炸雷之响："所以，要主持变革者，便只能做孤臣。"

芈月心头一痛，忽然想到了吴起，想到了商鞅，道："夫子，你这又何必……"

屈原看着两名弟子的神情，知道他们在担心自己，当下呵呵一笑，摆手道："你们不必把事情想得太过严重。毕竟吴起、商鞅那是极端的例子。我既是芈姓宗室，又是封臣，不比那些外臣，也不至于把事情做到他们那样的极端之处。你们放心，大王为人虽然耳根子稍软，但却不是决绝之人，太子——亦不是这样的人。"

芈月听了，稍稍放心。

黄歇却沉默片刻，才道："夫子之虑，弟子已经明白。但若是人才流失，岂不可惜？夫子不能招门客，可弟子却可与游士结交，夫子以为如何？"

屈原沉默不语，好半晌，才道："你是太子门人，结交游士，亦无不可。"

芈月笑了。

黄歇却看着屈原道："我观夫子如今的心思，并不在此事上，夫子可还有其他思虑？"

屈原点头道："不错，我在想秦国的变法。"

芈月却是一撇嘴，笑道："有什么可想的，商君变法也不过是老调重弹，效仿吴起变法嘛，无非就是废世官世禄、奖励军功、鼓励耕种、设立郡县这些，只不过东方六国封臣势大难成，秦国封臣势弱，所以易成罢了。"

黄歇却是沉吟道："非也。商君变法，虽与吴起相似，但最大的不同，恰恰是奖励军功，尤其为重。弟子……实觉疑惑啊！"

芈月奇道："列国都重赏军功，师兄何以忧虑？"

黄歇摇头道："这不一样。列国重赏军功，领军之人却无不是封臣世爵，幼受礼法庭训，知晓礼乐书数，管理庶政。便无不可。秦人奖励军功，却是只消底层小卒杀人有功，便可得高爵，理庶政。我实不能赞同。军人上阵杀敌，与治理国家是两回事。以杀伐之人任国之要职，必会以杀伐手段治国，那就会导致暴力为政不恤民情，将来必会激起民变。秦人之法，或不能长久。"

屈原听了此意，方缓缓点头，正欲说话，芈月却急急插嘴道："师兄之言，只知其一，不知其二。"

屈原一震，转向芈月。以他之能，亦不觉得黄歇此论有何不妥，当下便看向芈月，想听她有何新的见解。

芈月却道："军人执政便有后患，亦是得政以后的事，到时候或再有其他办法，徐徐图之。可如今是大争之世，首要就是让本国强大。只要本国强大，便有不妥，亦可在战争中转嫁给他国。不要说军人执政会不恤民情，军人若能开边，战争能够带来收益，百姓负荷就会减轻，就是最大的体恤民情了。”她转向屈原，双目炯炯道：“夫子，所以我认为，我们楚国应该像秦国那样推行变法，秦国是怎么变强的，楚国就可以照做。”

屈原震惊地道：“公主——”

芈月本说得痛快，却看着屈原忽然变了脸色，先是惊诧，但在屈原的凝视中慢慢变得惶恐和委屈，怯生生地道：“夫子……我说错了吗？”

屈原回过神来，看着芈月，勉强笑道：“没什么。”

他心头忽然如压了大石，再无心说话，当下只把话题岔开，找了卷《吴子兵法》，与两人解决一二，便让黄歇送了芈月回去。

当晚，屈原彻底不寐，他站在书房窗口，看着天上的星星，却想起少司命大祭那日，唐昧忽然闯入他家中，将当日的预言和自己的忧虑告诉他时的表情。

“天降霸星，降生于楚，横扫六国，称霸天下。”屈原长叹一声道，“老夫从前都不曾信过这些神道之言，可是，九公主她的脾气，比谁都像先王当年啊。难道说唐昧的话会是真的？”

第二十二章　张仪舌

芈月回到宫中，亦是彻夜未眠。屈原当时的神情，让她无法入眠。那样的神情，不是一个夫子看着弟子过于出色的欣慰，亦不是一个夫子看着弟子说错话时的指正，倒像是有些恐惧，有些不能置信。

那是什么样的神情呢？自己那话，又到底是说错了什么呢？

她与黄歇素日在屈原身边谈书论政，并非一日，便是说得再异想天开，屈原亦只是或鼓励，或指正，或欣赏，却从无这般奇怪。

思来想去，直到天亮，她才胡乱地打了个盹，醒来时天已大亮了。幸而最近宫中事情甚多，芈姝又是无心学习，撒着娇让楚威后令女师放假，因此她睡得晚了，倒也无妨。

她起了身，照例练过剑以后，到芈姝那边去。走到半道，但听得几个宫女自高唐台外跑进来，叽叽喳喳说个不停。见了芈月也不避着，反笑说今日宫中来了一名异士，能说会道，把大王哄得十分开心，诸宫人皆去看热闹呢。

芈月便问此人姓名，却听得那宫女道，此人名唤张仪。

芈月大怒，心道此人果然是个骗子，说什么去秦国无盘缠，骗得她心生怜悯，将身上的金子都借给了他。如今数月过去，他居然还在郢都招摇撞骗，实是可恶。当下便问了此人住在何处，心中盘算着待他辞了楚王槐，便要找他算账。

而此时的张仪，却在章华台，与楚王槐打得火热。

楚王槐听得张仪一上午天南地北地说了许多，听得十分尽兴。

此前张仪来见楚王槐，说的便是自己要往东方列国一行，临行前想瞻仰大王仪容，方算得不曾楚国虚行；又有奉方受了张仪之礼，十分为他鼓吹。楚王这才动兴接见，当是见这说客一面，敷衍过去便了。不想这张仪十分能说，他竟是听得津津有味，如今见时辰不早，张仪待要告辞，才依依不舍地问道："先生这就要走了吗？"

张仪笑道："是啊，臣早说过，将往北方六国一行，但不知道大王有什么要臣捎回来的。"

楚王槐笑了，楚国立国与周天子同长，数百年下来，何物没有？便道："寡人宫中，一切东西应有尽有，难道张子还能从北方六国捎回寡人没有的东西吗？"

张仪看了看左右，点头赞同道："大王宫中的东西的确是应有尽有……"楚王槐正待得意，却又听得张仪缓缓道，"只可惜少了一样。"

楚王槐奇道："少了哪一样？"

张仪便道："人！"又加了一句道，"美人！"

楚王槐摇头笑道："张子，这是前殿，你见着的不过是几个宫人罢了。寡人宫中便是南威、西子这样的美人，亦是不缺的。"

张仪笑吟吟地道："臣知道楚国美色，尽在大王宫中，可是列国美人大王都见过吗？"

楚王槐向前倾，露出感兴趣的神情道："这么说，各国佳丽先生都见过？"

张仪屈指数道："楚女窈窕，齐女多情，燕女雍容，赵女娇柔，韩女清丽，魏女美艳，秦女英气，这列国美人，大王当真都见过吗？"

楚王槐十分心动，道："以先生之意呢？"

张仪道："若能收集列国美女于后宫，天底下谁还能比得上大王的艳福啊！"

楚王槐顿时变得兴味盎然起来，道："哦，先生能为我收集列国美女不成？"

张仪长揖道："固所愿也，不敢请耳。"

楚王槐大喜道："来人，赐先生千金，有劳先生为寡人寻访列国美女入宫。"

那边张仪怀揣数金大摇大摆、两袖金风地出了宫，这边楚国后宫，便似炸开了一般。宫人内侍往来于南后及郑袖宫中，乱若蜂蚁，且自不提。

南后与郑袖俱是着了慌。南后是见郑袖得势，已然吃力，若是再来新宠，岂不更增压力？郑袖是自觉儿子渐长，容色不如昔日青春，也惧有新人入宫，夺了自己之宠。

因是听说张仪乃是奉方召入宫中来的，两处皆召了奉方来质问，奉方早得了张仪之教，将两边都说得满意，这才收了赏钱退下。

张仪出宫之后不久，宫中便接连出了好几拨人，直向张仪所居馆舍奔去。

张仪送走郑袖夫人派来的使者，看着摆在几案上的五百金，得意地一笑。他新收的童仆恭敬地问道："张子，要收起来吗？"

张仪随手挥了挥，道："不用，就这么摆着吧，还有客人要来呢！"

那童仆竖李诧异道："还有客人？"

便听得外面有女子的声音道："来的不是客人，是债主。"随着声音，便见芈月掀帘而入。

竖李方诧异地张着嘴，张仪已经是拍手而笑道："果然是债主，敢问债主来，可是要讨债？"

芈月扫了一眼几案上的金子，走到案前对面坐下，笑道："先生当日说自己要投秦，缺少盘缠，可是拿了盘缠不走，却逗留驿馆，衣食奢华。如今看这满地金帛，先生如今不缺钱了，还逗留此地，意欲何为？"

张仪挥了挥手，令竖李退下，笑道："不错，我也正要离开了，只不过明日离开之前，还要再交代一声。总得对得起他们送来的这些金帛吧。"

芈月诧异道："难道先生明日要把这些钱退还吗？"

张仪亦诧异道："退还？入了我张仪之手的钱，如何能退还？不不不，我只是想告诉他们，钱我收了，事我没办，下次有机会再合作。"

芈月看着张仪，只觉得不可思议，道："你以为你是谁，想怎么说就怎么说，当旁人都是傻子吗？难道你在昭阳处受的教训还不够吗？"

张仪却笑道："来来来，小姑娘，你与他们不同。君子爱财，取之有道。别人赠金与我是怀有私心，我自然不必客气。你赠金与我纯出天良，所以你这钱嘛，我是一定要还的。十倍相还，如何？"

张仪把其中一个匣子推到芈月面前。芈月想了想，又把这些金子推给张仪，道："钱我既然已经送出去了，倒也不必收回。那我就再跟你打个赌，你明日若能毫发无损地收下钱，还能给大王和郑袖夫人一个交代……"

张仪打断她，道："还有王后也派人送来了五百金……"

芈月吃惊道："你可真黑啊……好，你明天若是能毫发无损地收下钱，又能够赖掉事情，还让他们不追究你，这钱就算我输给你。"

张仪漫不经心地把匣子盖上，道："你是输定了。不过我知道你眼下还不缺这些，当日你赠金与我是雪中送炭，我如今还金却不过是锦上添花，没有什么用处。这些金子就暂存在我这里，等你需要的时候我再还给你。"

芈月却不看那金子，只看着张仪道："若你当真明日过关，这些金子我便换你一句话。"他若当真有这样的本事，她又何必索回金子？她如今在人生的重大关头，若能换此人一条计策，岂非胜过这些金子？

张仪却摆了摆手，看着芈月道："我知你要问的是什么，我如今便可答你——你是不需要我的主意的！"

芈月奇道："先生知道我要的是什么？"

张仪漫不经心地道："若是别的女子，想讨要主意，无非是自保、争宠、害人、上位。可惜……"

芈月一怔道："可惜什么？"

张仪直视着芈月，芈月被他看得浑身发毛，却不敢弱了气势，亦只得与他对视。半晌，张仪叹息道："可惜啊，妹子你如此聪明，懂的远比别人多，主意远比别人大，脾气却比别人硬。你这一生的波折，都在自己的心意上——有些事只在于你愿不愿意做，而不是能不能成！若是你自己想通了，这世上就没有什么能阻得住你！"

芈月怔了好一会儿，才道："先生说的人，竟好像不是我自己了。"她抬头看着张仪，叹道，"我如今进退失据，前后交困，命运全掌握在别人的手中。我自己想通？我自己想通有什么用？"

张仪微笑道："人永远看不清自己。就像我张仪，当初也是因为看不清自己，放不开自己，所以庸庸碌碌，坐困愁城。"说着呵呵一笑，拍了拍自己的大腿道，"我倒要感谢昭阳这一顿打，把我打痛了，也把我打醒了。世间最坏的情况不过如此，那我还有什么好顾忌的——从此，天地之间，再没有能拘得住我的东西了。"

芈月看着张仪，眼前的人和初次相见时已经有了很大的不同，她若有所思道:“那我要如何才能够像先生那样呢?”

张仪摇了摇头,道:“时候未到,你灵窍未开,就像是黑夜里把一本宝典送给你,你也看不到。等天亮了,你自己就能看到。”

芈月怔怔地想着道:“天亮? 天什么时候能亮呢?”忽然回过神来,怀疑地看着张仪道,“你这人最会虚言,该不是又在唬我吧?”

张仪笑而不语。然后芈月便再也问不出他任何话了,只得悻悻地离开。

次日,连芈姝也得知了此事,来寻芈月道:“你可听说有个张仪,说要为大王寻美人?”

芈月也被张仪昨日之言吊起了胃口,便鼓动芈姝道:“听说此人今日还要进宫来与大王告别,不如我们去看一看?”

芈姝亦起了好奇之心,便拉着芈月悄悄来到章华台后殿,躲在屏风后悄悄看那张仪到底是何等样人。

果见张仪到来,与楚王槐攀谈片刻,讲了一些各处奇闻,又道:“下臣今天就要辞别大王,临走之时听说楚国美食冠绝六国,可否请大王赐宴,让臣能够口角余香?”

楚王槐案牍劳形之余,只觉得有这么一个能说会道风雅有趣的人说说笑笑,亦可解劳,所以对张仪昨日说要辞别,今日又说要辞别,这种明显要多占点便宜的事也不以为意,只笑道:“哈哈哈,先生果然是最识得人生真谛的。”

张仪亦赔笑道:“听人说,食色,性也。臣亦认为,人生在世,最大的追求莫过于‘食’、‘色’二字。”

楚王槐笑道:“说得正是,寡人这宫中旁的没有,若说绝色美女与绝顶美食,却是样样不缺。”

张仪拊掌道:“大王此言绝妙。既如此,下臣就再冒昧一次,大王有美食当前,焉能无美人相伴? 臣听说南后和郑袖夫人乃是绝色美人,不知下臣能否沾光拜见。”

楚王槐有意夸耀,笑道:“好啊! 来人,去问问王后与郑袖夫人,可愿来与寡人饮宴。”他是无可无不可的,只是南后多病,郑袖得宠,岂是臣下说要拜见便能拜见的? 便是楚王同意,愿不愿意亦是看两人心情,他只是叫人去问问,便是南后、郑袖不来,随便叫两个美人出来,教这狂士开开眼界也就罢了。

不料消息传到宫内，南后、郑袖俱派了寺人来，道已经在梳妆打扮，过会儿便来。

却是南后与郑袖正为了昨日张仪要去北方诸国寻访美人之事上心，昨夜张仪收下两人贿赂，今日便是要看看此人如何答复，自然不肯放过这个机会。

郑袖更是工于心计，听得南后要去赴宴，便悄悄令寺人再往章华台送去各色鲜花，又叫人将今日之宴多上鲜物。南后有胸闷气喘之症，如今越发严重，这些鲜花鱼蟹，正是易引其发作之物。

南后自生病以后，精神益发短了，若是寻常之时，郑袖自不是她的对手，但精神既短，于这些细节上便没有足够的精力去防备。

当她走进殿中，见着满殿鲜花繁盛之时，顿觉有些喘不过气来，暗悔上当，脸上却不显露，只叫来奉方，着他立刻将鲜花撤了下去。

楚王槐见着南后撤了鲜花，亦有些明白过来，站起来笑道："寡人不过一说，王后有疾，当安心静养，何必勉强出来？"

南后笑道："日日闷在房内，也是无趣，如今风和日丽，得大王相邀，得以出来走动一二，亦是不胜之喜。"

正说着，郑袖亦是一头花冠地来了。楚王槐一怔，忙拉了郑袖到一边去，低声道："王后有疾，不喜花卉，你如何竟这般打扮？"

郑袖故作吃惊道："妾竟不知此事！那妾这便更换去。"这边却到了南后面前请罪道："实不知小君今日也来，倒教妾惊了小君。"

南后只觉得一阵花香袭来，气闷异常，只暗恼郑袖手段下作，不上台盘，这边却笑道："既是来了，何必再去更换？妹妹坐对面，我坐这头，倒也无妨。"

郑袖实有心在她面前多待片刻，最好教她自此病发不治，却碍于楚王槐在此，一时不敢做得明显，只得笑道："多谢小君体谅，妾这便离了小君跟前，免得碍了小君之疾。"

南后听得她话里话外，倒像是自己故意拿病体为难她一般，心中冷笑，只闭了眼，挥了挥手，懒得与她纠缠。

郑袖只得悻悻退回自己的座位去。她二人坐在楚王槐一左一右的位子上，眼见已经坐定，楚王槐道："今日有一异士，聪明善谑，且欲召来与二卿解颐，如何？"

南后微笑道:“妾亦闻此张子之名,心向往之。”

郑袖也娇笑道:“听说这人哄得大王甚是开心,妾亦愿一见。”

楚王槐便哈哈大笑,道:“请张子入见吧。”

此时酒宴摆上,寺人便引着张仪入内,与楚王槐见礼以后,楚王槐又道今日王后、夫人亦在,让张仪拜见。

张仪便行礼道:“下臣张仪,参见王后、夫人。”

南后端庄地道:“张子免礼。”

郑袖撇了撇嘴道:“张子免礼。”

张仪闻声抬起头,先是看了南后一眼,惊愕极甚,又揉了揉眼睛,仿佛不敢置信地转头到另一边,见着了郑袖,更是目瞪口呆,整个人都僵住了。

楚王槐诧异道:“张子——”

张仪像石化了一样,半张着嘴,一动不动。

楚王槐更觉奇怪,道:“张子,你怎么了?”

奉方吓得连忙上前推了推张仪,一迭声地叫道:“张子,张子失仪了,张子醒来——”

张仪像是忽然如梦初醒,竟是朝着不知何方连连胡乱作揖道:“哦,哦,下臣失礼,下臣失礼——”

楚王槐见了张仪如此形状,不觉好笑,心中亦是觉得猜出几分,不免得意,盖过了对张仪失礼的不悦,笑道:“张子,你怎么了?”

张仪梦游似的看了看南后,又扭头看了看郑袖,用一种恍惚的、不能置信的语气道:“这两位,是王后和郑袖夫人?”

楚王槐见这伧夫般的模样,心中更觉轻视,抚须笑道:“正是!”

张仪脸上显出一种似哭非哭、似笑非笑的表情,忽然号啕一声,整个人扑通一声跪下,捶胸顿足地哭道:“下臣惭愧啊,下臣无知啊,下臣是井底之蛙啊,下臣对不起大王啊……”

楚王槐不想他竟演出这样的活剧来,忙叫奉方扶起他,道:“张子快起,你这是要做什么?”

张仪用力抹了抹不知何处而来的眼泪,显出既痛心又羞愧的苦容来,哽咽着道:“下臣有罪,下臣无知! 亏得下臣还夸下海口,说要为大王寻访绝色美女。可是方才一见南后和郑袖夫人,下臣就知道错了。下臣走遍列国,就没有看到有谁的容貌可以胜过她们的。下臣居然如此无知,下臣见识浅薄啊，竟不知道天底下最美的女人早已经在楚国了。下臣向大王请罪，大王要下臣寻访六国美人的事，下臣有负所托，办不到了啊……”

楚王槐左看南后，右看郑袖，哈哈大笑道：“你啊，你的确是见识浅薄。寡人早就说过，天底下就没有什么东西是我楚宫没有的。寡人宫中，早已经收罗了天下最美的美人。”

张仪长揖为礼，羞愧道：“下臣无颜以对，这就退还大王所赐的千金。”

楚王槐此时心中正被张仪的言行奉承得极为得意，哪里看得上这已经赐出去的区区千金，便道：“千金嘛，小意思，寡人既然赐给了你，哪里还会收回去？”

张仪喜道：“大王慷慨。臣多谢大王，多谢王后，多谢夫人！”

南后和郑袖相对看了一眼，眼神复杂而庆幸。宴散之后，两人走出章华台，郑袖低声道：“巧言令色。”

南后第一次觉得同感，道：“的确。”

郑袖回到云梦台，十分得意。南后病重，如今这宫中便是她得以独宠，如今连宫外的威胁亦没有了，且又听说，南后自回宫以后，病势沉重，这几日都不能再起身了。

心中正自得意，不料过得几日，却听说魏国竟送了一个美女进宫。郑袖初时不以为意，宫中诸人亦畏她嫉妒，恐她迁怒，也不敢到她跟前相告。及至听说楚王槐数日宿于新人之处，竟是日夜不离，这才勃然大怒，当下便站起来，要前去寻那魏国的美人。

她的侍女鱼笙大急，拉住郑袖道：“夫人休恼，夫人还不知大王的性子吗？如今新人正得宠，夫人若与她发生冲突，岂不是失欢于大王，倒令南后得意？”

郑袖冷笑道：“她如今命在旦夕，得不得意，都无济于事了。”

鱼笙急道：“夫人便不想想，如今她就要死了，正是夫人的机会。夫人且忍一忍，大王素来是个不定性的，待夫人登上王后之座，说不定大王亦是厌了她，到时候夫人想要如何处置，还不是由着夫人？”

郑袖一腔怒气，倒被她说得缓了下去。她倚着凭几想了半日，忽然得了一个主意，冷笑道：“鱼笙，你将我左殿收拾出来，铺陈得如我这居室一般，我倒要看看，这魏国的美人，到底有多美。”

鱼笙不解其意，只得依从了她的吩咐而行。这边郑袖直等她布置完了，才依计行事。

且说这日芈月因芈戎学宫休假之日将到，便收拾了两卷竹简，欲带到离宫莒姬处，交给芈戎学习。不想走到半路，女萝不小心踩到裙角，摔了一跤，却将那匣中的竹简甩出散落了。芈月皱眉，女萝忙告了罪，便收起竹简赶紧先送回高唐台去。

芈月便在那长廊处坐下，等着女萝回来。

也不知坐了多久，却听得远处隐隐有哭声。芈月诧异，若换了别人，或许不敢，但她素来胆气壮，谅宫中也不会有什么大事，便悄然寻去。

绕过几处薜荔花架，却见一个白衣女子，独坐御河边哭泣着。

芈月便问道："是何人在那儿哭？"

那白衣女子吓得擦擦眼泪连忙站起来，转头看去。芈月一见之下便认了出来，宫中似她这般美貌的女子的确不多，当下道："你可是魏美人？"

魏美人惊奇地道："你如何认识我？"

芈月笑道："宫里俱传说魏美人之美，不识魏姬，乃无目也。"

魏美人脸一红，害羞地笑着道："你当真会说笑话。嗯，但不知阿姊如何称呼？"

芈月道："我是九公主。"

魏美人吃了一惊，忙行礼道："见过九公主。"

芈月看她脸上一抹嫣红之色，眼中微红，略带泪意，便是身为女子，也不禁起了怜惜呵护之意，忙道："对了，你为什么会一个人在这儿啊？你身边的宫女呢？"

魏美人左右一看，手指在唇上示意道："嘘，你小声点，我是偷偷跑出来的。"

芈月诧异道："为什么你会偷偷跑出来？"

魏美人低头，扭捏半晌，才道："临行前，王后跟我说，到了楚国不能让别人看到我哭。"

芈月心中一凛道："王后？哪位王后？"

魏美人天真地道："便是我国王后啊！"

芈月问道："魏王后为何要这样说？"

魏美人低头半晌，道："公主，你说，我是不是看上去甚是好欺负啊？"

芈月只觉得她这般神情，竟是格外可怜可爱，忙道："何以如此说？你这样子，便是世人都舍不得欺负你啊。"

魏美人嗫嚅道："我临行前，拜别王后，王后便说，我一看便甚是好欺负。她叮嘱我说，休要在人前哭，别人看到我哭，就会知道我很好欺负，就会来欺负我。"

芈月诧异道："你叫她王后，不是母后，难道你不是魏王的女儿？"

魏美人扁扁嘴，道："才不是呢，大王都那么老了……我们是旁支，我爹是文侯之后，现在连个大夫也没当上呢！"

芈月拉着魏美人的手坐下来道："那怎么会挑中你到楚国来呢？"

魏美人想了想，道："我也不知道啊。之前听说是嫁到秦国的王后没了，大王就想再送一位公主过去，召集了远支近支所有的女孩子挑选陪媵，我就被选进宫了。后来听说秦国向楚国求婚了，大王就把我送过来了。"

芈月道："把你送过来做什么呢？"

魏美人摇头道："王后只说，我要让楚王喜欢我，其他什么也没说……"说到这里，引起伤心事来，便呜呜哭道："我想我爹娘，想我阿兄……"

芈月问道："你爹娘很疼你吗？"

魏美人用力点头道："是啊，我爹娘很恩爱，也很疼我。"

芈月再问道："你家里还有什么人？"

魏美人屈着手指数道："爹、娘、大兄、二兄，还有我。"

芈月奇道："只有五个人？"

魏美人点头道："是啊。"

芈月想了想，还是问道："你爹就没有姬妾吗？你没有庶出的姊妹们吗？"

魏美人道："没有，我爹就我娘一个。"

芈月心中叹息道："你当真好福气。"

魏美人却摇头道："才不是呢，我从小就好想有个阿姊，却没有阿姊来疼我。"说着，喃喃地道，"若是有一个阿姊来疼我便好了。"

芈月见她可爱，竟是不忍她如此失望，一激动便道："你若不嫌弃，我来做你阿姊如何？"

魏美人惊诧地睁着剪水双瞳，道："是我不敢高攀才是，你是公主，我只是一个后宫妇人——"

芈月叹息道："我今日是公主，明日却又不知道会去向何处国度，成为一介后宫妇人，有什么高低之分？"她看着魏美人，越看越是喜欢，此时倒是有些明白芈姝当初的行为。当惯了幼妹的人，看到一个比自己还小的妹子，便不禁有充当阿姊的欲望，只是想了想，还是问道："你几岁？"

魏美人便道："我十五岁，八月生的。"

芈月松了一口气，笑道："正好，我也是十五岁，不过我是六月生的。"

魏美人拊掌笑道："你果然是阿姊。"

芈月也笑了道："正是，我如今也有个妹妹了。"

两人的手紧紧相握，互称道："阿姊。""妹妹！"

芈月欲待再说，却听得远远有声音传来："魏美人，魏美人……"

魏美人却跳了起来，道："寻我的人来了，阿姊暂且别过，回头我们再叙。"

芈月便道："你若得便，十日之后，还是这个时辰，我便在此处等你。"

魏美人认真地点头道："好，阿姊，十日之后，还是这个时辰，我必在此处等阿姊。"

芈月只道多了一个妹子，十分欢喜，因知魏美人初入宫，恐其不便，便秘密准备了一些常用之物，思量着要在下次见面时送与她。

谁知道第二日，魏美人便出了事。

第二十三章　郑袖计

因魏美人得宠，又兼之初到楚宫，楚王槐正是浓宠蜜爱之时，恐其寂寞不惯，便令掖庭令乘风和日丽之时，带她去游玩宫苑，好解她思乡之情。

魏美人年轻单纯，虽有几分乡愁，奈何身边诸人奉承，华服美食，便也很快适应了。

这日她正被掖庭令引着游玩，那掖庭令对她奉承得紧，一路上不断引导示好："魏美人，您请，慢点，那边小心路滑……"

魏美人好奇地边走边打量着整个花园，指点嬉笑："这里的花好多啊。咦，水面上那是什么？那个白色的，难道是传说中的九尾狐……"楚国与魏国不同，魏宫刻板整肃，占地不大，楚宫却是起高台，布广苑，因地处南方，气候宜人，四时花卉繁多，又岂是魏宫能比？且楚国立国至今七百多年积累下来，处处豪华奢侈之处，又是远胜魏国。魏美人在魏国不过是旁支，此番见到楚宫胜景，岂有不好奇惊异之理？

掖庭令一边解释一边抹汗，道："那是杜若，那是薜荔，那是蕙兰，那是紫藤。水面上那个是鸳鸯……

却见魏美人指着远处叫道："那个白色的有好多尾巴的，莫不是九尾白狐？"

永巷令吓得急忙叫道："那个不是九尾狐，是白孔雀，您别过去，小心它啄伤您的手……"北方国家的人不识白孔雀，远远见其九尾色白，以为是传说中的九尾白狐，误记入史料的也有不少，怪不得魏美人不识。

但见魏美人在园中花间，跑来跳去，正是天真烂漫、不解世事的快乐时候。

突然间魏美人身后的宫女们停住了脚步，齐齐拜倒，向前面行了一礼，道："郑夫人。"

魏美人懵懂地抬头，便看到迎着她走来的郑袖。

郑袖一脸怒色而来，正欲寻魏美人的晦气，及至见了魏美人之面，却是倒吸了一口凉气。

但见这魏美人单纯无邪，却有一种无与伦比的天然之色，正是楚王槐最喜欢的类型！那一种娇柔纯真，郑袖当年有其五分，便能得楚王槐多年专宠，而眼前的魏美人，却有十分之色。郑袖目不转睛地看着魏美人，魏美人在她这种眼光之下不禁往后瑟缩了一下，惴惴不安地看向掖庭令，实指望他能够给自己一些指引。

那永巷令却是个最知风向的，见着郑袖到来，便已经吓得噤口不语，低头直视地下，恨不得地下生出一条裂缝来，好让自己遁于其中隐匿无形。

郑袖的神情，从杀气腾腾到惊诧不已，从自惭形秽到羞愤不平，忽然变幻出一张娇媚笑脸来。她娇笑一声，亲亲热热地上前，拉起魏美人的手道："这就是魏妹妹吧？啧啧啧，果然是国色天香的美人啊，我活了半辈子第一次看到女人能美成这样，可开了眼界了。"

魏美人怔怔地看着郑袖，她之前的人生犹如一张白纸，实在是看不透郑袖这变来变去的表情背后含意何在，只得强笑道："您是……"

郑袖扑哧一声笑了，道："妹妹竟不认识我？"

郑袖身后的侍女鱼笙忙笑道："这是郑袖夫人，如今主持后宫。"

魏美人忙挣脱了郑袖的手，行礼道："见过郑夫人。"

郑袖已经忙不迭地扶住了魏美人，道："好妹妹，你我本是一样的人，何必多礼？我一见着妹妹，便觉亲切，仿佛不知在何处见过一般……"

魏美人迷糊地看着郑袖的殷勤举动，掖庭令脸色苍白，拿着香包拼命地嗅着，其他宫女也面露害怕之色，都不敢说话。

郑袖一边滔滔不绝地说着好话，一边热情如火地把魏美人拉着边走边问道："妹妹来了有多少时日了？如今住在何处，这远离家乡，用的晡食可还合口吗？"

这一迭声赶着又热络又亲切的问话，将魏美人方才初见她时那种奇异神情所产生的畏惧都打消了，魏美人便一一回答道："我来了有半月了，住在兰台，还有许多其他的阿姊与我同住。楚国的膳食甚是奇怪，不过还是挺好吃的……"两人亲亲热热地游了一回园，郑袖便连她家里还有几口人，几岁学书，几岁学艺，甚至是几岁淘气被打过都问了出来。

当下便拉了她到自己所居的云梦台游玩，见魏美人甚是喜欢，便建议道："我与妹妹竟是舍不得分开了。那兰台与姬人同住，岂是妹妹住得？不如住到我云梦台来，你看这诸处合宜，便是欠一个人与我同住。妹妹且看着，有什么不如意处，便告诉我，我都给你准备去……"

魏美人心中隐隐觉得不对，却不知道到底哪里不对，面对郑袖的似火热情，竟是连拒绝的理由也说不出来，被郑袖拉着去见了楚王槐，竟是迷迷糊糊当着楚王槐的面答应了下来。

自此郑袖与魏美人同住，对魏美人竟是十二万分地好，她布置魏美人的居处，卧具锦被，无不一一亲手摆设。又过问她的饮食，搜罗内库之中山珍海味，专为魏美人烹饪她所喜欢的家乡风味。这边还将自己所有的首饰衣服，拣顶好的送给魏美人，一时之间，竟表现得比楚王槐更加热络亲切。

一时宫中俱都诧异，道："她这是转了性子吗？"

楚王槐却极为高兴，道："妇人之事夫婿者，乃以色也，因此妇人嫉妒，乃是常情。如今郑袖知寡人喜欢魏女，却爱魏女甚于寡人，这实是如孝子事亲、忠臣事君也，情之切而忘己啊！"

这话传进高唐台诸公主耳中，芈姝先冷笑了道："不晓得是哪个谄媚者要奉承阿兄和那郑袖，竟连这种话也想得出来，当真恶心。"

芈月才得知此事，再听了这话，心中忧虑，道："如今南后病重，郑袖早视后座为自己囊中之物，却凭空来了一个魏美人，占尽了大王的宠爱，她岂会当真与魏美人交好……阿姊，她必非本心。"

听了芈月此言，芈姝鄙夷地道："自然，连瞎子都看得出，便除了我王兄之外，宫中之人，谁不是这般说的。哎呀呀，你说她对着魏美人，怎么能笑得出来，亲热得出来啊？看得我一身寒战。"

芈月忧心忡忡道："郑袖嫉妒之性远胜常人，她这般殷勤，必有阴谋。"

郑袖既然有意将自己贤惠的名声传扬开来，自然不需要别人相信，只要楚王槐愿意相信，以及宫外不知情的人相信这话，那么将来无论她对魏美人做什么，楚王槐及外界之人都不会有疑她之心了。

至于她们这些知道内情的宫中女眷，谁又有权力处置郑袖？谁又会为一个将来失势的妃子说话？郑袖这些年来在宫中害的人还少吗？也不见得有谁为那些被害者出头，而郑袖依旧安然无恙地主持着后宫的事务。

她二人说得激烈，芈茵却沉默寡言，魂不守舍，竟也不参与。

芈姝忽然转头看芈茵，诧异地道："茵，你近日好生奇怪，素日最爱争言，如今却变得沉默如此，可是发生了什么事吗？"

芈茵骤然一惊，倚着的凭几竟失去了平衡，一下子仆倒在地。

芈姝忙道："你怎么了，竟是如此脆弱不成？"

芈茵却慌乱地道："我，我自有事，我先出去了。"

芈姝看着芈茵出去的背影，喃喃道："她最近这是怎么了？"

芈月却是有些知道，暗想她如今这样，莫不是有什么事落了把柄给别人不成？只是她如今满心皆是魏美人之事，想到这里，忙站起来道："阿姊，我且有事，先回去了。"

芈姝不耐烦地挥挥手道："且去。你们一个个都好生奇怪，你说人长大了，是不是便生分了？"

芈月无心劝她，匆匆而去。只恨如今魏美人搬入了云梦台，郑袖是何等样人，岂是她能够派人混入的？

思来想去，忽然想起莒姬，忙去了离宫寻找莒姬，将魏美人之事说了，想托莒姬助她送信入宫，与魏美人做个警告。

哪知莒姬一听，便沉了脸，斥道："此事与你何干？"

芈月惊道："母亲，郑袖夫人对魏美人匿怨相交，绝非好意，难道你我要这般看着魏美人落入陷阱而袖手不成？"

莒姬却冷冷地道："这后宫之中自来冤魂无数，你以为你是谁，敢插手其中？莫要连你自己的性命也陷进去才是！此事，我不会管，也不许你再去管！"

芈月深吸一口气，她知道莒姬在这后宫多年，自也不会是何等良善之人，况且她与郑袖交好。在这件事上，站在郑袖一边，也不奇怪，只是毕竟心有不忍，道："母亲，魏美人为人单纯，叫我这般眼睁睁地看着她被人算计，实是不忍。"

莒姬冷笑一声道："单纯？单纯的人如何能够得大王如此之宠幸？即便

她是真单纯，送她来的魏国人也绝对不单纯，不过是瞄准大王的心思，投其所好罢了。魏国既然把她送进楚国，她的生死，自有魏国人为她操心，何须你来多事?”

芈月怔了一怔，这才明白了莒姬的意思，魏国人既然把魏美人送入宫中，则必不会让魏美人轻易失势吧。

只是后宫的女子，操纵不了前朝人的心思，那些争霸天下的男子，却也未必尽知后宫女人的算计。不管如何，魏美人也是牺牲品罢了。

芈月见莒姬甚是严厉，也不敢再说起魏美人之事，只得打住。过不得多时，芈戎也来了。因泮宫每旬有一次休假，芈戎每每趁了休假，回到离宫与母亲、姐姐相会。姐弟两人许久不见，便亲热地问候了一番。芈月又看着芈戎的课业，与他讲解，又听着芈戎讲他在泮宫中学到的一些芈月所不知道的知识。莒姬含笑看着姐弟俩教学相长，亦不再说起方才的扫兴之事。

从某一方面来说，莒姬确是一个很聪明的女人，当年她如何取悦楚威王，如今便能够如何与自己的儿女保持好的感情，只要她愿意、她有心去做。

虽然芈月住在高唐台，芈戎居于泮宫，但芈戎总会借着休假之日来离宫，母子感情始终极好。而芈月若是知道芈戎会来，也必会赶来相会。

芈戎单纯，又兼之一出生便被抱到莒姬身边来抚养，虽然知道自己另有生母，但与莒姬的感情却是如同亲生母子一般。且向氏出事时，他还在半懂不懂的时候，略记事一点后，对向氏更是印象极淡。他亦是知道自楚威王去世之时，莒姬处境艰难，每每相见，总是极懂事极孝顺的，更是教莒姬贴心。对这个儿子，莒姬自是倾出全心去宠爱与管教，不管要疼要罚，实无其他顾忌。

芈月却是不太一样，这个女儿比芈戎大，所以更有自己的想法，不太受她的影响。且又太过聪明，更是被楚威王所宠，极为不驯。更兼向氏之死，让她们母女之间产生了隔阂，虽然最终这种隔阂已经被化解，两人在这深宫之中毕竟也是相依为命，不可分割。但是对于芈月这个孩子，莒姬仍然相当小心地维持着一定的距离。这样聪明又有主见的孩子，若是对她也如对芈戎一般地关心衣食这等小恩小惠，只怕不入她的心。这个孩子过于懂事，许多事竟是她连管教也不好下手。若是过于干涉，怕只会母女离心；若是全不干涉，则会更见冷淡。

这些年来莒姬为了这个女儿煞费苦心，不得不一次次调整自己对芈月的态度，直到如今在一般的事务上，完全把她当作成年人一般对待，并不像对待芈戎一般。

母女二人，俱是极聪明的人，这些年来所养成的默契，已经让芈月知道，不可能再从莒姬处得到任何的帮助。莒姬不是楚威王，只要她耍赖打滚，便能依了她，且如今她也做不出这样的事来。

但奇怪的是，芈戎在莒姬面前，却是毫无负担地耍赖打滚，虽然多半是要被制止的，但却也有一小半机会能够成功，让莒姬无奈让步。芈月冷眼旁观，虽然有时是莒姬故意引芈戎耍赖的，但有时却也的确是莒姬一开始没打算让步，但最终还是让步了的。

芈月却知道，自己与莒姬的关系，绝不可能像芈戎与莒姬一般，毫无思虑与顾忌的。但这样也好，至少对于她来说，知道太多，并不是一件好事；芈戎能够少一些心事，幸福地长大，这对他更好一些。

心中各种思绪，终究还是没有能够把魏美人之事彻底放下。这一日便到了当日与魏美人相约的十日之期，芈月在自己的房间里犹豫再三，有心回避，但结果还是去了相约之处。

却见魏美人已经等了许久，见她来了，惊喜地迎上来道："阿姊，你终于来了——"

芈月见到她这样，本欲待一会儿便走，此时却心中一软，便道："魏妹妹，你来多久了？"

魏美人忙笑道："不久不久，此处风景甚好，我多看一会儿也没关系。"

芈月来的时候本已经迟了两刻，看着魏美人的神色，似乎她比约定时间来得更早，此时她却半点也没有埋怨芈月之意，芈月暗惭，道："妹妹，你近日可是在云梦台，与郑袖夫人同住？"

魏美人瞪大了漂亮的眼睛，道："阿姊你也知道了？是啊，我如今与郑袖阿姊同住呢，她待我当真极好。"

芈月看着她单纯的神情，心情复杂，问道："她当真待你极好？"

魏美人忙点头，笑容灿烂道："是啊，你知道我家里没有阿姊，从小就希望有个阿姊来疼我。没想到到了楚国，居然遇上了两个待我好的阿姊。"

芈月问道："她对你怎么好了？"

魏美人脸一红，有些扭捏地道："她……很会照顾人，很体贴人，我吃的用的穿的，都是她张罗的，有时候我还没说出口，她就会知道我想要什么，都给我弄好了。我也是好长一段时间以后，才知道原来我梳妆台上的许多首饰，都是她自己私藏的，并不是大王赐给我的。她知道我想家，就派人捎来老家的枣子和乳酪；有一回我在花园里被虫蚁咬了，她还不让我抓挠，说若是抓伤了皮，大王会不喜欢……阿姊，我在家中也得父母宠爱，也有侍女服侍，可是不管父母还是侍女，都做不到郑袖阿姊这么温柔关心，体贴入微，这辈子从来没有人像郑袖阿姊那样对我这么好过。而且，她不只疼爱我，还教我许多人情世故，教我如何讨大王欢心，如何不要与旁人争论是非，如何赏赐奴婢笼络人心……"

芈月听着魏美人一桩桩一件件地道来，见着她脸上越来越崇拜和信任的神情，一颗心止不住地下沉，好一会儿，才道："妹妹，你可知郑袖夫人出身并不高贵，却在短短几年内成为大王最宠爱的妃子，离王后之位只差一步？我想，她的得宠，也许就是大王在她身上感受到这种无微不至的体贴关怀和善解人意吧。可这体贴关怀，她给予大王，换来的是权柄风光；她给予了你，又能换来什么？"

魏美人不想她竟如此说话，退后两步，眼中尽是委屈和不解，道："若是这么说，阿姊待我的好，也是要换来什么了？阿姊，你何以妄测人心至此？枉我把你当成阿姊，有什么心事亦同你讲，你却为何不容其他人待我好？"

芈月说出这番话来，亦自觉有些冒险，却见魏美人不肯领情，心中气恼，本不欲再劝说，却又不忍心。此番话已经出口，索性一次性都说尽了，圆了她与魏美人这一场相识之缘，亦免得自己日后后悔。

"魏妹妹，不是我妄测人心。你初来乍到，却是不知，郑袖的为人在这宫中却是尽知的。我说这样的话，也是为了免你上当。"

魏美人气得脸涨得通红，道："你是不是想说，郑袖阿姊对我的好，都是假的，都只是看在大王宠爱我的分上才会这么做？"

芈月轻叹道："这倒是轻的。我就恐她另有什么算计，这才是最可怕的。"她见魏美人已经是一脸欲辩驳的神情，也不与她纠缠，径直把话说了下去，"你才来宫中，恐怕根本不知道，这么多年来郑袖夫人是怎么一步步爬到现在这个位置的。她对王后之位的企图是连瞎子都看得到的。以前大王也宠爱过其他的女人，她也一样对她们很好，可是后来呢，凡是被她殷勤对待过的女人，现在都已经消失了，唯一一个还活着的，就是王后，现在也病得快要死了。如果她只是因为大王宠爱你而对你好，根本没必要好到这种程度。

我觉得这件事很可怕，你一定要小心，不要过于相信她……”

魏美人捂住耳朵，道：“我不听，我不信！我不是瞎子傻子，我有眼睛会看，有脑子会判断。一个人对我的好，是真的是假的，我怎么会感觉不出来？那种假的，眼睛里都会放毒针，笑起来都是皮笑肉不笑的，伸出手来都是冰凉的，挨着你坐的时候都是僵硬的，连讲你的好话，都是从牙齿缝中透着不情愿的……郑袖阿姊绝对不是这样的人，她对人真诚，是可以连心都掏出来的。你，你是不是嫉妒了？我以前叫你阿姊，什么都相信你，什么都告诉你，现在，我有了郑袖阿姊，你觉得你在我心中不是最亲近的人了，所以你就诋毁郑袖阿姊，是不是？”

芈月硬拉下魏美人的手，强迫她听自己说话，道：“如果你真的这么认为，那就是吧。你要记住，这个世界上对你好的人，也是存有不好的心的，凡事千万不要盲目地相信一个人，不管她看上去对你有多好，多真诚。你千万要记住，她给你吃的用的，你一定要看她自己先吃过用过才行；她告诉你的话，你千万不要完全相信……”

魏美人泪流满面，退后一步道：“我不听，阿姊，我不会再来这儿见你了。我一直以为，你是我在楚宫中认识的第一个朋友，没有想到，你却是这么霸道，这么不讲理。王后说得对，什么朋友也经不起嫉妒和时间的考验。”

魏美人流着泪，转过身去，一径跑走了。

此刻日光正烈，她整个人似乎跑进了日光里，那样灿烂，却是转眼不见了。

芈月心头忽然升起一丝不祥的预感，却不知该说些什么。

石几上，有一方丝帕，想必是魏美人刚才垫在那儿挡尘土的，如今被风一吹，飘飘飞起，慢慢地滚过石几，到了边缘，就要飘然落入泥中。芈月伸手拾起了那丝帕，叹了一口气，收在自己的袖中。

魏美人一口气跑回云梦台，只觉得一片真心竟教人这样轻视了，又是委屈又是伤心，不禁回到自己房中大哭了一场。

到黄昏时，郑袖便已经知道她哭过了，关心地问道：“妹妹，听说你今日心情不好，可是有什么缘故？是奴婢们侍候不周，还是听了什么闲话？”

魏美人见了她如此关心体贴的模样，想起芈月对她的诋毁，十分羞愧。郑袖待她如此之好，自己所信任的人却如此说她的不是，连带着替郑袖打抱不平起来，却又不敢说出来教她伤心，支吾着道："都不曾呢。阿姊，只是我自己想家了，想我爹娘了，所以才会……"

郑袖松了一口气，笑道："你若是当真想家里的人了，不如捎一封信回去，甚至可以让大王下诏，召你兄长来楚国任职亦未尝不可，这样也免你思念之苦。"

魏美人又惊又喜，惴惴不安地道："这如何使得？"

郑袖大包大揽道："妹妹只管放心，如今这朝堂之上，皆是亲朋故交，大王爱屋及乌，亦是常情。"

魏美人更觉惭愧，心中暗道她为人如此之好，何以竟还有人说她的不是？想到这里，不禁道："阿姊，你待其他的人，也是这般好吗？"

郑袖度其颜色，暗思莫不是她听说了些什么，当下正色道："常言道以心换心。我待妹妹好，是因为妹妹值得我待你好。妹妹是真心人，所以阿姊就算把心掏给你也是情愿的……"说到这里，故意叹了一口气，神情黯然。

魏美人果然问道："阿姊，你这是怎么了？"

郑袖叹息道："妹妹你初来乍到，不晓得这宫里的人，实是两面三刀的居多。我从前也是吃了实心肠的亏，我一股脑儿待人好，不晓得有一等人，竟是憎人有笑人无的，你待她再好，也是枉然。所以我现在就知道，我要对人好，也要给值得的人。"

魏美人听了也不禁点头赞成道："阿姊这话说得极是。"

郑袖便极慎重地对她道："妹妹，你须记住，这宫里之人善恶难辨，除了阿姊外，你谁也休要轻信。有一等人惯会挑拨离间，必在你面前说我怎么怎么地恶，又在我面前说你如何如何地丑，我是从来不相信这些人的胡说八道的。"

魏美人便笑道："我也不相信。"

郑袖似不经意顺口道："便如她们同我说你的鼻子……"说到这里忽觉失言，掩住了嘴道，"没什么，咱们说别的吧。"

魏美人一怔道："我的鼻子？我的鼻子又如何？"

郑袖忙顾左右而言他："不是说你呢，是说我呢。对了，妹妹尝尝今日这道炖鹌鹑，竟是做得极好……"

她不说倒也罢了，她这样掩掩遮遮的，倒教魏美人起了疑问，缠着要问她原因。郑袖只是左右托词，不肯再说。

直至膳食撤了，两人对坐，魏美人索性便坐在郑袖面前，双手搭在她的肩头，立逼着她说出，郑袖这才勉强道：“这原是没什么的，我并不曾觉得。只是那一等人嫉妒你得宠罢了，非要白玉璧上挑瑕疵，整日在大王跟前嘀嘀咕咕的，说妹妹你呀……”她忽然指向魏美人的鼻子，道，“你——这里，有一点歪，难看！”

魏美人急忙取出袖中铜镜端详，道：“哪里？哪里？”

郑袖冷笑道：“唉，你自己看自己，自然是看不出来了。哎呀，妹妹，不说看不出，这一说呀，仔细看看，妹妹你好似当真——”

魏美人紧张地问道：“怎么样？”

郑袖便如刚发现似的，皱着眉头，对着魏美人的脸左右前后端详了好一阵子，才不甘不愿地道：“我只道她们胡说，如今仔细看看，好像当真是有一点不对哦！怪不得大王昨天也说——”

魏美人紧张地问道：“大王说什么？”

郑袖笑了笑，却有意岔开话题道：“其实也没什么，谁个脸上又真的完美无瑕？妹妹之美，无与伦比，理她们作甚？”

魏美人嘟着嘴，急道：“我自不会理她们说什么。可是，大王他说什么了？阿姊，你快告诉我吧。”

郑袖只不肯说，魏美人忙倚在她身上百般撒娇，郑袖才一脸怜惜无奈地叹道：“你休要缠我了，我便说出来，徒惹你不悦，这又何必呢？”

魏美人忙道：“阿姊只要说出来，我必不会不悦的。”

郑袖这才悠悠一叹，道：“你昨日上章华台时，我与大王在上面看着你拾级而上，大王却忽然说了一句，说……”

魏美人紧张地道：“说什么？”

郑袖道：“大王说，妹妹你扭头的时候，似乎哪里不对……”说到这里，见魏美人险些要哭了，又悠悠道，“我当时也不以为意，如今想想，再看你脸上，这才明白，果然自我这边看来，妹妹的鼻子有点小小瑕疵啊。”

魏美人急得差点哭了，道：“大王，大王他真的这样说了？”

郑袖笑出声来道：“哎呀，傻妹妹，你哭什么呀！世间事，有一失便有一得，天底下谁的容貌又是完美无缺的了？”

魏美人止了哭，诧异地道：“什么叫有一失便有一得？”

郑袖故意犹豫道：“这个嘛……”

魏美人撒娇地摇着郑袖道："哎呀，好阿姊，我知道你是最疼我的了。你有什么好办法，快帮帮我吧！"

郑袖叹道："哎呀呀，怕了你啦！妹妹，你来看我——"说着便站起来，手中执了一柄孔雀羽扇，遮住自己的鼻子，只露出一双妙目，又做了几个执扇动作，见魏美人眼睛一亮，知她已经明白，便将羽扇递与魏美人，顽皮地眨眨眼睛，道："妹妹觉得如何？"

魏美人也是极聪明的人，更因为长得漂亮，从小便对如何显得自己更美的一切东西十分在意。她接过羽扇，对着铜镜重复郑袖刚才的动作，果然这般半遮半掩，更显得她一双妙目似水波横，樱唇如娇花蕊，更增妩媚之态。她越学越高兴，更自增了几个动作，展示身段。如此在镜子前颇为自恋地摆弄了好一会儿，这才依依不舍地执了羽扇坐回郑袖身边，道："太好了，阿姊，谢谢你。"

郑袖看着同样的动作，由魏美人做出来，实比自己妩媚了不少，心中妒火酸气，更不可抑，本有一丝心软，此刻也尽数掩掉。她心中冷笑，口中却道："你且再看看我这几个动作——"

说着便站起来，掩袖一笑，竟是百媚横生。魏美人顿时明白，也掩袖一笑，道："多谢阿姊教我。"

这一日的云梦台，欢声笑语，直至掌灯时分。

这是云梦台的侍女们，最后一次听到魏美人的笑声。

第二十四章　魏女恨

夏日的早晨，窗子开着，一缕阳光照进室内，芈月揉揉眼睛醒来。

石兰端着匜盘进来，见女萝将芈月从榻上扶起，薜荔挽起她的袖子，杜衡执匜倒水，石兰捧盘承接。芈月伸了双手净面之后，女萝捧上巾帕拭面，灵修奉上香脂，石兰便端起匜盘退出，薜荔将芈月的袖子放下，晏华已取来外袍，侍女们侍候着她穿好衣服，系好腰带，挂好玉佩。

芈月坐到镜台前，女萝捧妆匣，此时傅姆女浇拿着梳子为她慢慢梳头，一边夸道："公主的头发真好，又黑又滑。"

芈月笑道："女浇的嘴也巧，又甜又酥。"

女浇、女岐跟了她这许多年，虽然各怀心事，然而多年下来，却也处出一些半真半假的感情来了。芈月便命她们隔日轮番，一人休息一人侍候，彼此皆安。

女浇遂笑道："公主倒拿奴婢说笑。"

芈月也道："你不也拿我奉承？"

女萝在旁边也听得笑了。

此时的气氛，显得格外轻松，窗外似有小鸟啾啾，女浇笑道："今日天气不错，公主用过朝食，可要去苑中走走？"

正一边梳妆一边说着，外头似乎隐隐传来话语，声音有些惊惶。

芈月侧头细听，似是两名去取食案的侍女云容与葛蔓在说话。

便听得云容道："这是真的吗？魏美人真的出事了……"

芈月听得"魏美人"三字便是一惊，霍然扭头问道："是云容吗？"

她这一扭头不打紧，女浇手中的梳子拉到了她的头发，吓得女浇连忙松开梳子，慌道："公主，有没有拉伤你的头发？"

芈月胡乱地揉了揉被拉到的头发，皱了皱眉头，道："无事。云容，你且进来。"

却见去取朝食的云容与葛蔓两人脸色有些惊惶地捧着食案进来，膝行向前道："公主勿怪，奴婢等去取朝食，却听了……"

女浇沉下脸来，斥道："实是无礼，公主朝食未用，何敢乱她心神？胡说八道！"

芈月却挥手道："你们且说，魏美人如何了？"

女浇却阻止道："公主，晨起之时，心神未定，不可乱神。且用朝食之后，行百步，再论其他，这方是养生之道。"

芈月看了女浇一眼，忍了忍，方道："傅姆此言甚是。"却对着女萝使个眼色，女萝忙拉住了女浇，道："缝人昨日送来公主夏衣，我见着似有不对，傅姆帮我去看看如何？"

便把女浇拉了出去。

女浇服侍芈月数年，知她性子刚强，亦不见得非要顶撞芈月以显示自己的存在。只不过职责所在，她在屋里，便要依着规矩行事，免得教人说她不尽心；她若不在屋里，公主或者侍女要做什么，她便没有责任。见芈月今日神情异常，女萝一来拉她，当下就借坡下驴地出去了。

芈月方问云容道："魏美人出了何事？"

云容见女浇去得远了，方道："公主恕罪，方才是葛蔓听得七公主身边的小雀过来说话，说是昨夜魏美人服侍的时候，不知为何触怒了大王，被拉下去受罚。可是今天早上云梦台……"

芈月急道："云梦台怎么了？"

葛蔓便道："原本魏美人在云梦台是和郑袖夫人同住的，今天便听说云梦台把服侍魏美人的侍女与魏美人常用之物俱清理出去了。"

芈月一惊，只觉得心头似被攥紧，咬牙道："郑袖——她果然有鬼。"当下再问道："你可知魏美人如何触怒了大王？又受了何等处罚？她现在如何了?”

这三问葛蔓俱是答不上来,只摇头道:“奴婢不知。”

芈月转身便令女萝道:“取那匣子来。”女萝忙打开素日盛钱的匣子,芈月已是急得亲自抓出一把贝币塞到葛蔓的手中,催道:“你赶紧出去打听一下,魏美人现在究竟怎么样了。”

葛蔓不知所措,道:“公主,这……”

女萝劝道:“公主,恕奴婢直言,魏美人出事,这宫中谁不知道是郑袖夫人出手?您现在打听魏美人的事,若是让郑袖夫人知道了,岂不是得罪了她?”

芈月一怔,定定地看着葛蔓,忽然松了一口气,缓缓地坐了下来,道:“你说得是,是我鲁莽了。”

葛蔓看着手中的钱,不知是该奉还,还是该收下。

女萝看了葛蔓一眼,道:“既是公主赏赐,你便收下吧。”

芈月闭目不语。

女萝看了众侍女一眼,道:“你们都退下吧,此处由我服侍便是。”

众侍女皆退下以后,房中只剩下女萝和薜荔。

女萝忽然走到门边,向门外看了看,又把门关上以后,拉着薜荔走到芈月前跪下,道:“奴婢服侍了公主三年,却知道公主并不信任奴婢,日常亦都是独来独往的,不曾对我们说过心腹之事。只是公主容我一言:我等既然已经服侍了公主,从此就是公主的人了。若是公主平安,我等也就能平安无事;若是公主出事,我等也同样没有好下场。今日奴婢大着胆子说一句,若是公主能够信任我等,我等甘为公主效劳!”

薜荔磕了一个头,郑重地道:“公主,阿姊说的也正是奴婢想说的话。”

芈月睁开眼睛,怀疑地看着女萝,又看看薜荔,没有说话。

薜荔惴惴不安地看了看女萝,女萝却给她一个肯定的眼神。

芈月却忽然问道:“女萝、薜荔,你二人服侍我三年,为何今日忽然说出这样的话来?”

女萝沉着地道:“为奴侍主,如丝萝托于乔木,当求乔木是否允准它的依附。奴婢等服侍公主三年,虽倾心尽力,但尽力能见,倾心却不可见,只能自己相告了。奴婢知公主未必肯信我等,却有一言剖白:宫中为主者,能有几位?随侍公主,又是何等荣耀?奴婢如若背主,又能落得什么下场?”说着,指了指薜荔，道，“奴婢与薜荔自幼为奴，不知亲故，唯有赤胆忠心依附主人，公主若肯用我等，必能于公主有助。”

芈月看着两人，久久不语。她在这高唐台中，看似与别人无异，姐妹相得，婢仆成群，然而她自己心中却知道，在此处，她永远只是一个孤单的过客。虽然素日与傅姆、侍女们言笑晏晏，然则除了日常的服侍之外，却是的确再没有更亲近、更贴心的话与之交流了。

难得这女萝竟看出了，不但看出，甚至还敢主动到她面前表白、自荐，甚至拉上了薜荔为同盟。

她心知肚明，女萝不过是个侍女，她看出自己在这高唐台中的日子已经不会太久了，公主们要出嫁，当在这一两年之内。出嫁前她们虽然名为自己的侍女，却是受楚威后控制，而出嫁之后，却可以脱离楚威后的控制，到时候，才会是她真正心腹之人。

此事，女萝能看出来，女浇、女岐未必看不出来，然则女萝想求的，女浇、女岐却未必想求。自己未嫁，女萝是公主的贴身侍女；自己若是出嫁，愿不愿意再留她们，则全看自己的心情。女浇、女岐是傅姆，已经嫁人生子，虽然服侍主子，谈不到自家天伦，然而芈月便是出嫁了，她们自也会有退身之所。

这才是女萝在这个时候孤注一掷到她面前剖白的原因吧。这个时机却选得也好，芈月素日并不关心宫中事务，如今她既有事上心，要动用人手，便是她们效劳的机会来了。

芈月心中计议已定，方缓缓点头道：“女萝、薜荔，你们两个起来吧，难为你们能有此心。”

女萝与薜荔听了她这话，才放下心来，郑重磕了一个头，道：“参见主人。”这便不是素日公主侍女之间的关系，而是主子与心腹的关系了。

芈月又问道：“今日之言，是你二人之意，还是……”她指了指外头，道，“她们俱是有份？或者，两个傅姆可知此事？”

女萝与薜荔对望一眼，女萝道：“奴婢因惧人多嘴杂，此事只有我们二人私下商议，并不敢与人多说。两个傅姆，更是不敢让她们知道。”

芈月略松了一口气，点头道：“你们跟了我三年，也知道我的处境如何。今日我尚无法允你们什么，但倘若以后我可以自己做主时，一定不会辜负你们两个的。”

女萝和薜荔一起道：“奴婢不敢。”

芈月向着两人招了招手，两人膝行至芈月面前，芈月方道："实不相瞒，我曾经与魏美人私下有些交情。她是一个单纯善良的人，我实在不忍心见她没有好下场。你去打探她的下落，我看看能不能帮助她，也算还我一点心愿。"见女萝动了动嘴唇，却没有说话，摆手道，"你放心，我不会为了她把自己给陷进去的，也不会为了她去得罪郑袖夫人。"

女萝暗悔自己过于急切。如今方得了她的收纳，亦知她的心性刚毅，何必摆露出过于好做主张的性子来？惹了她的反感，岂不是蠢事一桩？当下忙道："奴婢不敢。"

芈月便道："我听到葛蔓提起跟茵姊身边的小雀说话，她是不是常来找你们？"

女萝思忖着道："好像就只有这段时间，她来找我们说话，找得特别勤快。"

芈月道："我猜必是茵姊想打探我。那你就想办法，反过来向小雀去多打探七公主最近的行踪。"她思索着道，"那扬氏素来在宫中结交甚广，魏美人的事，你亦可向小雀多多打听。"

女萝应道："是。"

芈月又道："薜荔，你去寻葛蔓，你二人再去打探魏美人的下落。"见二人俱称"是"，当下便叫女萝捧了妆匣来，取了两支珍珠发簪与二人道："这两支簪子，便为我们今日之礼。"奴行大礼，主人赐物，这一来一往之间，便是一种新的契约仪式的完成。

薜荔和女萝行礼拜谢，女萝又想起一事道："威后宫中，每月会询问公主之事……"见芈月神情不变，忙又补上一句解释道，"不只是我们这院中，便是七公主、八公主处，也是每月一询。"

芈月点头道："此事我是知道的。"

女萝道："有时候不只是傅姆，连我们两人也要召去问话。如今我们既奉公主为主，那边问话，还当请示公主，当如何回复。"

芈月不以为意地笑道："以前三年，你们是怎么做的？"

女萝说这话，本就是为了取她的信任，当下忙道："公主一向独来独往，我们只是服侍您起居，然后把您什么时候出去什么时候回来告诉她而已。"

芈月点头道："那你们还是照做便是。倘若有不能说的事，我自会先告诉你们。"

女萝道:“是,奴婢遵命。”

女萝退出房间,长嘘了一口气,这一关总算过了。为奴者,丝萝托于乔木,自然要有眼光,有决断才是。她看得出来,芈月虽然接受了她说的话,并交托了事情,但未见得真的会就此将她们视为心腹。但是不要紧,只要有时间,她自然会让主人看到她的忠诚和得力。

过得一日,薜荔便来相报,说是宫女小蝉知道魏美人下落。芈月便带着薜荔去了一处偏僻角落,果然见着一个神情惊慌的小宫女。

芈月问道:“你便是小蝉?”

那宫女忙道:“是,奴婢便是。”

芈月便问道:“你如何知道魏美人下落?”

小蝉道:“奴婢原是服侍魏美人的侍女,那日魏美人去章华台服侍大王,便是奴婢相随……”

芈月急问道:“那后来发生何事?”

小蝉已经是落下泪来,道:“奴婢亦是不知,奴婢只晓得候在殿外之时,但听得大王怒喝,魏美人便被殿前武士拖了出去,只听得魏美人呼了一声:‘郑袖你——’便再无声息,此后只闻几声惨叫——”

这短短一段话,便惊心动魄,无限杀机。

芈月急问道:“那你可知,魏美人如今是死是活?下落如何?”

小蝉抹了一把泪,带着哭腔道:“奴婢亦只闻得宫中处置有罪妃嫔,俱在西边,只是不知究竟何处,也不敢前去。”

芈月已经沉静下来,道:“如今有我在,你只管带我去寻。”

小蝉怯生生地看着芈月,薜荔忙取了两块金子与她,她方敢应允了。

芈月与薜荔便在小蝉的带领之下,沿着小河向西行去,却是越走越远,直到前面出现一处废掉的宫苑。芈月虽在楚宫多年,亦未到过此处,便问道:“这是何处?”

薜荔却是有些听说过,便道:“奴婢听说此处原是一处宫苑,后来因失火焚毁,便废弃了。”

楚国宫苑甚大,郢都城前为内城,外为几重城郭,后面却是依山傍水,圈了不知道多少处山头水泊,或起高台,或造水苑,曲廊相通,虹桥飞架。这些宫苑俱是历代楚王所积,一次次经历扩大、新建,除了前头正中几处主宫苑不变之外,许多宫苑实在是随人兴废,或是某王兴之所至,骑马打猎到某处,便修了宫苑，除了自家常来常往，换了新王，但要废弃；若是某王宠爱姬妾，为她起高台宫苑，最后若是这姬妾死了，或者随王者而没，最后当权的母后厌憎此处，亦是废弃；或是因失火而废弃，或是遇上事情被巫者说不祥而废弃，亦是常有。

芈月抬眼见此处宫苑，焦痕处处，显然是被火焚后废弃的，只是宫苑架构仍在，显是烧得不甚严重，当下不顾薜荔相劝，便要高一脚低一脚地沿着每一处废墟寻去。

小蝉胆小，只敢缩在后头，薜荔却是当先行去。但见一个废殿之处，薜荔推门进去，芈月亦是跟着迈进去，却忽然听得风声，背后竟是一棒击来。

与此同时，但听得前头薜荔惊叫一声，便已被人击倒在地。芈月却是自幼弓马娴熟，每日晨起练剑之人，反应极快，她先闻薜荔惊呼，再闻风声，便顺势仆倒在地，饶是如此，亦觉得头皮上已经被打破一层油皮，疼痛得紧。

芈月咬牙仆倒在地，一动不动，却听得后面小蝉极刺耳地尖叫起来，也被击倒在地。

一时间殿中内外，倒了三人，芈月便听得一个略阴柔的男声道："如今怎么办？"

另一个略粗的男声便道："看看她们死了不曾。"

当下听得脚步之声，确是两个男子，先俯身去试了薜荔鼻息，又去试了小蝉鼻息，又粗鲁地拉开芈月手臂，在她鼻息之上试着。

芈月竭力放缓呼吸，整个人软软地不敢使力，生恐被这二人发现。她虽然习过武艺，但见这二人两三下将自己三人击倒，显见亦是有些身手的，自己从未与人交手，不知高下，便不敢打草惊蛇。

但听得阴柔男声道："都不曾死，只是昏迷了。"

那略粗男声道："既然赏赐下来叫我们只消杀了这一个便是，其余两人，只管扔在这里。"

这两个男声特征明显，很显然是宫中内侍，尤其那个试自己鼻息的内侍，声音略粗，手臂粗壮，显然是在宫中执力役之人。

那阴柔男声沉吟道："若是教人发现……"

那略粗男声冷笑道："便是发现，又当如何？两个奴婢的话，又有谁听？她们若想活命，当知如何。我如今只备了一份钱与大司命祭神，可不想多出两份。"

那阴柔男声犹豫片刻，也自同意，道："那你如何杀她？"

那略粗男声手一抬，道："将她扔入前面小河便是，纵使被人发现，上头亦会说她不慎堕河身亡，无人过问。"

那阴柔男声亦是同意，当下两人抬起芈月，走到小河边，便欲将她扔下河。

不料那略粗男声却道："且慢！"

芈月但觉得头上几处刺痛，她后脑勺本就被人打伤，再被此人撕扯，饶是她忍耐力再强，勉强控制着自己不呼痛，不挣扎，这手臂亦是忍得僵硬，手中拳头亦是握紧了。

幸而此时那人忙着拔她头上钗笄，且又是粗心之人，竟未觉察到。那阴柔男声只抱怨得一句："休要再生事……"便被这略粗男声喝道："你只休要来与我分这些财物！"便也不再抱怨，忙一齐上前，将芈月首饰皆摘了去。

芈月恨得牙关紧咬，却不敢有异动，被两人抬起，扔在水中。那两人将芈月扔下，便慌张离开。

芈月屏住呼吸，伏在水中，见两人话语声渐远，亦是怕再有事故，不敢就此起来，当下轻蹬着双足，向下漂去。

她自出生起便曾经被人扔下河过，虽然幸得救回，却是令莒姬大为警惕。自她六七岁起，便派了会水的小内侍教她游泳，便是入了高唐台之后，到了夏天，她去探望莒姬时，亦是常更了水靠，带着芈戎去泅水相戏的。

那两个内侍，只道她已经昏厥，又抛入水中，必死无疑，却不晓得这宫中的公主，竟还有会泅水游泳的。

芈月一直潜行了甚久，直到鼻息已尽，这才抬起头来，看着周围。

但见这一带水系，却是绕着这座废宫，芈月瞧着阳光的方向，方才他们自此宫东边而来，如今她这一潜行，却到了此宫的西角处。这所宫苑甚大，断壁残垣处处，便是芈月此时出来，那一头的两个内侍，亦是无法看到。

幸而此时正值夏日，芈月虽是从水中出来，倒也不至于着凉。当下她也顾不得许多，忙脱下外衣拧干，自己只着半臂小衣，又拧干了裙子，乘着太阳尚未下山时稍晾一晾。

此时，她的头虽然受了伤，但在河水中泡了甚久，已经泡到发麻，竟是不如方才那般疼痛了，又恐天黑无法脱身，将衣服勉强晾得半干，便慢慢寻路往前走去。

她小心翼翼地在断壁残垣间走动寻找着，此时夕阳西下，西风渐起，风中竟似传来一两声女子呜呜咽咽的声音。

芈月身上半湿，只觉得不知何处一股阴风吹起，更吹得浑身充满寒意。

她便是胆气再壮，素不信鬼神传说，此时也觉得心惊。战战兢兢地走了好一会儿，那女子呜呜咽咽的声音时断时续，走得近了，竟是越发地清楚，像是有些痛楚的呻吟之声。

芈月听了这个声音，虽然仍然觉得诡异可怖，不知怎的，却有一种奇特的吸引力，倒促使她更向前行去。

残宫旧苑，荒草迷离，但草丛之中，却隐约可见树枝被踩断的痕迹，更有几滴紫黑色的血痕。

芈月心中大为诧异，当下便沿着这些痕迹，一步步向前探去。但见痕迹尽头，却是一座极宽大亦极破旧的宫殿，瞧这形制，似是这间废宫的主殿。

芈月一步步走近，见破旧的宫殿里，窗破门倒，凌乱地挂着脏得看不出颜色的帷幔，到处结着蜘蛛网，地面上蒙着一层积灰，一切都荒凉得像是无人居住，只有中间一行干涸的紫黑色血迹。

芈月左右张望，却是听得隐隐约约一两声破碎的女声呻吟，只忽左忽右，实不知从何而来。

她一步步踏进去，殿中俱是帷幔，此时天色已经渐渐暗了下来，更是黝黯难辨。芈月已经走得极小心了，却仍是不小心踩到了一处不明物，竟是脚下一滑，身体失去平衡向后倒去，她慌乱中挥手，钩到了帷幔，便随着帷幔一起倒下去。

这帷幔年深日久，早已经腐朽，更是带着一股说不出的古怪气息，使人欲呕，她手忙脚乱地爬起来，便看到帷幔掉下来的地方露出了一张可怕如厉鬼的脸。

这是芈月这一生见过的最可怕的脸。

便是连芈月这样大胆的人，也被这张脸吓得心胆俱碎，竟是闭上眼睛不能自控地大叫起来。

她实是吓得连脚都软了，整个人爬到一半又摔落，浑身颤抖着，连尖叫都不能控制，直至这一长声尖叫，将恐惧都叫出来之后，直欲爬起来就逃走。

她似乎听到了什么，又似乎什么也没有听到，此刻她只有一个念头，那就是逃离，飞快地逃离！

她踉踉跄跄地半爬半跑到了殿门口，扶住柱子惊魂稍定。忽然，一个极细的声音钻入了她的耳中。那声音微弱："阿姊——"

芈月整个人都僵住了，她不敢置信，不敢回头，浑身颤抖着僵在那儿，一动也不敢动。她不知道自己到底是在害怕着什么，还是期待着什么。她等了多久？也许不过是一瞬，也许是无限长久，只觉得一股阴风吹起，吹得她寒彻入骨，却又听得一个断断续续极微弱的声音道："阿——姊——"

芈月再也支撑不住身体，脚一软摔倒在地，涕泪交加，那一刻当真是天崩地裂无以形容，她扭过头去，狂叫道："魏妹妹，是你吗？是你吗——"

殿内再也没有声音。

然而她此时全身似一把火烧了起来，哪怕里头有一千个一万个恶鬼，她亦不再恐惧。她一咬牙，爬了起来，踉踉跄跄地往里走着，一边用混乱破碎的哭声叫道："魏妹妹，你别怕，阿姊来了，阿姊救你来了——"

她连滚带爬地要往里走去，忽然身子一轻，竟是被人从身后抱起。

芈月第一个念头，便是以为方才那两个内侍去而复回，此时她恨意满腔，竟是连生死也不顾了，抓起抱着她的那手，一口咬了下去。

却听得背后之人痛呼一声，不但不松手，反而将她抱得更紧，另一只手却轻抚着她的额头，不住安慰道："皎皎，莫怕，是我，是我，是子歇，是子歇来了！"

芈月怔住了，似迷途的孩童骤然见着了大人一般，整个人都崩溃了，她转身扑入对方的怀抱，将黄歇抱得死紧，大哭道："子歇，子歇……"

黄歇轻抚着她的头发，却抚到血迹与伤口，心中大痛，避开她的伤处，轻拍着她的背道："是我来迟了，都是我的错。"

芈月方哭得两声，却忽然推开黄歇的手，转身欲向殿内而去。黄歇只道她恼自己来得迟了，忙拉住她柔声道："皎皎，你休要恼我来得迟了……"

便听得芈月嘶声道："魏妹妹在里头，魏妹妹在里头！子歇，随我去救魏妹妹……"

黄歇一惊，此时夕阳余晖已经落尽，虽有一弯残月，却只能见些微光。殿中更是一团漆黑，便似一头恶兽张着口等着人进去被它吞食一般。

黄歇忙拉住芈月，道："先点了火来。"当下捡了一段枯枝，取了火石打亮，拉着芈月的手，踩着高低不平的地面走进去。走了几步，来到芈月方才摔倒的地方，举起火把，终于照见了方才那张脸。

黄歇手一颤，手中火把险些落地，便是芈月方才已经见过，此时再见，亦是魂飞魄散。

帷幔之后，是一张比鬼还可怕的脸，整张脸上都是已经凝结为紫黑色的血，正中央是一个血洞，皮肉翻飞而腐烂发黑，已经露出森森白骨来，几条蛆虫在这血洞里蠕动，血洞下面的嘴却还在微弱地动着。

黄歇第一反应便是遮住了芈月的眼，道："莫看！"

芈月却是用力拉开他的手，不顾害怕不顾肮脏扑了上去，凄厉地叫道："魏妹妹，魏妹妹！"

黄歇大惊道："魏美人？"

难道眼前这张恶鬼似的脸，竟是那倾倒楚宫的绝代佳人魏美人不成？黄歇顿觉浑身发寒，只觉得整个楚宫，已经变成了恶鬼地狱一般。

芈月扑倒在魏美人跟前，看着这张脸，她捂住嘴，忍住呕吐的感觉和恐惧悲伤，低声轻唤道："魏妹妹，真的是你吗？"

那血洞上的双目，已经如死人般发直发木，充满绝望和死气，唯在芈月的连声呼喊之下，才略眨动一处。那张可怖至极的脸略微抬了一下，发出一声极微弱的声音道："阿姊，是你……"

芈月跪在魏美人的身边，将帷幔从她的身上取下，泪流满面，道："是，是我，我来救你了……"眼看着蛆虫在那血洞中进进出出，她伸手想去抓掉，可她的手却颤抖得无法接近。

黄歇伸出手，迅速抓掉魏美人脸上的蛆虫，对芈月道："我出去弄点水给她洗洗伤口。"说罢匆匆转头跑了出去。

他再是个铁石心肠的男儿，在这一刻，竟也是不敢多站一刻，只匆匆跑到小河边，取了水来，又拿出随身带着的伤药，走了回去。

见黄歇出去了，芈月忙紧紧地抓住魏美人的手，安慰道："妹妹别怕，阿姊来了，我这就救你出去，给你疗伤，你会没事的，会没事的……"

魏美人的嘴角咧了咧，此时她脸上血洞中的蛆虫被抓走了，可腐肉白骨，却更见恐怖，她吃力地说道："阿姊……我痛……我冷……我是不是……要死了……"

芈月忍泪忍到下唇咬出血，一边将身上的外袍脱下盖在魏美人身上，一边用最柔软的声音安慰道："不会的，妹妹，你忍忍，等上了药，便不会痛了……阿姊给你把衣服盖上，不会冷了……我们已经找到你了，你不会死的，你一定能好好地活下来的……”

黄歇急忙回来，也不知他从何处寻了半只陶罐装了水，拿着丝帕沾了水，道：“皎皎，你且避到一边去，待我给她清洗伤口。”

芈月却夺过黄歇的帕子，哽咽道：“我来。”她颤抖着用丝帕沾了一点水，先轻轻地润了润魏美人的双唇，扒开她的嘴，又缓缓地挤了几滴水，停一下，又挤了几滴。但见魏美人的双唇似从干枯中略活了一点过来，她又伸手，轻轻地绕开那血洞伤处，先擦她枯干的双目，再擦去她脸上其余的血污。

其间，又挤了一些水给魏美人饮下。

终于，魏美人的嘴角嚅动着叫了一声：“阿姊……”她本来的剪水双眸，曾经充满了快乐无忧，又曾变得绝望木然，如今看着芈月，露出了极度的悔恨来。

魏美人的额头、眼睛、嘴巴终于在擦去血污后露了出来，芈月想清洗她脸上正中的血洞时，黄歇却抓住了她的手。

芈月抬头看着黄歇，黄歇微微摇了摇头，他是上过战场，见过死人的，魏美人的脸色已经是青灰色了，他方才搭了搭她的脉，已经是死脉了。

芈月咬紧了牙，抑止不住呜咽之声，黄歇取出一粒黄色的小丸放在她的手心。芈月抬头，不解地看着黄歇，黄歇在她耳边低声道：“是蜜丸，让她提提神，也教她走得……甜一点！”

芈月含泪，将蜜丸捏得粉碎，一点点放进魏美人的口中，又喂了她一点水，俯身柔声劝道：“好妹妹，这是药，你先吃着，我这便叫医者为你治疗去。”

魏美人微弱地笑了笑，道：“这药甚甜啊！”

芈月再也忍不住，将魏美人抱在怀中，泪如雨下道：“嗯，阿姊从今以后只教你吃甜的，再不教你吃苦了。”

魏美人眼中又有泪落下，她温柔地看着芈月，嘴角抽动，似是露出一个微笑，道：“不用了，阿姊，我知道我是活不成了。”

芈月深吸一口气，微笑道：“不会的，魏妹妹，你还年轻，你还有美好的未来。”

魏美人轻轻摇了摇头，刚才这一粒蜜丸，似乎给她补充了最后一点用以回光返照的能量，她吃力地笑了一笑，道：“不会的，我不会再有未来了。阿姊，我在这里躺了很久很久，我在这里痛了很久很久，血流了很久很久。我的血已经流干了，我的痛也痛够了，后土娘娘要带我走了。”

芈月泪如雨下，怒道："什么后土娘娘，我们这里是少司命庇佑的，少司命不答应，谁也休想把你带走……"

魏美人吃力地抬起手，却只能抬起一点来便无力垂下。芈月连忙握起她的手，放到自己颊边，魏美人抬动手指，轻轻地替芈月抹了抹泪，低低地道："阿姊，你不用安慰我，我知道我要死了。总算皇天后土可怜我，让我临死前能再遇上你，能对你说一声'对不起'。阿姊，是我错了，我不该不听你的话……"

芈月含泪摇头道："不是，是我对不起你，是我没能保护好你，没能及时找到你。"

魏美人摇头道："不，我没有相信你，却去相信了郑袖……"她相信了她，在楚王槐面前遮住了鼻子。结果，章华台上的楚王槐暴跳如雷，一声令下，便要将她"娇贵的鼻子"割了去。她连辩解的话都不曾说出，便已经被堵了嘴，拖了下去。在行刑之后，她痛不欲生之时，才听到两个内侍说："区区一个美人，居然也敢嫌弃大王身上有异味，岂不是自寻死路？"

那一刻，她骤然明白了一切，可是，已经太晚了。她这一生，已经堕入地狱。这一条地狱之路，是别人的狠毒铺就，也是她自己的轻信铺就。

她被扔在这里，一动也不能动，忍受着炼狱般的痛苦，却无力挣扎，无力解脱，求生不得，求死不能。感觉自己越来越冷，脸上的伤口一点点腐烂、生蛆，看着自己的血一点点流干，整个人开始走向死亡。可她没有想到，在生命的最后一刻，曾经被她怀疑、被她推开的人，却寻了过来，将她抱在怀中，擦拭她的血和脏污，给她最后一点温暖，给她的口中塞入生命的最后一滴甜蜜。

章华台的经过，不需要说，芈月亦能够想象得到了，看着眼前的魏美人，心中恨意更是滔天。

魏美人倚在芈月的怀中，气息奄奄，道："我真傻，是不是？"

芈月含泪摇头道："你不傻，只是我们都想不到，人心可以狠毒到这种地步。我以为她会让你失宠，没有想到她竟这样狠毒。"

魏美人的眼神已经变得散乱，声音也越来越微弱，道："阿姊……我想回家，回我们大梁的家中去……我阿爹、阿娘、阿兄他们都来接我了，我看见他们来接我了。家乡小河的水真清啊，鱼儿跳到我的裙子里，哥哥用鲜花给我编了个花冠，可漂亮了……"

魏美人的声音渐渐微弱下去，芈月失声大叫道："妹妹，你别睡，醒醒，我带你去找御医，给你治伤……"

魏美人忽然灿烂地一笑，道："阿姊，带我回家……"只说了这一句，她的头便垂了下来。

芈月伏在魏美人身上痛哭道："魏妹妹，魏妹妹……"

黄歇沉默地站在芈月的身边。

整个废殿里，只有芈月的哭声，和呜咽的风声。

第二十五章　流言起

夜深人静。

芈月看着魏美人躺在那儿，这时候她一点也不觉得那张脸有多可怕，她看着这张脸，充满了痛苦和怜惜。

她的伤口终究还是洗去了，虽然她的美貌已经永远无法回来，但去掉了那些可怕的蛆虫和血污，此刻她已经死去的脸上，除了中间的一部分之外，还是看上去好多了。

黄歇轻叹一声，不忍再看下去，将披在魏美人身上的芈月外袍又拉上一些，盖住了她的脸，转头对芈月道："她一生爱美，别让人看到她这样。"

芈月点了点头。

此时，她的衣服盖在了魏美人的身上，黄歇便把自己的衣服为她披上了，又收拢了一堆柴，点起了火堆。

两人静静地对坐着，好一会儿，黄歇开口道："夜深了，我们走吧。"

芈月摇了摇头，道："不，魏妹妹胆小，我们走了，她会害怕的。"

黄歇无奈叹息，这是他第一次见到魏美人，也是最后一次见到，一个如花似玉的妙龄少女，竟死得如此惨烈。这令他痛心令他愤恨，可是终究不如芈月来得感情更深。沉默片刻，他道："你冷不冷？"

芈月摇头，道："人不冷，心冷。"

黄歇走到她的身边，将她拢入怀中，轻声道："这样，会不会好些？"

芈月轻轻地偎在黄歇怀中，轻声道："是，好像好些了。"沉默良久，她忽然叹道，"不知道为何，我总觉得这一刻如此不真实，像这火光中透出的景色，都是扭曲的、诡异的。"

黄歇抱住了她，在她的耳边低声说道："别怕，有我在，我永远都会在你的身后守护着你。"

芈月怔怔地看着火光道："火烤完了，我们也要回宫了，我真不想回去。一个个人的面具之下都是妖魔的面孔，不知道什么时候就会掀开面具想吃了你。"

黄歇轻抚着她的头发，道："别怕，有我。"

芈月转头问道："你是怎么到这里来的？"

黄歇叹了一口气，将经过说了一遍。原来他今日与太子从比武场回来，送太子回宫以后，走到一处拐角，却听得僻静处有两个内侍在争执。他本不以为意，不料那两个内侍听得他的脚步，便赶紧跑了。跑的时候却不慎落了一只耳珰在地上，他见耳珰眼熟，捡起来一看却正是芈月的耳珰！

诸公主常例之物，皆有定数，芈月也断不会将这种耳珰赏与这种下等内侍。黄歇既是觉得疑问，便上前追上了一名内侍，那内侍支支吾吾不肯说出实话来，黄歇更觉可疑，将他一搜，竟搜出数件芈月常用饰物来。

那内侍见事已败露，也吓得瘫软，只说奉了上头的命令，叫他们在西北角废宫中伏击一个女子，他们只是遵命行事，如今这女子已经扔入河中，不知死活。

黄歇心急如焚，不及理会，忙向他说的方向赶去。他赶到那废宫之处，天已经渐黑，他正焦急无处寻找，却听得芈月尖叫之声，连忙闻声赶去，这才恰好遇上。

芈月听完，冷冷一笑道："可见是天不绝我！"

黄歇道："你可知是何人对你下手？"

芈月摇了摇头道："知不知，也无区别，总归是那几个人罢了。"

黄歇却叹道："是七公主。"

芈月倒是一怔，"我一直以为，想杀我的会是威后，或者是大王，可是没有想到，真正下手的竟是她。我倒想不到，她有这样的决断和心肠。"

黄歇也叹道："是啊，我也没有想到会是她。"

芈月迷惘地道："我跟她并无恩怨，可是从见面的第一天起，她就不知道为什么独独怨恨我，处处想踩我、陷害我。真是可笑，让她落到这种命运的是威后，如果她心中不平，那也应该是嫉妒姝，为什么会处处针对我？"

黄歇却有些明白，道："唯怯懦者最狠毒。可怜之人必有可恨之处，她受威后母女的欺压，却无法反抗，便只能踩低别人，才能够心平。"

芈月伸手添了一把柴，轻声道："据说，我一生下来就被人扔到水里，所以很小的时候，母亲就让我学会了游泳。我不能再被淹死，也不想经历任何一种死法，我绝对不能再让别人可以任意处置我的命运。我的命运，我要握在自己的手中。"

黄歇凝视着她道："我知道。皎皎，你的命运，我和你一起共同承担。"

芈月闭了闭眼，忽然扑在黄歇的怀中，今天的事让她整个人的精神都崩溃了，失控地叫着："子歇，那你今天就带我走，现在就带我走。这宫里，我一刻也不能再待了，我受够了！你看魏妹妹这样子了，她死不瞑目……我不要跟她一样的命运，我不要做王者的媵妾，我不要过这样的日子，不是被人所吃，便是变成这样吃人的怪物。这些年来，我连睡觉都要睁着一只眼睛，我小心翼翼地在那个女人面前装傻，我想方设法奉承着她生的女儿作为我的护身符。我以为这样就可以平平安安地躲过灾难活下来，我过得如履薄冰、如临深渊，为的就是不让她找到任何寻衅的借口。却不知对方想杀我，那是任何时候任何理由都不需要找的！子歇，我害怕，我怕我会像母亲一样，做媵妾，被放逐被陷害，沦落市井受苦受难，忍受完命运所有的不公，换来的不是脱离苦难，而是最悲惨的死亡……"

黄歇心下大痛，将芈月紧紧地抱住道："皎皎，放心，我绝对不会再让你重复你母亲的命运，我一定会带你脱离这种命运！"

芈月死死地揪住他的衣襟，道："子歇，我们走，我不要赐婚，我不要三媒六聘祭庙行礼。这些都是虚的，为了这些虚的，我还要忍受多久……我们私奔，我们就这样跑到天涯海角去，好不好？"

黄歇抱住芈月，叹息道："皎皎，你本来就是公主，你就应该风风光光地嫁到我家去，这是你应该得的。害你的人就是为了要夺走你的一切，所以你更不能让她们如愿。我们应该光明正大地站到阳光底下去，叫阴暗处的魑魅魍魉无所遁形。"

芈月拼命摇头，道："我不要，我不要！子歇，我们走吧，我有一种感觉，我们此时不走，便这一生一世都走不了。我不要荣光，不要名分，我什么都不要，我只要离开这里，我只要和你在一起……”

黄歇见她的精神已经陷入崩溃，只得扶起她道：“好吧，我们走吧。”

芈月挣扎了一下，道：“我不回高唐台！”

黄歇叹息，劝道：“好，我们不回高唐台，我们回离宫你母亲处，可好？”

芈月摇摇头，看着黄歇，此刻她的神情陷入狂乱，似一个不能说理的任性孩子。黄歇无奈地劝道：“便是我们要走，也不能就这么走了，想想你的母亲，想想子戎。”

这话，芈月听懂了，她怔怔地点了点头，乖乖地被黄歇拥着，一步一回头地离开。

两人走了甚久，这才走出那间废宫，正走在林间丛中，却见远处似有火光晃动，人声隐隐。

黄歇看了看，对芈月道：“想是你宫中之人见你不归，所以寻来。”

芈月今日所受的刺激太大，听了此言，竟是毫无表示。黄歇不放心，只得抱起芈月，远远地躲着，终于将她送回了离宫莒姬处。

此时莒姬未曾入睡。原来芈月失踪，晡时未见她回来用膳，女岐便以为她去了离宫，派人来问。莒姬这才知道芈月失踪，两头这一对上，便着了慌。女岐素来以为芈月爱独来独往，不曾想太多，莒姬却深知芈月虽小，却有分寸，她去见屈原见黄歇，从来都是晡时前回来，免得引起宫中猜疑，此时未回，便是出了事。

女萝更是明白内情，知芈月今日打听魏美人下落，是与薜荔一起出去的，早寻了个托词道：“薜荔说认得一个侍女小蝉，最擅画花草，因此公主下午叫了她来园中为她画花，如今三人都不见，必是出事了。”

这是她与薜荔商议，想出来暂时能够搪塞的托词，若是她们去寻魏美人被人发现，便说是为寻一种不常见的花草样子走错路，剩下的事情，但盼公主和薜荔二人能够再想托词。

她在女岐这边这样说着，另一边趁女岐不在，却在女葵耳边悄悄道：“公主是去寻魏美人下落。”

女葵一惊，忙报了莒姬，莒姬心中气了个半死，暗骂芈月不省心，自己再三警告，竟是丝毫不听。这边却恐她察探魏美人的下落会犯了郑袖之忌，忙动用自己原来的人手，去郑袖宫中打听。不料，郑袖宫中亦是丝毫没有动静，莒姬心中不安，又派了人去寻找。

也因此到这时候，莒姬仍未睡下，焦虑不安地等候宫中消息，不想到了半夜，却忽然有人敲门。打开门一看，竟是黄歇将芈月送了回来，虽然一肚子气恼，但见她又是受伤又是惊吓，到了离宫便晕了过去，更不忍说她，一边安置侍女替芈月更衣上药，一边问了黄歇经过，之后才让黄歇悄悄离开，严令诸人，不许私下泄了消息出去。

这边高唐台中因芈月失踪，女浇亦是报告了玳瑁，玳瑁早知此事，根本不理。不想芈姝听闻此事，也赶到楚威后宫中，闹腾着叫楚威后帮着寻找，却叫楚威后给赶了出来。

宫中既闹腾出此事来，自然是连南后、郑袖一起知道了。郑袖刚除了魏美人，便整日缠着楚王槐安慰劝抚，哪里肯理此事。南后心中生疑，一边派出了人去高唐台安抚芈姝、芈茵二位公主，又打听经过，一边又派出内侍于宫中搜寻。

因此，在宫中，除了莒姬暗中搜寻以外，明面上的搜寻之人便是南后。恰好黄歇此前抓住那内侍，被黄歇审问之后，黄歇急着去救芈月无暇理会，便将他打晕了就那么扔在当场，怀中饰物也落了一地，自然被南后之人遇上，抓来仔细审过以后，心中大惊。南后只审出幕后之人乃是芈茵，只因她素日疑心芈茵与郑袖一伙，便一边禀了楚威后、楚王槐，一边就点了人手，浩浩荡荡地向那废宫寻来。

果然，众人去到那废宫，远远便听得有女子失声尖叫，此起彼伏。永巷令大惊，忙赶了过去。夜深寒重，薜荔与小蝉两人被打晕后，渐被冻醒。醒来但见一片漆黑，都吓得大叫起来。

掖庭令赶到，两人已经是吓得魂不附体，薜荔更是掐住了小蝉逼问她为何带公主到此处来。小蝉亦是不知内情，被人诱导到此，此时更是吓得什么话也说不清楚了。掖庭令听了薜荔之言，说是九公主失踪不见，忙到处寻找。

又有内侍自陈说是曾远远见着火光，当下便一路搜索，直搜到废殿处，却发现芈月的外袍盖在一具女尸身上。那女尸脸上又无鼻子，面目难辨，只吓得诸人以为这便是九公主了。薜荔当下便撞了柱子，幸而她吓得手足无力，只将自己撞得晕了过去，满头是血，却未曾撞死。当下众人寻了门板，才将两人俱抬了出去。

此时已经是天色将亮，芈姝、芈茵亦是各怀心事，一夜不寐，直到天亮时，才听说芈月已经找到，却是在废宫发现了她与侍女的尸体。

芈姝大惊，拉起芈茵便急忙赶过去。芈茵已是吓得心头怦怦乱跳，本不想去，却推不过芈姝，只得勉强跟了出去。一路到了西边甬道，但见那一头抬过两块木板，当先一块木板上躺着的女子侍女打扮，脸上尽是血污，后头木板上那人却不辨面目，脸上身上盖着芈月昨日穿的衣服，一头长长的黑发垂落。

芈姝先看了薜荔满脸血污的样子，吓得遮住了脸不敢再看，却终究是不放心，推了推芈茵，道："阿姊，你去看看，那是不是九妹妹。"

芈茵也吓得半死，死活不敢上前，道："姝，你还是叫别人去看吧！"

芈姝也不知何故，鬼迷了心窍似的，只咬了牙死命掐她推她，道："我们姊妹一场，难道单叫个奴婢去看便了事吗？你若不去看，这般薄情的人，日后休叫我妹妹！"

芈茵腹诽，你自家亦是不敢看，何以我不去看便是薄情？却是不敢违了她的意思，只心中暗念着冤有头债有主，须知我亦是被迫的，九妹妹你便是死了也休来找我……这边战战兢兢地揭开了那盖在脸上的衣服。这不掀尚可，一掀之下，便见一张血肉模糊、白骨森森的脸，此时不知是颠簸还是因为晃动碰到，魏美人的一双眼睛竟是睁着的，似在瞪着芈茵。芈茵做梦也想不到见到的竟是这般情况，只吓得尖叫一声，仰天便倒。

芈茵的侍女傅姆慌忙一拥而上，七手八脚地将她扶起来掐人中按太阳穴，又拿了银丹草[1]给她嗅。另一边，芈姝的傅姆也忙掩了她的眼睛不敢让她看到。此时芈月的傅姆侍女也跟着芈姝一起出来，顿时拥上去要抚尸痛哭，女浇忙又用袍子将魏美人的脸掩住了。

这边芈茵只是一时被吓住，众侍女一通忙乱，竟让她醒了过来，睁开眼睛，见眼前一堆面孔，竟是与方才所见薜荔的满脸血污、魏美人的血肉横飞交叠在一起，只吓得心魂俱丧，恐惧地掩目号哭道："九妹妹，你莫来找我，莫来找我……不是我害的你，我也是不得已，是母后逼我来杀你的，你要找，便找她去……"

此时众目睽睽、大庭广众之下，她这一句话说出来，起码有近百人听到，众人皆唬得脸色都变了。芈茵的傅姆还未回过神来，芈姝的傅姆却是楚威后多年的心腹，忙上前一掌击她的后颈，将芈茵打得晕了过去，叫声立止。

那傅姆冷冷地道："废宫之中有鬼魅作怪，害了九公主又魇住了七公主，你们快扶七公主回去，叫巫祝作法为她驱鬼。"

芈茵的傅姆这才回过神来，吓得战战兢兢，忙率众侍女将她连拖带扶地拉走了。

芈姝惊疑未定地问她的傅姆："茵姊刚才在说什么？"傅姆名唤女岚，怕她再问，忙厉声道："七公主是叫鬼魅魇着了，八公主休要再提。此处戾气甚重，八公主是贵人，休叫冲撞了，还是快些回去吧。"又吩咐道："立刻叫女祝去高唐台，三位公主住处都找人跳祭驱邪。"

她这一行人还未回高唐台，这个消息便已经旋风般传遍了整个宫廷，楚威后气得倒仰，拍案大骂道："贱人自被鬼迷，何敢牵涉于我！"

南后却听得消息，亦病怏怏地由侍女扶着赶到豫章台去，对楚威后道："母后息怒，那死的却不是九公主，乃是魏美人。"

楚威后一听，骂声顿时停住了，惊疑不定地问南后道："你如何得知？"

南后方将魏美人被郑袖所惑，以袖掩面，又被郑袖进谗楚王槐，说是魏美人嫌他身上体臭，一怒之下将魏美人施以劓刑，郑袖又派人将魏美人活活扔进废宫，教她痛楚而死之事说了，又道："如今五国合纵，魏国献女原为联盟，意显挚诚。如今魏女无辜受害，岂不令魏国离心，有损大王于列国之中的威信？若是坏了合纵之议，只恐大王雄图霸业，要毁于一旦。"

楚威后怒不可遏，亦是为了掩盖今日芈茵之胡言乱语，当下便命女祝入宫驱鬼，只说七公主被魇、九公主失踪皆是宫中有恶鬼作祟，一面又急急召了郑袖来见。

郑袖受楚威后之召，走到半道，便有人同她通报南后前去见楚威后的情景，却是只听到关于九公主失踪之事，还不以为意，及至到了豫章台，她方跪下请安，便见楚威后已经是怒不可遏地一掌掴在郑袖的脸上，道："你这个疯妇，毒妇！"

郑袖吃了一惊，她自得宠之后，再不曾有过这种待遇，只欲翻脸顶撞，却碍于眼前之人乃是母后之尊，只得忍气顶着火辣辣的脸赔笑道："母后何以作如此雷霆之怒？便是儿做错了事，也请母后教我，何劳母后不顾身份亲自动手？"

说到最后一句，掩不住满腔不甘不忿之气，不免亦想刺楚威后一下。不想楚威后啐了一声，道："我儿我媳，方称我为母，你一个婢妾，也敢称我母后，你配吗？"

她年老多痰，这一口啐下，却是着着实实一口浓痰糊在了郑袖脸上。这一啐比方才那一巴掌，更令郑袖备觉羞辱，当下她便就势倒在席上，掩面大哭起来，道："妾不敢活了，母后如此辱妾，妾还有何等颜面活于世上？"说着就要去撞柱撞儿，一副要血溅豫章台的模样。她带来的侍女忙去拉扯，顿时将豫章台弄得一团乱。郑袖还要去拉扯楚威后，幸得楚威后身边的侍女亦是得力，密密地围了一大层，并不理会她的撒泼。

楚威后怒极反笑，她掌了一辈子的后宫，倒从未见过如此敢撒泼的妃嫔，当下笑道："你若要死，何必撞柱撞儿？要刀子我便给你刀子，要白绫我便给你白绫，要毒药我便给你毒药，只怕你不敢死！"

郑袖顿时安静了下来。她在南后宫中撒过泼，却是南后有顾忌，只得容让于她；她在楚王槐跟前撒过泼，却是楚王槐宠爱她，迁就于她；却不想楚威后为人心肠极硬，竟是不吃这一套，只得掉转头来，掩袖假哭道："我并无罪，母后何以要杀我？"

楚威后冷笑道："我素日只说王后无能，竟纵容你这个毒妇猖狂，若是在先王的后宫，一百个你这样的毒妇也杖杀了。你说你无罪，那魏美人，又如何？"

郑袖嘤嘤泣道："母后明鉴，妾冤枉。妾素日把魏美人当成亲妹妹一样疼爱，却是大王过于纵容，才使得魏美人恃宠生娇，触怒了大王，亦是大王亲自下令罚她，妾与此事何干？母后何以迁怒于妾？"

楚威后冷笑道："你以为我是大王？男人不知道女人后宫的伎俩，可女人却最知道女人。我当年对付这些后宫鬼魅之事的时候，你连毛都还没长齐呢……"说到这里，越说越怒，厉声道，"你这个无知妇人，只晓得后宫争斗，不晓得天下大势。你毁的不是一个和你争宠的女人，你毁的是楚魏联盟，毁的是五国合纵之势！毒妇，你敢坏我楚国千秋万世的基业，我岂会容你！"

郑袖见她如此毒骂，知道在她这里已经不能讨好，遂坐在地下冷笑道："母后何必说得这般好听？母后难道又是什么懿德正范之人吗？妾不过除去一个姬人，母后却逼迫七公主去谋害九公主，谋的是王室血胤、先王骨肉！母后如今对妾这般言辞振振，可敢对着先王、对着宗庙也这般言辞振振吗？"

楚威后想不到在此时，竟还有人敢如此顶撞于她，气得险些倒仰。玳瑁等侍女扶住了她，不住抚胸拍背，为她舒气，叫着："威后息怒！"

楚威后缓过气来，看着郑袖一脸得意之色，她亦是后宫厮杀出来的，心忖眼前不过是个妾婢之流，何必与她废话，遂道："我叫你来，原还当你是个人，不想你竟连人都不是，我何必与你废话。叫大王来——"

郑袖见她息了气焰，心中暗暗得意，便是叫了大王来又能如何？身为母亲还能管儿子睡了什么人不成？便是这老妇要立逼着大王责罚于她，她也自有手段让大王下不了手，心中得意，不免多了句话，道："母后当真还当如今的大王是三岁小儿，能让母后指手画脚？"

楚威后冷笑道："我儿幸一个贱婢，我只是懒得理会。只是王后乃宗妇，要祭庙见祖的，断不可由贱婢充当。你不过是以为南氏病重，便将王后之位视为自家囊中之物。呵呵，我儿子是长大了，听女人的唆使多过听母亲的，但是你想做王后，却是今生休想！"

郑袖急了，不顾一切尖叫道："难道这王后之位，母后说了算吗？"

楚威后呵呵一笑道："你想混淆嫡庶，就算大王同意，只要我不答应，宗室便不会同意，朝臣更不会答应！"说罢，瞟了郑袖一眼，斥道，"滚出去！"

郑袖又恨又气，狼狈地爬起来，掩面呜呜地跑了出去。

不提郑袖回头如何向楚王槐撒娇弄痴。楚威后见郑袖跑出，方恨恨地捶了几案，道："如何竟将事情误到这步田地？"

玳瑁亦是满腹疑问，道："是啊，若论此事，七公主亦事前同我商议过，并无不妥，且寺人瞻同我说过，昨日是他亲手与寺人杵将那人……"说到这里，她不禁压低了声音，含糊道，"抛入河中，并不见她有丝毫动作，这般岂能不死……"寺人瞻便是那阴柔男人，寺人杵便是那略粗男声，昨日二人争首饰，被黄歇发现，寺人杵被黄歇抓住击晕，又被南后之人抓住。寺人瞻跑了，又去报与玳瑁，如今已经被玳瑁灭口。

楚威后怒道："那何以生不见人，死不见尸？"

玳瑁忙低声道："威后息怒。生不见人，死不见尸，方是最好的。寺人瞻同我说，确是看她已经死了，又除了她身上的首饰，这才抛尸入河，便让水流将她冲远，教人瞧不见才好呢。"

楚威后怒气稍减，喃喃道："这般倒也罢了。"又抬头吩咐道，"你去见王后，将那……"

她只眼神稍作示意，玳瑁便已经明白，这是要她去将南后手中的另一个证人寺人杵灭口，忙应道："王后素来恭谨孝敬，必不会有事的。"

楚威后冷笑道："她昔年独宠宫中时，也还不晓得什么叫恭谨孝敬，如今病入膏肓时才想到这分上，我亦不稀罕。”

玳瑁不敢作答，只唯唯连声，哄得楚威后平心静气，服侍了歇下，这才去了南后处。南后亦是乖觉，这边便令人去提那寺人柞，不料隔不多时回报说寺人柞畏罪自尽，南后与玳瑁相视一笑，尽在不言中。

那边玳瑁去回复了楚威后，这边南后收了笑容，道：“都存好了？”

她的侍女穗禾便道：“都存好了。”

寺人柞死了，可他的口供，却是都存好了。如今有没有用不知道，但将来却未必是没有用的。

穗禾凑到南后耳边，将今日郑袖与威后的话悄悄复述一遍，南后欣慰地笑了。她有意将魏美人之事与九公主之事纠缠在一起，报与楚威后。如今果然让楚威后厌恶了郑袖。如此，便是她不在了，郑袖亦休想坐上王后宝座。若是熬到楚威后不在了，呵呵，以楚王槐之好色贪新，郑袖的红颜又还能存多久呢？

且不提南后筹谋，此时离宫之中，芈月与莒姬正对坐。

芈月倔强地道：“我不回去。”

莒姬皱眉道：“你不回去，又能如何？”

芈月亦道：“天高水阔，何处不可行？”

莒姬拍案大笑道：“天高水阔，你一个小女子，又能如何？你以为宫闱险恶，便不欲为王家子弟。你可知世间之人，欲入这险恶之处而不可得？世间多少人，流离失所，生死不可控，饥寒不可御，这点险恶争斗在这种饥寒生死之前，又算得了什么？”

芈月静静地看着莒姬道：“母亲之意为何？”

莒姬收了笑容，正色道：“目前之事，尚未到不可为之地步。南后病重，欲为太子寻一靠山，必会相助屈子、黄歇。你若能得南后之助，赐婚之事，亦未尝不可。你既有坦途可行，何必走那无人去的险途？”她复又郑重地说道，“你要随心所欲，是你自家之事，但休忘记子歇乃是黄氏一族最看重的子弟，他们岂肯让你这般带了子歇离去？你若能够名正言顺地被赐婚子歇，婚后亦可助子戎成就封疆大业。”

芈月沉默不语，如果说见到魏美人的尸体，是她逆反的开始，那么黄歇的家族、芈戎的将来，未必不是她犹豫的原因。

"如此，我便等母亲的消息。"芈月最终还是妥协了。

莒姬却无半分得意，心中甚至是后悔的，不管是上次向氏之事，还是这次芈月之事。每次的事情，都是由她大包大揽拦下来的，但是最终结果未必尽如人意，她反落得里外不是人。可是能够让她心甘情愿做这等吃力不讨好的事，自然也只有她自己养的一双儿女了。

九公主回来了，并以一种所有人想象不到的方式回来，实是在楚宫引起了骚动。对于这件事，莒姬对宫中的解释便是，九公主因为信了侍女小蝉去看一种异种花草，误入废宫，却遇上袭击，被投河中，幸好漂流到少司命神像下，是莒姬得少司命警示，去原来她幼时遇少司命处，方才发现了她。因为她昏迷了一天一夜，所以回宫才迟了。

楚威后听到这个消息的时候，气得险些要叫人去砸了那少司命神像，玳瑁死死地劝住，这才罢休。

不管楚威后、南后、郑袖等人信与不信，这确是能拿出来的唯一说辞了。而南后亦将此事修饰一番发布，说是九公主去看异种花草，误入废宫被精怪所惑堕河，顺水漂流到少司命神像下获救，所谓受人袭击云云，自然是精怪所为了。

至于七公主当日看到魏美人尸体时失口说出的话呢？那自然是因为七公主也被精怪所惑，患了极严重的失心病，如今叫了三拨巫祝驱邪，无奈这邪气太重，如今人还疯傻着呢。

而私底下，内侍们还有一种说法，就是魏美人怨气不息，化为精怪，欲寻替身借以报仇，幸而九公主有少司命庇佑得以幸免，所以九公主的衣服才会出现在魏美人的身上，便是迷惑不到九公主，也要寻其他替身。你们不见七公主只掀衣看了一眼，便得了失心疯？那是因为七公主身上的阳气弱，所以便被精怪所乘了！

又有人说，魏美人冤死无处诉，所以借迷惑贵人，将自己冤死真相闹出，如今这精怪仍在作祟，必要寻郑袖夫人报仇。你们不见郑袖夫人去了威后宫中，竟被赶了出来？看来这郑袖夫人夺嫡无望了，可不是魏美人要来报仇？

亦有人说，那精怪可不是魏美人，只是附于魏美人尸身上的其他冤魂。先王在世时，楚威后私底下亦是害了不少人，所以有冤魂借七公主的口，揭露楚威后欲杀先王子女的阴谋……

当然，所谓精怪作祟论，虽是私下讨论，亦算是内侍宫女们明面上敢说的。至于有没有更隐私到“不过是人作恶拿精怪来说事”之类更隐私的“你知我知”的流言，则不会被这么轻易打听到了。当时芈茵失声说出的话，听到的不少于百人，这种事，越是明面上不传，私底下越是传得疯狂。

当然，宫中流言如此猖狂，与背后有人支持也有关。像这种“九公主得少司命庇佑”的话，自不是楚威后愿意听到的，但内侍宫女信的却不少。这几日便一直有内侍宫女不当值的时候悄悄去少司命神像处磕头求庇佑的，便是看芈月的神情也恭敬了不少。

但魏美人作祟说，和前朝后宫作祟说，则是威后、郑袖两边有意无意鼓励煽动起来的。前者针对郑袖，后者则是郑袖为了转移自己的压力，但是不管怎么说，都将“七公主被附身”这件事钉得死死的。楚威后恨芈茵扯出她来，郑袖亦知芈茵暗中为威后效劳，便都弃了她。

芈月坐在窗前，听着女萝将宫中流言之事一一回报。又听说如今七公主的院子已经被封了起来，七公主被关在屋子里不出来，随身的侍人也只剩了一个傅姆、两个侍女，院子里还有巫祝在日夜作法。

芈月心中暗叹，如果不是这次莒姬给她想了个少司命的借口，只怕楚威后也要将她当成被精怪所惑之人了。

她自回来以后，并没有再见到芈姝。她不去见芈姝，芈姝亦未曾如往日一般跑来见她。

芈姝那日的确是当场听到了芈茵之言，虽然后来傅姆用精怪惑人糊弄她，但她却将信将疑。芈茵和她这几日在一起，都是好好的，何以一见到魏美人的脸就被精怪所迷？这魏美人的尸身从发现到抬出，必是无数人见过的，怎么精怪不迷别人，却独来迷芈茵？又思及芈茵近日精神恍惚，行为鬼祟，又想起自己为芈月失踪之事去求母后，母亲不但不理，反而将自己赶走，疑团越滚越大，大到甚至连自己都要相信芈茵的话了。

一时觉得这种言论荒谬无比，一时又觉得若是当真如此，自己又如何再面对芈月？

而此时前朝亦是受此影响，屈原得知此事便忙去向魏国使臣解释。魏国人却是打了个哈哈，只说既然献女入宫，便是楚王妃嫔，如何处置，魏国皆没有理由过问。

屈原心情沉重，若是魏国使臣当真有质问楚王之意，倒也可有个解释转圜的余地，无非是利益的讨价还价罢了。可魏国使臣这般打哈哈，显见已经是拒绝沟通了，只恐这五国合纵之事，会有危险。

五国合纵，原为对付秦国，可近日秦国使臣在郢都大肆活动，其他四国使臣，竟是毫无意见，甚至与秦人还有往来。

前朝后宫，格局微妙。

注释

①即为薄荷。

第二十六章　王后玺

而此时豫章台上，玳瑁受了扬氏的苦苦哀求，终是前来为芈茵说好话，道："那扬氏苦求了数日，七公主虽然有错，终究是为威后办事，威后便容她一回吧。"

楚威后冷笑道："这贱婢本是有罪，我容她将功折罪，她不但办事不成，反污了我的名声，我不杀她，便已经是宽宥了。"

玳瑁劝道："威后素是仁慈之人，岂能因这等无稽之事厌了七公主？两位公主都要好好地出嫁，才能够全了威后的令名啊！"

楚威后冷笑道："她还想出嫁？难道我还敢让她跟着姝，再祸害她吗？"

玳瑁忙道："七公主如今有病，自然不能随着八公主出嫁，不如就依六公主之例，指一士子下嫁如何？"

楚威后沉吟不语。

玳瑁得了芈茵之托，如今在这种情况之下，芈茵亦是吓破了胆子，不敢再生其他的心思，便只心心念念着想嫁与黄歇，求了玳瑁数次。

玳瑁却知当日芈茵挑拨芈姝去追求黄歇，犯了楚威后之忌，如今亦不敢明显提到黄歇的名字。

楚威后却是摆摆手道："不过是个贱婢，既已经决定让她随便嫁个人罢了，便不须再议。倒是那九丫头……"

玳瑁忙道："以奴婢之见，倒可以让九公主随八公主出嫁……"

楚威后沉下脸来，道："她，如何可以？"

玳瑁却建议道："公子戎长大要分封，若让九公主嫁于楚国之内，让她寻到辅佐公子戎的势力，岂不是教威后烦心？若是九公主嫁去异邦，中途染个病什么的就这么去了，便与威后无关了。"

楚威后嘴角泛起一丝笑容，道："倒也罢了，"说着叹了一口气，"她们便是百个千个，也及不得姝的终身重要。"

玳瑁想了想，道："威后意下欲定何人？"

楚威后叹息道："齐太子性暴戾。我本看好赵魏，不料赵侯无礼，我听闻消息说赵侯已经将吴娃立为继后。如今这贱婢为争宠损了魏楚之好，合纵难成。前日大王与我商议，说是欲令姝嫁与秦王。秦国是虎狼之邦，姝娇生惯养，我真是不甘心啊……"

玳瑁忙劝道："嫁给秦王，也未必不好啊。赵国、魏国，都比不得秦国势大。八公主若入秦为后，说不定还好过赵国、魏国呢。"

楚威后叹息道："也只能是这么想了。"她看了看玳瑁，道，"你且先去试试姝自己的意思。"

玳瑁奉命去了高唐台，对芈姝婉言说了秦国之意，芈姝一听就愣住了，送走了玳瑁，便欲寻人商议，无奈芈茵"被精怪所惑神志不清"，她转了两圈，顾不得疑心和愧意，还是去寻了芈月。

芈月道："阿姊不愿意嫁秦王，是不是心中有了喜欢的人？"

芈姝红着脸，扭捏着拧着手中的手帕。

芈月观其神情，试探道："阿姊莫不是还喜欢那黄歇……"

芈姝嗔道："哪儿的话，谁说过喜欢他了。"

芈月顿时心中大定，笑道："阿姊喜欢谁，为什么不直接找他？"

芈姝吃惊地道："直接找他？"

芈月劝道："为什么不行？你喜欢谁就告诉他，他若是个男人，在外经历得比你我多，办法肯定也比你我多，总比你自己一个人苦闷来得好。"

芈姝眼睛一亮，跳起来亲了亲芈月的脸颊，道："太好了，九妹妹，你说得是，我这就去找他。"

说着站起来，急急地送走了芈月，这边却打开匣子，看着匣内的几件小物，脸上不禁有了一丝温柔的笑容，过了好一会儿，才抬头道："来人，去吩咐宫门备车，我要出去一趟。”

她这一趟出去，便是只带了两个侍女，一路直到了秦国使臣所住的馆舍，便叫了一个侍女进去通报，说是要寻公子疾。

那侍女亦是当日见过公主遇袭之事的，进去之后，只说要寻公子疾，不料却被引到了一个矮胖青年面前，当下便怔住了，道：“你不是公子疾？”

樗里疾一听，见了她的装束，便知原因，忙令引路的侍从退下，这边笑吟吟地解释道：“可是你家主人要寻公子疾？”

那侍女点了点头，仍然警惕地道：“奴婢的话，却是要见了公子疾以后方能说的。”

樗里疾见状，只得道：“你且稍候。”转身去了邻室。此时秦王驷正与张仪商议如何游说楚国公卿，破五国合纵之议，听得樗里疾来报此事，三人相视而笑。

樗里疾道：“楚公主前来，依臣看，是否楚宫之内，亦知合纵难成，有与我秦国联姻之意？”

秦王驷点了点头，道：“正是。”说着站起来道，“如此我便去见一见那楚公主。”当下又与樗里疾、张仪各自吩咐，其余事皆依他们原定之计行事。吩咐已定，便去见了那侍女，又到了前院，等着那侍女引着戴着幂篱的芈姝进来，便亲自引着芈姝进了他房中。

居室内，秦王驷的笑容和煦如春风，眼神似要看穿别人的心底。芈姝一路来的勇气早已消失，低着头支支吾吾说不上话。

秦王驷微笑着，极有耐心地看着芈姝，芈姝一咬牙，抬头大声道：“公子疾，我喜欢你，我要嫁给你，我不要嫁给你们的大王。”

秦王驷的笑容凝住，他自那日设计相救之后，又遇芈月送来芈姝表示感谢的礼物，他便又写了回书，送了回礼。如此一来二去，两人片笺传诗赠物，三两下便将芈姝春心勾动。

他亦知芈姝今日来，当是在得知秦王求婚的消息之后前来证实的，只是连他也不曾想过，芈姝竟是如此大胆，直接诉情。他对芈姝本来不过是抱着利用之心，但此时眼前这个少女大胆的表述，却令他心中微微一荡，有些异样的情愫升起。

只怕世间每一个正常的男子，对着一个出身高贵、美貌痴情的少女如此大胆的表白，心里都会有所触动吧。秦王驷的眼睛深深地凝视着芈姝道：

“你知道自己在说什么？在做什么？”

芈姝在他的眼光下有些不安，她低下头欲退后，但内心的倔强支撑她不退反进，本是低着的头又昂了起来，道：“我……我就是知道。我来找你，我想告诉你我喜欢你。”

秦王驷迈前一步，双手按在芈姝的肩上，低下头，他的脸离芈姝的脸只有几寸的距离，气息扑面而来，道：“哪怕你不嫁给秦国大王，也可能会嫁给燕国或者齐国的太子，你将成为一国的王后，或者未来的王后，尊贵无比。你知道你这时候独身一人来意味着什么吗？那是私奔野合，有损你的名誉。快回去吧，我就当没听到你说过这番话。”

芈姝大受打击，退后一步又倔强地直视着秦王驷，道：“我知道，我喜欢你，我只想嫁给你。我不管什么大王储君，我也不在乎什么王后太子妇的位置，我也不管什么名誉，我就要跟我喜欢的人在一起。除非你说，你不喜欢我，你从来没喜欢过我……”

秦王驷转过头去。他想，这个自己要跳进他陷阱里的小猎物，他是不是要发一下恻隐之心，放她回去呢？

芈姝见他如此，反而眼睛一亮，转到他的眼前，拉着他的袖子急切地道：“你看着我的眼睛说话，不许说谎，你敢说你没有喜欢过我吗？”

秦王驷微闭了一下眼睛，又睁眼看着芈姝。这少女的青春勇敢，似乎让他也有点回到当初年少气盛的时光里了。他想，也许不是这少女落入他的陷阱，而是这个少女要用她的青春和热情来捕捉住他呢。男女之事，真说不清到底谁是谁的陷阱。

秦王驷伸出手，轻抚着芈姝的头发最后一次劝她道：“姝，这样对你不好。士之耽兮，犹可说也。女之耽兮，不可说也。[①]”

芈姝却道：“我想得再清楚不过了。大车槛槛，毳衣如菼。岂不尔思？畏子不敢。[②]我敢做，敢担。你呢，你敢吗？”

秦王驷一把抱起芈姝，道：“你既云‘大车槛槛’，我自然要答你以‘穀则异室，死则同穴。谓予不信，有如皦日’。[③]”

芈姝眼睛一亮，竟是抱住秦王驷的脖子，吻在了秦王驷的唇上，她毛手毛脚，似乎一只小雀儿落在猛虎的嘴边，还在撩拨于他一般。

最后的结果，自然是“林有朴樕，野有死鹿。白茅纯束，有女如玉……”[④]。

芈姝上午出去，直到晡时已过，宫门将闭，华灯将上时，也未回来。

芈姝居处，早就乱成了一团。因芈姝此番出去，只带了两个侍女，二人如今俱在馆舍吓得魂不附体，却不敢做出什么来。

高唐台内芈姝的服侍之人，更是完全不知道她去了何处，下落如何。

眼见时间到了这个时候，傅姆女岚已经派出了不知多少人打探，皆是赶在宫门下钥前空着手回来，半点消息也无。

女岚无奈，想了想，只得自己亲自去寻了九公主芈月，道："九公主可知我家公主去了何处？"

芈月一惊，道："姝姊怎么了？"

女岚红肿着眼，泣伏在地道："公主之前就说自己出门走走，只带了两个侍女出门。可如今这时候了，我家公主还没回来，也没有人来报信，奴婢急得不知如何是好。思来想去，如今这高唐台中能做主的人，便只有九公主了，因此只得来请九公主示下。"

芈月见她的神情不似作伪，却也诧异道："阿姊出门，傅姆如何不曾跟着？"

女岚忙道："奴婢自是要跟着的，只是九公主亦知我家公主的脾气，她只点了两个侍女，想是嫌奴婢碍事。"

芈月冷笑道："傅姆这话奇怪，跟随公主，乃傅姆职责，素日阿姊行事亦曾有过不让傅姆跟从之事？傅姆亦未曾有不跟的，怎么如今倒说起这样的话来？"

女岚脸一红，不敢说话。这亦是宫中陋俗，傅姆们皆是由其生母或身份尊贵的养母指了心腹在公子公主身边，原是极体面的。主子们小的时候，傅姆自然要跟随不离，免得其他宫人照顾幼儿有什么过错。

各人的傅姆还护食得厉害，恨不得把小主子都教成只与自己一条心，灌输了无数旁人都信不过的理论。这女岚尤其自恃是玳瑁同一拨的心腹，把芈月、芈茵的傅姆都不放在眼里。

只是如今各公主均已经长大，便是从前年纪幼小的时候对傅姆百般听从，到了十几岁反而更加逆反，如今傅姆说话，多半要嫌聒噪和管得太多，尤其是芈姝时不时还要顶上几句，且爱用些听话的小侍女。傅姆辛苦十几年，如今小主子大了脾气也大了，不会再似幼儿般处处容易处事。一个人不慎管多了反而有可能引起逆反，被小主子们拿主奴身份一压，徒失颜面。再加上手底下已带出来一拨小侍女，都乐意偷个懒儿，亦免得在小主子跟前讨嫌。

女岚便只悔自己一个疏忽，竟弄出大事来。如今找了一天，连宫门都要下钥了，还不见八公主。若是八公主夜不归宿，甚至弄出如芈月这般失踪之事，那可怎么办？

她自己自然是不敢担这事的，也不敢告诉楚威后，这便存心要拿芈月来填楚威后的怒火了，因此才这般恭敬地求芈月。听了芈月的反问，忙请罪道："因今日奴婢去内司服处看我们公主的六服，故此公主出去之时，竟不在场，所以不曾跟从。如今还需要九公主替我们拿个主意才是。"

芈月看着女岚，直到对方受不住她的眼光低下了头，才站起来，道："带我去阿姊房中看看吧。"她清楚女岚的目的，但是楚威后本来就是不可以常理而度之。就算她有一千一万个置身事外的理由，可若是芈姝出事，楚威后可不管她是否无辜，一样会拿她填了自己的怒气。既然注定逃避不了，不如早一步察看，预做准备。

女岚窃喜，忙拿了服侍芈姝的态度，殷勤地扶着芈月去芈姝房中。

但芈月自然也不会由得女岚当她是傻子，她走在回廊时，似不经意地想起什么，问女岚道："豫章台母后那里，你们可去回禀了？"

女岚脸色一变，强笑道："有九公主在，自能够安排妥帖，如今天色已晚，何须惊动威后她老人家呢？"

芈月看着女岚叹息道："是啊，威后关心爱女，若知你们怠职，岂肯轻饶你们？"说到这里便变了脸色道，"那敢情我是贱命一条，要给你们拉来垫背？傅姆当真好心肠！"说完转身就要走，女岚连忙跪到她面前挡住路求救道："九公主，奴婢万万不敢有此心，只是乱了方寸，不知如何是好。求九公主看在和我们公主的情分上，想想办法吧！"

芈月停住脚，似笑非笑道："既是如此，你当真听我的？"

女岚低头道："自然听从九公主之言。"

芈月冷笑道："你若真是个忠心的奴婢，这时候真正应该关心的是阿姊的下落。若你们自己找不到，便当禀于威后。"

女岚尚在犹豫，芈月又道："你若不快去，到宫门下钥之后，可就迟了。"

女岚颤声道："不是奴婢等故意延误，实是……若我们半点头绪也无，去禀威后，实不知拿什么话来回禀。"她又抬眼偷看芈月道，"九公主，若是我们公主当真有事，便是威后，难道就不会迁怒于九公主吗？不如九公主相助我等寻回八公主，对九公主亦有好处。”

芈月瞪着女岚，冷笑一声道：“带我去阿姊房中。”

她走进芈姝房中，但见几案上散着竹简，旁边是一个红漆匣子。芈月走到几案前，翻阅着几案上的竹简，却正摊开的是一首诗，芈月轻轻地用雅言念道：“大车槛槛，毳衣如菼。岂不尔思？畏子不敢……”

女岚眼睛一亮，轻呼道：“对了，我们公主这几日便一直在念着这几句。九公主，这是什么意思？”

芈月道：“这是《诗经》中的《王风·大车》篇，是当用雅言读的，你们自然听不懂。”

女岚小心翼翼地问道：“那这诗是什么意思？”

芈月轻叹，又用郢都方言将此诗念了一番，解释道：“大车行驰其声槛槛，车盖的毯子是芦荻青翠的颜色。我岂不思念你？只怕你不敢表白。”

女岚吓得“哎呀”一声道：“这意思是……”

芈月道：“阿姊有喜欢的人了。”她看着手中的竹简，心中却有淡淡的羡慕之情。她羡慕芈姝的勇敢，为了自己心爱的人，便可以不顾一切地去表白，去追求。而她与黄歇明明两情相悦，却只能苦苦压抑，不能说出口来。看着诸侍女听了此言，面如土色，便问：“今晚她迟迟不归，必与此事有关，你们知道那是谁吗？”

女岚如何能知，当下摇头道：“我们真不知道。”

旁边的侍女珍珠却眼睛一亮，欲言又止。芈月见她神情，便问她道：“你可知道什么？”

珍珠轻声道：“公主收过公子疾的礼物。”

芈月一惊道：“在何处？”

珍珠便将旁边的红漆匣子打开，但见里头一束洁白如雪的齐纨、一对蓝田玉珥、几片木牍，上面写着几首若有若无暧昧的诗句，芈月的脸色也变了道：“此人好生大胆！”

秦国使臣来楚国的目的之一，便是求娶楚国公主为秦王继后，那公子疾若是秦王之弟，如此放肆大胆地勾引芈姝，难道有什么图谋不成？他是想让芈姝嫁秦王，还是不想让芈姝嫁秦王？他是秦王之弟，是否对王位亦有野心？又或者，他根本就是奉了秦王之命而行？

芈月合上匣子，脑子里似有一个很奇怪的念头，想去捕捉却一闪而逝。她来不及细想，便道："赶紧回禀母后，事情或可挽回。"

女岚还待再说，芈月却已经往外走去，道："你若不去回禀，我这便去回禀。"

女岚无奈，只得派了侍女，前去回禀楚威后。楚威后大惊，连更衣都来不及，便直接赶到高唐台去，喝道："你们是如何服侍的，竟连公主去了何处也不知道？"

女岚不敢回答，只看着芈月。

芈月本不欲掺和此事，但女岚死死拉住不放她回房，如今又把她推出来。此时，见楚威后目光狠厉地瞪向自己，她只得禀道："儿原在自己院中，却是阿姊的傅姆方才来寻我，说是阿姊至今未归。儿听得她还未告知母后，忙催她去禀告母后，因此亦来此听候母后吩咐。"

楚威后本疑她或有什么阴谋，前几日她方死里逃生，今日芈姝便出了事，时间挨得如此之近，怎么不教她生疑？如今听了她这话滴水不漏，便又转向女岚。

女浇、女岐两人此时闻风而来，听得女岚不怀好意，她们亦是利益攸关，连忙膝行向前一步证明道："九公主说得甚是，方才女岚前来寻九公主，九公主听了之后第一句便是问禀过威后不曾，又急催着女岚去禀威后的！"

楚威后变了脸色，顺手操起案几上的一枚铁枝砸到女岚脸上，怒骂道："我当你是个人，你竟敢如此不恭不敬！若是姝因此、因此……"说到这里，亦不敢再说下去，红了眼圈。

女岚被砸得满脸是血，却不敢呼痛求饶，亦不敢再辩，只不住磕头。

楚威后喝道："来人，把侍候八公主的人全部拉下去，一个个地打，打到说清楚八公主去了哪儿为止。"

众侍女连求饶也不敢，一齐被拉了下去，在院中便直接杖击。年纪大知事的闷声哀号，年轻不懂事的却是被打得呼痛喊冤，哭叫求饶，满院皆是惨呼之声。

楚威后听得不耐烦，怒道："再乱叫，便剪了她们的嘴！"

玳瑁连忙劝道："威后息怒，若是剪了她们的嘴，更是问不出话来了。"这边殷勤地奉上玉碗道，"您用一杯蜜水润润口，休要说得口干了。"

楚威后接过玉碗，正要喝，转眼看到芈月静静地跪于一边，忽然怒从心头起，扬手将玉碗扔向芈月。

芈月微一侧身，玉碗扔到她身上又跌下来，在她的膝前摔得粉碎。

楚威后咬牙切齿地骂道："你现在得意了！一个疯了，一个失踪，你这个妖孽，真是好手段。这宫中有了你，就不得安宁。我真后悔当年对你心慈手软，留下你的性命来！"

芈月安详得如同楚威后完全没有发作一样，道："母后挂记着阿姊，一时忧心，不管说什么话，儿自当受着。阿姊想是路上有什么事情耽搁了，如今宫门已经下钥，母后不妨叫人去阿姊出宫的宫门那边守着，想是阿姊若是今夜不回，明晨也当回来了。"

楚威后气得发抖道："你，你还敢如此轻描淡写！路上耽搁，她在路上能有什么耽搁？你又如何能够断定，姝今夜不回，明晨便能回来？"说到这里更起了疑心，道，"莫非你知道姝去了何处？莫非……姝失踪之事，与你有关？"

芈月叹道："母后想哪里去了。"她指了指几案上的竹简，又道，"儿早来片刻，也心系阿姊，想早早寻出阿姊动向。见了这竹简，又听傅姆说有人送她这些物件，亦听说阿姊出去前，玳瑁傅姆同她提过与秦国议亲之事。故儿大胆猜测，说不定阿姊是去了秦人馆舍。母后若当真着急，亦可请了大王，开了宫门去秦人馆舍寻找。只是这般做，便会惊动旁人，易传是非。"

楚威后更怒道："你既知易传是非，还敢如此建议，莫不是你也想学那……"她险些要把芈茵之名说了出来，一时又硬生生地收住了，冷笑道，"贱婢，你莫不是故意生事，坏了姝的名声？"

芈月镇定地道："母后说哪里话来？不管阿姊是今晚回来或者是明日回来，她都是嫡公主，自是什么事都不会有。我楚国芈姓江山，金尊玉贵的公主，怎么会有不好的名声？又怎么会有人敢打她的主意？"

楚威后听得出她的弦外之音，脸色冰冷道："那你最好盼着神灵保佑，姝平安无事。"

芈月微笑道："阿姊吉人自有天相，必然平安无事。哪怕有些不好的事情，以母后之能，抹掉也是极容易的。"

楚威后盯着芈月，半晌道："算你聪明，那咱们就在这儿等着吧。等姝回来，看她究竟遇上了什么事，需不需要抹掉什么。"

芈月俯身道："是。"

楚威后静静地坐着。

芈月笔直跪着。

窗外一声声打板子的声音，宫女的哭叫声显得遥远而缥缈。

秦馆舍内，芈姝的两个侍女跪在外室，听得里头的云雨之声，实是心胆俱裂，却又不敢说什么，只是哭丧着脸抱作一团互相低声安慰着。

秦王驷内室之中，纱幔落下，黄昏落日斜照轻纱。云雨过后，秦王驷和芈姝躺在一起。

秦王驷拨弄着芈姝的头发，笑道："静女其姝，俟我于城隅。爱而不见，搔首踟蹰。[5]姝，你的名字，是来自这首诗吗？"

芈姝含羞点头。

秦王驷微笑道："你是静女，那有没有彤管赠我？"

芈姝脸红，侧头。

秦王驷从芈姝头上拔下一支珊瑚钗来，在她的面前晃了晃，道："没有彤管，就赠我彤钗吧。"

芈姝妙目流转，道："投我以木瓜，报之以琼琚。你既要了我的珊瑚钗，又拿什么还我？"

秦王驷轻吻着她的眼角，道："我自然也是还你以美玉……别急，我给你的东西，要你离开以后才能看。"

芈姝娇嗔道："到底是什么？"

秦王驷抱住芈姝翻了个身，道："现在说了就没有惊喜了。吾子，时候尚早……"

芈姝娇喘一声，道："不成，好郎君，我如今不成了……"这边推着，却是强不过秦王驷，便又重行欢爱。

如此几番，终于体力不支昏昏睡去，待到醒来，便觉得天色已经全黑了。她半闭着眼睛，伸了个懒腰，却发现只有自己一个人。

窗外有人走动的声音，还有投在窗上的人影。

芈姝睁开眼睛，看着空荡荡的房间，叫道："公子，公子疾——"

两名侍女听得她的呼声，连忙端了热水葛巾进来，为她净身更衣。

芈姝净身完毕，倚着凭几懒洋洋地问道："公子疾去了何处？"

那侍女眼圈儿红红的，也不知是惊是骇，低声道："公子方才有事出去了，临行前说，有东西留与公主。"

芈姝满心不悦，只道自己与对方一番欢爱，他如何一言不发便走了。当下伸手让侍女服侍着穿衣，一边悻悻地道："他有何物留与我？"

侍女答道："奴婢不知。"另一侍女却在枕边发现一个小匣子，忙奉与芈姝，道："想是此物。"

芈姝只道是什么信函或者定情信物，不料打开木匣子，里面却是一枚白玉雕成的玺章。

芈姝有些气恼，道："难道我还缺一方玺章不成？"心中却又多少有些疑惑，她对着这枚玉玺看了半日看不出来，见其上还有一些红泥，当下拿起丝帕，在其上印了一印，显出正字来，仔细一看，不禁惊呼一声。

她的侍女正在为她绾发，听到呼声，手抖了一下，忙道："公主，何事？"

芈姝心慌意乱，匆忙将这丝帕与玉玺都塞回匣子里去。另一个侍女待要去接，芈姝却下意识地将这小匣紧紧地抱在自己怀中，喝道："我自己拿着！"

那侍女便不敢再接，见她发髻已经绾就，连忙扶着她站起，为她整理裙角。

芈姝紧紧地抱着小匣，木匣压着她的胸口，只觉得心脏怦怦乱跳。方才那一方玉玺印在丝帕之上，竟是秦篆的五个小字：秦王后之玺。

她心中万般念头奔啸来去，只欲叫了出来。那公子疾是谁？他如何会有秦王后之玺？他与自己云雨一番，却将秦王后之玺给了自己，那是何意？

蓦然间一个念头升起，她想，难道他竟不是什么秦王之弟，而是——秦王？

想到这里，她更是心头火烧一般，见侍女整装完毕，便急急地抱着木匣走了出去。

但见馆舍之中，华灯已上。她走在回廊之上，此时竟是极为清静。

她这一走动，便见回廊对面来了一人，却是时常随着那"公子疾"同进同出，容貌亦与那"公子疾"有几分相似的矮胖青年，见着了她便是一礼，道："小臣樗里疾，奉命送公主回宫。"

芈姝知"樗里"乃是封地，此人之名，竟然也是一个"疾"字，天底下哪来这般的巧合？当下压着内心狂澜，低低地问道："你，你到底是何人？"

樗里疾笑道："臣乃秦王之弟，名疾，因封在樗里，所以都称我为樗里疾，或者樗里子。"

芈姝惊道："你，你才是公子疾？那他……"

樗里疾道："公主已经得到了王后之玺，难道还不明白他的身份吗？"

芈姝心头一块石头终于落地，道："他，他真是秦王？"

樗里疾道："正是大王到了郢都。"

芈姝道："那他现在人呢？"

樗里疾道："大王身份已然泄露，自不可再停留于楚国。他已于凌晨离开郢都赶回咸阳了。吩咐臣留在此地，继续办理秦楚两国联姻之事。"

芈姝捧着木匣，心思恍惚道："他，他居然就是秦国大王，他把这玉玺给我，那就是……"

樗里疾道："那就是已经许公主以王后之位了。臣见过新王后。"

芈姝侧身让过，嘴角不禁漾起一丝得意的微笑，道："不敢，有劳樗里子了。"

樗里疾抬头看着天色，暗暗苦笑，大王太过尽兴，这公主又睡得太沉，竟是如今方才出来。这个时间怕是宫门早就下钥了吧，却又不知如何安置，便问道："如今宫门已经下钥，不知公主有何安排。"

芈姝漫不经心地道："我今晚未归，那些人必是不敢隐瞒，要报我母后的。我母后若知，宫门必当还留着等我。若是当真宫门已锁，我再回馆舍吧。"

樗里疾听她话语中的天真无谓，心中暗叹，只得送她回了宫中。

果然，楚威后早派人守在宫门口，见着芈姝马车回来，宫门上看到，只喝问一声，便忙开了宫门。樗里疾目送芈姝马车进了宫门，宫门复又关上，这才拨转马头，下令道："去靳尚府。"

楚威后正等得心焦，此时但听得室外一迭声的"公主回来了"，忙扶着玳瑁站起，亲自迎了出去。

此时院子中被打得哀号声声的诸宫人，听闻八公主回来，如获救星，当下杖责停住，这些人来不及爬起，已经忍不住伏地痛哭。

芈姝手捧木匣，被众宫女拥着走进高唐台院中，竟是意外地看到自己的母后也在，诧异道："母后，您如何来了？"

楚威后一把抓住芈姝的手，此时幂篱已去，只将她从头看到尾，从前看到后。她是积年知事的人，如今芈姝的样子，竟是让她越看越是疑惑。欲待高声责问，却又恐吓着了女儿，忍气低喝道："你今日去了何处？与何人在一起？为何到现在才回来？"

芈姝微微一笑，笑容中固有少女初解人事的羞涩妩媚，却全无被母亲撞破后的畏惧胆怯，反只见得意欣喜，双手仍然抱着木匣，对楚威后撒娇道："母后，我有话要跟您说。来，您随我进来。"

楚威后强抑恼怒，道："好，我们进内去说。"说着拉着芈姝进来，却见芈月一行人还跪在当地等候，不耐烦地挥挥手道，"你们还不出去？"

芈月等巴不得这一声，女萝忙上前扶起芈月，一行人悄然退出。

因芈姝身边之人皆被杖责，楚威后身边的侍女忙替芈姝解下外袍，卸下簪珥，诸人皆退出之后，楚威后方问芈姝道："你今日去了何处？"

芈姝却不答话，只将那木匣打开，递与楚威后看了。楚威后见了这玉玺式样，便是一惊，及至拿起那丝帕，看到上面的秦篆，这才真正地笑出了声，一把搂过芈姝道："我儿，你是如何得到此物的？"

芈姝便笑着将与秦王驷结识的经过一五一十地低声说了。楚威后只觉得数日来的一股郁气尽散，说不出的称心如意，抚摸着芈姝的头发，笑道："我的女儿果然不同凡俗！我本来担心秦国乃是虎狼之邦，秦王的名声又不好，还怕你嫁过去会吃苦吃亏。如今看来他也是个知情识趣的好郎君，又把这王后之玺给你，可见是真心喜欢你敬重你的。如此我便放心了，定要在你哥哥面前促成这桩婚事。"

当下便召来寺人析，叫他明日清晨，于楚王槐上朝前，将此事悄然告诉楚王槐，务必要促成此事。便是五国合纵废弃，也须是顾不得了。

注释

①出自《诗经·卫风·氓》，意思是情爱之事若沉溺下去，男子还可以摆脱影响，女子就很难解脱。
②出自《诗经·王风·大车》，解释如文中。
③出自《诗经·王风·大车》，意思是生不能同室，死亦要同穴。莫谓不信，此言如同太阳一般永恒。
④出自《诗经·召南·野有死麕》。
⑤出自《诗经·邶风·静女》。

第二十七章　大朝日

第二日就是大朝之日，这一次的大朝日，楚国要议定是与韩赵魏齐五国合纵，还是秦楚连横结盟。

所以这一夜，许多人都很忙。

黄歇这一夜也未曾回家，他与几名弟子在屈原的草堂中给夫子当下手，将明日要在朝上陈述的策划再三修改，互相问诘，务必要尽善尽美才是。

屈原所议的这新政十二策，主要提出均爵平禄、任贤能、赏战功、削冗官、拓荒地等。这些新政，有些是效法秦国的商鞅变法，有些取法于当年楚国的吴起变法，又顾及了楚国目前现状，删繁就简，务必要让新法更圆满，更妥帖。

屈原拿起最后校订之稿，呵呵一笑，道："我楚国疆域大于秦国，根基深于秦国，人才多于秦国，若能实行新政，必将称霸诸侯。"

黄歇也笑道："大王倚重夫子，这新政十二策一推开，千秋万世当铭记夫子的功业。"

屈原摇头道："若是新法能够推行，大利于楚国，则必然招来朝臣和勋贵们的怨恨，老夫但求不像吴子、商君那样死无全尸即可。"

黄歇却不以为意，道："吴起、商鞅之所以招来怨恨，是因为他们是异国孤臣，为求表现用了严苛的手段，行事过于不留余地，所以积怨甚多。夫子这十二策，吸取前人教训，事分缓急，纵夫子一世不成，还有黄歇一世，再加上和令尹的关系也算缓和，不求旦夕成功，但求法度能够不失，事缓则圆，应该不会引起政局太大的动荡。”

屈原抚须点头，道：“唉，于国内，我们应该求慢，以避免动荡；于天下，秦国崛起太快，我怕他们不会给我们发展的时间啊。”

宋玉亦道：“夫子过虑了。列国征战以来，数百个小国朝夕而灭，如今剩下的都是强国，杀敌一千，自损八百。况且此番五国使臣齐聚郢都，楚国是合纵长，有这六国联盟在，就算秦国发展得再快，他还能一口气吞下六国不成？”

屈原叹息道：“我现在担心的是魏国会不会出状况。唉，后宫无知祸乱国家，魏国送来的宗女竟死得如此之惨，此事还沸沸扬扬地传了出去，我怕魏国不肯罢休。”

黄歇道：“魏国使臣是魏王之子魏无忌，此人一向深明大义，只要楚魏再结联姻，我想也不至于破坏关系。”

屈原道：“不错。子歇，此事忙完，也应该给你筹办婚事了吧？”

黄歇红了脸，道：“夫子——”

屈原问道：“我听太子说，你托他在王后面前游说，让王后做主将九公主许配与你？”

黄歇点头，这也正是他与莒姬商议之策，只是仍有些顾虑，当下同屈原说道：“正是。就怕威后不慈，到时候还望夫子相助。”

屈原轻叹：“威后不慈，如今宫中流言纷纷，令尹为此也大为震怒。若是威后为难九公主，老夫当请令尹出面，为你关说。”

黄歇大喜，向着屈原一揖，道：“多谢夫子。”

宋玉诸人也上来开玩笑，黄歇大大方方地道：“若是当真亲事能成，自然要请诸位师兄弟共饮喜酒的。”

且不说屈原府中的热闹，此时楚国下大夫靳尚府中，却来了一个不速之客，此人便是秦国使臣樗里疾。

靳尚惊喜莫名，完全不知道为何竟有贵客忽来赠以厚礼。他虽亦是芈姓分支，为人功利好钻营，但才干上却是平平，从前在楚王尚为太子时，跟在旁边还能够出点小算计的主意，但真正站在朝堂上却嫌不足，混了半辈子，也只混得一个下大夫罢了。

樗里疾还赞他说道："大夫这府中处处清雅，低调内敛，与楚国其他府第的奢华张扬相比，却显得不凡。"

靳尚却不禁苦笑道："公子疾说笑了，靳尚区区一个下大夫，便是想奢华，也无这等资本啊。"

樗里疾故作惊讶道："怎会如此？我在国内也听说靳尚大夫是楚国难得的人才，怎么会玉璧蒙尘呢？"

靳尚心情压抑，摆摆手道："唉，惭愧惭愧啊！"

樗里疾道："大夫之才，如锥在囊中，只是欠一个机会展示而已。"

靳尚苦笑道："不知道这个机会何时到来啊。"

樗里疾道："这个机会就在今夜。"

靳尚一惊，拱手道："愿闻其详。"说着，便将樗里疾引入内室，屏退左右，亲与樗里疾相商。

樗里疾微微一笑，脑海中却想起张仪的分析。张仪于昭阳门下三年，虽然心高气傲，因此什么也没混上，但此人聪明过人，眼光极毒，在昭阳的令尹府中，却是将大半朝臣都一一识遍了。

这往令尹府中来的朝臣，一是商议朝政之事，二就是有求于昭阳。尤其后一种，真是可以在昭阳府中看出别人素日看不到的另一面来。因此张仪分析起来，颇有独到之处。他对樗里疾说道，靳尚此人，是典型的小人之材。他向来自负，可惜眼高手低，气量狭小睚眦必报，有着与其才华不相称的勃勃野心，此人没有大局能力，却有着极强的钻营和游说能力。他没有图谋和计划的能力，却是搞破坏的好手。所以若挑中此人为目标，给他吞下一颗毒饵，他转而喷发出去，就是十倍的毒素。

如今，樗里疾便是依着张仪之计，要让靳尚吞下这个毒饵。而这个毒饵，张仪料定靳尚必会吞下，因为他盼望这个机会，已经很多年了。

樗里疾走后，靳尚独在厅上徘徊，一会儿喜，一会儿怒，一会儿忧惧，一会儿狰狞，吓得身边的臣仆亦是不敢上前。好一会儿他才平静下来，便令下人套车，去了令尹昭阳府第。

昭阳府虽然常有酒宴，但今日却一反常态地安静。昭阳正准备早些休息，迎接明日的早朝，却听说靳尚求见，便不耐烦地叫他到后堂来。

靳尚抬头看去，见昭阳只穿着休闲的常服，连冠都已经去了，懒洋洋地打个哈欠，对靳尚道："你有何事，快些说吧，老夫明日还要早朝，年纪大了，睡得不甚好，若无重要的事，休要扰我。”这穿着常服见的，不是极亲密的心腹，便是极不用给面子的客人。靳尚此时，自然是属于后一种了。

靳尚仆倒在地，膝行几步，低声道：“非是下官惊扰令尹，实是如今有些事，不得不禀于令尹。”

当下便将樗里疾所教他的，关于屈原欲实行新政，新政又如何会伤及芈姓宗亲利益等事说了。

昭阳听了心中一动，却又打个哈欠道：“也无你说的这般严重吧？”

靳尚急了，上前道：“老令尹，如今屈原又想把当年吴起的那些法令重新翻出来，此事万万不可啊。你我都出自芈姓分支，朝堂一半的臣子都出自芈姓分支。这楚国虽是芈姓天下，却不是大王一个人的，而是我们所有芈姓嫡支分支的。我等生来就有封地爵位官职，若是废了世官世禄，把那些低贱的小人、他国的游士抬举上高位，那些人没有家族没有封地，自然就没有底气没有节操，为了图谋富贵都是不择手段的，不是挑起争端，就是奉迎大王，到时候楚国就会大乱了……”

昭阳微睁了一下眼睛，看了一眼靳尚，心中一动，道：“如今是大争之世，国与国之间相争厉害，不进则退。秦国已经从新政中得到好处而强大，那我楚国也不能落后啊。况且，大王一力支持新政，我也是孤掌难鸣啊！”

靳尚忙道：“大王支持新政，是因为新政能够让大王的权力更大。削去世官世禄，那这些多出来的官禄自然是给那些新提拔起来的卑微之人。可若是这样的话，我们这些芈姓宗亲又怎么办？那些寒微之人的忠心，可是不可靠的啊……”

这话正打中昭阳的心，他沉默片刻，方徐徐道：“鲁国当年宗族当道，孔子曾经建议削三桓，以加重君权，结果三桓削了，君权强了，可守边的封臣没有了，国境也就没有了守卫之臣，于是鲁国就此而亡。齐国当年一心想要强盛，大量重用外臣，结果齐国虽然强大了，但姜氏王朝却被外臣田氏给取代了。”

靳尚奉承地道：“还是老令尹见识高。”

昭阳叹道：“所以，这国家，没有宗室，就是自招祸乱。楚国芈姓的江山，自然只有我们这些芈姓血脉的宗族之人才是可倚靠的对象。”说到这里，不禁暗叹，“屈子啊，他是太年轻了，急功近利啊。”

靳尚道：“下官以为，大王重用屈原，是因为他游说了五国使者齐会郢都与楚国结盟之事，立下大功。若是五国会盟破裂，则屈原就失去了倚仗，自然也就难以推行新政了。”

昭阳睁大眼睛，意外地看着靳尚，靳尚低下头去，手掌微微颤抖。

昭阳再度半闭着眼睛，只是伸出手来带着亲热地拍了拍靳尚的肩膀道：“没想到啊，下大夫中居然也有你这样难得的人才。明日就随老夫进宫吧。”

靳尚强抑着激动，恭敬地道：“是。”

天蒙蒙亮，郢都城门就开了。

沉重的城门被两队兵卒缓缓推开，直至大开。兵卒们分列两边，监督着进出的行人。

一辆马车驰出城门，马车上坐着秦王驷和张仪。

在离开郢都的那一刻，张仪回头看着城门上写的“荆门”二字，神情复杂。

秦王驷端坐并不回头，道：“张子不必再看了，总有一天张子可以重临此城。”

张仪恭敬地拱手，道：“是。”

一行人，就此离开郢都，留下的，却是早有预谋的纷乱局面。

而此时章华台上，正是大朝之时，群臣在令尹昭阳的率领下进入正殿，向楚王槐行礼如仪，朝会正式开始了。

昭阳便令群臣将今日要商议之事提出，屈原正欲站起，靳尚已经抢先一步道：“臣靳尚有建言，请大王恩准。”

楚王槐道：“靳大夫请讲。”

靳尚道：“臣以为，五国联盟看似庞大，实则人心不齐，不堪一击。楚国若与他们结盟，徒然浪费民力物力，不如结交强援，共谋他国。”

屈原一惊道：“靳大夫的意思是，我们应该结交秦国？”

靳尚道：“不错。”

屈原愤然道：“五国使臣齐聚郢都，楚国正可为合纵长，这是何等的荣耀？与秦国结盟，百害而无一利，凭什么楚国弃牛头不顾而去执鸡尾？”

靳尚道：“屈左徒，齐国一向野心勃勃，赵国魏国也是心怀叵测，凭什么他们会推楚国为合纵长？无非就是看秦国崛起而害怕，想推我们楚国挑头，与秦国相斗，两败俱伤。大王，臣以为，宁与虎狼共猎，也好过替群羊挡狼。”

屈原道："秦国乃虎狼之邦，与列国交往从来没有诚信，与其结盟是与虎谋皮，须防他们以结盟为由，实则存吞并我楚国之心。我们只有联合其他五国，'合众弱以攻一强'，才能与之抗衡。"

靳尚假意鼓掌道："左徒设想虽好，只可惜偏乎自作多情。这郢都城中看似五国使者前来会盟，可依臣看来，真到会盟的时候，不晓得会有几个国家的使者还在。"

楚王槐亦动容道："此言何意？"

靳尚慢条斯理地从袖中取出一个锦囊来，道："臣这里有个密报，听说韩王前日已经与秦国秘密结盟，恐怕数日之内，韩国使臣就会离开郢都。再者，臣听说昨日魏国使者也因为魏美人在宫中受刑惨死之事，已经递交国书，要求处置郑袖夫人。臣又听说齐国和燕国因为边境之事，打了一场小仗。秦赵两国的国君均是死了王后，均有言要与我楚国联姻。可是秦国的使臣将聘礼都送来了，赵国的国君不但没有来求婚，听说反而刚刚将吴娃夫人扶为正后……各位，还需要我再说吗？"

屈原脸色惨白，闭目无语，忽然怒视靳尚道："秦人好算计，好阴谋！老夫不明白靳尚大夫只是一个下大夫，如何竟能够比我们这些上卿还更知道诸国这些秘闻战报？"

靳尚被这话戳中肺腑，闻之脸色一变，退后一步，不禁求助地看着昭阳道："老令尹……"

本是故意装作壁上观的昭阳，到此时不得不睁开眼睛呵呵一笑，道："屈子，是老夫告诉他的。"他站起来走向正中，向楚王槐拱手道："大王，依老臣所见，五国人心不齐，只怕合纵难成。不如静观待变如何？"

屈原一惊，竟不知何以变故陡生，昭阳忽然反转立场，让他的一颗心如坠冰窖。

老令尹，我们不是已经说好了，一起推进新法，一起为了楚国的大业而努力吗？你如今忽然改变立场，是为了什么？你这是受了小人的鼓惑，还是原就一直在骗我？你这是内心摇摆，还是另有利益权衡？在你的眼中，到底是国重，还是族重？

此时朝堂上，两派人马早已经吵成一锅滚粥，但是屈原和昭阳两人远远地站着，双目对视，眼神已经传递了千言万语，却谁也没有说话。曾经约定携手推行新政的两代名臣，在这一刻，已经分道扬镳。这殿上区区数尺距离，已成天堑深渊。

朝堂之上在争执，后宫之中亦是不平静。

芈月因见芈姝回来，便悄然回自己房中睡了一觉，次日起来，便被芈姝叫到她的房中。此时楚威后已经回了豫章台，芈姝兴奋一夜，到天亮时终于忍不住要向芈月炫耀一番，当下将秦王驷乔装之事悄悄地同芈月说了，又亮出秦王后之玺向芈月展示。

芈月表面上微笑恭维，内心却早如惊涛骇浪，翻腾不已。好不容易摆脱了芈姝，急急回房，便更衣去莒姬处，想去找黄歇。

莒姬却叹道："你如今出不去了。"

芈月诧异道："为何？"

莒姬道："前日威后派人到我这里来搜检一番，回头竟又是将周围查过。如今你素日经常出去的小门已经被封死了，不但如此，还派人巡逻……"

芈月气愤地捶了一下几案，道："实是气人！"

莒姬却道："你若真有要事，或可令太子那边的人转告黄歇。"

芈月一惊，道："太子？"

莒姬点头道："如今南后病重，太子为人软弱无主，南后看重黄歇，欲引他为太子智囊，所以近来对黄歇颇为示好。黄歇曾与我言道，你若有急事相传不便，当可封信丸中，教太子身边的寺人交与黄歇。"

芈月一喜，道："好，我这便封信丸中，让太子身边的人交与子歇。"

当下忙取来帛书，只写了一行字，道："秦王驷已阴入郢都。"便在莒姬处用蜡封丸。莒姬也不去看她写些什么，只叫了心腹的寺人，将这蜡丸转交黄歇所交代的太子侍人。

黄歇接了蜡丸，还只当是芈月有什么事，忙到僻静处打开一看，便是大惊，当下要与屈原商议。无奈今日乃是大朝会，太子、屈原俱在章华台上，竟是无法传递消息。他只是一介布衣，手中无任何可派之人，只得眼巴巴地在章华台下等着。

屈原与靳尚争执半日，只觉得心头火起，亦是诧异似靳尚这样不学无术之人，竟能够引经据典地说出这番话来。更为奇怪的是靳尚区区一个下大夫，素日也无人瞧得起他，今日朝会，竟有无数人或明或暗地支持他，甚至连大王与令尹也偏向于他。

屈原感觉到似乎今日的大朝会背后，有人在布着一张网，一点点地在收紧。

朝会上，五国合纵竟是无法再续，虽然在他的反对之下，与秦国的结盟未能谈成，可是新政的推行却是遭受了前所未有的反对。

屈原走出章华台，正午的阳光耀眼，正照得他有些晕眩，他一个踉跄，久候在外的黄歇连忙扶住了他，道："夫子，您没事吧？"

屈原定了定神，看着眼前的人，诧异道："子歇，你为何在此？"

黄歇道："弟子在这儿已经等候夫子好久了。"

屈原无力地挥了挥手，道："何必在这儿等？朝会若有结果，我自会同你说的。"

黄歇上前一步，道："屈子，弟子刚才得到信息……"说着附耳对屈原说了几句话。

屈原一下子睁开了眼睛，道："什么？当真？子歇，取我令符，立刻点兵，若追捕上他——"他说到这里，顿了一顿，似在犹豫什么，片刻之后，将令符按在黄歇掌中，语气中露出了罕见的杀气，对黄歇低声道，"就地格杀，不可放过。"

黄歇接令急忙而去。

靳尚远远地看着他们师徒的行动起了疑心，走过去试探着问道："屈子，不晓得子歇寻您何事。"他讪讪地笑着，努力装出一副极为友善的面孔来。

屈原看着这张奸佞的脸，一刹那间，所有的线索俱都串了起来，他忍不住怒气勃发，朝靳尚的脸上怒唾一口，道："你这卖国的奸贼！"

一时间，整个章华台前，万籁俱寂。

靳尚不防屈原这一着，急忙抹了一把脸，待要反口相讥，却见屈原的眼神冰冷，似要看穿他的五脏六腑一般，想起自己理亏之事甚多，竟是不敢再言，抹了一把脸，讪笑道："屈子竟是疯魔了，我不与你计较，不与你计较。"转身亟亟而去，便欲再寻樗里疾问策。

数日后，楚王槐下诏，言左徒屈原出使列国有功，迁为三闾大夫，执掌屈、昭、景三闾事务。

此诏一出，便是芈月亦大惊。本来依着原定的座次安排，屈原如今任左徒，这是通常接掌令尹之位前的预备之职。若是屈原主持新政有功，再过几年便可接替昭阳为令尹。

但如今却让屈原去做这三闾大夫，显见极不正常。虽说屈、昭、景三闾子弟，掌半个朝堂，三闾大夫掌管这三闾，看似地位尊崇，主管宗室，但实际上却是明升暗降，脱离了日常国政之务，把这种向来是宗室中的老臣告老以后才会就任的职务给屈原，实在是教人无言以对。

事实上，若昭阳不愿把这个令尹做到死，自令尹之位退下来后，倒会任此职。如今看来，是昭阳贪权恋栈不肯下台，却将为他准备的职位给了屈原。

黄歇独立院中，苍凉一叹："这是教夫子退职养老啊！楚国的新政，完了！"

屈原的新职引起的震动，不只是前朝，更是连后宫都为之搅乱。

渐台，南后直着眼睛，喃喃地念了两声道："三闾大夫，三闾大夫。"忽然一口鲜血喷出，仰面而倒。

来报信息的太子横大惊，上前抱住南后，唤道："母后，母后……"

南后缓缓睁开眼睛，多年来她缠绵病榻，对自己的身体实是太过了解，这些时日，她能够感觉到自己的生命力在迅速地流失着。

她抬眼看着爱子，留恋地抚摸着他的脸庞，似乎要将他脸上的一丝一毫都刻在心上似的。她即将油尽灯枯，可是她的爱子还未长成，他的路还很难走。她为他苦心安排的重臣，却已经折了。她为他想办法拉拢的辅佐之人，如今还处于困境之中。

她该怎么办？怎么样为她的爱子铺就一条王位之路？

她的长处从来不是在前朝，而是在后宫，若非她病重逝了容颜、短了心神，郑袖又如何会是她的对手？既然她时间不多了，那么，就再努力一把吧。

她凝视着太子横良久，才依依不舍地道："母后无事，我儿你回泮宫去吧。"

当下便令采芹送太子横出去。她看着儿子的身影一步步走出去，一直到不见了，怔了良久，这才强撑起精神，道："采芹，替我求见大王。"

楚王槐得到采芹相报，亦是一怔。南后缠绵病榻，他已经有些时日未到渐台了，如今见采芹来报，心中一动，旧日恩情升上心头。

楚王槐走进渐台，便看到南后倚在榻上，艳丽可人，一点也看不出病势垂危的样子，她手握绢帕，轻咳两声，道："大王，妾身病重，未能行礼，请大王见谅。"

楚王槐忙扶南后道："寡人早就说过，王后病重，免去所有礼仪。"

南后微笑道："大王疼我，我焉能不感动？我这些日子躺在病床上，想起以前种种，真是又惭愧，又自责。我也曾是个温柔体贴的好女子，与大王情深意重。可自从做了王后以后，就渐渐生了不足之心，只想长长久久地一个人霸占着大王，看到其他女子的时候，也不再当她们是姐妹，恨不得个个除之而后快……"

楚王槐有些尴尬地摆摆手想阻止，道："王后，你不必说了，是寡人有负于你，让你独守空房。"

南后拿着手帕拭了拭眼角，婉转巧言道："不，妾身要说。人之将死，其言也善。请容我将一生的私心歉疚向大王说出，无隐无瞒，如此才能安心地离去。大王，究其原因，竟是王后这个身份害了我，手握利器杀心自起，我若不是有王后这个身份，自然会把心放低些，做人慈善些。大王切切记得我这个教训，不要再让一个好女子，坐上王后的位置，被权欲蒙蔽了心窍。请大王在我死后废了我王后之位，就让我以一个爱您的女子卑微的心，陪附于您的陵园即可。"

楚王槐感动地握住了南后的手，道："南姬，你只有此刻，才最像寡人初遇时的南姬，才是寡人最爱的南姬啊。"

这份感动，让楚王槐直出了渐台还久久不息，看着园中百花，与南后当年夫妻间的种种恩爱一一涌上心头，暗想着：南姬说得对，一个女子若不为王后，总是千般可爱；一旦身为王后，就生了种种不足之心，嫉妒不讲理甚至是狠心。母后如此，南姬也是如此。难得南姬临死前有所悔悟，不愧是寡人喜欢过的女子啊。

他自然不知道，在他走后南后内心的冷笑。她与楚王槐毕竟夫妻多年，对于他的心思，比任何人都了解。此时她的妆容、她的话语、她的"忏悔"，无一不用心，她便是要以自己的死，将这段话刻在楚王槐的心上，教他知道，为了保全一个女子的温柔体贴，最好就不要给她以王后之位，尤其是——郑袖。

她便是死了，有她在楚王槐、楚威后心中，甚至在宗室中一点一滴撒下的种子，郑袖想成为继后，难如登天。

十日后，南后死。

高唐台，芈月叹息道："真没想到，王后就这么去了。"

芈姝没精打采地道："真讨厌，宫中不举乐，连新衣服都要停做。"

芈月奇道："那是拘着宫中妃嫔，和阿姊你有什么相干？"

芈姝翻了个白眼，道："人人都素淡着，我一个人作乐有什么意思啊？"

芈月上下打量着芈姝，忽然笑了。

芈姝道："喂，你奇奇怪怪地笑什么？"

芈月道："我笑阿姊如今也变得体谅人了，也懂得顾及周围的人在想什么了。是不是马上要做当家主妇的人，就会变得成熟稳重了呢？"

芈姝一下子跳起来扑过去，道："好啊，你敢取笑我……"说着便按着芈月挠痒痒，芈月笑得上气不接下气地道："好阿姊，饶了我吧，我下次再不敢了。"芈姝这才放开芈月，道："咦，你最近怎么了？从前跟我还能挣扎得几个回合，现在倒成软脚蟹了。"

芈月道："我也不知道，最近老是动不动就头晕，跑几步也容易气喘。"

芈姝道："回头让女医来给你看看吧。"

芈月道："说来也奇怪，我最近派人召女医挚，她总是不在。只能让个医婆胡乱给我开个方罢了。"

芈姝诧异道："咦，我昨天去母后宫里看到她在啊，难道是看人下菜？成，回头用我的名义把她召来，让她给你看病去。"

芈月道："那就多谢阿姊了。"

芈姝道："对了，九妹妹，你明天须得跟我一起去方府。"

芈月道："怎么，要挑嫁妆啊？"

芈姝有些羞涩，又落落大方地抬起了头，道："是，就是要挑嫁妆。"

芈月看着芈姝，百感交集道："阿姊，你真是有福气。"

芈姝忽然拉住了芈月，低声道："九妹妹，你会跟我一起去吗？"

芈月不动声色地道："阿姊希望我一起去吗？"

芈姝有些迷茫地道："我，我不知道。"

芈月慢慢引导着道："那阿姊喜欢秦王吗？"芈姝神采飞扬地道："我当然喜欢他了。"

芈月道："那阿姊愿意看着他抱别的女人，亲别的女人吗？"

芈姝摔了凭几怒道："谁？谁敢？"

芈月低声提醒道："阿姊不要忘记，陪嫁的媵女，是要跟着主嫁的姊妹侍奉同一个男人的。”

芈姝看着芈月，眼神变得戒备，道：“那么，九妹妹你呢？”

芈月叹道：“阿姊难道忍心看我一生孤寡，无儿无女，老来无依？”芈姝忙道：“当然不会了。”

芈月扶住芈姝的肩头，看着她的眼神道：“所谓的姐妹为媵，其实是怕女子一个人孤身远嫁，若是得不到夫君的宠爱，至少也有自己的姐妹相伴相依，日子不至于那么难过。或者是遇上争宠的对手，多个姐妹侍奉夫君也好争宠。可这一切都要建立在夫妻不和、姐妹情深上。若是能够与自己的夫君琴瑟和谐，谁愿意被别人分一杯羹去？若是个陌生人倒也罢了，若是至亲的姐妹，那种感受像是双重的背叛一样……阿姊，到时候你怎么办？”

芈姝茫然失措地道：“那，我该怎么办？”

芈月却没有继续说下去，只指了指窗外芈茵居处的方向，道：“阿姊知道茵姊是怎么‘病’的吗？”

芈姝白了一眼，道：“自然是被精怪所迷。”

芈月笑了，道：“阿姊当真相信这个？”

芈姝不禁语塞道：“这……”

芈月轻叹道：“阿姊可还记得，当日茵姊游说你去喜欢黄歇，想办法结交黄歇，甚至多方拉拢……”

芈姝又羞又气，道：“那都是过去的事了，我都不记得了。”

芈月叹道：“那阿姊又是否知道，她还曾经冒我之名去见魏国的公子无忌，说阿姊你喜欢他，要和他私下幽会……”

芈姝气得满脸通红，道：“她，她怎么敢……”

芈月淡淡地道：“她做的事，被威后知道了，于是……”

芈姝倒抽了一口冷气，忽然想起当日芈茵见了魏美人尸体时说的话，她说，“不是我要害你，是母后逼我害你”。她要害的人，是九妹，那么母后要害的人，竟也是九妹了？她拒绝再想下去，强硬地道：“被母后知道了，那又如何？”

芈月一摊手，道：“所以她被精怪所迷，母后也不理她了。”

芈姝暗暗地松了一口气，刚才她真是生怕芈月会说出“母后想要我的命”之类的话来，幸而芈月没有这么说。她暗暗乐观地想，芈月当日不在场，也许她什么都不知道呢，如此不会坏了她们姐妹的感情，便是很好。她亦懒得去听芈茵有什么心事了，正想转过话头，却听得芈月又道：“阿姊可知道她为什么会这么做？”

芈姝隐约感觉到什么，诧异地睁开眼睛，道：“难道是……”

芈月叹道：“她不想做媵，她想像你那样，堂堂正正地做诸侯夫人。”

芈姝有些明白了，道：“你是说……”

芈月道：“她不想做媵，我也不想做媵。只不过她用的是阴谋诡计，而我却是向阿姊坦白，请阿姊成全我。”

芈姝道：“难道你也想嫁秦王，或者嫁诸侯？”

芈月道：“我没这个野心，我只想堂堂正正地做一家的主妇。我不要嫁王侯，只想嫁一个普通的士人就行。”

芈姝松了一口气，道：“你若是只想嫁一个普通的士人，却颇为简单。反正母后选了屈、昭、景三家的女孩子进宫当我的伴读，就是从中挑选一些人当我的媵，减去你一个也无妨。她们不是我的姐妹，纵然将来有那么一日……我也不会太生气太伤心。”

芈月盈盈下拜，道：“多谢阿姊。”

芈姝忙拉住她，道：“你我姊妹，何须如此。”

两人相视一笑，一切尽在不言中。

第二十八章　公主嫁

因芈姝要出嫁，楚威后便与玳瑁商议芈姝的嫁妆之事。玳瑁回说已经令内宰整理方府内库，列出清单以备公主挑选。

方府是宫中藏宝库，楚威后对着清单划着，又吩咐平府也准备书目。

玳瑁诧异道："平府是宫中藏书库，八公主还要陪嫁藏书吗？"

楚威后道："姝是嫁到秦国去，秦国粗鄙，姝孤身嫁到那里去，岂不无聊苦闷？我不但要陪嫁一批藏书，还要整套的器乐、伎人、优人。"

玳瑁掐指算了一下，也微微一惊，道："威后，您是要陪大套还是小套？若是大套，要包括六十四件青铜编钟、二十四件青玉编磬，再加上大鼓、小鼓、琴、瑟、竽、箫、箜篌、呜嘟等就得两三百件，再加上奏乐、歌舞的伎人、优人也得几百人，会不会太过……"

楚威后不耐烦地道："姝是我最心爱的女儿，多些陪送又怎么样？我们楚国又不是出不起。掖庭令那里，计算出要陪送多少人了吗？"

玳瑁道："一嫁五媵，当从屈、昭、景三家选取，每个媵女最少也得二三十个侍从侍女，再加上八公主要陪嫁的陪臣、女官及家眷和奴仆估计要近六百人，如此还有宫女六百人，内侍三百人，兵卒一千人，奴隶三千人，若再加上伎人、优人，怕是要超过六千人了。"

楚威后点头道："六千就六千吧，逾制也是有限。"

玳瑁道："还有送嫁的骑兵四千人，要将公主送到边境之上。"

楚威后点头道："这样算起来也有一万了，还算过得去。"

玳瑁奉承道："威后真是一片慈母之心。"

楚威后道："唉，姝这一去，我怕是再难见到她了。"

玳瑁道："父母爱子女，为之计长远。威后待八公主最好，保她此生尊贵无比，陪嫁丰厚，让公主一生受用，岂不更好？"

楚威后点了点头，道："说得是！"

她们商议着嫁妆之事，芈姝也正为此来寻楚威后。走到楚威后内室前，芈姝忽然有些不确定地问身后的女岚道："傅姆，我刚才列的清单你带着吗？"

女岚忙道："公主，您不是说要自己带着吗？"

芈姝迷茫地道："是啊，我好像是这么说过的，可我袖子里没有。"

女岚也想了想，道："会不会您出门的时候忘在几案上了？"

芈姝不确定地道："好像是的。你赶紧过去拿过来，我先进去。"

女岚自芈姝出事之后，便寸步不离地跟着，如今见已经到了楚威后门前，心中只道不会再有可能出事了，且芈姝的单子亦是十分重要，她也不放心让别人去取，当下忙转身出去，又吩咐外头的侍女跟进来。

芈姝在楚威后宫中行走，确是不须禀报的。因楚威后和玳瑁商议事情，便让侍女俱退到屋外。此时众侍女见了芈姝进来，俱微笑着指指内室，低声道："威后正与傅姆商议为公主备妆之事呢，公主可要奴婢进去禀报？"

芈姝脸一红，但她素来在母亲宫中是脸厚胆粗的，当下摆了摆手，做出一副要偷听的样子来，众侍女皆掩袖暗笑，便随她自己进去了。

芈姝进了外室，听得里面有絮絮叨叨的声音，她便悄悄地走到内室门边听着。

但听得玳瑁奉承道："此番八公主出嫁，威后事事亲力亲为，真是一片慈母之心啊！"

芈姝暗暗得意，忙掩住了嘴边的微笑。

但听得楚威后叹道："这是我最后一次筹办儿女的婚事了，自然不能放松。这嫁妆的单子暂时就定这些了，若是姝有什么中意的，再添上。这段时间你也辛苦了……"

玳瑁道："奴婢微贱之人，怎么敢说辛苦。"

楚威后道:“你辛不辛苦,我心里有数。不但操持着姝的婚事,还要帮着解除我的心事。”

玳瑁道:“奴婢听说,公子歇托太子请大王赐婚。”

楚威后道:“他想娶谁?”

玳瑁比画了一下,道:“就是那个……”

楚威后冷笑道:“果然,狐媚子的女儿也是狐媚子!她想嫁人,想出宫,也得看看有没有这个命!我问你,她还要多久才会死?”

玳瑁道:“她吃了两个多月的砒霜。依这分量来看,估计再吃一两个月就差不多了吧!”

室外,芈姝听到这话,顿时愣住了。

楚威后道:“还得一两个月?哼,我真是等不及了。七丫头那个不中用的,我让她下手把那个贱人除掉,她倒好,办事不成,反险些伤我令名……”

芈姝只觉得心中似有什么崩塌了。她知道自己的生母是狠心的,手底下也是有人命的。她能够理解在深宫之中要活下去,要赢,便不能不狠心。可是她万万没有想到,她的母亲竟会心狠如此,连无辜的九妹妹也要杀死。一个还在深闺的小姑娘,又碍着她什么了?为何如此要置她于死地?那一刻,她整个世界都在崩塌中,慌乱之间,只觉得脑海中跑过无数思绪。她第一个反应是痛心疾首,她的母后做出这样的事情来,将来如何于地下见她的父王?若是传扬开来,宗室之中如何见人?甚至教列国知道了,楚国岂非颜面尽失?

可是,现在当如何是好?母后的性子,她太了解了,她要杀人,自己是根本阻止不住的,便是求情也是无用;她的王兄是个糊涂的人,她现在要嫁去秦国了,她此时跑去找他,他便是答应下来,也是决计无法在母后的手下保住芈月的。

思来想去,所有的计划都不过仗着她如今在楚宫才能够保住人。可是她马上要嫁到秦国去了,只留芈月一人在宫中,是怎么也躲不过杀身之祸的。

突然间,她脑海中蹦出一个念头来,既然自己要去秦国,不如将芈月带走,离开这楚国,离开母后的掌控。保住了芈月的性命,也保住了母亲的令名。至于到了秦国以后,芈月是否当真为她的媵女,则将来的事,将来再说便是。

她又退了一步，却不知踢到了什么，发出声响。

楚威后警觉道："是什么人？"

玳瑁连忙掀帘出去，却见芈姝的身影飞快地冲出门去，冲出院子，冲出豫章台。

芈姝一口气冲到了芈月房中，却见芈月独倚窗前，看着竹简。

芈姝一掌拍下，拉起芈月到了室外，仔细看她脸色，果然见芈月敷着一层厚厚的白粉，却血色尽无，甚至隐隐透出些青黑之气来。

芈姝一顿足，拉着芈月便跑了出去。

芈月喘着气道："阿姊，你带我去哪儿？"

芈姝强抑着愤怒，咬牙飞奔，一直跑到自己房中，拉着芈月坐上自己素日的位置，便宣布道："从今天起，九妹妹跟我住到一起，一起吃，一起睡。"

芈月震惊地看着芈姝道："阿姊——"

芈姝有些心虚地转过头，又回头看着芈月坚定地说道："你别问为什么，总之相信我是不会害你的就行了。"

芈月已经有些明白，却料不到她竟会做出如此行为，心中百感交集，神情有些复杂地看着芈姝，道："阿姊，谢谢你。"

芈姝看着芈月，像个阿姊一样抚了下她的头发，道："有件事，我想和你商量。"

芈月道："什么事？"

芈姝转头令侍女们皆退出去，才道："我想把你带走，你愿不愿意？"

芈月道："带去哪里？"

芈姝道："做我的媵侍，跟我一起陪嫁到秦国去。"

芈月脱口而出："不——"

芈姝惊诧地道："你不愿意？"

芈月反问道："难道阿姊愿意自己心爱的男人跟自己的姊妹在一起？"

芈姝惆怅地道："我不愿意又能怎么样呢？他是秦王，后宫妃嫔无数，注定不是我一个人的。反正我也是必须要带上姊妹为媵嫁的。是你还是其他人，有什么区别？"

芈月却道："可我不愿意。"

芈姝道："为什么？"

芈月道："我母亲就是个媵妾，她死的时候，我对自己说，我绝不让自己再为媵妾。况且，我有喜欢的男人，我想嫁给他，做他的正室妻子。”

芈姝道：“他是什么样的人？有封地吗？有爵位吗？有官职吗？”

芈月道：“他是个没落王孙，没有封地，没有爵位，也没有官职。”

芈姝道：“那他如何养活妻儿？如何让你在人前受人尊敬？将来的子嗣也要低人一等。这些你都想过吗？”

芈月道：“大争之世，贵贱旦夕。有才之人，顷刻可得城池富贵；无能之人，便有封地爵位，一战失利沦为战俘，一样什么都没有。况且人生在世，又岂是为人前而活？如果人前的尊贵换来的是人后的眼泪，还不如不要。”

芈姝道：“我知道你一直为过去所困，可你想想，纵然为媵那又如何？你终究是我妹妹，若是随我为媵，毕竟与那些微贱女子不一样，将来你的儿女就是公主、公子，血统尊贵，一生无忧。”

芈月苦笑道：“阿姊，我也是公主，血统尊贵，可能无忧？如果我连自己的一生都安置不好，还想什么儿女的无忧。”

芈姝道：“这么说，你真的决定不跟我走了？”

芈月道：“是。”

芈姝道：“为了他，可以把命也舍了吗？”

芈月一惊，道：“阿姊，你知道什么？”

芈姝别过头去，只握着芈月的手，道：“你要记住，若要保住性命，便要随我去秦国。”

芈月木然地道：“阿姊，我谢谢你的好心，我想去见一见我的母亲。”

芈姝叹道：“好吧，我让珍珠陪你过去，你别让你那院中的人陪你，她们一个也信不过。”

芈月长出一口气，道：“多谢阿姊。”

芈月站起来，神情复杂地回头看了芈姝一眼，想说些什么，终究还是没有再说出口，只急匆匆到了莒姬处，将芈姝的事对莒姬说了。莒姬长长地嘘了一口气，道：“这么说，王后那个毒妇，倒生出一个有点人情味的女儿来。你意欲如何？”

莒姬依旧是照着当日旧习，称楚威后为“王后”。楚威后容不得芈月，要下毒害她，但芈月自入宫以来，却是时常防着这等手段，初时吃了两顿，觉得有些不对，以银针试之，便试出了毒来，又查知是女浇下毒，便与女萝、薜荔商议，将女浇送来的饮食俱替换了，同时在脸上施了厚粉，用以伪装。

她本来是想着楚威后在她身上下毒，如若揭破，只怕反会引来更凌厉的手段，不如将计就计，伪装中毒。想着楚威后若是以为她中毒将死，为避免她死于宫中，说不定会同意黄歇的求婚，将她嫁出，让她无声无息地死去。

不想芈姝撞破楚威后的阴谋，还执意要带芈月一起出嫁，这倒教事情变得复杂了起来。

想到这里，莒姬亦是恨声道："要她这么滥好心做什么？成事不足，败事有余！"

芈月叹道："她亦是好心。母亲，还有何计？"

莒姬叹道："如今上策已坏，若是静候大王赐婚，亦未不可。可是如今屈子失势，又与令尹失和，你们原定的助力也已经失去。"

芈月恨恨地道："都是那秦王不好，若不是他收买靳尚挑拨，乱我楚国，夫子何以失势？又何以与令尹不和？"

莒姬喝道："废话休说！你便恨那秦王，又能拿他怎么样……"说着，沉吟道，"若当真不行，也只有行那下策了。"

芈月眼睛一亮，道："母亲可是同意我与子歇私奔？"

莒姬白了她一眼，道："如今这宫中所有出去的通道已封，你如何能够私奔？且你二人若要私奔，败坏王室名誉，信不信，追捕你们的人，便能够将你们杀死一千次？"

芈月泄气道："那母亲有何办法？"

莒姬想了想，道："你还是随八公主出嫁。"

芈月大惊，道："母亲，我不去——"

莒姬又白了她一眼，道："我自然不是让你嫁与那秦王，只是如今在宫中，俱是威后势力，你们便是能逃，也逃不出去。只有让你离了王宫，离了郢都，甚至离了楚国，方可摆脱他们的势力。"

芈月已经明白，道："母亲的意思是……"

莒姬悠悠地道："你若是随着八公主陪嫁，到了边城，装个病什么的，或者走到江边失足落水……想来送嫁途中丢了一个媵女，不是什么打紧的事。只是若这般以后，你便不能再做公主了。所以，这是下策。"

芈月却痛快地道："不做公主又有什么打紧的？我早就不想做了。"

莒姬却道："也未必就没有回转的余地。若是让那黄歇去边城截住你，然后你们或去齐国，或去燕、赵。若是那黄歇当真有才，能够在诸侯之中游说得一官半职，建立名声，将来待那毒妇死后，你们便可回到楚国来，只说你落水不死，被那黄歇所救，结为夫妻，游历列国方回，也便是了，只是名声上略差些。”

芈月大喜，扑上去亲了莒姬一口，道：“母亲当真是无所不能！”

莒姬没好气地白了她一眼，道：“不管你走到哪里，若是你弟弟有事，你必得回来。”

芈月笑道：“那是自然。”说到弟弟，她忽然想起一事来，便与莒姬商议道：“母亲，我想让子歇把冉弟一起带走，可好？”

莒姬怔了一怔，别过头，冷淡地道：“随你。”芈月知道她心情不好，也不敢再说。好一会儿，莒姬才叹道：“终究是你们的血亲，若是不管，也不是办法。我亦不忍见向妹妹的骨血流落市井。你们那舅舅向寿，亦要奔个前途，被一个小孩子拖累着也不成样子。便让他入军中先积累些战功，将来也好为子戎做个帮手。”

芈月佩服道：“母亲想得周全。”

当下两人商议已定，芈月便回了芈姝住处。也不知芈姝与楚威后说了什么。第二日，楚威后便召芈月去见她。

楚威后正闭目养神，玳瑁带着芈月走进来。

芈月行礼道：“儿参见母后。”

楚威后睁开眼睛，露出一个伪装得很慈祥的笑容，道：“九丫头，你来了？起来吧，坐到我跟前来。”

芈月惴惴不安地起来，走到楚威后的跟前，再跪坐下来。

楚威后道：“有件事我想问问你。你阿姊说，你想跟着她一起陪嫁到秦国去，可是真的？”

芈月强抑愤怒，道：“儿一切听从母后安排。”

楚威后道：“我想问问你，你自己是愿意，还是不愿意？总得给我个准话，是不是？”

芈月拳头紧握，好半天才说道：“儿愿意随阿姊去秦国。”

楚威后的声音悠然从她的头顶传下，道：“你知道吗，其实我原本并没有打算让你做姝的媵人。我看好的人，是七丫头。没想到她没福气，居然为精怪所迷，所以只得让你顶上了。屈、昭、景三家虽然出自芈姓，终究隔远了，总得让姝有个嫡亲的姐妹跟着去，是不是？”

芈月道："是。"

楚威后忽然笑了，笑声中充满了恶意，她道："我最后再问你一次，你确定要随姝出嫁，再不改了？"

芈月心头狂跳，似有什么事在破冰而出，但她迅速感觉到，如果她去捕捉这种感觉，只会掉入楚威后的陷阱，死在她的手中。当下仍道："是。儿愿意随阿姊嫁去秦国。"

楚威后的手伸到了芈月的下巴处，道："抬头让我看看。啧啧，真是看不出来，女大十八变，长得这么漂亮，真不知道令多少儿郎动心。"

芈月微低着头，视线只停留在楚威后的脖子处，道："母后谬赞，儿愧不敢当。"

楚威后笑着从几案上拿起一卷竹简，递到芈月面前，道："当得起。你看，可不是'窈窕淑女，君子好逑'。我可真是为难呢，你知道这竹简上写的是什么吗？黄族的后起之秀，三闾大夫屈原的弟子黄歇想聘你为妇，太子为媒，大王也有允准之意。可姝偏又喜欢你，要你跟着她陪嫁，我正为难呢，难得你自己主意拿得正，一定要跟随着姝去秦国，虽不枉姝待你一番情意，可这不是辜负黄歇了吗？"

芈月怔住，颤抖着转头看着楚威后手中的竹简，道："黄歇求婚，大王也有允准之意？"

楚威后恶意地笑着道："可不是吗？"

芈月握紧拳头，渐渐平息了颤抖，道："可这件事，终究还是要落到母后手里做主吧。"

楚威后道："是啊，你一向聪明。你说说看，这黄歇的求婚，我应该如何答复？"

芈月道："民间有许多故事，儿臣听过一则，说是一种善能捕鼠的动物叫狸猫，抓到老鼠以后通常不会马上吃了它，而是会放开它，等到老鼠以为可以逃走的时候，又把它抓住，这样反复逗弄多次，才会把老鼠吃掉。母后一定觉得这个故事很有趣，对吗？"

楚威后道："真是个聪明的孩子，不过老鼠聪不聪明，命运都在狸猫的掌握中。你既然亲口对我说，要跟随着姝当陪嫁之媵入秦，可这黄歇毕竟是太子的伴读，太子亲自保媒，大王也很欣赏他，我不能不给他这个面子，总得允准他的婚事，是不是？"

芈月听出了什么，惊骇地看着楚威后道："母后的意思是……"

楚威后道："你是不能嫁了，我把别的公主嫁给他吧。你说，把你七阿姊嫁给黄歇，如何？"

芈月跌坐在地，声音凄厉道："可是，可是茵姊不是中了邪吗……"

楚威后恶意地笑道："黄歇一个没落弟子，赐婚公主已经是天大的恩典，难道还能够由得他挑来拣去不成？至于七丫头，也只是一时受惊才会生病，说不定冲冲喜，她中的邪就能去了呢！"

芈月绝望地看着楚威后得意的笑容，眼前的一切慢慢地旋转，模糊。

眼前的景色一时模糊一时清楚，终于渐渐变清，芈月凝神看去，但见楚威后那张充满恶意与戏弄的脸，仍在眼前。

芈月忽然笑了，端端正正地向楚威后磕了一个头，道："多谢母后允我，随阿姊远嫁秦国，儿愿意。"

楚威后的笑容微凝，忽然又笑了，"那么，黄歇呢？"

芈月笔直跪着，道："黄歇是黄歇，我如今连自己的主都做不得，怎能替别人操心？"

楚威后看着她的脸。这张脸，与向氏这般相像，可是向氏的脸上，却从来不曾出现这样的表情。这个小丫头，竟是个刚毅不可夺其志的人，可惜，可惜了！想到这里，她忽然兴味索然，挥了挥手，道："那你便下去备妆吧。"

芈月磕了个头，退了出去。

楚威后看着她退出去，忽然对自己的决定有一丝的不确定起来，她低头想了半晌，唤来了玳瑁，道："我欲要你随姝入秦陪嫁，你可愿意？"

玳瑁一惊，然而看到楚威后的表情，却毫不犹豫地应道："威后要用奴婢，奴婢岂有不愿之理？"

楚威后道："你也知道，我其他儿女均已懂事，我自不担心。唯有姝……"她轻叹一声，"这孩子是让我惯坏了，竟是一点也不曾有防人之心。我怕她此去秦国，会被人算计。她那傅姆女岚，我原只道还中用的，不承想她……"女岚在芈姝私自出宫的事情上，事前不作为，事后推诿责任，早已让楚威后厌弃。只是碍于芈姝自幼由她抚养，不好在芈姝未嫁前处置，心中却是将她从陪嫁人员名单上划去了。如此，芈姝身边便急需一个可信任的傅姆跟随。楚威后叫玳瑁选了数日，选上来的名单却都看不上。玳瑁是她最得力的心腹，本不欲派她陪嫁，但思来想去，终究还是爱女心切，便下了决心。

玳瑁道："威后信任奴婢，奴婢敢不肝脑涂地，保护公主。"

楚威后又叹道："那个向氏之女，我终究是不放心，你跟着前去，总要看着她死了，我才放心。"

玳瑁忙应道："奴婢必会替威后了此心愿。"

楚威后点了点头，摆手令她出去了。

黄歇虽在宫外，但莒姬在宫中经营多年，消息始终不断。他也收到了消息，得知楚威后要对芈月下毒，连忙也加紧行动，先是请了屈原为媒，再托太子横递上求婚之请给楚王槐，且托了景离等人游说，获得了楚王槐同意，只等着宫中下旨。不想过了数日，太子横却是一脸愧色地来找黄歇，说了宫中旨意。

"子歇，对不住，本来父王都已经答应了，可祖母说，九姑母自请当八姑母的陪嫁之媵，她劝说半天，九姑母只是不肯改口，不愿下嫁。因此为圆父王和我的面子，也为了补偿与你，改由七姑母下嫁与你。"太子横支吾半晌，终究还是把话说出了口。

黄歇顿时脸色铁青，心中暗恨楚威后颠倒是非，恶毒已极，若不是早与莒姬商议好了退路，他当真是要当着太子横的面翻脸了，忍了又忍，还是忍不住冷笑道："威后当真慈爱得很，居然还劝了又劝，还肯想着补偿于我。难道太子在宫中，就不曾听说，七公主她患了癔症吗？"

太子横亦是听说过此事，尴尬地道："其实这样更好，不是吗？你得了公主下嫁的荣宠，又不用真的被公主拘束压制，随便把她往哪里一放不愁衣食的，自己再纳几个喜欢的小妾，岂不更好？"虽然这样说对于自己的姑母很不公平，但扪心自问，把一个中邪的公主下嫁，这也的确是太欺负人了，只是这么做的人是自己的祖母，他又能怎么样？只能暗替好友不平罢了，他也无可奈何啊。

黄歇冷笑，道："太子，我黄歇是这样的人吗？"

太子横伸出去准备安抚他的手在半空停住了，尴尬地缩回来，干笑道："是啊，子歇，算我说错话了，那你现在打算怎么办？"

黄歇冷笑道："怎么办？君行令，臣行意。大不了拒旨不接，一走了之。"

太子横急了，道："子歇，你不能走，你走了我怎么办？"

黄歇道："太子，现在局势稳定，我继续待在这里，也起不到什么作用。你放心，若是太子真有事需要我效劳，黄歇肝脑涂地，在所不惜。"

太子横道："你就这样一走了之吗？"

黄歇微微冷笑道："天下之大，何处行不得？不过，我的确是要一走，却未必就能了之。"

他的确是要走，但在走之前，他要带走魏冉，他要在秦楚交界之处，选择一个与芈月接头的地点。他要安排向寿进入军营，他要托师兄弟们照顾芈戎，他要得到屈原给齐国的荐书……他要做的事是极多的。

芈姝亦是听到了此事，急忙来找芈月，"九妹妹，你听说了没有，黄歇居然向茵姊求婚。"

芈月内心只想怒吼，不，他是向我求婚，却教你母亲将芈茵塞给他了。

但这话却是不能当着芈姝的面说出来的，只冷笑道："阿姊当真相信黄歇会向茵姊求婚？"

芈姝眨了眨眼，忽然似想到了什么，脸一红，有些羞答答地道："你说，会不会是子歇欲求婚于我，结果……因为我许配了秦王，王兄没办法答应他，为了补偿他，所以将茵姊嫁给了他？"

芈月直欲作呕，忍了又忍，才道："我们均不知内情，又如何知道到底是怎么回事呢？"

芈姝却越想越觉得当真如此，叹道："怪不得当日我赠玉与他，他回我《汉广》之诗，想来他也是知道，我与他，终究是不可能的。只是我不承想，他竟当真努力过……"想着这样一个美少年对自己动过心，努力过，却是徒然隔江远眺，高山仰止，还不知道如何伤心呢。自己虽然与秦王情投意合，但毕竟伤了一个美少年的心，一颗少女的心又是得意，又是愧疚，自己想象无限，竟有些痴醉了。

芈月看她如此神情，岂有不明白的？心中冷笑，口中却道："阿姊，你休要多想了，他本来便与你无关，你还是想想如何备嫁吧。"

芈姝重又回嗔作喜，道："正是，还要妹妹与我参详呢。"

接下来的日子，便是芈姝拉着芈月，准备嫁妆。

这日，芈月便随芈姝去方府亲自察看。方府乃是楚宫藏宝库之名，内有楚国数百年的积累。高大的铁门缓缓推开，内府令引着芈姝和芈月走进库房，但见库房左边的墙上都是一排排架子，放着各式各样的兵器，右边则是一个个锁着门的柜子。

内府令掏出钥匙递给一个内侍，令其一一打开柜子，另一个内侍捧着竹册，一一核对。

内府令殷勤地介绍道："二位公主请上座。这边是兵器库，都是历任大王收藏的宝刀兵器，那头是珍库，那一盒盒都是上好的玉石珠宝。列国之中，就数咱们楚国的荆山玉和秦国的蓝田玉最为上乘，但我楚国的黄金之多，金饰之美，又是秦国所不能及的。"

芈姝坐在上首，看着内府令指挥内侍们，按照竹册上的记录一边核对，一边流水般地将一盒盒珠宝送上来，一边听着他流利的解说。

内府令道："八公主，此乃青玉羽觞……这琉璃珠虽不如随侯珠，却也相差不远……这蜻蜓眼据说是从极西之地来的……这一套玉组佩是用和氏璧的边料做的……这是犀角杯……这一套八组带钩是分别用金银铜铁犀玉琉错八种材质做成……这是赤玉珠串……这一套金饰共有十二件……"

芈月看着那些宝物件件生辉，只是她对这些却不感兴趣，无心坐在那里和芈姝一起挑选，寻了个借口便站起来慢慢走动，不知不觉走到兵器架边，拿起架子上的一把剑，抽出来只见寒光凛凛，见上面两个小字"干将"，不由得念出声来。她身后自然也有方府的小内侍跟随侍候着，见状忙笑道："此便是干将剑，旁边那把就是莫邪剑。据说是先庄王的时候得到五金之精，召大匠干将铸剑，干将却无法将这五金之精熔化，干将之妻莫邪为助夫婿铸剑而跳入铸剑炉中，于是铸成这两把剑。剑成之日干将自刎而殉妻，因此这两把剑，雄名干将，雌名莫邪。先庄王得此双剑，终成霸业。"

芈月手持双剑，不禁叹息道："纵使有王图霸业又算得了什么？天下名剑虽多，却唯有干将莫邪之名最盛，此乃情之所钟，生死与共，便让世人也生感动。"

见芈月放下干将，表情有些不乐。小内侍忙引着她到了前面，又介绍道："公主，那是穿杨弓，是当年神射手养由基用过的弓箭。旁边那个是七层弓，是与养由基齐名的潘党所用之弓……"

芈月只看了一眼，便不感兴趣。小内侍见状，便以为她只喜欢名剑，忙又引着她去了剑架处，继续介绍道："公主，这是越国大匠欧冶子所铸的龙渊剑，当日风胡子前去越国寻访欧冶子，铸了三把剑，一名工布，一名龙渊，一名太阿，如今太阿剑在大王身上佩着呢，所以这里存的是工布和龙渊。”

这些旷世名剑，若到了外头，当教举世皆狂，但于这平府之内，不过是楚国的几件私藏罢了。芈月走过，却看到两处剑架摆设有些不同，当下又拿起一把剑，却见上面的篆字与楚国常用之字有些不同，端详半晌，估摸着字形念道：“越王勾践，自作用剑。”

小内侍欲介绍道：“公主，这是……”

芈月打断了他的话，道：“我知道，这是越王勾践之剑。”

小内侍赔笑道：“公主好见识，这越王勾践剑旁边，就是吴王夫差剑。”

芈月一手持着勾践剑，一手拿起夫差剑，念着上面的字，道：“‘供吴王夫差自作其元用’，果然是夫差剑。吴王夫差，越王勾践，昔日的两个霸主，如今的佩剑却落入此间……”

小内侍惴惴不安地道：“公主……”

芈月看着手中的剑，心中却暗自沉吟，我如今身陷困局，今日左手持夫差剑，右手持勾践剑，可以倚着两位霸主之气，破此困局吗？

方府归来，芈月辗转数日，去见芈姝，道：“阿姊，这平府上交的书目，我觉得不甚合意，不如我替阿姊去挑选如何？”

楚国与秦国虽然都是五国眼中的蛮夷，但楚国毕竟历史悠久，数百年来能人才俊无数，灭国甚多，这些书简礼器自是远胜秦国。她要嫁与一国之君，这嫁妆中珍宝珠玉都是寻常，最能拿得出手的却是礼器和书简。只是这书简礼器的准备，却是最烦琐不过，她身边亦是乏人去做这些事，难得芈月肯去，她自然是高兴不过了。

芈月走出高唐台，嘴边一丝微笑——芈姝的嫁妆是方府的珍宝，芈月给自己备的嫁妆，却是楚宫藏书库平府内的藏书。

芈月来到平府，见了内宰便道：“大王这次赐百卷书简给阿姊作为嫁妆，内宰列出的书目却不甚合意，所以阿姊才要我亲自来挑选。”

这平府的内宰自恃主管书籍，便有些傲气，听了此言虽然态度上仍算恭敬，但话语中却含着骨头，笑道：“九公主容禀，小臣这些书籍是知道给两位公主作陪嫁之用，岂敢怠慢？只是两位公主有所不知，书籍乃国之重器，有些在我楚国都是孤本，这些孤本，自然是不能作陪嫁之用。能给公主陪嫁之用的书籍，至少要有一份抄录本，要不然公主这一陪嫁走，咱们楚国不是少一份典籍了吗？只是……唉，小臣这些年一直在禀报，这平府之中的竹简已经多年没有大整理了，许多书简都只剩了孤本，所以抄录出来的典籍自然就不够齐全。这临时哪里找得出来这么多的抄录本？所以公主自然就不合意了。”

芈月反问道：“平府之中的典籍无人抄录，岂不是你内宰的过失？早些时候做什么去了？现在倒来哭穷。”

见芈月这样一问，内宰便露出一副苦相来，道：“公主，臣这平府人手缺少啊，不只抄录副本的事没有人做，有些陈年的书卷编绳脱落，字迹模糊，近年来的书简无人采集征收，先王上次破越的时候得到的书卷到现在也没来得及整理入册……”

芈月诧异地问：“如此重要的事情，为何无人整理？”

内宰道：“小臣主事平府，年年求告，这些书简十分珍贵，若无朝中大臣主持其事，分派编修，召集士子们抄录备案，光是小臣手底下的杂役，怎么敢动这些典籍啊？”

芈月闻言，心中已经明白。当时士人习六艺，于内管辖封地，于外征战杀伐，于上辅佐君王，于下临民抚政，并不似后世那样职能清楚，文臣分辖。楚威王晚年征战甚多，楚王槐继位后昭阳又更注重征伐和外交，朝中上下自然对于整理平府书籍这种事的关注就少了。

她虽已经想明白了其中原因，却不会应和那内宰，便道：“虽是如此，但我却不信，连点稍齐整的抄本书目也整理不出来，想是你们偷懒的缘故。所以阿姊让我来看看，我既来了，便要亲自看一番才是。”

那内宰无奈，只得引着芈月在平府里头一一观看，亲自介绍：“九公主，这一排是吴国的史籍，这是越国的史籍，这是《孙子兵法》全卷……”

芈月驻足，诧异地问道：“《孙子兵法》？”此时列国征战，好的兵法常是国之重器，她原以为兵法这种东西应该是国君或者令尹私藏，不想宫中书库竟也有。

内宰忙解释道：“是，这可是当今世上唯一一套全本十三卷的《孙子兵法》，当年孙武在吴国练兵，并著此兵法，被吴王阖闾收藏于吴宫。后来孙武离开吴国，有些断简残篇流于外间，可这全套却只在吴宫之中。后来越王勾践灭了吴国，这套《孙子兵法》又入了越国，直到先王灭越，才又收入宫中。先王时曾经叫人抄录一套收在书房，这套原籍便还存在平府。”

芈月心潮激荡，这套书籍，实在是比任何嫁妆都有用得多。当下拿起一卷《孙子兵法》，翻开竹简轻轻念道："兵者，国之大事，死生之地，存亡之道，不可不察也。故经之以五事，校之以计，而索其情：一曰道，二曰天，三曰地，四曰将，五曰法……"看到这里，她的嘴角现出了一丝笑容，她终于找到她要的东西了。

当下芈月故作不知，只挑了一大堆书简，说是要拿去给八公主看，那内宰苦着一张脸心中不愿，怎奈八公主得宠，却是众人皆知的事情，她要什么，还能怎么办？却只咬死了孤本是断断不可作为嫁妆带到秦国去的，否则他便要一头撞死。

芈月只得列了清单给他，表示八公主若是看中，便派人抄录副本，那内宰只得允了。

他却不知，夜深人静，芈月便已经悄悄地把许多孤本抄录下来了。

她与黄歇，将来是要去列国的，手中的知识越多，立足的本钱才越多。

黄歇同她说，他们首先会去齐国，齐国人才鼎盛，那里有稷下学宫，召集天下有才之士。孟子、荀子、邹衍、淳于髡、田骈、接子、慎到、环渊等人都在那里，有上千人在那里讲学论术。

孤灯旁，芈月抄写着书卷，然而她并不孤单，在她抄着书卷的时候，她想象着旁边就坐着黄歇，对她神采飞扬地说："皎皎，我们先去齐国，那里既可以安身立命，也可以结交天下名士……如果在齐国待厌了，我们就去游历天下。去泰山、嵩山、恒山、华山、衡山，看遍五岳；我听说燕国以北，有终年积雪长白之山；昆仑以西，有西王母之国，是仙人所居地；我还听说东海之上，有蓬莱仙山……我们要踏遍山川河岳，看尽世间美景……"

芈月搁笔，轻抚着腰间黄歇所赠的玉佩，想象着将来两人共游天下，看尽世间的景象，不禁微笑。

日子一天天地过去，终于，到了芈姝出嫁的时候。

这一日，楚国宗庙大殿外，楚威后、楚王槐率群臣为芈姝送嫁。

此一去，千山万水，从此再无归期。不管在楚宫如何娇生惯养，如何荣宠无忧，嫁出去之后，芈姝便是秦人之妇，她在他乡的生死荣辱，都只能凭着她自己的努力和运气，她的母亲她的兄长有再大的能力，都不能将羽翼伸到千万里之外，给她庇护。

芈姝穿着大红绣纹的嫁衣，长跪拜别。楚威后抱住芈姝，痛哭失声。

在芈姝的身后，芈月穿着紫色宫装，跪下一起行礼，景氏、屈氏、孟昭氏、季昭氏四名宗女则跪在芈月身后一起行礼。

芈姝礼毕，站起来，看了楚威后一眼，再回头看看楚宫，毅然登上马车，向着西行的方向走去。

芈月在她的身后，沉默地跟着芈姝的脚步。景氏等媵女，亦是如此。

今日，是楚女辞庙，却只是芈姝别亲，而她们纵有亲人，在这个时候，也是走不到近前，更没有给她们空间以互诉别情。

应该告别的，早就应该告别了。就如同芈月和莒姬、芈戎，早就在数日前，已经告别。向寿已经入了军营，他将在军中积累战功，升到一定的位置，好在将来芈戎成年分封时，成为他的辅弼。

黄歇将魏冉接走，此时亦已经离开黄氏家族了，他将在秦楚交界处与芈月相会。

天色将暗未暗时分，汨罗江边停着数艘楼船，芈姝等一行人的马车已经驰到此处。楚地山水崎岖，最好的出行方式就是舟行。她们将坐上楼船，一直沿着汉水直到襄城。

芈姝等下了马车，进入楼船。无数楼船载着公主及媵女和嫁妆，扬帆起航。

暮色临江，只余最后一缕余晖在山冈上。

山冈上，黄歇匹马独立，他的身前坐着魏冉，两人遥遥地看着芈月等人上船扬帆。

船上依次亮灯，暮色升上，黄歇看了看芈月的船，转身骑马没入黑暗中。

楼船一路行到汉水襄城，芈姝等人弃舟登岸，襄城副将唐遂和秦国的接亲使者甘茂均已经在此等候了。

唐遂等行过礼之后，芈姝便问襄城守将唐昧为何不来，唐遂尴尬地道："臣叔父近年多病，外事均由臣来料理。这位是秦国的甘茂将军，特来迎亲。"

甘茂虽为武职，举止却颇有士人风范，当下行礼，以雅言道："外臣甘茂参见楚公主。"

芈姝见此人虽然貌似有礼，却颇有傲态，便有些不悦，只得勉强点头，以雅言回复道："甘将军有礼。"

唐遂道："公主请至此下舟，前面行宫已经准备好请公主歇息，明日下官护送公主出关，出了襄城，就由甘茂将军护送公主入秦了。”

芈姝用雅言说道：“有劳甘茂将军。”

甘茂以雅言回道：“这是外臣应尽之职。”

两人以雅言应答，看上去倒是工整，但芈姝心底，却有一种不太舒服的感觉，这个秦国来迎她的人，实是缺少一种对未来王后的恭敬之感。

不仅是她如此想，便连芈月看着甘茂，心中也无端升起不安之感。

当夜，诸人入住襄城城守府。

芈月独自坐在房间里，拿着簪子剔了一下灯台，突然间灯花一晃，她看到板壁上出现一个披头散发的巨大人影。

芈月手一抖，强自镇静道：“阁下何人，深夜到此何事？”

却听得一人的声音缓缓地道：“你可以转过头来看我。”

芈月缓缓地转过头来，便看到一个披头散发、眼神有些狂乱的老人，好诧异地问道：“阁下是谁？”

那人直勾勾地看着芈月道：“你是九公主，先王最喜欢的九公主？”

芈月皱了皱眉头，道：“我是九公主。先王……你认得先王？”

那人却不回答，又问道：“你母亲可是姓向？”

芈月心中疑惑已极，此人似疯非疯，此时出现在此地，实是透着蹊跷，当下反问道：“阁下为什么要问这个？”

那人却直愣愣地道：“你不认识我？我是唐昧。”

芈月一怔，名字似有些耳熟，想了想，恍然道：“唐昧将军？您不是襄城守将吗？唐遂副将说您已经病了很多年了……”

唐昧打断她的话，道：“是疯了很多年吧？”他来回走着，喃喃地道：“是啊，其实我并不是疯，只是有些事想不通……”他忽然转头，问芈月道：“你为什么不问我有什么事想不通？”

芈月见此人神志奇异，当下也不敢直接回答，只谨慎地道：“如果唐将军想说，自然会说的。”

唐昧哈哈一笑，忽然奇怪地问道：“你有没有听人说过我？”

芈月一笑道：“曾听夫子说过，唐将军擅观星象，楚国的《星经》就是唐将军所著。”

唐昧道：“就这个？”

芈月复又冷静地道：“还有什么？”

唐昧走到窗前，推开窗子，昂首望天，道：“今天的星辰很奇怪，有点像你出生那天的星辰。”

芈月看着他的举动，有些诧异，又有些害怕，她感觉到这个老人身上有一些奇怪的东西，此时忽然听到他说自己出生之事，心中一惊，便问道：“我出生时星辰怎么样？”

唐昧摇头道：“不好，真不好。霸星入中枢，杀气冲天，月作血色，我当时真是吓坏了。”

芈月心中一凛，退后一步，问道：“为什么要跟我说这个？”

唐昧只沉浸于自己的思绪中，喃喃道：“当初是我夜观天星，发现霸星生于楚宫，大王当时很高兴，可哪晓得生出来的却是个女孩。大王说我不能再留在京城，我就往西走……奇怪，我当时为什么要往西走呢？就是觉得应该往西走，现在看来是走对了，你果然往西而来，我在这里应该是守着等你来的……”

一席话，听得芈月先是莫名其妙，渐渐地才听明白，道：“你说什么？霸星生于楚宫，先王之所以宠爱我，是因为你的星象之言？”

唐昧看她一眼，诧异道：“你不晓得吗，先王也是因星象之言，方令向氏入椒房生子的？”

芈月怔了怔，忽然想起向氏一生之波折，又想到宫中庶女虽多，为何楚威后对她格外视若眼中钉，原来此时再细细思忖，才恍然大悟，只觉得不知何处来的愤怒直冲头顶，怒道：“原来是你！是你害得我阿娘一生命运悲惨，是你害得我这么多年来活得战战兢兢，活在没完没了的杀机和猜忌中……你为什么要这么多事！如果当初你什么也不说，那么至少我阿娘可以平平安安地生下我，我们母女可以一直平安地活在一起，我阿娘不用受这么多苦，甚至不用死……”

芈月说到这里，不由得掩面哽咽。唐昧却无动于衷，道：“当日大王曾问我，是不是应该杀了你。我说，天象已显，非人力可更改，若是逆天而行，必受其祸。霸星降世乃是天命，今日落入楚国若杀之，必当转世落入他国，就注定会是楚国之祸了……可如果你现在就要落入他国，那就会成为楚国的祸乱，所以我在犹豫，应该拿你怎么办。”

芈月听到这里，抬头看着唐昧，只觉得心头寒意升起。愤怒也罢，指责也罢，她母女的不幸，她的生死，在这个人的眼中，仿佛竟似微尘一般毫无价值。她在楚宫之中，见识过如楚威后、楚王槐、郑袖这般视人命为草芥之人，但终究或为利益、或为私欲、或为意气，似唐昧这等完全无动于衷之人，却是从未见过。他看着她的眼神，不是看着一个人，仿佛只是一件摆设，或者一块石头一样。

这不是一个正常的人，这个人已经是个疯子。

芈月生平遇到过许多的危险，但从来没有一次像今天这样让她觉得寒意入骨，像今天那样让她完全无措。这个人，比楚威王、比郑袖、比芈茵都更让她恐惧，任何正常的人想杀她，她都可以想办法以言语劝解以利益相诱，可是当一个疯子要杀你的时候，你能怎么办？

她当下心生警惕，左右一看，手已经暗暗扣住了剑柄，道："唐昧，你想怎么样？你，你以为你是谁？"

她一句"你想杀我不成"的话已到嘴边，却咽了下去，在疯子面前，最好不要提醒他这个"杀"字。

唐昧盯着芈月问道："公主，你能不出楚国吗？"他的神情很认真，认真到有些傻愣愣的，唯有这种万事不在乎的态度，更令人心寒。

芈月缓缓退后一步，苦笑道："唐将军，我亦是先王之女，难道你以为我愿意远嫁异邦，愿意与人为媵吗？难道你有办法让威后收回成命，有办法保我不出楚国能够一世顺遂平安？"

唐昧摇摇头道："我不能。"芈月松了一口气，却见唐昧更认真地对她说，"但我能囚禁你，或者杀了你。"

芈月震惊，拔剑道："你，你凭什么？"

唐昧面无表情，无动于衷，手一摆，道："你的剑术不行，别作无谓挣扎。"

芈月心中恨起，厉声喝道："唐昧，你听好了，我的出生非我所愿，我的命运因你的胡说八道而磨难重重，你难道不应该向我道歉，补偿我吗？可如今你却还说要杀我，你以为你是谁？唐昧，你只不过是个观星者，你也只不过是个凡人，难道看多了星象，你就把自己当成神衹，当成日月星辰了吗？"

唐昧怔了怔，似乎因芈月最后一句话，变得有一点清醒动摇，然而立刻又变得盲目固执，怔怔地道："我自然不是日月星辰，但我看到了日月星辰。霸星错生为女，难道是天道出错了吗？你在楚国，不管你有什么样的结果都不会让楚国变坏，可你要离开楚国，霸星降世，若不能利楚，必当害楚！所以，你必须死！"

芈月大怒，将剑往前一刺，怒道："你这不可理喻的疯子，去你的狗屁楚国！去你的狗屁天道！我只知道我的命是我自己的，不是谁都可以随便拿去的！谁敢要我的命，我就先要他的命！"

说着，挥剑刺向唐昧。只是芈月虽然与诸公主相比，剑术稍好，但又怎么能够与唐昧这等剑术大家相比。两人交手没几招，很快被唐昧打飞手中的剑。见唐昧一剑刺来，芈月一个翻身转到几案后面，暗中在袖中藏了弩弓，泛着寒光的箭头借着几案的阴影而暗中瞄准了唐昧。

唐昧执剑一步步走向芈月，杀机弥漫。

芈月扣紧了弩弓，就要朝着唐昧发射。然则，心头却是一片绝望：莫非她的性命，真的要就此交于这个疯子手中了吗？

她这么多年来在高唐台的忍辱负重又是为了什么？她与黄歇的白头之约，就这么完了吗？她的母亲莒姬，她的弟弟芈戎、魏冉，又将怎么办？

不，她不能死，不管面对的唐昧是正常人，还是个以神祇自命的疯子，她都不会轻易向命运认输！

不知何处忽然传来一个老人的声音，道："汝不知夫螳螂乎，怒其臂以当车辙，不知其不胜任也，是其才之美者也，戒之，慎之！"

唐昧一惊，道："是什么人？"

那人却已经没有声响。唐昧却想着他方才之言，竟似是针对他的举动而来，越想越是不对，当下也顾不得杀芈月，猛地踢开窗子跃出，在黑暗中追着声音而去。

芈月站起来，她却是听出了对方的声音，心中又惊又喜。见唐昧追去，她看了看周围的一切，再看着唐昧远去的背影，一咬牙拔起插在板壁上的剑，也跃出窗外追去。

黑暗中，但见唐昧跃过城守府后院矮小的围墙，追向后山。

芈月紧紧跟随，也跃过围墙，追向后山。

唐昧追到后山，但见一个老人负手而立。

唐昧持剑缓缓走近，问道："阁下是谁？为何要坏我行事？"

那老人道："敢问阁下是凡人乎，天人乎？"

唐昧一怔，方道："嘿嘿，唐某自然是凡人。"

那老人又道："阁下信天命乎，不信天命乎？"

唐昧道："唐某一生观察天象，自然是信天命的。"

那老人冷笑,"天命何力,凡人何力?凡人以杀人改天命,与螳螂以臂当车相比,不知道哪一个更荒唐。阁下若信天命,何敢把自己超越乎天命之上?阁下若不信天命,又何必伤及无辜?"

唐昧怔了怔,道:"霸星降世当行征伐,若离楚必当害楚。事关楚国国运,为了楚国,为了先王的恩典,我唐昧哪怕是螳臂当车也要试一试,哪怕是伤及无辜却也顾不得了。"

芈月已经追到了唐昧身后,听到这句话警惕地举剑护住自己。

那老人苍凉一笑,道:"楚国国运,是系于弱质女流之身,还是系于宫中大王、庙堂诸公?宗族霸朝、新政难推、王令不行、反复无常、失信于五国、示弱于鄙秦、士卒之疲惫、农人之失耕,这种种现状必遭他国的觊觎侵伐,有无霸星有何区别?阁下身为襄城守将,不思安守职责,而每天沉湎于星象之术,从武关到上庸到襄城,这些年来征伐不断,先王留下的大好江山,从你襄城就可见满目疮痍,你还有何面目说为了楚国,为了先王?"

唐昧听了此言,不由得一怔。他这些年来,只醉心于星象,虽然明知道自己亦不过一介凡人,然则在他的心中,却是自以为穷通天理,早将身边之事视为触蛮之争,不屑一顾。此时听得老人之言,怔在当地,思来想去,竟将他原有的自知打破,不觉间神情已陷入混乱。

芈月见他神情有些狂乱,心想机不可失,忙上前一步道:"阁下十六年前,就不应该妄测天命,泄露天机,以至于阴阳淆乱,先王早亡。今上本不应继位而继位,楚国山河失主,星辰颠倒,难道阁下就没有看到吗?以凡人妄泄天机,妄改天命,到如今阁下神志错乱,七疯三醒,难道还不醒悟吗?"她虽于此前并不知唐昧之事的前因后果,然而善于机变,从唐昧的话中抓到些许蛛丝马迹,便牵连起来,趁机对唐昧发起一击。

唐昧不听他言犹可,听了她这一番话,恰中自己十余年来的心事,神情顿时更显得疯狂起来,道:"我是妄测天命、泄露天机,所以才会阴阳淆乱,星辰颠倒?我七疯三醒,那我现在是疯着,还是醒着?"

芈月见他心神已乱,抓紧此时机会又厉声道:"你以为你醒着,其实你已经疯了;人只有在发疯的时候,才会认为自己凌驾于星辰之上……唐昧,你疯了,你早就疯了……"

唐昧道:"我疯了,我早就疯了?我疯了,我早就疯了……"他神情狂乱,手中的剑亦是乱挥乱舞,"不,我没疯,我没错……我疯了,我一直是错的……"

那老人见唐昧神情狂乱，忽然暴喝一声："唐昧，你还不醒来！"

唐昧整个人一震，手中的剑落地，忽然怔在那儿，一动也不动。芈月抓紧了手中的剑。唐昧整个人摇了一摇，喷出一口鲜血来，忽然挺直身子，哈哈大笑道："疯耶？醒耶？天命耶？人力耶？不错，不错，以人力妄改星辰，我是疯了。对你一个小女子耿耿于怀，却忘记楚国山河，我是疯了……此时我是疯狂中的清醒，还是清醒中的疯狂？我不过一介星象之士，见星辰变化而记录言说，是我的职责。我是楚国守将，保疆卫土是我的职责。咄，我同你一个小丫头为难作甚？疯了，傻了，执迷了……嗟夫唐昧，魂兮归来！"他凝神看了看芈月，忽然转头就走。

芈月松了一口气，见唐昧很快走得人影不见，才转头看着那老人，上前惊喜地道："老伯，是你，你是特地来救我的吗？"这个老人，便是她当年在漆园所见之人，屈原曾猜他便是庄子。多年不见，此时相见，芈月自是又惊又喜。

那老人却转身就走。

芈月急忙追上道："老伯，你别走，我问你，你是不是庄子？当年我入宫的时候你告诉我三个故事，救了我一命。如今我又遭人逼迫，处于穷途末路之间，您教教我，应该怎么做。"

那老人头也不回，只道："穷途不在境界，而在人心。你的心中没有穷途，你的绝境尚未到来。你能片言让唐昧消了杀机，亦能脱难于他日，何必多忧？"

芈月继续追着道："难道老伯您知道我来日有难，那我当何以脱难？"

那老人叹道："难由你兴，难由你灭，祸福无门，唯人自召。水无常形，居方则方，居圆则圆；因地而制流，在上为池，在下为渊。"

芈月不解其意，眼见那老人越走越远，急忙问出一个久藏心中的问题："老伯，什么是鲲鹏？我怎么才能像鲲鹏那样得到自由？"

那老人头也不回，越走越远，声音远远传来，道："池鱼难为鲲，燕雀难为鹏……鹏之徙于南冥也，水击三千里，抟扶摇而上者九万里……水之积也不厚，则其负大舟也无力……风之积也不厚，则其负大翼也无力……"

芈月一直追着，却越追越远，直至不见。

她站在后山，但见人影邈邈，空山寂寂，竟似世间唯有自己一人独立，一股说不上来的感觉涌上心头。

他到底是回答了，还是没有回答？自己的路，应该向何方而去？

夜风甚凉，她怔怔地立了一会儿，还未想明白，却打了个寒战，又打了个喷嚏，忽然失笑，“我站在这里想做什么？横竖有的是时间想呢。”

自己此番出来，还不晓得是否惊动了人。她想了想，还是提剑迅速回返，跃过墙头，回到房中。此时危险已过，心底一松，倒在榻上，来不及想些什么，就睡了过去。

次日，芈月醒来，细看房间内的场景，犹有打斗的痕迹，然则太阳照在身上，竟不觉一时精神恍惚起来。回想起昨夜情景，直似梦境一般，不知道唐昧、庄子，到底是当真出现在自己的现实之中，还是在梦中。

她看着室内的剑痕，呆呆地想着，忽然有人敲门，芈月一惊，问道：“是谁？”

却听得室外薜荔道：“公主，奴婢服侍公主起身上路。”

芈月收回心神，忙站起来，让侍女服侍着洗漱更衣用膳，依时出门。

今日便要上路了，送别之人仍然还是唐遂，芈月故意问他：“不知唐将军何在。”

唐遂却有些恍惚，道：“叔父今日早上病势甚重，竟至不起，还望公主恕罪。”

芈月方想再问，便听得芈姝催道：“九妹妹，快些上车，来不及了。”

芈月只得收拾心神，随着大家一起登车行路。

芈姝一行的马车车队拉成绵延不绝的长龙，在周道上行驶着。道路两边的田地明显可见抛荒厉害，只有零零星星衣着破旧面有菜色的农人还在努力抢修着所谓的周道，便是列国之间最宽广最好的道路，有些是周天子所修，有些则是打着“奉周天子之命”所修，时间长了，这些道路一并称为“周道”。

终于，马车停了下来，芈姝等人依次下车。

唐遂率楚国臣子们向芈姝行礼，道：“此处已是秦楚交界，臣等送公主到此，请公主善自珍重，一路顺风。”

芈姝率众女在巫师引导下朝东南面跪下，道：“吾等就此拜别列祖列宗。此去秦邦，山高水长，愿列祖列宗、大司命、少司命庇佑吾等，鬼祟不侵，一路安泰。”

芈姝行礼完毕，站起身来。众女也随她一起站起来。

芈月却没有跟着起来，她从怀中取出绢帕铺在地上，捧起几抔黄土，放在绢帕上，又将绢帕包好，放入袖中，这才站起来。

芈姝诧异问道："妹妹这是何意？"

芈月垂首道："此番去国离乡，我真不知道这辈子还有没有机会重返故国，捧一把故国之土带在身上，聊作安慰。"

芈姝见她如此，也不禁伤感，强笑道："天下的土哪里不是一样？"

芈月摇头叹道："不，家乡的土，是不一样的。"

芈姝也不争辩，诸人登上马车，在甘茂的护送下越过秦楚界碑向前驰去。

唐遂等拱手遥看着车队离去。

远远地，一个人站在城头，看着这一行人的背影，消失在天际，不禁长叹一声。

第二十九章　秦关道

两座城池之间，是一望无垠的荒郊。

一队黑衣铁骑驰过荒野，肃杀中带着血腥之气，令人胆寒。

铁骑后是长长的车队，在颠簸不平的荒原上行驶，带起阵阵风沙，吹得人一头一脸尽是黄土。

长长的队伍，一眼望不到头，越往前走走得越慢，拖得这旋风般的铁骑慢慢变成了蜿蜒蠕动的长虫。

甘茂紧皱着眉头。他本是下蔡人，自幼熟读经史，经樗里疾荐与秦王，为人自负，文武兼备，入秦之后便欲建国立业，一心以商君为榜样。不料正欲大干一场之时，却被派来做迎接楚公主这类的杂事，早已不耐烦。偏生楚国这位娇公主，一路常生事端，更令他心怀不满。

他疾驰甚远，又只得拨马回转，沿着这长长的队伍，从队首骑到队尾，巡逻威压着。

走在队尾的楚国奴隶和宦官们，听得他的铁蹄之声，都心惊胆寒，顾不得脚底的疼痛，不由得加快了脚步。

甘茂沉着脸，心中的不满越来越强烈，犹如过于干燥的柴堆一般，只差一把火便要点燃。

恰恰此时，有人上来做了这个火把。

“甘将军，甘将军——”声音自队伍前方传来，甘茂听到这个声音便已经知道是为了什么，也不停下，只是勒住了马，待得对方驰近，才冷冷地回头以雅言道：“班大夫，又有何事？”

楚国下大夫班进亦是出自芈姓分支，此番便是随公主出嫁的陪臣之首，他气喘吁吁地追上甘茂，却见对方目光寒冷，心中不禁一凛，想到此来的任务，也只得硬着头皮赔笑道：“甘将军，公主要停车歇息一下。”

甘茂的脸顿时铁青，沉声道：“不行。”说着便又拨转马头，直向前行。

可怜班进这几日在两边传话，已经是赔笑赔得面如靴底，这话还没有说完，见甘茂已经翻脸，那马骑行之时还带起一阵尘沙，呛得他咳嗽不止。

无奈他受了命令而来，甘茂可以不理不睬，他却不能这么去回复公主，只得又追上甘茂，苦哈哈地劝道：“甘将军，公主要停车，我们能有什么办法？与人方便，与己方便嘛。”

甘茂冷笑一声，并不理他，只管向前，不料却见前面的马车不待吩咐，便自行停了下来。这辆马车一停下，便带动后面的行列也陆续停下，眼看这队伍又要走不成了。

他怒火中烧，驰行到了首辆停下的马车前面，却见宫娥内侍围得密密麻麻，遮住了外头的视线。他又坐在马上居高临下，才勉强见那马车停下，一个女子将头探出车门，似在呕吐，两边侍女抚胸的抚胸，递水的递水，累赘无比。

见甘茂驰近，侍女们才让出一点缝隙来，甘茂厉声道：“为何忽然停车？”

便见一个傅姆模样的人道：“公主难受，不停车，难道教公主吐在车上吗？”

甘茂看了这傅姆一眼，眼中杀气尽显，直激得对方将还未出口的话尽数咽了下来。

甘茂忍了忍，才尽量克制住怒火，硬邦邦地道：“公主，太庙已经定下吉时，我们行程紧迫。我知道两位出身娇贵，但每日迟出早歇，屡停屡歇，中间又生种种事情，照这样的速度，怕是会延误婚期，对公主也是不利！”

芈姝此时正吐得天昏地暗，她亦是知道甘茂到来，只没有力气理会于他，此刻听到如此无礼的一番话，勉强抬起头来正想说话，才说得一个“你……”，不知何处忽然风沙刮来，正呛到芈姝的口中，气得她只狂咳几声，无暇再说。

甘茂又沉声道："公主既已吐完，那便走吧。"说着拨马要转头而去。

芈姝只得勉强道："等一等……"

芈月看不过去，道："甘将军……"

甘茂见是她开口，冷哼一声，没有再动。

芈月以袖掩住半边脸，挡住这漫天风沙，才能够勉强开口道："甘将军，休要无礼。秦王以礼聘楚，楚国以礼送嫁，将军身为秦臣，当以礼护送。阿姊难以承受车马颠簸之苦，自然要多加休息。将军既奉秦王之令，遵令行保护之职即可，并非押送犯人。何时行，何时止，当由我阿姊做主。吉期如何，与将军何干？"

甘茂冷笑，"甘某人只奉国君之命，按期到达。我秦人律令，违期当斩。太庙既然定了吉期，我奉命护送，当按期到达。"

他今日说出这般话来，实在是已经忍得够了！

头一日在襄城交接，次日他率军队早早起来准备上路，谁知道楚人同他说，他们的公主昨日自楼船下来，不能适应，要先在襄城歇息调养。

第二日，公主即将离乡，心情悲伤，不能起程。

好不容易到了第三日，公主终于可以起程了，他早早率部下在城外等了半天，等得不耐烦了，亲去行宫，听说公主刚刚起身。他站在门外，但见侍女一连串地进进出出，梳洗完毕，用膳更衣，好不容易马车起驾，已是日中。再加上嫁妆繁多，陪嫁侍人皆是步行，长长的队伍尾部才走出襄城不到五里，便已经停了三五次，说是公主不堪马车颠簸，将膳食都呕了出来，于是又要停下，净面，饮汤，休息。天色未暗，又要停下来安营休息，此时离襄城不过十几里，站在那儿还能够看得到襄城的城楼。

甘茂硬生生忍了，次日凌晨便亲去楚公主营帐，催请早些动身，免得今日还出不了襄城地界。三催四请，楚公主勉强比昨日稍早起身，但走了不到数里，队伍便停在那儿不动了，再催问，却说是陪嫁的宫婢女奴步行走路，都已经走不动了，个个都坐在地上哭泣。

若依了甘茂，当时就要拿鞭子抽下去，无奈对方乃是楚公主的陪嫁之人，他无权说打说杀。当下强忍怒气先安营休息，当日便让人就近去襄城征了一些马车来，第三日将这些宫婢女奴都拉到马车上，强行提速前行。中间楚公主或要停下呕吐休息，只管不理，只教一队兵士刀枪出鞘，来回巡逻，威吓着那些奴隶内侍随扈不敢停歇，这一日直走到天色漆黑，才停下安营。

那些女奴宫婢如行李般被扔到马车上，坐不能坐卧不能卧，只吐了一路，到安营的时候个个软倒在地。那些奴隶随从，个个也走得脚底起泡，到安营扎寨时，竟没几个能够站起来服侍贵女们了。

结果第四日上，等到甘茂整装待发了，楚营这边竟是什么都没有动，一个个统统不肯出营了。无奈甘茂和班进数番交涉，直至过了正午，队伍这才慢慢动起来。

如此走了十余日，走的路程竟还不如甘茂素日两日的路程。甘茂心中冒火，却也无可奈何，时间一长，那些楚国随侍连他的威吓也不放在眼中，径自不理。

甘茂当日接了命令，叫他迎接楚国送嫁队伍到咸阳，说是三月之后成婚。他自咸阳到襄城，才不过十余日，还只道回程也不过十余日，便可交差了。谁想到楚国公主嫁妆如此之多，陪嫁的奴婢又是如此之多，队伍延展开来，竟是如此麻烦。

偏楚人还日日生事，实在教他这沙场浴血的战将忍了又忍，忍得内心真是呕血无数回。

但于楚人这边而言也是苦不堪言。莫说是芈姝、芈月以及屈、昭、景三家的贵女们对于这样颠簸的路程难以承受，便是那些内侍宫奴，乃至做粗活的奴隶，在楚国虽然身份卑贱，但多年下来，只做些宫中事务，从来不曾这么长途跋涉过。且奴隶微贱，无袜无履只能赤脚行路，在楚国踩着软泥行走也就罢了，走在这西北的风沙中，这脚不能适应，都走出一脚的血来。

甘茂以己度人，只嫌楚人麻烦，楚人则是极恨这杀神般的秦将，矛盾越积越深。

芈姝见芈月差点要与甘茂发生争执，只得抬手虚弱无力地道："妹妹算了。甘将军，我还能坚持，我们继续走吧！"

芈月"哼"了一声，扶起芈姝坐回车里，用力甩下帘子。

甘茂气得在空中啪的一声打个响鞭，这才牵马转头发号施令道："继续前行！"

马车在颠簸中又继续前行。芈月扶着芈姝躺回车内，马车的颠簸让芈姝皱眉咬牙忍耐，嘴里似乎还觉得残留着不知是否存在的沙粒，只想咳出来。

玳瑁比芈姝竟还不能适应，早已经吐得七荤八素，刚才勉强与甘茂对话之后，又被拉上车，此时竟是整个人都瘫在马车上。

芈月只得拿着皮囊给芈姝喂水，芈姝勉强喝了一口水，因颠簸得厉害，唯恐再呕了出来，挥挥手表示不喝了。

芈月劝道："阿姊，你这样下去不行。这几天你不是吃不下东西，就是吃的东西全都吐出来，若是一直这样下去，身体会吃不消的。"

芈姝苦笑一声，摇了摇头，这几日的确是什么也吃不下去，吃什么都是一股苦胆味。

苦味，这是她入秦之后尝到的第一种味道。

刚开始，她以为她的新妇之路会是甜的。那个人，她想到他的时候，心里是甜丝丝的。一想到要和他相会，要和他永远成为夫妻的时候，她幻想她去咸阳的旅途也应该是甜蜜蜜的。虽然会有咸，也会有涩，那辞宫离别的眼泪是咸的，那慈母遥送的身影是涩的，可是一想到前面有他，心底也是甜的居多。

登上楼船，一路行进，头几天也是吐得很厉害，晕船，思亲，差点病了。可是毕竟楼船很大也很稳当，诸事皆备，一切饮食依旧如同在楚宫一样，她慢慢地适应了。她坐在楼船上，看着两边青山绿水，满目风光，那是她这十几年的成长岁月中未曾见过的景致，楚国的山和水，果然很美。她相信，秦国的山与水，也会一样美的。

坐了一个多月的船以后，她急盼着能够早日到岸，早日脚踏实地，能够踏踏实实地睡上一觉。楼船再好，坐多了总会晕，朝也摇，暮也摇的。

一路上玳瑁总在劝，等到了岸上就好了，到了岸上，每天可以睡营帐，每天可以想走就走，想停就停，看到好山好水，也可以上去游览一番。

所以她也是盼着船早些到岸的，她似乎看到了那一大片威武的秦军将来相迎，而在他们后面，她亦看到了她的良人的身影，看着他们，心中就感觉格外亲切起来。

在襄城头一晚，她失眠了。原来在船上摇了一个多月，她竟是从不习惯到习惯了，躺在平实的大地上，没有这种摇篮里似的感觉，她反而睡不着了。

睡不着的时候，辗转反侧，看着天上的月亮，她忽然想到，这是她在楚国的最后一站了，无名的伤感涌上来，想起无忧岁月，想起母亲，想起前途茫茫，竟有一种畏惧和情怯，不想再往前一步。

如此心思反复，次日她自然是起不来了，也不能马上行路了。若依了玳瑁，自然还是要在襄城多休息几天，只是她听说甘茂催了数次，推及这种焦虑，想着自己心上的良人，自然也是在焦急地盼望、等待着自己的到来吧？

想到这里，她忽然有了一种莫名的勇气，支持着她摆脱离家的恐惧，摆脱思亲的忧虑，让她勇敢地踏出前进的这一步来。

然而这一步踏出之后，她就后悔了。她从来不曾想到，走一趟远路，竟是如此辛苦。她在楚宫多年，最远路程也不过是行猎西郊，或是游春东郭，只须得早晨起身，在侍人簇拥下，坐在马车上缓缓前行，顺便观赏一下两边的风景，到日中便到，然后或扎营或住进行宫，游玩十余日，便再起身回宫。

她知道自襄城以后，接下来的路程是要坐马车的，但她对此的估计只是"可能会比西郊行猎略辛苦些"，却没有想到，迎面会是这样漫天的风沙！这样教人苦胆都要吐出来的颠簸，这样睡不安枕、食不甘味的苦旅！

马车又在颠簸，不知道车轮是遇到了石子还是什么，整个马车剧烈地跳了一下，颠得玳瑁整个人从左边甩到了右边，颠得芈月从坐着仰倒在席上，更颠得芈姝一头撞到了车壁上，她顿时捂着头，痛得叫了一声。

玳瑁连忙上前抱住芈姝，眼泪已经流了下来，"公主，我的公主，您什么时候受过这样的苦啊！"

芈姝的眼泪也不禁流了下来，这些日子以来，她一直硬撑，一直强忍，这是她挑的婚姻，她是未来的秦王后，她不能再像以前那样使性子，她要懂得周全妥帖，她是小君，她要成为所有人的表率。

可是突然间，所有的盔甲仿佛都崩溃了，积蓄了多日的委屈一股脑儿涌了上来，竟是按都按不住了，她捂着头，扑在玳瑁的怀中哭了起来，"傅姆，我难受，我想回家，我不嫁了，我想母后……"

玳瑁心疼得都扭作了一团，抚着芈姝的头，眼泪掉得比芈姝还厉害，"公主，公主，奴婢知道这是委屈您了。这些该死的秦人，怎么可以这样对待我们？这一路上，吃不能吃，睡不能睡，这哪是迎王后，这简直是折磨人啊！"

芈姝愈加委屈，想到一入秦地，就风沙满天，西风凄凉，稍一露头，就身上头上嘴里全是沙子。这一路上连个逆旅驿馆都没有，晚上只能住营帐。一天马车坐下来，她身上的汗、呕吐出的酸水，混成了奇怪的味道。头一天晚上安营，她便要叫人打水沐浴，得到的回报却是今天走得太慢，扎营的地方离水源地太远，所以大家只能用皮囊中的水解个渴，至于梳洗自然是不可能了。

好在她是公主，勉强凑了些水烧开，也只能浅浅地抹一把，更换了衣服，但第二天在马车上，又得要忍受一整天的汗味酸味。

早膳还未开吃，甘茂就来催行；午膳根本没有——这年头除了公卿贵人，一般人只吃两顿。甘茂没这个意识，他也不认为需要为了一顿午膳而停下来。交涉无用，芈姝与众女只得在车上饮些冷水，吃些糕点。怎奈吃下这点冷食，随后又在马车的颠簸中吐了出来。

如此数日，芈姝便已经瘦了一圈，整个人看上去奄奄一息。

与芈姝相反，芈月却是表现出了极强悍的生命力。芈姝吃不下的食物，她吃得下；芈姝要吐出来的时候，她能够掩着自己的嘴，强迫自己把呕吐之意咽下；甘茂行为无礼的时候，她要出面驳斥；芈姝使性子的时候，还得她出面打圆场。便是本对她不怀好意的玳瑁，久在楚宫了，钩心斗角是极擅长的，但旅途颠簸之下，竟比芈姝还不堪承受。尤其是在面对甘茂这种充满了血腥杀气的人时，素日便有再厉害的唇舌，竟也会胆寒畏怯，有时候勉强说几句，被甘茂一瞪，吓得缩了回来。

两人哭了半日，芈月才递过帕子来，道："阿姊，先擦擦泪，再撑几日吧。我昨天安营的时候打听过了，照我们这样的行程，再过三四日，便可到上庸城了，进了上庸城，多歇息几天，也可让女医挚为阿姊调养一下身子。"

芈姝接过帕子，掩面而哭道："大王在哪儿？他怎么不管我，任由一个臣子欺辱于我？"

芈月道："阿姊刚才就应该斥责那甘茂，毕竟您才是王后。"

芈姝胆怯地道："我、我不敢，那个人太可怕，他一靠近我，我就像闻到了血腥气。"说着又要哭起来。

芈月只得哄着道："好了好了，我们就要到了，进了上庸城就好了。"过了上庸城，就是武关城，到了武关，她的行程也应该结束了吧？

黄歇与她相约武关城，想必小冉也是被他带在了身边，只要到了武关城，他们三个人就可以永远在一起，永远不分离了。

耳边犹听得芈姝还在哭泣："我想见大王，大王怎么不来接我……"

芈月看着芈姝，此刻两人快要永远分开了，她素日的娇生惯养蛮横无理，都不再是缺点，这些年来因为她的母兄所为而对她暗暗怀恨的心思，此时也都没有了。想起来倒是她这些年来对自己虽有居高临下的态度，但不乏关照，想起来她少女怀春远嫁秦国要受的这番艰辛，想起她得知楚威后要对自己下毒的保护之情……刹那间，对眼前的女子也不再有任何怨恨之意，只有怜惜之情。

她伸手抚了抚芈姝，安慰道："进了上庸城，马上会到武关，过了武关，就离咸阳不远了。阿姊，你要想一想，你到了咸阳，就能见到大王了，到时候阿姊吃的苦都能得到补偿了。"

玳瑁听到"大王"二字，本能地警惕地望了芈月一眼，欲言又止。

芈姝仿佛得了安慰，脸色渐渐缓了过来，道："是啊，这种行路之苦，我这辈子真是吃一次也就够了。我真羡慕妹妹，头两天我什么都吃不下去，那种粗粝的食物就着水囊里的水，你怎么能咽得下去？"

芈月道："咽不下去也得咽啊，路上的行程都需要体力，不吃哪来的力气坐车呢？"不往前走，又怎么能够见到黄歇呢？

芈姝苦笑道："我也想啊，可是真咽不下，就是死拼着咽几口下来，也是直往上涌。"

芈月道："阿姊再熬几天，再熬几天，就不用再吃苦啦！"在她的安慰中，芈姝仿佛得到了力量似的，长长地嘘了一口气，安静了下来。

终于，车队进了上庸城。

芈月掀开帘子，看着上庸城的城门，惊喜地对芈姝道："阿姊，上庸城到了。"此时，芈姝的脸色已经更加苍白憔悴，她躺在车内勉强笑了一下，声音微弱地道："到了就好。"

甘茂在城门与卫士交接以后，拨转马头驰到芈姝的马车旁，正见芈月掀帘向外，他站在一边，冷眼向内看了一看，一言不发，转头就走。

芈月也不理他，只是仰望城门，喃喃地道："终于到了……"终于到了，到秦国了，只要再过一个城池，她的行程也要结束了。

上庸并不算大，仅有芈姝等人的马车及侍从随扈约一千人进入，其余人便在城郭安营。

芈姝等人到了驿馆，这才安顿下来，但驿馆并不算大，且并没有为这么庞大的队伍准备的场所。

芈姝等人由侍女扶着入内之时，芈月与孟昭氏同行，便见驿馆穿堂廊下，驿丞一手拿笔一手拿竹简，站在甘茂面前认真地核对："贵女六位、女御十四位、内臣六位、家眷十人、奴仆四十人，入住驿馆，护卫两伍安营驿馆外，其余人等扎营城中各处……"

这驿丞说的是秦语，芈月只听得了“六”、“十四”等数字，大约猜得到他说的是人员安置之事。见芈姝已经入内，孟昭氏低声道：“哼，一介小吏也敢对将军和未来的王后诸多为难，秦人真是尊卑不分。”

芈月诧异地看了她一眼，素日在高唐台学艺，孟昭氏与季昭氏形影不离，倒不大出头，不想这次跟着芈姝出嫁，一路上人人都七颠八倒的，倒只有芈月和孟昭氏两个还撑得住，因此有些重要的事务都由她两人暂时掌着。见孟昭氏这般说，芈月倒叹了一口气，道：“看来商君之法果然厉害，便是在秦国的边城都得如此严厉地执行，连甘茂这种桀骜不驯的人都要遵守，果然严整。”

孟昭氏轻哼一声，倒也不再说话，两人走过穿堂，进了内院。这时候诸宫婢侍人都已经有一堆的事情在等候她们吩咐了。

芈月便让孟昭氏去安顿媵女及陪臣之事，她负责照顾芈姝。一会儿工夫，便将那间暂居之室换成了芈姝素日常用的枕席等用具，又烧好了热水，令珍珠等人服侍芈姝沐浴更衣。终于安顿下来，便唤来女医挚为芈姝诊脉。

此时玳瑁也已经沐浴毕，便来接手，芈月乘机去沐浴更衣，又用了一顿膳食，这才回到芈姝房中，却见廊下跪着一个侍女。玳瑁在门口正焦急地探望，见了她以后，忙喜道：“九公主来了。”说着站起来，亲手将她扶进室内。

芈月从未见过这个恶奴给过她如此真切、殷勤的笑容，心知这般作态，必是不怀好意，当下也笑道：“傅姆辛苦。”又转而问女医挚：“医挚，阿姊怎么了？”

女医挚跪坐在芈姝身边——芈姝昏昏沉沉地睡着，她缓缓膝行向后，站了起来，拉着两人到了廊下，才叹了一口气，道：“八公主不甚好。”

芈月一惊，“怎么，不就是水土不服吗？”她看了玳瑁一眼，“初时傅姆的脸色比八公主还差呢，如今沐浴用膳之后，不也已经好多了吗？”

女医挚叹道：“是啊，本以为大家都是一样，无非是几日水米不曾存下肚，全都吐光了。若喝上几日的米汤调理肠胃，再吃些肉糜补益身体即可。只是……”

玳瑁抹泪道：“大家用了米汤，皆是好的，可谁知八公主用了米汤，居然上吐下泻不止……”

芈月诧异道：“这是怎么回事？”

女医挚道：“恐是八公主沿途用了什么不洁之物，这是痢症，此症最为危险，若是处理不好，就会转成重症，甚至危及性命。”

芈月便问："那医挚有何办法？"

女医挚道："我刚才已经为八公主行针砭之术，再开了个药方，若是连吃五天，或可缓解。"

芈月问："药呢？"

玳瑁恨恨地道："我已经令珍珠去抓药了，可是这贱婢却无用之至，竟然不曾把药抓回来。"

芈月不由得诧异，问："这是何故？"

廊下跪着的侍女此时连忙抬头，却是珍珠，她双目红肿，眼中含泪，泣道："奴婢该死！奴婢拿了药方一出门，竟是不知东南西北，无处寻药。这秦人讲的都是些鸟语，奴婢竟是一个字也听不懂，拿着竹简与人看，也没有人理会。奴婢在街上寻了半日，也不曾寻到药铺，奴婢不敢耽搁，只得回来禀与傅姆。是奴婢该死，误了八公主的汤药，求九公主治罪。"

芈月顿足，道："唉，我竟是忘记了，便是在我楚国，也是十里不同音，百里不同俗。入了秦国，他们自然说的是秦语，用的是秦国之字。傅姆，咱们这些随嫁的臣仆中，有几个会讲秦语的？"

玳瑁摇头道："奴婢已经问过了，只是班进他们均在城外安营，如今随我们进来的这几个陪臣，原在名单中也有一两个说是会秦语的，谁知竟是虚有其表，都说是泮宫就学出来的子弟，威后还特地挑了懂秦语的陪公主出嫁。如今问起来，竟转口说他们倒是深通雅言，但秦语却只会几句，且还与上庸的方言不通，问了几声，皆是鸡同鸭讲。"

芈月抚额，叹息一声："唉，不想我楚国宗族子弟，生就衣食荣华，竟是堕落至此。那如今还有什么办法？"

玳瑁忙道："如今便只有找那甘茂交涉，让他派人替我们去为公主抓药。"

芈月道："那便让陪臣们去同甘茂交涉啊。"

玳瑁看看芈月，道："何曾没有过，只是他们却……"见了甘茂就腿软了。

一边是百战之将，一边却是纨绔子弟。芈月心知肚明，亦是暗叹。楚国立国七百多年，芈姓一支就分出了十几个不同的氏族来，其下更是子孙繁衍。说起来都是芈姓一脉，祖祖辈辈都是宗族，且多少都立过功的，子弟亲族众多，打小挤破头要进泮宫学习，长大了挤破头要弄个差使，能干的固然脱颖而出，无能者也多少能够混到一官半职。

这次随着芈姝远嫁秦国当陪臣，不是个有前途的差使，稍有点心气的人都不愿意去，混不到职位的人倒是凑合着要往里挤。所以临了挑了半天，也就一个班进，是斗班之后，倒略拿得出手些，其余多半便是勉强凑数的了，因了楚威后要挑懂秦语的人，几个只会背得几句"於我乎，夏屋渠渠。今也每食无馀。于嗟乎，不承权舆"[①]的家伙便号称懂秦语混了进来。

因上庸城较小，甘茂要将大部分奴隶和粗笨嫁妆留在城外扎营，班进料得城内应该无事，又恐城外这么多人会生出事来，所以便将几个能干的陪臣皆随着自己留在城外。而此时芈姝却是生病要抓药，那几个无用的家伙，壮着胆子找甘茂交涉，竟是被吓了回来。

芈月见了玳瑁神情，便知道她的目的，叹气道："傅姆是要我去找那甘茂？"

玳瑁忙赔笑道："九公主素来能干，威后也常说，诸公主当中，也唯有九公主才能担得起事的……"

芈月心中冷笑，楚威后和眼前这个恶奴，只怕心中恨不得她早死吧。却没料到这一路她越颠簸越是健朗了。

玳瑁心中正有此疑惑，然而此时芈姝病重，自己独力难支，还有用得着芈月之时，心中纵有些算计，也只得暂时忍下。

芈月取了写在竹简上的药方，便转身去寻甘茂，却是前厅不见，后堂不见，追问之下，才知道甘茂去了马房。

芈月心忧芈姝病情，无奈之下，只得又寻去马房。

但见马房之中，甘茂精赤着上身在涮马，芈月闯入，见状连忙以袖掩面，惊呼一声。

甘茂一路上已经见识过这小公主的伶牙俐齿和厚脸皮，他向来自负，看不起女子，却也因此好几次被她堵得不得不让步。知道依着往日的惯例，他将那些内小臣赶走以后，搞不好这小女子又会来寻自己，便去了马房，脱得上身精赤，心道这样必会将她吓退。谁晓得她居然径直进来，见了自己才以袖掩面，心中暗暗冷笑一声，装作未看见她，继续涮马。

谁知他又料错了这胆大脸厚的小姑娘。芈月以袖掩面，只道甘茂必会开口，谁想甘茂却不开口装死，心中便已经明白了他的用意，冷笑一声，一边仍掩着脸，一边也不客气地道："甘将军，我阿姊病了，请你派个人替我阿姊抓药。"

甘茂冷哼一声道："某是军人，负责护送楚公主入京，遵令行保护之职。其余事情，自然是由贵国公主自己做主。某又不是臣仆之辈，此等跑腿之事，请公主自便。"

芈月心中大怒，想你故意如此刁难，实是可恶，当下也毫不客气地道："甘将军，我并未指望你亲自跑腿，不过请你借我几个懂楚语的秦兵去帮我买药罢了。"

甘茂冷笑道："你们楚国的士卒自是充当贵人的杂役惯了，可大秦的勇士，岂会充当杂役？"

芈月怒了，道："那你给我派几个懂楚语的秦人，不管什么人！"

甘茂断然拒绝，道："没有！你们楚国的鸟语，除了专职外务的大行人以外，没人能懂。你要买药，用你们楚人自己去，别支使我这边的人。我只负责护送，不负责其他事。"

芈月顿足道："你……你别想撇开！"

甘茂见她有放下袖子冲上来的打算，却也惊出一身冷汗来。他是故意用这种无礼手段来将她吓退，但她若当真撕下脸皮来，甘茂却没有这般大胆，敢与国君的媵人有这种冲突。他连忙把马缰绳一拉，那马头冲着芈月撞去，芈月惊得跳后几步，再一转头，甘茂已经披上外衣，怒冲冲离去了。

芈月见他遁去，无可奈何，顿足道："哼，你以为这样，我便没有办法了吗？"

思来想去，她又回了芈姝房间，却见女医挚道，芈姝已经有些发烧，若是不及时用药，只以针砭之术，只能是治表不治里。

玳瑁急了，忙冲芈月磕头。芈月自不在乎这恶奴磕头，可要她这般看着芈姝病死，却也不至于这么忍心。

她们在路上延误了这么久，想来黄歇必是到了武关。若是她们滞留上庸，不知道黄歇和魏冉会如何担心。她与楚威后及楚王槐有怨，但芈姝却是无辜的，便当为她冒一次险，救她一命，算还她在楚宫救过自己一场的恩情，也好让自己早早与黄歇团圆，一举两得。

想到这儿，她便拿了药方，带着女萝走出了驿馆。

注释

①出自《诗经·秦风·权舆》。此句是没落的权贵子弟哀叹今不如昔的生活，借用此诗实是讽刺那些楚国没落子弟的心态。

第三十章　上庸城

虽是信心满满，可当芈月走出驿馆的时候，才发现原来的设想实在过于简单。她站在街上，焦急而茫然地看着满大街来去匆匆的人们，耳中听到的尽是怪腔怪调的秦语，一句也不懂。

她原本还自负多少学过几首秦风的诗，想来不至于太过困难，当下便一句句背着，试着与路人搭讪。不想这秦地之中，竟也是十里不同音，她这几句秦诗，若是在咸阳街头，或许还能够搭得上话，只是这上庸之地，与咸阳口音差了极远。且此时市肆之人，又有几个识字懂诗的？纵是勉强听得清她在说一句秦语，却又不知其中之意。

芈月在街上转悠了半天，才有一个老者惊讶地在她念了一句秦诗“交交黄鸟，止于棘。谁从穆公？子车奄息”之后，回了一句：“交交黄鸟，止于桑。谁从穆公？子车仲行。[①]女士念此诗，却是何意？”

“女士”之称，古已有之，谓士人之女，便如称诸侯之子为公子、诸侯之女为女公子一般。看那老者衣着打扮，与市肆之人不同，虽然衣非锦绣，却也佩剑戴冠，文质彬彬，想来虽不甚富贵，却应该是个士人。

芈月大喜，转用雅言问道：“老丈听得懂我的话？”

那老者想是生长于此处的底层士人，对雅言也是半通不通，他似听懂了，却又有些茫然，吃力地想了半日，雅言夹杂着秦语一个字一个字地蹦着：

"老朽、惭愧，雅言……"说到这里，有些汗颜地摇了摇手。

芈月已知其意，不觉大喜，忙向那老者行了一礼，也学着他的样子，用雅言夹着秦风中拆出来的词句道："我，楚人，买药，药，何处？"

那老人辨了半晌，才恍然道："乐？哦，乐行，那边，就是。"

芈月顺着那老人的手，看向他所指的方向，却是一间铺面外头挂着一只大鼓，还摆着几件乐器。

芈月见那老人的手仍然指着那方向，不禁啼笑皆非，便知他把"药"听成了"乐"，当下比着手势，做着喝药的动作，道："药，喝的，治病。"

那老人也比画着手势道："乐，吹的、呜呜呜……梆梆梆……阪有漆，隰有栗。既见君子，并坐鼓瑟。"②

芈月听了他念的诗，腔调虽怪，却是明白其意，吓得连忙摇头，拿出手上的竹简给老人看道："不是鼓瑟，不是乐，是药，抓药！"

老人看着竹简，却见上面写着的都是楚国的鸟篆，只觉得个个字都是差不多的，与秦篆大有区别，辨认半天，终于认出几个形制略似的字来，猜测道："桂枝，原来你要抓药？喝的，治病？"说着，做了个喝药的动作，又做出一个痛苦的表情。

芈月见他懂了，大喜，连忙点头道："对，这是桂枝，这是麻黄……药，我要买药。"

老人也松了一口气，便指着方向比画道："往前走，往北转，再往西转，看到庸氏药房，庸，'上庸'之'庸'，听懂了吗？"

芈月却听不清他发的那个口音，连忙摇摇头从袖中取出小刀和一片竹简来，老人在竹简上歪歪扭扭地刻了方向，又写上秦篆"庸"字。

芈月回想起入城门时看到的字，便指着城门道："庸，是'上庸'之'庸'？城门上的字？"

那老人见她明白了，连忙点头，芈月忙向老人行礼道："多谢老伯！"

老人一边抹汗一边还礼道："女士不必客气。"

芈月依着那老人的指点一路走下去，果然走到一间药房门口，抬头看到那铭牌上的字，便是挂在城门口的"上庸"之"庸"。她比对了一下手中的竹简，走了进去。但见药房不大，小小门面，外头晒着草药，里头亦是晾着各种草药，两个小童坐在一边，拿着小铡刀切着草药，一个中年人捧着竹简，按草药类别书写着。见芈月进来，那中年人忙迎了上来，笑道："女士有礼！"

芈月便以雅言询问道："敢问先生，此处可是庸氏药房？"

那中年人似是一怔，便迟疑地回道："老朽——正是——庸氏——药房——管事——"芈月听他说的似是雅言，但却是口音极重，腔调甚怪，须仔细分辨才能够明白他的意思，但也已经松了一口气。当下忙令女萝将竹简递与药房管事，也不多话，只放缓了语速，道："请管事按方抓药。"

那管事便接过竹简，仔细看了看，拿着竹简与他药柜的药一一核对着，芈月但听他用秦语嘟哝着什么，大约是核对药名，不料他对了一会儿，又把竹简还给女萝，道："女士，这药不对，恕小人不能继续抓药了。"

芈月本以为他去抓药，已经松了一口气，谁知他忽然又将竹简还与自己，不禁急了，"你为何不给我抓药？"

那管事只是摇头，道："药方不对。"

芈月道："是医者开出来的药方，如何不对？"

那管事显然只是粗通雅言，见状也急了，更是说不清楚，听得他嘴里咕噜噜先是一串秦语，又冒出了断断续续的秦腔雅言，最后竟是有近似襄城口音的楚语混夹。芈月听来听去，只听出他在翻来覆去地解释："这药不对，不能抓药，会出问题的……"

但仔细问时，两人又是鸡同鸭讲，那管事抹了一把汗，转头对一个小童咕噜噜地说了一串秦语，那小童便转身站起来，跑向后堂了。

芈月警惕地问："你想干什么？"她在楚宫长大，虽然宫中诸人钩心斗角不少，但在那些奴婢口中，宫外的世界则更没有规则，各种诡异之事竟是不能言说的。如今见了这管事一边说不能抓药，一边显然是叫小童去后院叫什么人来，脑海中各种传说便涌上心头，不由得后悔自己这般独自外出，实在是太过冒险。

女萝虽然完全听不懂他们之间的对话，但芈月的神情她却是看得分明，不由得上前一步护主，道："你们想干什么？"

芈月当即道："女萝，我们走。"

说着就要带着女萝转身离开。

那管事只急得道："等一等，等一等……"见芈月不理，就要迈出门去，只急得叫道："公子，公子——"

芈月正要出门，便听得一个彬彬有礼的声音道："女士请停步。"

那声音说的是雅言，字正腔圆，完全似出自周畿之声，芈月不由得止步，转头看去。

但见那管事上前打起帘子，一个青衣士子风度翩翩地自内走出，见了芈月，便拱手一礼，道："女士勿怪，我家老仆因不通方言，故而让小竖叫我来与女士交涉。女士可是要抓药吗？"

那管事听了他的话，便连连点头，似是松了一口气。芈月也放下心来，连忙转身行礼，道："是我错怪先生了。先生擅雅言真是太好了，我这里有一服药方，还要烦劳先生帮我与管事说说，早些抓了药回去，家中还有病人正候着呢。"说着，便让女萝将竹简递与那青衣士子。

那士子接过竹简看了看，识得这上面的文字，便道："哦，是鸟篆，女士可是来自楚国？"

芈月点头道："正是，不知道为什么这位老人家不肯接我的药方。"

那士子笑了，"女士有所不知，这秦楚两国不仅语言不同，文字各异，就连这度量之衡器也是不同。我这老仆看您这药方有许多字不认识，药名也不对，分量上更是有差异，因怕出差错误人性命，所以不敢接这药方。"

芈月一怔，原来如此。诸国文字语言各异她自是知道的，但有些东西她毕竟未曾经历过，没有经验。当下便叹道："原来如此。不知这种事是怎么定的，怎么竟无人去把这些东西统一一下，也好教世人方便啊。"

那士子也叹道："是啊，大道原是教人走的，却要立起城垣，挖起壕沟，教人走不成。世间事，莫不如此！"

芈月一怔，仔细看那人年纪甚轻，却是衣锦纹绣，悬剑佩玉。这通身气派竟不下于楚国那些名门子弟，再思量他的话，暗想此人想必不凡，当下只道："公子既如此说，想是此药抓不成了？"

那士子却摇头道："无妨，我昔年也曾游学楚国，所以对于楚国的鸟篆略识一二，也知道楚国的计量方法与秦国的差异，这药方就由我来向老仆解说。"

芈月忙又行礼，道："多谢先生。"

当下便由那士子指点，让那管事去照方抓药，遇上略有疑问处，便问芈月，不一会儿，便抓完了药，芈月又让女萝付钱。

女萝打开钱袋，芈月见她取出一把楚国的鬼脸钱来，便是自己也知道不成，不免有些尴尬，问道："先生，这楚钱在秦国，是不是不好用？"

那士子笑道："无妨，只是计量不便，可到官府指定平准之地兑换，或者称重也可。”

芈月松了一口气，“那我是不是要先去兑换？”

那士子便道：“商君之法森严，若是兑换银钱，要到官府去登记取了竹筹才可兑换。”说到这里，他又笑了，“不过此城的平准之号也是我家所开，这鬼脸钱回头我让老仆去兑换即可。若是女士想要兑换余钱，便也可在此让老仆与你兑换。”

芈月却自忖接下来或许还有用得着钱币之处，便道：“如此有劳先生，将这些鬼脸钱俱换成秦国的圜钱好了。”

当下便令女萝与管事兑钱，芈月便含笑问那士子道：“今日多谢先生相助，敢问先生可是姓庸？”

那士子也笑了，“女士颖悟，不敢当女士之谢，在下庸芮。”

芈月道：“此城名为上庸，公子莫不是庸国后人？”

庸芮拱手，道：“庸国处于秦楚夹缝之间，早已亡国。如今的庸氏不过是秦国的附庸之臣而已。”

芈月亦行礼，道：“原来您也是一位公子，失礼了！”

庸芮摇头道：“大争之世，故国早亡，不如忘却。”

芈月听到他这一句，想起向国，想起莒国，想起黄国，心中也不禁暗叹。

因见店铺人物混杂，当下庸芮便道：“这店中混杂，不如到后堂暂坐，且让我家老仆与您的婢女把这些事交接完，如何？”

芈月便应了，两人到后堂坐下，又有婢女送上汤水来。饮用毕，庸芮便问：“恕我冒昧，不知可否赐教女士如何称呼，也免得我失礼。”

芈月敛袖应道：“公子可称我为季芈。”季者末也，此时对女子的称呼皆是只称姓氏而不名。

庸芮恍悟，“是了，我听说楚国公主送嫁队伍入城，想必您亦是一位楚国宗女。”

芈月笑笑也不说明，只道：“上庸本为庸国都城，这城中商号药铺皆为庸氏所有，看起来此城也是秦国庸氏家族的封地了，此城郡守是否也出自庸氏家族？”——秦、楚皆在分封和郡县交替之时，许多封臣亦身兼郡县之长。

庸芮点头道：“此城郡守乃是家父。”

芈月便赞了一句道：“我看此城法度森严，人车各行其道，坊市分明，经营有道，想来必是庸将军治城有方了。”

庸芮摇头道："家父乃守成之人，不敢当此美名。女士入秦以后再看各城池，当知如今秦国奉的是商君之法，周天子之旧俗下封君之权，早已不再，一切均是守法度而治罢了。"

芈月想起来时街道上人来人往，各守其道，叹道："商君法度森严，难得商君人亡政不息，秦人守法之严，令人叹服。"

庸芮却有些不屑地道："秦人守法，不过是因为迫于商君之法太过严密，方方面面全无遗漏，而且执法极严，这街上常有执法之吏巡逻，见有违法者处重刑。在大秦，不管你做任何事情，都要领取官府的凭证，否则寸步难行，事事不成。甚至当年连商君自己因为得罪大王想要逃亡，都一样受制于商君之法而无法逃脱。不但如此，秦国的田税商税都是极重……"

芈月在楚国时常听屈原和黄歇感叹列国变法都是半途而废，而唯秦国变法能够持久。本以为秦人重法，当会赞颂商君之法，不想却听庸芮说出这样的话来，不解地问："可若是这样，为什么秦人还在守商君之法呢？"

庸芮笑道："因为商君之法对君王有好处，对大将有好处，对黔首也有好处，一桩法度之变动，若能得上中下三等人都有好处，便会得到执行。"

芈月不解地道："黔首？"

庸芮诧异："季芈不知黔首为何？"

芈月忙摇头。

庸芮失笑道："是了，黔首是秦人之称，乃是庶民无冠，只能以黑布包头，故曰黔首。虽非奴隶之辈，但终究是人下之人，除了极少数的人有足够的运气，或能遇贵人赏识出人头地以外，大部分的人生老病死都已经注定。可是自商君之法以后，他们中聪明手巧的可以投入官府办的工坊商肆为役，力大勇敢的可以投军，得军功惠及家人，剩下那些最笨最无能的人在地里种田，只要按时交了田税，遇上被人欺负的事也可以告到郡守县令那里，得到公平的待遇……"

芈月沉默。她自幼只知宫中事，知史，知兵，却不知黔首庶民之苦，想了想，道："如此，自周天子以来的封臣之权，可就没有了。封臣不能动，可郡守县令却三五年一换，权力全部在君王的手中了。"

庸芮点头，复又叹息道："长此以往，那些还在行周天子之政的国家，如何能是秦国的对手？"

芈月便问道："先生也还有故国之思吗？"

庸芮摇头道："没有了。与其在列国相争中战战兢兢地做一个小国之君，还不如在大国之中做一个心无牵挂、努力行政的臣子。"

芈月道："只可惜列国的君王不会这么想，天下奔走的士子也不会这么想。鹿死谁手，还未可知呢！"

庸芮点头道："不错，商君之法行于秦，也只是几十年，以大王之力也有许多地方未曾推行。若要遍及天下，只怕不经过几百次战争，是不可能的。"

芈月心中亦是沉吟，却见女萝来禀报，便站起身来笑道："妾身向先生辞行。听君之言，胜读万卷。今日得见君子，聆听秦法，妾身实是荣幸。若我能游历列国，观尽列国之法，以后希望还能有机会再见先生，共讨思辨。"

庸芮也还礼道："希望他日有缘，再见女士。"

两人回到驿馆，芈姝用了药，过得几日，果然渐渐转好。

这日，芈月又来探望，见芈姝已经起身，欣慰道："阿姊今日看上去好多了！"

芈姝亦是感激，拉着芈月的手道："我听说妹妹为了我的药去找甘茂理论，又为我冒险去药房抓药，身处异国他乡，语言不通，真是难为妹妹了。"

芈月道："只要阿姊快点好起来，我所做的实在不算什么。"

玳瑁神情复杂地向芈月行了一礼，道："老奴也要多谢九公主，为我八公主奔波劳累。"

芈月道："彼此都是姐妹，说这些做什么？"

芈姝便叫人取来铜镜，见镜中自己容颜削减，愀然不乐。芈月安慰道："待阿姊身体转好，自然就能够恢复好貌。"

芈姝放下镜子，叹道："唉，不知何时才能够见到大王。"

芈月叹道："阿姊，我们在这上庸城也待了五日了，想来秦王在咸阳必是等阿姊也等得心焦了。"

玳瑁听了这话，敏锐地看了芈月一眼，佯笑道："不想九公主也如此关心大王！"

芈月见她神色，知道这恶奴心中必是又疑她会对秦王有什么妄念，心下好笑，却也不说破，道："莫不是傅姆不曾盼阿姊早与大王完婚？"

玳瑁忙道："奴婢自然是盼着我家公主早与大王完婚。"

芈月淡淡地道："那便是了。"

芈姝被她这一说，亦是勾起对秦王的思念，便叫："傅姆，叫人出去同甘将军说，我们明日就起身吧。"

玳瑁一怔，"公主，明日就走？您的身子还不曾调养好啊，骤然起身，只怕，只怕……"

芈姝不耐烦地道："这一路上走得我厌烦死了，早些到咸阳，我也好早早解脱。我便是在上庸城再调养多少日，回头还得在路上吃苦，不如早了早好。"

玳瑁不敢多言，便命人与那甘茂知会，次日便要动身。当下亦是吩咐从人，收拾箱笼，待次日清晨芈姝用过早膳之后，便可出发。

于是这一日，城内驿馆、甘茂营帐，以及城外班进带着的人，俱已收拾好，只待次日出发。

不料这一日晚上，芈姝忽然又上吐下泻，竟是险些弄掉了半条命。

整个驿馆俱已惊动，女医挚便又为芈姝扎针止了泻吐，只是次日芈姝又起了高烧，便不能再走了。

甘茂早已经等得不耐烦了，好不容易等得芈姝准备动身，自是次日一早便准备拔营，不料传来消息说楚公主又生病了，今日又不能动身。这一路上来，这娇贵的楚公主今日不适，明日有恙，弄了数回，甘茂都要免疫了，如今再听此事，不免又认为是楚公主矫情任性，当下怒气冲冲地找了班进过来，劈头斥责了一大通，道若是再不前行，他便要强行拔营了。

班进亦是摸不着头脑，只得向甘茂赔了半天不是，才讨得了再延迟两天的允诺，当下只得匆匆又来回报芈姝。

芈姝却已经昏迷不醒，女医挚用了针灸之术，芈月又令女萝去抓药，好不容易到了次日，芈姝方退了烧醒过来。这一病，直教这娇贵的小姑娘变得更加多愁善感，见了芈月便哭道："妹妹，我是不是要死了？"

芈月连忙上前劝道："别说傻话，你只是水土不服，再调养几天就会好的。"

芈姝哭道："我的身子我自己知道，我从来没这么弱过，我怕我去不了咸阳了。你、你代我去咸阳，你也是楚国公主，你可以……"

芈月听到此处，心中一惊，忙道："阿姊说哪里话来，你不去咸阳，我就不可能去咸阳，我没兴趣嫁给秦王。阿姊放心，我要看你病好了，把你送到咸阳。若不能救你性命，我是不会离开你的。好好休息吧，别胡思乱想。"见芈姝力不能支，安抚好便退了出来。

她走到走廊，玳瑁也跟了出来，低声道："九公主，你方才与八公主说的，可是实情？"

芈月并不看她，冷笑道："傅姆不必在我跟前弄这些心思，我知道阿姊刚才的话必是你的主意，都到了这个时候，你脑子能不能用点在正经事上？一入秦国，处处凶险，我们身为楚人当同心协力。阿姊已经病成这样，你想的不是让她快点好起来，而是乱她心神，让她劳心，拿她做工具来试探我、猜忌我。傅姆如此行为，真不知道你自命的忠诚何在。"

玳瑁脸色一变，忙上前一步勉强笑着道："九公主说哪里话来，如今八公主有疾，一切事情当由九公主做主，老奴怎么敢起这样的妄心？"

芈月叹道："傅姆还是把心思用到阿姊身上去吧，若阿姊当真有事，你防我何用？便是你在我的饮食中下砒霜毒死了我，难道秦王便不会再娶妇了吗？"

玳瑁吓了一跳，脸色都白了，颤声道："公主何出此言？"她早得楚威后之命，不能让芈月活着到咸阳，在路上早思下手。可是在船上船舱狭小，芈姝与芈月一直同食同宿，她不好下手，弃船登车后，一路上都是车马劳顿，她亦是不得下手。到了上庸城，她见芈姝病重，生恐若是芈姝一病不起，芈月就要以大秦公主的身份嫁给秦王，这种事只怕楚威后宁死也不愿意看到的，所以便又暗中下了砒霜之毒，如今见芈月如此一说，不免心惊。

芈月也不屑理会她，只冷笑道："傅姆把防我的心放在对阿姊的饮食上，只怕便不会出这样的事了。"

玳瑁一惊，忙问道："九公主看出了什么来？"

芈月冷笑，"若说阿姊头一天上吐下泻，可算水土不服，何以病势渐好，临出行前，又是上吐下泻呢？"

玳瑁骤惊，"正是。莫不是这驿馆中有鬼？"说着，便要转身向外行去。

芈月叫住她："傅姆何往？"

玳瑁怒道："我当叫人去审问这驿馆中人！"

芈月叹道："无凭无证，只有猜测，我们身为楚人，如何好随便去审问秦国驿馆？便是你叫甘茂去问，甘茂亦不会理睬我们；再说，我见秦人律法森严，驿丞亦是有职之官吏，隶属不同，便是甘茂都不能轻易去审问他，还得回报上官，专人来审。如此来去，只怕证据早毁，更怕他们狗急跳墙！"

玳瑁呆住了，她在楚宫之中服侍楚威后，若是有事，便可令出法随，无有不顺，倒不曾想过时移世易，竟会有此难事，当下怔怔地道："难道公主当真是为人所算计吗？"她不是不曾动过疑心，只是她却是先疑到了芈月身上。

此番出嫁，既是准备要置芈月于死地，便将芈月原来的几个傅姆婢女皆留下了，只挑了两个旧婢女萝与薜荔跟随，便料定芈月有此心，亦是没有机会下手。不想螳螂捕蝉，黄雀在后，给芈月这边砒霜方下，芈姝那头竟已经为人所算计了。

玳瑁不得不向芈月求助道："那依九公主之见，应该怎么办呢？"

芈月皱眉道："只怕驿丞亦未必知情，恐怕要从驿丞侍人奴仆之流入手。"

玳瑁亦不是蠢人，只原来一心提防芈月，此时被她提醒，顿时想到了楚宫之中原来各国姬妾的手段来，惊道："莫不是……是秦王宫中，有人要对八公主下手？"

芈月方欲回答，却听得转角处有人道："正是。"

芈月已经听出声音来，一惊回头，却见那转角处扔出一人来，瞧衣着似是厨娘打扮，却是被反绑着，嘴里似塞了东西，支支吾吾。

玳瑁也吓了一跳，转眼见那转角处跟着出来一人，却是她认得的，失口道："公子歇？"

芈月却已经惊喜到说不出话来！这些日子以来，她也是被整个旅途的艰难、芈姝的病体和抱怨弄得心力交瘁，此时见到黄歇，便似有千言万语要说，又似要飞奔过去，将自己整个人投入他的怀中，世间一切风雨，从此便有人替她遮蔽了。

黄歇拱手微微一笑，"傅姆，我们带这个人去见八公主吧。"

玳瑁满肚子惊诧只得咽到肚子里去，忙叫人拎起那厨娘，带着黄歇去见了芈姝。

芈姝此时在女医挚的针术下略好了一些，正在进药，见玳瑁带了那厨娘回来，又说是黄歇在此，惊诧非常。

审问那厨娘，那厨娘想是来之前已经被黄歇审问过了，此时不敢隐瞒，便老实说出了真相。原来这驿馆中除她外，还有三四个人，俱是有人派来的，却是分头行事，并不相属，只是奉了上头的命令，不让楚国公主再往前行。头一次下药便是乘着楚人初到，匆忙之时，借帮忙之便，在芈姝饮食中下了泻药，让她上吐下泻，教人还以为她是水土不服所致。后来因芈姝身边侍女众多，从采买到用膳到用药，皆是有自家奴婢，不便下手，便又在灯油里添了麻黄。麻黄虽是治疾之药，可若是过量，就会失眠、头痛、心悸。芈姝本来就已经水土不服，再加上整夜不能安睡，更兼不思饮食，因此疾病迟迟难好。此后因又不得下手，不免观望，直至芈姝病势渐好准备起身，众人收拾东西，忙乱之时，又被她乘机下了泻药。

芈姝惊怒交加，怒道："你幕后的主子是谁？我与她无冤无仇，为何要对我下此毒手？"

那厨娘战战兢兢地道："奴婢也不知道，只晓得是上头有人吩咐，我们做奴婢的，只知听命行事，如何能够知道主子是谁？"

玳瑁恨恨地道："你这贱奴，想是不打不招！"说着便要将那厨娘拉下去用刑，黄歇却道："不必了，我亦审问过她，想来她是当真不知。"

芈月却忽然问道："你虽不知何人主使，但指使你的人，可是来自咸阳？"那厨娘一怔，便脸色有异，芈月又紧追一句道，"可是来自宫里？"

此时，众人不必那厨娘回答，便是自她的脸色中已经知道答案。

芈姝的脸都气白了，"不想大王身边，竟有如此蛇蝎之人！"

芈月见她整个人都气得险些要晕了过去，连忙扶住芈姝劝道："阿姊不必为这等人生气，现在阴谋已经败露，阿姊只管养好病，将来有找她算账的时候。"

芈姝看着芈月，惊疑不定，"妹妹如何能知道，这人幕后主使来自宫中？"

芈月犹豫片刻，黄歇方欲道："此乃……"

芈月已经截口，道："此事说来有伤我姊妹之情，因此不敢告诉阿姊。"

芈姝更加吃惊，"什么姊妹之情？"

黄歇已经道："七公主曾经冒充九公主之名，到驿馆游说魏公子无忌，道八公主倾慕于他。当时曾对无忌公子言道，魏夫人于秦宫之中，对王后之位有觊觎之心……"

芈姝大惊，"你说什么？茵姊她、她如何知道……"

玳瑁急道："公主，如今不是说这个的时候，须想想，若当真是魏夫人的阴谋，又当如何应对？"

芈姝素未经过事情，此时更是方寸已乱，看看芈月，又看看黄歇，似想向两人求助，又不知如何开口。

于她少女的心中，竟隐隐有一丝奇异的欢喜，她虽然已经认定了秦王，可毕竟曾对黄歇动过情。如今在自己最危难之时，这曾经拒绝过自己的少年千里而来，在最关键的时刻救了自己，这不免让她的心中有了一丝悸动。难道他的心中亦曾是有过自己的，只是因为求而不得，而退避三舍吗？他忽然在此时到上庸，难道竟是为了自己而来吗？

她的脸一时潮红一时苍白，眼神羞涩表情犹豫，玳瑁和芈月皆看了出来，不免心惊。

玳瑁忙上前一步，刻意道："我们公主将嫁秦王，岂料中间竟有奸人作祟，想来两国联姻，又岂是他们能够破坏的？今日多谢公子千里来救，只是老奴听说，威后已将七公主许嫁公子，公子此时当在新婚，不知如何忽然到此。"

黄歇却道："我的确是曾向大王求婚，只不过求的并非七公主……"

芈月却知芈姝此时心事，生恐他说错了话刺激了芈姝，反而不美，忙向芈姝跪下，道："阿姊，我有事向阿姊相求。"

芈姝一惊，"妹妹何事，竟如此大礼？"

芈月瞟了玳瑁一眼，直言道："阿姊有所不知，这一路上，不只有人向阿姊下药，亦有人向我的饮食中投毒……"

玳瑁脸色惨白，失声道："九公主……"

芈月深深地看了玳瑁一眼，直到芈姝也将怀疑的目光投向了玳瑁，却向芈姝道："此人是谁，我不便对阿姊明说，想来阿姊必也知道。我感谢阿姊将我带出楚宫，只是如此一来，接下去的行程，我却是不便再跟随阿姊了。况阿姊与秦王情投意合，我亦不想再为人做媵，令阿姊为难，也坏我姊妹之情。今……幸得公子歇救了我们姊妹，我，我亦早对公子有倾慕之心，如今欲随公子而去，望阿姊允准。"

芈姝看看玳瑁，又看看芈月，心中又愧又羞。她听得出芈月言下之意，已猜得下毒之人是谁，亦猜得是奉了谁之命。芈月一来揭破此事，自陈不能再跟随的原因，再以秦王与她情投意合，不愿插足其中，免坏姊妹之情为由，表示自己离开之心意，更以此刻黄歇恰好出现在此，自己随黄歇离开，圆了事情，也免闲话。一番话漂漂亮亮，滴水不漏，竟似让芈姝只觉得是处处在为自己着想，感动莫名。

于芈月来说，虽然此时与黄歇一起离开，亦是无人阻挡，然而芈戎、莒姬犹在楚国，能不翻脸，最好不翻脸。

芈姝此时感动异常，便一口答应道："妹妹既有此心，我怎好不成全了你？只是……公子歇，你可愿善待我的妹妹？"

此时黄歇只须顺势道一声"多谢公主"即可，不料黄歇怔了一怔，反道："多谢八公主成全。只是有一桩事，我须与八公主说清，我与七公主彼此无情，我向宫中求娶的，本就是九公主。"

芈姝一怔。

芈月见事已成，这黄歇偏发起拗性来，直气得恨不得在腹中骂黄歇数声，急道："阿姊……"

芈姝却摆摆手道："妹妹无须着急，若是公子歇亦对你有意，更是美事一桩。"说到这里，她也笑了起来，"你我各得其所，方是好事。难道我如今身为秦王后，还会吃你的醋不成？"

玳瑁在一边眼睛都要冒出火来了，方欲道："公主……"

芈姝已经斥道："傅姆，我等议事，非傅姆能置喙！"主奴有分，便是玳瑁此刻亦不敢再言，芈姝复对黄歇笑道："公子歇只管说来……"

黄歇正色道："非是九公主倾慕于臣，乃臣倾慕于九公主也。故向宫中求娶，岂知不晓何处出了岔子，竟是将七公主赐婚与臣，而将九公主为媵远嫁。故臣追至上庸，恰见奸人作恶，因此出手……"

芈姝看芈月低头不语，笑了，"原来如此。"忽然转而问黄歇："不知子歇慕我九妹，自何时起。"

黄歇看了芈月一眼，却被芈月狠狠剜了一眼，好好的事情，被这笨蛋差点坏事。黄歇见状只得苦笑一声，想了一想，拣了个稳妥的时间答道："乃少司命大祭之日。"

芈姝意味深长地看了芈月一眼，"原来如此。"她倒是觉得自己已经想象出了一段爱情故事来。

她在芈月面前，一直是以长姊自居，自己情窦早开，更觉得芈月素日还灵窍未通。想来想去，若不是自己倾慕黄歇，以求祭舞，又如何会成全了芈月和黄歇呢？自己有了秦王，却也成全了曾经喜欢的人，不让这美少年因自己而青春失意，更是一桩既圆满又得意的好事。况且若非他来追芈月，也不会因缘巧合救了自己性命，显见是少司命借自己的手，圆了这桩姻缘，又借这段姻缘，救了自己性命。这么说来是天命所向，那奸人害她，必是天不庇佑。

她心中越想越是得意，私奔这么美好浪漫的事，正是她这个年纪的少女最爱做的梦，最不敢实现的事。她自己做了，因此收获一桩美满姻缘，如今再看到别人的浪漫，助别人私奔成功，岂非更是一件美事？事情皆因自己起，却既于自己有益，又于别人得益，岂不两全其美？当下便笑道："我还一直担心妹妹灵窍未开，不曾尝试过世间最美好的感情，若是就此埋没于深宫，岂非一件憾事？没有想到公子歇对你情深一片，居然抛家弃族与你私奔，更没有想到冥冥中居然因此而救了我。既然如此，我岂能不成全你们？傅姆，叫人去拣点我的嫁妆册子，我要为妹妹添妆。"

玳瑁无奈，只得出门叫珍珠取了嫁妆的竹简，芈姝便问了嫁妆收拾的情况，拣取了易取的一些财物和衣服首饰并玉器，要赐予芈月为添妆，道："妹妹如今只带了两个侍女出门，实是太少，我再拨数十奴隶仆从送与妹妹与子歇路上服侍吧！"

芈月忙道："能得阿姊成全，已是感激，这些财物奴仆，实不需要。"

黄歇亦道："臣无功不敢受公主财物奴仆。"

芈姝见二人如此，倒是好笑，她先转头教训芈月道："你这孩子忒是天真，你以为一衣一食，皆是天上掉下来的不成？无奴仆，你可知水从何处寻，柴从何处伐，难道你还能自家为灶下婢不成？"又转向黄歇正色道："我这些财物奴仆，亦不是送给你的，乃是送我妹子的添妆罢了。我这妹子天真不知事，难道你还当真让她跟着你为粗役不成？"

黄歇与芈月对视一眼，只得道："公主厚赐，愧不敢当。"

芈姝又笑道："若是子歇当真介意此事，我亦有事相求。"

黄歇道："不知公主有何吩咐。"

芈姝收了笑容，肃然道："驿馆下毒之事，实令我心惊。前途尚不知有何情况，我在秦国人地两疏，辅佐之臣无能，我无可倚仗。唯有请子歇助我，保我平安进咸阳。我若见了大王，便能无恙。到时候子歇收我财物奴仆，便安心了，可好？"

玳瑁本见芈姝同意放芈月离开，又厚赠财物奴仆，脸色已经是甚不好看。如今见芈姝提出请求，又觉得公主果然有小君的气量与手段，脸上方露了笑意。

黄歇看了芈月一眼，点点头道："公主既有此言，黄歇岂敢不效劳？"

芈月亦道："不将阿姊平安送入咸阳，我亦不能放心离开。"

芈姝道："好，你我姐妹各有归宿，也算圆满。"说到这里，也不禁感伤，"只可惜茵姊……"

众皆沉默。

过了片刻，黄歇方道："君行令，臣行意。臣若不想对不起九公主，那也只能对不起七公主了。"

芈姝忙笑道："此事怪不得公子，姐妹一场，我只是为她叹息罢了。"

注释

①出自《诗经・秦风・黄鸟》，讲述秦穆公死时，以奄息、仲行、针虎三大将为首多人殉葬，秦人作诗而哀之。
②出自《诗经・秦风・车邻》，为秦人聚会行乐之诗。

第三十一章　生死劫

待得离了芈姝之所，回到芈月的房间，芈月便扑在黄歇怀中，黄歇亦是按捺不住，两人紧紧相拥，难舍难分。

虽然分手的时间并不长，可于两人来说，却是一日不见，如隔三秋。

她想到自己在襄城的惊魂之夜，那时候，她甚至以为自己不能够活着再见到黄歇了，可是她最终还是活了下来。

然后是艰难跋涉的行程，她克制着自己的不适，在骄纵的芈姝和傲慢的甘茂中间调和，还要忍受着玳瑁时时存在的恶意。

这一切的一切，她独自忍受过来的时候，并没有觉得有什么，可是此刻见了黄歇，她却像是一个迷路的小孩终于见到了自家的大人一样，扑在对方的怀中，滔滔不绝地诉说着，倾诉着自己的惊恐和委屈，曾经让她毫不在意的事情，此刻变得委屈得不能再委屈。

黄歇听着她襄城之夜的遭遇，气得险些就要站起来拔剑再去襄城杀了唐昧。他这才知道，芈月曾受过这么多委屈和痛苦，他不断地安慰着，看着她在自己面前撒娇，在自己面前变得前所未有的孩子气和娇气，他甚至觉得，要重新认识芈月了。

过去，芈月也同样承受了那么多的痛苦和委屈，然而，她一直在克制着、压抑着，就算她不愿意克制，不愿意压抑，又能够怎么样呢？那时候，她还不能脱离楚威后的掌控，就算她偶尔出来与黄歇相见，难道她能够对着黄歇发脾气撒娇，然后回去就过得更好吗？

所以，她之前每次与黄歇见面，什么也不说，只是尽量找着生活中快乐的事情，或者诉说一些小烦恼，更多的时候，两人携手只静静地行走于山道上，泛舟于小溪上，练剑于梅花林中，辩论于屈原府上，她只能尽量在寻找与黄歇在一起的每一刻快乐时光。这种快乐能够让她获得度过压抑痛苦的楚宫生活的力量，这股力量通常能够让她撑过许多危险的情境。

而此刻，却是她自楚威王死后，与黄歇相处以来最快乐、最放松、最无忧无虑的时光。前途的阴霾一扫而空，从此以后，她再也不必忍耐，不必压抑，她可以尽情地哭，尽情地笑，想说什么就说什么，想任性就任性，想撒娇就撒娇，不必再想着如何周全妥帖，不必再千辛万苦地避忌。因为她有黄歇，他会完完全全地包容她、纵容她、爱怜她、宠溺她。

这一个晚上，芈月像是把压抑了多少年的孩子脾气和小姑娘的任性尽数都发泄了出来一样，又哭又笑，又说又闹，黄歇的衣服早被她揉搓成一团，上面尽是她的眼泪鼻涕。到了最后，她终于累了，倦了，一句话还未说完，就睡了过去。

黄歇看着她的睡颜，第一次见到她睡得如同婴儿一般，虽然脸上还沾着泪水，嘴角的笑容却如此灿烂。看着她，他心头酸、疼、怜、爱，搅成一团。

他轻轻地吻了吻芈月，低声道："皎皎，睡吧，你睡吧。过去的一切，都已经随风而逝，从今以后，有我在你身边，替你担起所有的事情。你只管无忧无虑，只管开心快活，只管活得像你这般大的女孩子一样骄纵任性。我会疼你、惜你，一生一世……"

在上庸城又过了三天，这三天里，芈月似乎换了个人似的，与黄歇寸步不离，撒娇使性，甚至全然不避旁人眼光。

魏冉也已经接了过来，芈月对芈姝解释，这是她母族的一名表弟，自幼父母双亡，她答应他父母收养他。

芈姝毫不在意，反正芈月和黄歇马上就要离队而去，她想做什么，她的行程中有谁，又与她何干？

三天之后，芈姝身体完全康复，此时楚国公主的车队，才重新出发。这次行程便比入上庸城快了许多，甘茂虽然为上庸城耽误之事而心中不悦，但见队伍速度加快，一直黑着的脸色也稍有好转。

从上庸到武关，一路却是荒凉高坡，黄土滚滚，西风萧萧，杀机隐隐。

芈姝的马车在队伍的正当中，最是显眼。

因为天气炎热，马车的帘子都掀起来透风，但两边自是侍女内监簇拥，秦国军士便走在队伍前后。

此时芈姝的脸色已经大为好转，但依旧还带着些苍白，她靠在玳瑁的怀中，珍珠为她打着白色羽扇。

芈月坐在距她的马车最近的另一辆马车中，魏冉靠在她的膝边，她微笑地打着竹扇，看着在马车边骑马随行的黄歇，只觉得心满意足，嘴边的笑容怎么也收不住。多少年在楚宫步步为营的日子终将结束，从此天高云阔，自在逍遥。

魏冉问道："子歇哥哥，我们什么时候到咸阳啊？"

三人同在一辆马车上，芈月与黄歇打情骂俏，魏冉便在一边时而取笑，时而争宠，一会儿要与芈月争黄歇哥哥的疼爱，一会儿又要与黄歇争姐姐的呵护，忙得不可开交。这清脆的童音在枯燥的行程中也添了许多乐趣。

黄歇回头笑道："今晚我们就能到武关了，入了武关下去就是武关道，一路经商洛、蓝田，直到咸阳都是官道，不会像现在这样颠簸难走了。"

魏冉又问："那我们到了咸阳就分手吗？"

芈月答道："是啊，到了咸阳城外，看阿姊进了咸阳我们就走。"

魏冉奇道："我们为什么不进咸阳城啊？"

芈月自不能同他解释进咸阳的不便之处，笑着对他道："我们不去咸阳，去邯郸好不好？邯郸城更热闹呢。"

魏冉喜道："是不是那个邯郸学步的邯郸城？"

芈月笑道："是，邯郸是赵国的都城，我们不只要去赵国，还要穿过赵国去齐国。我们看看邯郸有多繁华，邯郸人优雅到什么样会让那个燕国寿陵的人学步到连自己走路都忘记了。我们还要去泰山，看看孔子说的'登泰山而小天下'是什么样子，还有传说中的稷下学宫，子歇哥哥就可以与天底下最出色的士子交流。然后我们再去燕国，听说燕国那边冬天冷得鼻子都能冻掉呢……"

魏冉天真地道："那燕国大街上岂不是都是没有鼻子的人了？我们可不要去燕国。"

黄歇笑了，"那只是一种说法而已。我们再去齐国如何？"

芈月也笑了，“我早闻稷下学宫诸子辩论之盛况，心向往之。”

黄歇也悠然神往，“是啊，各国的学宫和馆舍，都聚集了来自列国的士子，大家在此交流思想，辩论时策。所以列国士子自束发就冠，欲入朝堂之前，都要游学列国，如此才能够得知百家之学、诸国之策。如此，则天下虽大，于策士眼中，亦不过数之如指掌。”

芈月听得不禁有些入迷，道：“子歇，我从前听说列国交战，有些策士竟能够片言挑起战争，又能够片言平息战争，而且不论是游说君王，还是大将重臣，均能够说得人顿时信服，将国之权柄任由这些异国之士操弄。你说，稷下学宫那些人，真有这么神吗？”

黄歇失笑道：“这样的国士，便是列国之中也是极少的。不过说神也未必就是那么神。须知士子游学列国，既是游学，也是识政。游历至一国，便能知其君王、储君及诸公子数人的心性、气量、好恶，便是其国内执掌重权的世卿重将，亦不过是十数人而已，只要足够的聪明和有心，便不难知情。再加上于学馆学宫中与诸子百家之人相交，能够让国君托付国政者，又岂是泛泛之辈？其论著学说，亦不止一人关注。历来游说之士，无不常常奔走列国，处处留心，因此游说起来，便呈水到渠成之势。”

两人正说着，突然间不知何处传来破空呼啸之声，两人一惊，都住了嘴。

黄歇骑在马上，正是视野辽阔，一眼看去，却见前头黄尘滚滚，似有一彪人马向着他们一行人冲杀而来。

黄歇吃了一惊，“有人伏击车队！”

芈月亦是探出头去，问道：“是什么人？”

此时前面芈姝的车中也传出问话来，玳进便要催马上前去问。但听得甘茂的声音远远传来道：“不好，是戎族来袭！大家小心防备，弓上弦，剑出鞘，举盾应战！前队迎战，后队向前，队伍缩紧，包围马车，保护公主！”

黄歇一惊，也拔出剑来，道：“是戎族，你们小心。”

此时楚国众人虽然吃惊，却还不以为意，毕竟楚国公主送嫁队伍人数极多，虽然楚军送至边境即回，但来接应的秦人也有数千兵马。却不知楚人对戎族还是只闻其名，秦国将士却已经举盾执弓，如临大敌了。

自秦立国以来，戎人便是秦人的大敌。秦国所处之地，原是周室旧都，当年周天子就是为避犬戎，方才弃了旧都而东迁。西垂大夫护驾有功，因此被封为诸侯，赐以岐山以西旧地。此处虽然早被犬戎所占，却是秦人能够合法得到分封的唯一机会，虽然明知道这是虎狼之地，无奈之下，只得一代代与戎人搏杀，在血海中争出一条生路来。身为国君之贵，亦是有六位秦国先君死于和戎人战争的沙场上。

秦王派甘茂这样不驯的骁将来护送楚国公主入咸阳，自然不是为了他脾气够坏，好一路与公主多生争执。实是因为旅途的艰辛，只是一桩小事，自襄城到咸阳，这一路上可能发生的意外，才是重点防护的目标。

因此，甘茂一路上黑着脸，以军期为理由，硬生生要赶着楚国众人快速前进，到了上庸城倒还是让楚人多歇息了数日，便是因为野外最易出事，入城倒是安全。此刻，甘茂瞧着那黄尘越到近处，人数越来越多，竟有一两千之多，已是变了脸色，吃惊道："戎族掳劫，从来不曾出动过这么多人！"

甘茂这一行秦兵，虽然有三千多人，在人数上比戎人多了一倍，可多是步卒，又怎能与全部是骑兵的戎人相提并论？

胡尘滚滚中，已经依稀可见对方果然披发左衽，俱着胡装，人数不少，与甘茂距离方有一箭之地，前锋便已经翻身下马，躲在马后，三三两两地冲着秦人放箭。

副将司马康年纪尚轻，此前未与戎人交战，此时见了戎人的箭放得稀稀落落，诧异道："咦，都说狄戎弓马了得，怎么这些戎人一箭都射不准？"

甘茂却是脸色一变，叫道："小心，举盾！"

司马康还未反应过来，只见一阵急箭如雨般射来，但听得惨叫连连，秦军中不断有人落马。第二轮箭雨射来，秦军已经及时举起盾牌，只见乱箭纷至，其势甚急，有些竟是越过盾牌，往后冲去。

此时队伍收缩，走在秦军之后最前头的楚国宫奴们便有些为流矢误中，不禁失声惨叫起来。

第三轮箭雨之后，戎人马群散开，之后又是一队骑兵朝着秦人冲去，冲在最前头的戎人已经与秦军交手。

只见为首之人一脸的大胡子，看不出多少年纪，却是骁勇异常，举着一把长刀翻飞，所向披靡。在他身边，却是一男一女，辅助两翼，如波浪般地推进。

此时车战方衰，骑战未兴。原来兵马只作战车拉马所用，所谓单骑走马，多半是打了败仗以后凑不齐四马拉车，才孤零零骑马而行。后来兵车渐衰，秦人中纵有骑兵，但与后世相比，无鞍无镫又无蹄铁，既不易长途奔袭，且骑行之时很容易被甩落马下，因此皆是作为旗手或者侦察所用。

而戎人自幼生长在马上，纵然也同样无鞍无镫，但人马却早合二为一，有些戎人甚至能够于马上射箭搏斗，这项本事却是七国将士难以相比的。

此时甘茂这几人心中已经是一凛，却不得不迎了上去。那大胡子与甘茂只一交手，两人马头互错换位，甘茂待要拨回马头再与他交手，那人却不理甘茂，只管自己往前而行，他身后那男子却是缠住了甘茂，互斗起来。

那首领头也不回，直冲着芈姝的马车而去。司马康惊呼："保护公主——"

此时长队的人马俱已簇拥在芈姝的马车周围，秦兵在外围布成一个保护圈，却挡不住这戎人首领势如破竹冲锋上前，直将秦兵砍杀出一条裂口。

那首领正冲得痛快，前头跃出一人，却与他挡了数招。他定睛一看，见是个锦衣公子，那戎人首领歪了歪头，笑道："你是何人，敢来挡我？"

他虽然满脸胡子，瞧不出年纪来，但这一张口声音清脆，似是年纪甚轻。

黄歇虽然自幼勤习武艺，但与这戎人相比，还是逊了一筹，他举剑挡了那人数招，已经手臂酸痛，然则自己心爱的人在后面，那是宁死也不会退让一步的。闻听对方问话，肃然道："楚人黄歇，阁下何人？"

那戎人便道："义渠王翟骊。"

黄歇一惊，义渠地处秦人西北，如何竟会来秦国东南方打劫？当下更不待言，与那义渠王交战起来。

黄歇自知不敌，便有意引着那义渠王向远处而去，欲以自己拖住此人，好让芈月等人有机会逃走或者等到援军。

若论武艺，这自幼长在马上的西北戎人自然要比荆楚公子更胜一筹，无奈黄歇抱了拼死之心，义渠王数次欲回身去芈姝马车处，皆被黄歇拖住。

正当两人交战时，身后一个女子的声音响起："义渠王，你怎么不去瞧瞧那楚国公主？倒在这里被人拖住了，哈哈哈……"

义渠王一听，便道："鹿女，这人交给你了。"

黄歇正全力与义渠王交手，无暇分心。忽然，两人刀剑之间，插入一条长鞭来，缠住了他的剑。黄歇一抬头，却见一个戎族打扮的红衣少女，正饶有兴趣地持着一条长鞭，长鞭的另一头，便缠在他的剑上。两人便交战起来。

远处，芈月见那义渠王方才冲过来，黄歇上前挡住将他引走，不免担心黄歇安危，岂能安坐车上？当下便下了马车，上了高车。

所谓高车便是上有华盖之车，四边无壁，能作远眺。芈月等素日乘坐的马车，却是四面有壁的安车，左右有窗，既能挡风雨，亦可透风，乘坐远比高车安适。

芈姝乘坐的却是一种叫辒辌车的马车，比安车更宽敞更舒适，车内可卧可躺，下置炭炉，冬可取暖；四周有窗，夏可纳凉。乃是楚威后心疼女儿远嫁，特叫了匠人日夜赶工，送到襄城让芈姝可以换乘而备。因此这些戎人远来，虽不识人，但见那华丽异常的马车，便知是楚国公主车驾了。

此时高车为前驱，中间是芈姝的辒辌车，其后才是芈月与诸媵女们的安车。此时因受突袭，马车都挤作一团，芈月上了高车远眺，不料在马嘶人吼、刀剑齐飞的混战中好不容易找到黄歇的身影，却见一个戎人女将缠上黄歇，两人方交手之时，忽然远处一道乱箭射来，射中黄歇后心，但见黄歇受伤落马，瞬间被乱军人潮淹没。

芈月失声惊叫道："子歇——"顿时一阵晕眩，险些摔倒。她扶着华盖之柱支撑身体，那一瞬间，只觉得整个人三魂六魄已不似自己所有，虽处乱军阵中，危在旦夕，竟是完全失了反应。

她这一失声尖叫，自己不觉，但听在他人耳中，却是极为凄厉。魏冉自她下了马车之后便目不转睛地看着她，见她如此，便急忙从马车中跳出来，哭叫着冲她跑去，"阿姊——"

侍女薜荔眼疾手快，眼见如今楚人已经乱成一团，这一个小小孩童跑过去只怕要被人踩踏，连忙也跟着跳下车抱起魏冉，道："小公子，奴婢抱您过去。"

却说那一声尖叫，惊得芈姝也掀开车帘问道："子歇怎么样了？"

芈月只觉得似过了很久，整个人的魂魄方才慢慢落地，但四肢都已经非自己所有，无论如何也没有办法驱动自己的手足，好一会儿，才慢慢恢复知觉，只一动，整个人都仆倒在车上，五脏六腑俱绞成一团，痛得说不出话来。

在她的感觉中，似是过了很长很长的时间，但在芈姝看来，却见她失声尖叫之后，便愣在那儿，脸上的表情似是痛苦至极。只一瞬，芈月毫不犹豫地跳下高车，又摔倒在地，如此摔了数下，方踉跄着跑到旁边一个侍从那里，夺了他的马与剑，翻身上马，就要冲出去。

芈姝方欲唤她，却见秦将司马康浑身是血地冲进来，道："不好了，这些戎人早有埋伏，他们是冲着楚国公主来的。公主这马车目标太大，我们得弃车而走！”

玳瑁大惊，忙与珍珠扶着芈姝下了马车，问道：“我等一行人即便弃车而走，只怕亦是难以避开，他们还是会冲着公主而来。敢问将军，如何是好？”

司马康道：“前面离武关已经不远，臣当率人引开戎人的主力，余下部众就能够保护公主冲出去。只要我们能多撑一会儿，武关城的守将一定能赶过来。”

玳瑁听他话说得虽满，但黄歇方才也欲引开戎人注意，戎人却终究还是冲着公主而来，只怕司马康纵有此心，也难达到目的。

她转眼看到芈月一脸伤痛茫然的样子，计上心来，忙疾走几步，上前拉住了芈月的马缰道：“九公主，你去哪里？”

芈月看着她，却又似没有看到她，茫然地道：“我去找子歇。”

玳瑁见她如此，知必是黄歇在乱军之中遭受不幸了，忙厉声道：“九公主，公子歇已出事，你此刻冲出去，莫不是要找死吗？”

芈月此时精神涣散，眼神时而呆滞，时而凌厉，听了她这话冷笑，“我只管死我的，与你何干？”

玳瑁忽然跪下，道：“九公主既有此志，何不成全他人？”

芈姝在珍珠搀扶下走过来，听到玳瑁此言，吃惊地道：“傅姆，你在说什么？”

玳瑁道：“现在我们被困在这里，必须有人冒充八公主引开狄戎的主力，最适合的人莫过于九公主。”

芈姝大吃一惊道：“不行，傅姆，你怎可令九妹妹为我冒险！”

玳瑁冷笑一声，“九公主既存死志，如此冲出去，便是轻于鸿毛；若能够保得八公主，待八公主禀告秦王，必当杀尽这些戎人，为公子歇报仇，这才是遂了九公主之意，是也不是？”

芈月漠然转头看着玳瑁，冷笑一声，手中剑指着玳瑁，道：“我不信你。”

玳瑁硬着头皮道：“九公主若愿救八公主，老奴可在九公主面前血溅三尺，让九公主出气。”

芈姝失声道：“不行！”

玳瑁斩钉截铁地看着芈姝道：“八公主，您可是王后，您若有事，我们所有的人都活不成。要么让九公主冒风险，要么我们所有的人一起死。”

芈姝看着外面杀声震天，不禁有些害怕起来，目光游移，道："这……"

此时魏冉也在薜荔搀抱之下跌跌撞撞地跑了来，抱住了芈月的小腿大哭道："阿姊，阿姊，你不要小冉了吗？你不管小冉了吗？"

芈月微一犹豫，玳瑁心中一急，便站起来转头拉住了芈姝，道："九公主不信老奴，可信得过八公主？"

芈姝看了看周围形势，终于下定决心，上前一步道："妹妹，你与子歇是因为护我入咸阳，这才陷身险地，生离死别。不管愿不愿意替我去引开戎人，我以楚公主、秦王后之尊，当在此对天起誓，若有一口气在，定当为子歇报仇，为你雪恨。"

芈月看着芈姝，看着魏冉，看着眼前的一个个人，骤见黄歇落马时的狂乱，心神到了此刻终于渐渐定了下来，心头一片清明，再无犹豫。

她爱怜之至地在魏冉的脸上停留了一下，见到他的小脸上尽是担心和害怕，心头愧疚、不舍、牵挂一闪而过，可是此刻她的心已经是极累极累，累到再也没有一点多余的精力留下。

她再转头看向芈姝，芈姝有什么表情，有什么想法，她并不需要理会，她只是笑了笑道："阿姊，我不需要你为我报仇，我的仇我自己去报。我只求你一件事，我弟弟魏冉就拜托阿姊，我要你保他平安成人，不许任何人伤害他，你做得到吗？"

芈姝心头一紧，张口想要阻止她，但这话却怎么也说不出口，两行眼泪却止不住地落下，她蹲下身子抱住了小魏冉，哽咽道："妹妹放心，从此以后，他便是我的亲弟弟。"

芈月举起剑，忽然一阵狂笑，笑得连魏冉听着都有些心里发寒，只听得她道："子歇因我而死，我岂能独生？我现在就去引开这些戎族，他们若想抓我，我不介意多拉上几个给我和子歇赔命。"

说着，她跳下马，伸手扯下芈姝身上的披风，披在自己身上，便上了芈姝的辒辌车，指着刚才黄歇落马的方向对驭者吩咐道："向那个方向走！"

驭者也不答话，只依吩咐驱车而去。

芈月却卷起了四壁的帘子，不论从哪个方位来看，均可见她一身大红披风，坐在马车之内，但却未见到她手执弓箭，身佩长剑。

司马康手一挥，一名副将率手下围着芈月马车一起冲杀出去，将魏冉的哭喊声、芈姝的呜咽声抛在了身后。

正在激战中的义渠王抬头忽然看见一群兵马护送着最豪华的马车驶离战场，马车里头是一个异常美丽的红衣女子，兴奋地手一挥，道："儿郎们，那个就是大秦的新王后，快随我去把她抓过来！"

顿时，所有的义渠兵马都朝着芈月的马车追去，两边互射弓箭，只是义渠兵所有的箭都避开了那马车中的华衣女子。

几轮射下来，两边互有损伤，很快便短兵相接，但见芈月身边的秦兵一个个地倒地，只剩下驭者还在拼命赶车。

义渠兵到此时竟不敢再射箭了，生怕流矢误伤了这美丽高贵的公主。

义渠王大喝一声，道："让我来！"张弓搭箭，一箭射去，但见那驭者应声滚落车下，马车顿时失控。

义渠王忙骑马追上，眼见离马车已经不远，正松了一口气，忽然车门打开，里头嗖嗖嗖地射了三箭出来。义渠王本远远看到车中只有一个公主，只道必是手到擒来，岂料竟会有此变故。但他反应亦是极快，当下伏身挥弓避打。挡了两箭，忽然只觉得左手臂一痛，却是有一箭擦着他的手臂而过。

他从来不曾吃过这样的亏，不禁大怒，当下催马上前，却见那楚国公主踢开车门，连射三箭之后，便已经跳上一匹马，割断车上的缰绳，控制着马飞驰而去。

义渠王紧紧相追，哈哈大笑，"楚国公主，你不用跑，我不会伤你的。你要再不停下，休怪我无礼了！"

芈月此时满心绝望，存了必死之志，倒也不畏。见这戎人追来，满口胡语虽然听不明白，但看得分明，此人便是害死黄歇的罪魁祸首，此时只一心一意想杀了他。见他亲自追来，内心冷笑一声，袖中已经是暗藏弓箭，等到义渠王追近的时候，忽然一箭射去。义渠王之前中了一箭，早有防备，见到冷箭射来，俯身躲过，却不免牵动左手臂上的伤势，不禁有些痛楚，却更激起了他的兴趣，大笑道："好身手，好泼辣的娘儿们，我喜欢！"

芈月咬牙一箭箭继续射去，却被义渠王轻松躲过，眼看箭袋中的箭越来越少，芈月一狠心将三支箭全部搭在弓上，俯身夹马稳住身形，三箭一齐向义渠王射去，弓弦的反弹将芈月的右手掌指割得满是鲜血。

义渠王带着轻松调笑的态度边追边叫道："楚国公主，你跑不了啦！"这句话他说的却是雅言，以为对方便可听懂，就停下不会跑了。

哪晓得对方确实停了下来，甚至还回头朝他一笑，他不禁也回以微笑，谁知突然间又是三箭飞来，义渠王躲开两箭，第三箭还是擦着他的面颊而过。义渠王脸色一怒，挥鞭加快了速度，此时离芈月已经极近。义渠王手中鞭子一挥，芈月手中的弓被卷走。

芈月不顾右手都是血，拔出剑来，朝着义渠王砍杀过去，义渠王以刚卷到的弓相挡，芈月手中的剑险些脱手。

芈月咬着牙，静静等候时机，却见义渠王一鞭挥来，将芈月连人带剑卷飞到空中，落在了他的马上。芈月伏在马上，一动不动，静待时机，见他松懈，便暗中拔出匕首刺向义渠王。谁知刚刺破一层皮革，她的手就被义渠王紧紧握住。

芈月抬头，却见义渠王冲着她一笑，大胡子下一口白牙闪闪发亮，但见他叹了一口气，道："女人真麻烦。"说着，芈月只觉得后颈一痛，便晕了过去。

第三十二章　义渠王

也不知过了多久，芈月迷迷糊糊的，只觉得一缕强光射进她的眼睛里，让她终于醒了过来。

睁开眼睛，晕乎乎地爬起来时，芈月仍能感受到脖子的疼痛，她一边抚着脖子，一边警惕地张望着四周。只见自己身处于一个帐篷之内，帐内一灯如豆，地下胡乱铺着毛皮毡子。抬头再看向帐篷外面，此时天已经黑了，但掀开帘子，外面篝火正旺，声音嘈杂，人影跳跃，鬼影憧憧似的。帐门口更是有强光映入，显得帐内更黑暗。

芈月先摸摸自己的衣服，发现衣服还是完好的，但身上的佩饰却全部都不见了，不管是手腕上的镯子、手指上的玉韘，还是腰间的玉佩、玉觽、香囊，凡是硬质的或者尖锐的物件都没有了。她再摸摸头上，不仅头上的钗环俱无，便是耳间的簪珥也不见了。至于她原来袖中的小弩小箭、靴中的小刀，更是全无踪影。

芈月暗骂一声，这些戎子搜得好生仔细！却也无奈，再看看这帐篷之中也只有毛皮等物，一点用也没有。她举起手，看到右手上被弓弦割破之处，亦已经被包扎好了。

她在帐篷中坐了好一会儿，耳中听得外头欢笑喧闹之声更响，甚至还有人唱起胡歌来，甚是怪异。想了想，还是决定走出帐篷，先看看外头的情形再说。

她掀开帘子，用手挡了一下光，这才看清眼前的一切。原来酒宴便在她所居的帐篷之外，中间点了一圈篝火，众戎人围火而坐，正在喝酒烤肉、大声说笑，有些喝得高了的人已经在篝火中醉醺醺地跳起舞来。

芈月一走出来，说笑声便停住，所有人都看着她这个唯一的女子。

芈月握紧拳头，看到坐在人群当中的那戎人首领，她顶着众人的目光，一步步走到义渠王面前。

义渠王左臂包扎着，踞在石头上正自酣饮，见她走来，咧嘴一笑，甚是高兴，道："你醒了？"他一张口便是胡语，想了想觉得不对，又用雅言说了一遍："你醒了？"

芈月却懒得与他多说，见他会说雅言，倒也松了一口气，只问道："我的剑呢？"

义渠王哈哈一笑，"俘虏不需要兵器在身。"

芈月只盯着他问："你为何抓我？"

义渠王道："自然是为了钱。"

芈月看看他，又看看他周围这些人，想起白天他们进退有度的样子，起疑问道："你们不像是普通的胡匪，你到底是什么人？"

义渠王饶有兴趣地看着眼前的少女，晃了晃手中的金杯笑道："嘿嘿，你倒猜猜看。"

芈月皱眉道："披发左衽，必为胡族；进退有度，必有制度。北狄西戎，你是狄，还是戎？"

义渠王本是逗逗她的，见她如此回答，倒有些惊诧，道："看来你倒有些见识。"

芈月又猜测道："东胡、林胡、楼烦、白狄、赤狄、乌氏、西戎，还是义渠？"她一个个地报过来，见对方神情均是不变，一直说到义渠时方笑了，心中便知结果。

义渠王点头道："我正是义渠之王。"

芈月便问："义渠在秦国之西，你们怎么跑到南面来伏击我们？"

义渠王指着芈月道："自然是为了你这位大秦王后。"

芈月忽然笑了，笑得甚是轻蔑，"可惜，可惜。"

义渠王道："可惜在何处？"

芈月道："我不是大秦王后，我只是一个陪嫁的媵女。你们若以为绑架了大秦王后便可勒索秦王，那便错了，我可不值钱。”她知道自己被俘，便已经存了死志，就想激怒眼前之人。若教她成为这种戎族的俘虏，倒不如死了的好。

义渠王哈哈笑道：“性子如此强悍，杀人如此利落，见识如此不凡，若非楚国公主，哪来如此心性和教养？你若不是王后，那这世间恐怕没有女人敢居于你之上。”

芈月轻蔑地道：“若是王后，怎么可能只带这么少的护卫，如此轻易落于你们手中？我的确是楚国公主，不过我是庶出为媵，王后是我的阿姊，在被你们包围的时候，我们换了马车，由我引开你们，她现在应该已经进入武关了吧。”

义渠王猛地站起，“你当真不是王后？”

芈月冷笑道：“不错，你也别想赎金了，杀了我吧！”

义渠王看着她，眼中神情似有落空了的失望和愤怒。芈月挑衅地看着他。半晌，义渠王却忽然笑了起来，“好啊，如果秦王不出钱赎你，那你就留下来，当我的妃子吧！”

芈月不曾想过竟有此回答，一时竟怔住了。

义渠王笑问：“如何？”

芈月知他心存戏弄，心头怒火升起，怒极反笑道：“你敢？”

义渠王道：“世间还没有我不敢的事。”

芈月冷笑，“你若敢要我，就不怕有头睡觉，没头起床？”

义渠王一怔，叫道：“喂喂，就算你嫁不成秦王，也犯不着急得连命都不要了吧？你嫁与秦王，一样不过是媵妾之流啊，有必要拼死吗？”

芈月冷笑，“像你这样的狄戎之辈，是永远不会了解我们这样的人的！”说着，甩头转身而去。

义渠王看着她的背影，诧异地问身边的大将虎威道：“你说，这小丫头为什么这么看不上我啊？我有哪点比不上秦王那种老头啊？”

虎威笑道：“那些周人贵女不过是初来时矫情罢了，再过得几日，自会奉承大王。”

义渠王也不以为意，笑道：“好好好，继续喝酒。”

芈月回到帐篷之中，暗中思忖，却是无计逃脱，听得外头酒乐之声正酣，心中越来越烦乱，一时竟不知如何是好。

只是如今手中所有物件都已经被搜走，便是有什么想法，也是枉然。看看眼前这帐篷，正处于义渠王酒宴之后，又恐是义渠王之营帐，胆战心惊地待了大半夜，直至外头酒宴之声已息，人群似各归营帐，亦不曾见有人到来，才略略放心。

此时似已到了凌晨时分，想是营中之人俱已入眠，四下俱静。芈月心头忽然升起一个念头，便再也抑制不住。

凌晨，整个军营人仰马嘶，义渠兵们忙着收拾帐篷，叠放到马车上。

却在这一片混乱中，芈月披着义渠兵的披风，一路避着人，闻着马声而去，果然见群马都系在一处栅栏内。芈月一咬牙，将栅栏打开，放出群马，抽打着群马炸营。果然，义渠兵营乱成一团。

芈月本想借着马群之乱，偷了马乘机逃走，岂知群马炸乱，轰然而出，势如狂潮。她若不是躲得及时，竟差点要被乱马冲踏。

义渠兵已经向此处蜂拥而来，芈月一顿足，转身欲躲到帐后去暂避，不料一转身，便被人抓住了肩头。芈月大惊，正待挣扎，却听得一个声音笑道："我倒当真看不出来，你这小女子竟有这样的胆子，敢炸我的马群！"

芈月转头，见一个熟悉的大胡子，天色虽暗，仍可见他那可恶的眼睛闪闪发亮，笑着露出一口白牙。

芈月待要挣扎，却见他将手指放入口中，呼哨一声，只见那群惊马中竟有一匹大黑马跃众而出，向着义渠王跑来。

这大黑马一跑，竟是带动了数匹马也跟在其后。顿时，诸义渠兵也纷纷醒悟，皆在口中发出呼哨之声，指挥着自己素日惯用之马，一时马群乱象竟渐渐平息了。另有几队义渠兵翻身上马，拿着套马索去追那些跑失的马群。

那大黑马跑到义渠王身边，低头拱他，显得十分亲热，其余数马也跟在其后，安静了下来。芈月心中另有计较，脸上神情却是不变，冷笑道："炸了马群，那又怎样？你挡路抢劫，强掳人口，我为了逃走，施什么手段都是正当的。"

义渠王哈哈一笑，"你以为这样便能逃走吗？"

芈月冷笑，"不试试又怎么知道呢？"正说着，忽然，那边有义渠兵跑来叫道："大王，马群惊了太多，虎威将军控制不住了！"

义渠王便转头吩咐道："再派两队去压住，务必不能让马群跑走……"

芈月见他分神，忽然跳起，跃上那大黑马的马背，用力一抽马鞭，大黑马嘶声前奔。

几个义渠兵张弓搭箭就要射出，却听得义渠王厉声道："不许放箭！"

芈月骑上了马，自觉已经安全，回头向着义渠王一笑道："告辞！"说罢，便控马飞驰而去。

义渠兵正要追击，义渠王却摆手阻止，他看着芈月的背影微笑，笑容意味深长。

芈月在黄土高坡上飞驰，那大黑马甚是通灵，无须她指挥，冲到营口见栅栏跃栅栏，见壕沟跃壕沟，见着人群要围上来，居然兴奋地长啸一声，奔得更快了。

芈月见已离义渠军营，心中暗喜，笑道："好马，快跑，我回头一定给你吃好草料！"

岂料那马载着她一口气跑了数百米，却听得义渠军营中远远传来一声熟悉的呼哨，忽然扭转马身，向着来路飞奔。

芈月拼命拉马缰绳企图控制马，道："别回去，走啊，畜生！"她无法控制住那马的去势，此时那马跑得竟比出来时还快，她想跳马都来不及了。

一口气奔到义渠军营帐外，义渠王已经悠然站在营门口，负手而立，笑得一脸得意。突然，他的呼哨一变，那黑马居然立了起来，芈月本已经全身脱力，此时摔下马来，摔得全身的骨头都似要碎了一般。

义渠王爱抚着大黑马，道："好黑子。"转头却对摔落马下的芈月得意扬扬地笑道："马是我们义渠人的朋友，它是不会被别人驱使就离开我们的。不管被驱使多远，只要打一个呼哨，它就知道怎么回来。你既然喜欢黑子，那黑子就给你骑吧，不许用鞭子抽它，也不许用力勒缰绳。"

说着，又将缰绳扔给芈月，芈月不愿在他面前示弱，咬牙忍痛从地上爬起来，恨恨地看着义渠王施施然地走入营门。

义渠兵上来禀报道："大王，马群俱已经追回了。请问大王，下一步当如何行事？"

义渠王一挥手，笑道："所有的马车全部弃掉，东西放到马背上，能带走的带走，带不走的全扔了。秦人昨天救人，今天一定会派人追击，我们单骑疾行，让他们追我们的马尘去。"

义渠兵们哈哈大笑起来，当下分头行动，一时准备已毕。芈月见他们只将金银珠玉等小件细软之物收拾好，便连整套的青玉编磬也已拆得七零八落。只是芈姝嫁妆中，却有不少铜器，看上去金灿灿的，但分量不轻，尤其是整套青铜编钟和几个大鼎大尊，实在无法放在马背上，便有义渠兵不舍，来问义渠王怎么办。又有芈姝所带的许多书册典籍，俱是竹简，义渠人基本上不识字，又如何会要这些东西？当下也都到处散乱。还有的义渠兵不甘心就此丢弃，竟取了火把来将那些带不走的器物烧掉。

芈月忙厉声阻止道："这些俱是典籍，你们既然不用，便留给秦人，岂可烧毁？"

那义渠兵忙看向义渠王，义渠王不在乎地挥挥手道："不烧也罢。"又指了那些大件的青铜器皿道："这些带不走的，便留给那些秦人吧，他们若要追来，收拾这些财物也要浪费他们许多时间。"

当下义渠兵依命行事，芈月看着那些被拆得七零八落的编钟编磬，恨恨地骂了一声："果是蛮夷，如此暴殄天物，礼崩乐坏！"

她这句话却是用楚语骂的，义渠王听不懂，好奇地问："你在说什么？"

芈月白了他一眼，道："骂你。"

义渠王讨了个没趣，摸摸鼻子，不再言语了。

这些义渠兵的动作果然极快，说收拾便收拾好了，只过得片刻，便可拔营动身了，当下芈月也只得被迫与义渠王并肩骑马行进在马队中间。

芈月举目看去，却见整个义渠人队伍从头到尾，清一色俱是男子，心中诧异。昨日受伏击时，她站在高车之上，明明看到有一队女兵一起伏击的，如何一夜过去，这一队女兵竟是忽然消失了？

她这般沉着脸不说话，义渠王却是闲着无聊要去撩她："喂，小丫头，走了这么久一句话都不说，憋着不难受吗？"

芈月沉着脸道："我只想一件事。"

义渠王道："想什么事？"

芈月怒瞪着他，"想怎么杀了你。"

义渠王听了不禁哈哈大笑，"杀我？哈哈哈，就凭你，怎么可能杀得了我？"

芈月抬头看着义渠王，认真地道："总有一天，我会杀了你的！"

义渠王看着芈月阳光下的脸庞，如此美丽动人，便是说着杀气腾腾的话，也是可爱异常，当下哈哈一笑道："好，我等着你来杀我。"

芈月见他如此无赖，本准备想问他关于昨日女兵的事，也气得不想再提，只低头骑马而行。

一路经行，又过了数日，芈月每每欲寻机会逃走，却总是寻不到机会。

这日一大早又拔营起身，行得不久，便见一个义渠兵骑马过来向义渠王报告："大王，前面发现秦人关隘阻挡前行，我们要冲关吗？"

义渠王看了芈月一眼，笑道："冲过去。"那义渠兵领命而去，义渠王便又对芈月道："你跟我来，我让你看看我义渠儿郎的英姿！"说着，策马驰上前面的一处高坡，芈月亦驱上跟随着他上了高坡，居高临下，看着下面义渠兵和秦兵交战。

但见前面一所关隘处，城门大开，秦军黑衣肃然，军容整齐，列阵而出。对面的义渠兵却是三五成群，散布山野，并不见整肃之态。

但听得秦军一番鼓起，秦人兵车驰出，每车有驾车之御戎、披甲之甲士、执盾之车右及执箭之弓士，轰隆隆一片碾轧过来，似听得大地都颤抖起来。在车阵之后，又有更多的秦人步卒跟随冲锋。

芈月在楚国亦是看过军阵演习，当下心中一凛，只觉得楚人队伍，实不如秦人整肃。但见秦人兵车驰出，在平原之上列阵展开，义渠兵三五成群，漫山遍野地散落。两边开始互射，秦人那边整排的弩弓穿空而出，杀伤力甚是强大，只是义渠兵距离分散，虽然偶有落马者，但多半却也借着快马逃了开来。而义渠人所射之箭，又被战车上执盾之车右抵挡住。

就芈月看来，两边强弱之势明显，却不知这义渠王有什么把握，竟是如此托大。

一轮互射之后，两边距离拉大，此时两边的互射均已经在射程之外了，秦军兵车又继续往前驱动，就在这时，变故陡生。

义渠军中鼓声顿起，义渠骑兵忽然发动急攻，箭如雨下，与此同时，骑兵手挥马刀向秦兵急速冲刺而去。骑兵冲向兵车之间的空隙处，刀锋横扫而过，部分砍翻御戎或者弓士，部分砍在甲士的盔甲或车右的盾牌上被挡回。然而这一排骑兵头也不回地跃过兵车，后一排骑兵继续冲上又一波砍杀。几轮过去，兵车上的秦兵伤亡殆尽，义渠骑兵又对剩下的步兵进行砍杀。秦国大旗倒下，剩下的残兵慌忙退回城中。

芈月见转眼之间，强弱易势，只惊得目瞪口呆，顿时手足发冷，心中只有一个念头：车战已亡，骑兵当兴！车战已亡，骑兵当兴！

义渠人的武器不如秦人精良，军阵不如秦人整肃，可是两边一交手，这骑兵的机动灵活，战车的运转不便，已呈明显的优劣之势。

这一战的战果如此明显，与此城守军战车太少亦是有关，若是战车更多一些，料得骑兵也不能胜得这么轻易。可是若论战车以及车阵的军士之成本，却是大大高于骑兵了。芈月自楚国来，心中有数，便是如此城这般的军车车阵，亦已经是难得了。若是骑兵遇上步卒，那当真是如砍瓜切菜了。

芈月骤然升起一个念头，若能够以秦人兵甲之利和军容整肃，加上义渠人的骑兵之术，那么只怕就凭这数千骑，亦可以纵横天下了。

她在那里怔怔地出神，义渠王却甚是得意，道："小丫头，我的骑兵如何？"

芈月猛地回过神来，心中暗暗嘲笑自己当真异想天开，便纵有这样一支铁甲骑兵，又与她何干？她便是有这样一支铁甲骑兵，又能做什么？难道她能称王不成？还是……如这野人自称的，凭着手中刀、胯下马，驰骋天地，无拘无束逍遥一生？不禁心中苦涩，若是黄歇还在，她所有的梦想便都是美梦，可是如今黄歇已经不在，余生她不过是在生与死之中衡量罢了。

当日她亲眼见黄歇中箭落马，在乱军蹄下，岂有生理？万念俱灰之下，她再无生的意志，只想求死。可如今一旦未曾死成，她亦不是那种矫情之辈，非要三番五次寻死不可。既然大司命让她还活着，她便要做活着的打算。她要想方设法逃离这些野人，回到咸阳找小冉，回到郢都找小戎，如今世上只有她们姐弟三人，那是无论如何不能再分开的。

见她回神，一边的义渠王便得意地道："如何？"芈月倔强地扭过头去，冷笑一声。义渠王很感兴趣地逗她道："喂，小丫头，你看看，我们义渠人，可比秦人强？反正你嫁到秦国也不能当王后，还不如留在义渠，嫁给我也行。我也是义渠之王啊，不比大秦之王差啊！"

芈月懒得理会他，"哼，自吹自擂，狄戎之人也敢称王，谁承认？谁臣服？义渠自己还向大秦称臣呢。"

义渠王一怔，倒对她有些刮目相看，便道："咦，看来你这小丫头知道得不少啊！"他沉默片刻，叹了一口气，情绪也低落了下来，"不错，三年前我父王去世，部族内乱，秦国乘机来袭，我们不得已称臣。可是那只是权宜之计，等我们休养生息以后，我们就有足够的牧人和马匹，我的武士比秦人更强悍，总有一天，我会让秦人向我称臣的！"他说着说着，倒振奋起来，说到最后，话语中满是自负。

芈月一怔，仔细看他的模样，初见他时只看到一脸的胡子，说话也粗声粗气，看上去似比实际年龄更大些，然而细看他的脸，尤其是眼睛，再细听他的声音，竟似是变声未完，方猜测他的年龄并不大。如此一来，不知何故竟去了畏惧之心，更是见不得他得意，忍不住要刺他一刺："虽然你小胜一场，可若是他们不出关迎战，你们想要攻城，却没那么容易。"

义渠王得意地道："我们是草原之子，天苍苍野茫茫，尽是我们的牧场，何必要关隘城池？"

芈月见着蛮夷无知无术，忍不住道："哼，蛮夷就是蛮夷，头脑简单。你知道什么叫轻重术？什么叫盐铁法？"

义渠王怔住了，问道："那是什么？"

芈月便不回答，所谓轻重术、盐铁法，便是当年管仲之术。管仲当年在齐国，推行"尊王攘夷"，实有许多对付戎狄之人的招数。只不过……芈月心中暗想，我又何必教你们知道呢？

义渠王听她说了一半，便不说了，满肚子好奇，便道："哼，你们周人能有什么办法对付我们？当真笑话了，哈哈……"

芈月见他狂妄，忍不住要打下他的气焰来，道："别以为仗着兵强马壮就得意，你们没有关隘城池，就不能储备粮食，交易兵器。一遇灾年草场枯死，牛马无草可食就会饿死，再强大的部族也会一夕没落！"

义渠王转头瞪着芈月厉声道："你怎么知道？"

芈月先是一怔，然后明白过来，道："草场受灾。你们明明大败一场投降称臣，却还要不顾危险来劫持王后，就是想要挟秦人以换取你们部族活命的粮食。"

此言正中真相，义渠王沉默良久，方叹道："不错，我们义渠本是草原之王，自由放纵于天地之间，纵横无敌。可惜却因为隔三岔五的天灾，草原各部族为了争夺草场而自相争斗，有些部族为了得到粮食，还不得不受你们周人的驱使，甚至隶从于两个不同的国家自相残杀。"

芈月来不及纠正他把自己称为"周人"，只敏锐地抓住他刚才的话道："你刚才说，受人驱使？难道你这次伏击我们的事，也是受人驱使？"

义渠王嘿嘿一笑，道："你想知道？"

芈月听得出他话语之中的撩拨之意，恨恨地看他一眼，拨转马头向前走去。

义渠王却来了兴趣追上她，道："喂，你想知道吗？"

芈月沉着脸不说话。义渠王却继续逗她，道："如果你答应嫁给我，我就告诉你。"芈月白了他一眼。

义渠王去拉她，"你说话啊……"芈月一鞭子打下，却被义渠王抓住鞭子。两人用力争夺，义渠王一用力，要把芈月拉到自己身边来。两马并行，芈月拼命挣扎、推搡中，忽然听得咚的一声，义渠王怀中似有金光一闪，有一枚东西自他的怀中落下，先落在刀鞘的铜制外壳上撞出一声脆响，然后滑落在地。

芈月闻声看去，义渠王已经是脸色一变，用力一抽鞭子，挥鞭卷住那东西。芈月见他自马背上另一边低头拾物，这一边刀鞘却正在自己眼前，便乘混乱中拔出义渠王的刀子。

义渠王抬头吓了一跳，忙阻止道："喂，你要干什么？别乱来。"

芈月恨恨地看着义渠王，道："你别过来，你再过来我死给你看！"

义渠王道："我不过是把你抓来，又没对你怎么样，你干吗要死要活的？"

芈月手执刀子，脑海中却是一片混乱，她无时无刻不在想着如何反抗，如何逃走。可她逃过一次死过一次以后才发现，自己一个孤身女子，在这群狼环伺中想要逃走，当真是难如登天。欲认命，又不甘心。看到义渠王的刀，拔刀，是一种本能的反应，可是拔了刀又能够如何？杀了义渠王吗？她没有这个能力。自杀吗？却又不甘心。冥冥中似有一股力量，教她不能逃避，不能就此罢休。从小到大，她苦苦挣扎、思索，用尽一切能力只求能活下去，求死是一瞬间的绝望，但求生却是十多年的本能。

可是经行这数日，眼看越来越近义渠王城，她心中亦越来越悲凉。当初在楚宫能够挣扎着活，是因为有亲人有期望有目标有计划，可是如今若当真去了义渠王城，难道她还能够在这些野人当中生活下去吗？她既没有报仇之能，又没有逃脱之力，只有眼睁睁地看着自己堕入无尽悬崖的绝望，实是不能支撑。

抬头看义渠王一脸焦急，却又不敢上前的样子，心中大悦，冷笑道："我本来就没打算活着。你杀了子歇，我若不能杀了你，就跟他一起去也罢了。"她说完横刀就要自刎，却被暗暗潜到她身后的虎威一掌击晕，刀子只在她脖子上轻轻地划了一下。义渠王接住芈月，朝虎威赞许地点头道："虎威，做得好！"

只是他看着怀中的少女，心中却有些犯难了。塞上少年成家早，他身为义渠之王，自然早早有过女人。只是他所见过的女人，或慕他威名，或畏他王权，或爱他富贵，只对他争相取宠，或顺从听命，从来不曾见过这样无法驯服的女子。可偏偏这个女子，却是他平生第一次产生"势在必得"兴趣的人。

想了想，他还是将芈月放到了自己马上，道："速回王城，我要见老巫。"

老巫便是他族中巫师，义渠王从小由他教育长大，敬他如父如师，有了什么疑难之事，便要去找他询问。三年前他父亲去世，叔父夺位，他一介少年，虽然名分已定，又骁勇善战，但若无老巫相助，亦不能这么容易坐稳王位。

一路疾行，回到了义渠城，义渠王将芈月交与侍女宫人照顾，自己便大步闯入老巫的房中。

老巫见着他的王从外头风风火火地进来，皱纹重叠到已经看不出表情来的老脸上也有了笑意，说道："王，此番伏击秦国王后，可还顺利吗？"他与义渠王说的，却又是义渠老语，便是如今义渠部落里听得懂的也不甚多了。

义渠王劈头就问道："老巫，你知道什么叫轻重术？什么叫盐铁法吗？"

老巫怔了一怔，在义渠人眼中，他是无所不能、几近通灵的半神，可是他纵然知道草原上所有的事情，但对于数百年前远在大海那头的齐人旧典，却当真是不知道了。他摇了摇头，问道："王，你这话是从哪里听来的？"

义渠王亦料不到老巫竟也有不知道的事，诧异道："唉，原来你也有不知道的事啊！"

老巫又问。义渠王便一五一十地把伏击秦国王后，误抓媵女，又喜欢上那媵女，却不知道如何着手的事都说了。

见着眼前的少年一脸苦恼地坐在自己面前讨着主意，老巫心中也闪过一丝久违的温情。草原上的草一年年地新生，一代代草原的少年，春心也开始悸动。

老巫的脸上笑容更深了，道："这是好事啊，王不必苦恼。这是草原上万物滋长、牛羊新生的道理。小公羊头一次，也是要围着小母羊转半天找不着缝儿的。人也要走这么一遭，这跟你是不是王、丢不丢脸，都没有关系。"

义渠王满腹的委屈、惶恐和羞窘得到了安慰，又问老巫道："那我又当如何才能够教她喜欢我呢？"

老巫呵呵地笑了，"这就要看你自己了。老羊再着急，也不能替了小羊去求欢。"

义渠王一把大胡子也盖不住脸上的羞红，站起来跑了。

看着他的背影，老巫呵呵地笑了。

第三十三章　狼之子

芈月再不情愿，却无奈，只得住进了义渠王城。义渠王拨了两个侍女来服侍她，一个叫青驹，一个叫白羊。那两个侍女能说些极简单的雅言，借以手势比画，居然也能跟她进行基本交流。

芈月满心警惕，只计划进了王城以后，要如何防备义渠王的无礼。不料进了王城之后，义渠王似事务繁忙，根本没有时间理会她。她试着打听情况，那侍女便说如果她觉得闷了，可以让她们陪着四处走走。

于是，这几日芈月便以散心解闷为名，在义渠王城到处行走，试图找到逃走之路。只是几日打探下来，她便有些垂头丧气。这义渠王城修于山隘，只在前头略修了一些城墙栅栏，里头却是一个大山谷，再往里走，便是一片大草原了。若要去秦城，起码有几日的马程，但是这一路上野狼成群，若是单身上路，便是义渠的勇士也是有所畏惧的。

怪不得义渠王肯让她四下走动，不怕她逃走，想来是让她彻底死心吧？但就算这样，她也不爱待在王帐中，仍然喜欢到处走动，观察着草原的情景。

虽然就一个楚国公主的眼光看来，这些人野蛮粗俗，浑身油腻，可是奇怪的却是许多人脸上带着笑容。她知道此时冬日将至，草场枯萎，义渠上层已经为今年如何过冬在不顾一切地铤而走险，但普通牧民明明缺衣少食，三餐不继，却仍然牧歌嘹亮，兴起跳舞。

芈月走在草原上，但见远处草海起伏，近处牛羊成群。她转到西边，却听得远处隐隐地传来鞭打声、喝骂声。

芈月诧异道："这是什么声音？"

白羊却道："贵人不必理会，那是他们抓住偷羊贼了。"

青驹却是知道情况的，诧异道："咦？他们抓住那个偷羊贼了吗？"

芈月问青驹："你也知道此事？"

青驹便道，此处前些日子经常丢羊，而且看踪迹像是被狼叼走的，只是牧民们把所有防狼的手段都用上了，却处处被破坏，都说那简直是野狼成精了。

芈月来了兴趣，便道："我们进去看看。"

三人走过去，但见一群牧民围住了一个跳跃异常迅速的动物正在喊打喊杀。芈月定睛看去，大吃一惊，原来那不是什么动物，竟是一个披着羊皮、行动却似狼一样的男孩子，看那样子，似与魏冉差不多大小，但却吼声似狼，动作也如狼一样四肢着地，张着大嘴跳跃来去，三分似人，七分似狼。

青驹听得牧民们议论，原来牧民们数次丢羊，竟是这个男孩指挥着狼群破坏陷阱，偷走羊群。而且不但偷羊，还大肆破坏，带不走的羊也被咬死了丢在羊圈里。

今年因为天灾，本来就收成不好，牧民们指着这些羊度过青黄不接的时光，遇上这样的破坏，岂不恨得狠了？当下一群牧民使尽办法，埋伏了数日，这才将这狼群困住。不料那男孩凶悍异常，不但抓伤打伤了许多人，还将大部分的狼都放跑了。只是他自己却逃跑不及，被牧民们困住了。

但见那男孩躲着人群的鞭子，一手抱着一只狼崽子，另一手拿着一块血淋淋的羊腿用力啃咬，倒像是知道此番情景无法幸免，要撑着先吃个大饱。

只是那男孩虽然又凶悍又狡猾，但毕竟是个未成年的孩子，且寡不敌众，又如何是这数十牧民的对手？他咬伤抓伤数人之后，终于被抓住，他怀中的狼崽子也被牧民抓过来，狠狠地往地上一摔。

男孩怪叫一声，不顾一切地扑上去咬住那牧民的手，那牧民大叫起来。其他人围上来打那男孩让他放开手，男孩却仍然咬住不放。

一个牧民急中生智，掐住了那男孩的咽喉，那男孩喘不过气来，不由得松了嘴。那被咬住的牧民这才解脱了手，只见他的手血淋淋的，一块肉被那男孩咬了下来，半挂在手上。那牧民大怒，芈月虽听不懂他说什么，想来必是咒骂之声，或者让人替他向那男孩报复回来。但见众牧民一拥而上朝着男孩乱打，男孩蜷缩在地上，发出野狼般的号叫声。

芈月本不想管这些事，然则见那男孩倒在地上奄奄一息，原来高声的号叫已经变成破碎的呻吟，听着无限可怜。她心念着弟弟芈戎和魏冉，心中一酸，不如为何，这男孩的身影竟似与两个弟弟重叠起来，忍不住道："住手！"

牧民们正打得兴起，又听不懂她的话，哪里管他。芈月一急，就要冲上前去拉开一个牧民，被那牧民一甩，险些撞飞出去。幸好白羊上前及时扶住了她，青驹便以义渠语道："你们大胆，竟敢冲撞贵人！"

牧民们听得青驹之言，方大吃一惊，扭头一看，见三人服饰华贵，连忙垂手退到两边行礼。芈月疾奔过去，但看到那男孩躺在中间浑身是血，忙上前蹲下察看，却见他整个脸都被污血盖住，瞧不清面容，一拉他的手，软软的，应该是手臂被打得骨折了，再看他痛得缩成一团，想来身上亦不知道被打断多少根骨头。

芈月心中愤慨，斥道："你们也太狠心了！他不过才这么大一点的孩子，你们居然下这样的狠手！"

牧民叽里咕噜地说了一串话，青驹忙道："贵人有所不知，他们说，这个狼崽子一直在我们这里偷羊，还带着狼群咬伤了我们很多人。他既然要做狼，我们就应该把他当狼一样杀掉。"

芈月低下头去看男孩，见男孩虽然痛得缩成一团，全身已经无法动弹，见芈月靠近仍如小兽一般龇着牙发出恐吓的低吼，似是甚为恐惧生人的靠近。只是他用力吼得一两声，便有一股血从他的鼻子中涌了出来。

芈月见他警惕性甚高，想起黄歇对她说过的驯鹰驯马驯狗之术，当下盯着男孩的眼睛放缓了声音，先摊开双手，再将掌心朝着那男孩示意，道："你看，我手里没有武器，不会伤害你的。"

那男孩盯着她看了好一会儿，眼中仍是警惕之色。芈月的眼神和男孩的眼神僵持了一会儿，男孩似乎感受到了芈月的善意和坚定，眼神中狼一样的光芒渐渐暗下来，他发出了低低的呜咽之声，眼中的恐惧和凶狠之色渐渐收了。芈月又缓缓地边说边以手势示意道："我，带你走，治伤，不会伤害你的，你可愿意？"她亦不知道，自己的话那男孩是否能够听懂，但她的手势、她的语调，应该能把她的意思传递出去吧。

芈月伸出了手，把手停在那男孩的手掌边，却没有用力。那男孩瞪着她半天,以他的性子,若是身上未曾受伤,或者能跑能动,早不理会她了,只是如今却实在是伤重至极,本已闭目待死,如今见有人示以善意,虽然照他以前的经验来说,是半点也不肯相信,然而垂死之际,求生的本能战胜了一切。他当下便咬牙忍痛努力抬高了手,将自己的手放入眼前这女人的手中,忍着想往这只手抓一把或者啃一口的欲望,缩起了爪子。

芈月欣喜,又缓缓地道:"那么,我把你带走了。"说着上前,用力抱起那男孩。

她见那男孩身量与魏冉相仿,因此用素日抱魏冉的力气抱起他来,不想那男孩体重却比魏冉轻了不少,手中满把尽是硌人的骨头,心中怜悯之意更甚。

那群牧民见她抱起了那男孩,满心不忿又不敢反对,顿时嗡嗡声大作。

芈月便示意白羊摘下头上的发簪递给牧民,道:"这支簪赔你们的损失,够不够?"

牧民接过簪子,不知所措地看向两名侍女。

青驹哼了一声,道:"这支簪子抵得上你们损失的十倍呢,还不快收下?贵人可不会把这点钱放在眼里。"

牧民连忙低头应声道:"是,是。"

芈月抱着那男孩走出人群,青驹嫌那男孩浑身泥污血迹,但见芈月身材娇小纤细,实不敢教她一直抱着那男孩,忙道:"贵人,还是让奴婢来抱他吧。"

芈月见青驹伸出手来,那男孩便往里一缩,知他对其他人还不信任,当下道:"不碍事的,他也不重。"

青驹无奈,只得叫白羊去叫了车来。芈月抱着这男孩,直到马车到来时,已经抱得整个人都微微颤抖起来,却终究还是没有把那男孩交给青驹抱着。

那男孩伏在芈月怀中,他虽然野性难驯,然而野兽般的直觉却是比常人更灵敏许多,见这女子明明都抱不动自己了,还恐自己惊着,不肯交与别人,心中倒有些触动。他并不把她救他的事放在心上,然则这份关爱却让他默默地记在了心上。

芈月便带着那男孩回了王宫。那男孩此时已经变得异常驯服。芈月顾不得自己更衣,先坐在一边安抚着他免得他惊吓,这边青驹、白羊便将那男孩剥光洗净，并洗了伤口上了药。

那男孩见有人替他更衣洗澡，又开始如落入陷阱的小兽一般挣扎嘶叫，芈月只得在旁边一遍遍地劝着。那男孩似是听到她的声音，情绪才能得到安抚。好不容易伤口包扎完毕弄得妥当，那男孩的肚子却发出咕噜噜的声音，青驹和白羊都笑了。

芈月知道他必是饿极了，便叫白羊送上肉汤和饼子。那男孩像狼一样飞扑过来，抢过一个烤饼又缩回角落里飞快地啃咬着，很快就呛住了，连连咳嗽。

芈月连忙将陶罐里的肉汤倒在碗里递到男孩的嘴边。男孩仍然带着些警觉地看着芈月，却没有出手反抗，顺从地被芈月按着喝下了汤，咳嗽声渐止。等他吃饱喝足，便沉沉睡去。

青驹和白羊方劝芈月去沐浴更衣，芈月此时也浑身是汗，便去沐浴。刚刚出浴，在那里由白羊给她擦干头发，便已经听得外头那男孩的狼吼。

芈月一惊，也来不及绾发，连忙披散着头发，披着袍子便赶到那男孩的居所。却见那男孩已经爬到了房间口，在地上滚得一头灰，身上的伤口也撞裂了，渗出血来。

他之所以没有爬出去，是因为他旁边蹲着义渠王，正饶有兴趣地按住了他。芈月细看，却见他按得却是甚有技巧，没有让那男孩惊恐之下继续乱挣乱动，加重伤口。

只是他身形高大，相貌威武，蹲在那男孩身旁如同一头大熊，两人的体形显得极为悬殊。那男孩又是野性太重，小兽般的直觉让他觉得这是个可怕的敌人，被他按住挣扎不得，更是惊恐地号叫起来。

芈月疾步走到旁边，瞪了义渠王一眼，连忙安抚那男孩道："不怕，不怕，他不是坏人，不会欺负你的……"

义渠王扑哧一笑，"如今你知道我不是坏人了，不会欺负你了……"

芈月白了他一眼，只觉得这人殊为可厌，明明晓得自己不过是安抚这个孩子罢了，竟这么顺杆而上，实在是很不要脸。

义渠王只觉得她这一眼瞟来，似嗔似喜，实是风情无限，不禁看得呆住了。见芈月只管安抚那个男孩，却不理自己，不免有些吃醋，伸出手指挑起那男孩的下巴，道："就这么个小崽子，跟狼似的，你怎么就看上了？"

芈月安抚着因为义渠王的动作而显得不安的男孩，道："他跟我弟弟一样大，我弟弟若是无人照顾，可能也会像他一样……所以爱屋及乌罢了。”

义渠王见那男孩只会“啊啊”吼叫，诧异道：“他不会说话吗？”

芈月摇头，“我见着他时就这样了，也不晓得能不能说话。”

义渠王一拍膝盖，道：“不如带他给老巫看看。”

芈月诧异道：“老巫是谁？”

义渠王道：“老巫是我族中最通灵之人，他无所不知。把这孩子带去给老巫看看吧，说不定能有办法。”

当下两人把那男孩带到老巫处。老巫亦住在王宫中，他房内挂满了各种面具、骨头、羽毛、法杖等器物，显得十分诡异。听到义渠王的声音，老巫便从一堆诡异的器具中探出头来。芈月见他满头白发，手如鸡爪，看上去似活了非常久，老到不能再老，但一双混浊的老眼里却仍透着精光，心中也有些害怕。

义渠王与那老巫叽里咕噜地说了一通义渠话，那老巫便伸出鸡爪般的手，把那男孩揪过来，按着男孩，不停地又拍又按。别看他一副老得几乎要入土的模样，但那男孩在义渠王手中还能够挣扎几下，到了那老巫的手中，却是只能“啊啊”地低吼，根本无法挣脱。

老巫在那男孩身上按了半日，又拉开他的嘴巴，看他的咽喉，还掐着那男孩迫使他发出奇怪的声音，最终还是松开了手。那男孩被他这一折腾，解脱之后一下子蹿到芈月身边，一头扎进芈月怀中不敢抬头。

芈月关切地问义渠王：“你问问老巫，他怎么样？还有救吗？”

老巫“啊啊”地说了一大通谁也听不懂的话，义渠王忙又将那男孩身上原来的东西递给老巫，却是几颗狼牙，不知从何处得来的半块玉佩，又有一些零碎的牛角扳指、半截小刀等物。老巫拣看了一会儿，又抬起头来，向义渠王说了一通。

义渠王便解释道：“老巫说，他很聪明，晓得人的习性，所以一定是从小被人养大的，并不是生长在狼群里。可能就是这几年跟狼一起生活，所以忘记怎么说话了，只要放到人群里教养，还是能跟普通人一样的。”

芈月松了一口气，不由得双手合十，道：“大司命保佑，我还真怕这孩子改不过来呢！”

义渠王见她似是真心喜欢这个男孩，心念一动，道：“既然能够改得过来，不如当真就收养了这个狼崽子吧！”

芈月听了他这话，第一次赞许道："甚好，那我就收他为弟弟。"她正思索着，那男孩想是有些感应，抬起头来。两人相处才半日，此时这个野性未驯的孩子看着她时，眼中竟已有些依恋。芈月轻抚着他的小脑袋，道："我给你起个名字吧！不如就叫你'小狼'如何？"

男孩抬起头来看着芈月，满是不解。

芈月便指着男孩道："小狼，你叫小——狼——"又指指自己道，"我是你阿姊，叫我阿——姊——"

芈月教了他好一会儿，那男孩却只是直愣愣地看着她，一点儿反应也没有。

义渠王插嘴道："这孩子简直是半个狼人，哪有这么快就能教会他说话？还得要老巫来训练他才行。放心吧，这孩子将来我跟你一起养。"

芈月白他一眼，真是懒得理会这自说自话的人。

义渠王见她不搭理，他也是少年心性，不禁有些恼了，道："喂，你就安心留在义渠吧，难道你还想嫁给秦王吗？"

芈月冷笑道："谁要嫁给秦王了？我要带着我的两个弟弟去齐国。"

义渠王奇道："你为什么要去齐国？"

芈月沉默良久，才悠悠道："因为黄歇想去齐国，他想去稷下学宫，跟这个世界上最有学问的人一起，探寻世间的大道。就算他如今已经不在，我也要完成他的遗愿，替他去他未曾来得及去过的地方。"

义渠王气得站起来，愤愤地道："不识好歹的女人，哼！"说着一甩帘子走了出去。他这一去，纵马行猎以解闷，便有数日再不去找那芈月，心想我也不理会你，让你自己惶恐了，无助了，下次见了我，自然要讨好我。

只是他纵然在外，心中仍然挂念芈月，撑了好几日，终究还是自己先按捺不住性子。眼见冬日将至，见猎到几只红狐，毛皮甚好，便叫人硝好，兴冲冲地叫侍女拿着准备去寻芈月。原是以要为她做件冬衣为借口，自己想想觉得理由甚好，又可搭得上话，又可讨好她。只是他方准备去寻芈月，便见亲信的大将虎威匆匆地从外面而来，向义渠王行礼，道："大王，秦王派来使者，要跟我们谈赎人的事了。"

义渠王诧异道："什么？秦王真的派人来赎她？"

虎威道："正是。"

义渠王想了想，道："叫上老巫，我们一起去见那个秦国使者。"

王帐内，义渠王高踞上首，老巫和虎威分坐两边，叫了秦国使者进来。却见外头进来两人，深作一揖道："秦国使者张仪、庸芮见过义渠王。"

义渠王只识得庸芮，便道："我们与庸公子倒是见过，这位张仪又是什么人？"

庸芮便介绍道："张仪先生是我王新请的客卿。"

义渠王点头，也不客气，直接问道："但不知两位先生来此何事？"

张仪进入帐内，便举目打量四周的一切。他眼睛是极毒的，一眼看出虎威是个有勇无谋的莽夫，义渠王虽然长着一脸大胡子，年纪却甚轻，唯有坐于一旁那老到快进棺材的老巫，倒是个厉害角色。可惜，越是这等活得太长、算计太多的老人，做事越有顾忌。他来之前，便已经打听到义渠今年天灾，冬季难过。当下也不待庸芮说话，自己先呵呵一笑，道："义渠如今大祸临头，我是特地来解义渠之危的。"

这等"大王有危，须得求助吾等贤士来解救"的开口方式是六国士子的常用套路，列国诸侯被唬了数年，已经有些免疫力了。义渠王却不曾听过，当下竟是怔住了，好一会儿才像看精神病人一样看着张仪，诧异道："但不知我如何大祸临头？"

张仪抚须冷笑道："三年前的义渠内乱，大王虽然在老巫的帮助下得了王位，可您的叔叔似乎还逃窜在外吧？"

义渠王道："哼，那又怎么样？"

张仪道："听说今年草原大旱，牛马饿死了很多，恐怕接下来就是义渠的头人、牧民和奴隶要受灾了吧？不知道今年冬天，义渠王打算怎么渡过这个难关。"

义渠王"哼"了一声，道："这是我们义渠的事，不劳你们操心。"

张仪道："本来义渠毕竟是大秦之臣，所以如果向大秦求援，大秦也不能不管义渠。可惜的是义渠王受了奸人摆布，去攻击大秦王后的车驾，实在令秦王大为恼怒。若是此刻外有秦王征伐，内有牧民遇灾，岂不正是您的王叔重夺王位的好时候？义渠王毕竟年轻，在义渠部族里，您的王叔更有威望啊。"

义渠王霍然站起，道："这么说，秦人是要助我王叔与我为敌了？"

张仪拈须微笑，"也无不可。反正义渠谁当大王都与我秦国无关，重要的是怎么安排于我秦国更有利。"

义渠王道："那我就让你们看看，谁才是义渠真正的王！"

虎威也跳了起来，道："有我在，我看什么人敢与我大王作对！"

老巫按住暴怒的义渠王，叽里咕噜说了一大串，义渠王渐渐冷静了下来，对张仪不屑地道："哼，秦国现在内外交困，根本无力顾及我义渠，否则的话，来的就不是你一介书生，而是十万大军了。"

张仪呵呵一笑，道："老巫果然精明，怪不得我来之前就听人说，义渠真正做主的乃是老巫，失礼失礼！"

义渠王道："哼，你这种挑拨太幼稚。我视老巫如父，不像你们周人见别人出色就当钉子一样拔掉的小人。说吧，你们肯出多少钱来赎那个女人？"

张仪道："我此行并非大王所派，乃是因为我们新王后舍不得她的妹妹，所以派我当个私人信使，备下一些珠宝，以赎回公主。"

义渠王看向老巫，老巫又叽里咕噜说了一串，义渠王便道："珠宝不要，我们要粮食。"

张仪看了庸芮一眼，庸芮会意，道："粮食可不易办啊。要粮食，可得大王恩准。"

张仪又打圆场道："不知道义渠王能拿出什么样的条件来，让大王允准卖粮食给您？"

义渠王转向老巫，老巫又说了一通。义渠王转头道："我们义渠人不能出卖朋友，所以我不会告诉你是谁让我们劫车驾的。但是如果秦人真心想跟我们交易，我可以保证十年之内，义渠不会跟秦王作对。"

张仪道："就这一句？"

义渠王冷笑道："你还想如何？我们义渠人真心保证，可是一口唾沫一个钉，绝不会变。"

张仪道："善。那王后的妹妹呢？"

义渠王看了老巫一眼，忽然笑了，道："那个女人我不换，我要留着给自己当王妃。"

庸芮急怒道："你……岂有此理！"

张仪忙按住庸芮，"少安毋躁。"却又抬头，并不说话，只看着义渠王，心中掂量着。

义渠王又道："至于上次劫到的其他东西，为了表示跟大秦的友好，都可以还给你们。但是我的孩儿们总不能白跑，给点粮食当饭钱总是要的吧？

你们也别介意，那些珠宝真拿到赵国邯郸去，换的粮食自然会更多。”

张仪目光一闪，笑道：“我张仪初担大任，若是连王后交代的这点事也办不成，岂敢回去见王后？此次若不能赎回楚国公主，那么咱们方才的交易就一拍两散，我这就回去，您就当我没来过。今年义渠人若是过不了冬天，又或者令王叔找上大秦，也跟我张仪无关了。”

义渠王转头和老巫又叽里咕噜地说了几句话，忽然愤怒地站起来，走了出去。

张仪怔在那儿，看看老巫，又看看虎威，诧异道：“这是怎么回事？”

他却不知，义渠王愤怒而去，乃是因为老巫竟也劝他顺从张仪的建议，将芈月还给秦国，以取得赎金。

义渠王自幼便为王储，这辈子无人不遂其意，唯一的挫折不过是三年前老义渠王去世，他年少接掌大位，众人不服，费了好几年才坐稳这个位子。然而他天生神力，在战场上更有一种奇异天赋，这让他在镇住部族时也顺利了许多。又因为位高权重，加上老巫惯宠，便有一些未经挫折的自负和骄傲。

他平生第一次喜欢上一个女子，却不见这女子为他所动。本以为人已经抓来了，慢慢地磨功夫下去，美人自然会属于他。谁晓得自觉刚有点起步，秦王居然会派人要夺走她。

一刹那，满心的愤怒盖过了他所有的理智，他本想像往日一样向老巫求援，在他的想象中，老巫也应该会像以前一样有求必应，会帮他想出许多办法，把那个该死的多事的秦王使者赶走。可是为什么，一向宠爱他惯着他的老巫居然也会劝他放手？劝一个义渠勇士放弃自己心爱的女人，而去向那被视为敌人的秦人低头？这实在是他不能接受，更不能忍受的！

他与老巫发生了争执，可是老巫的话比那冬天的寒风更加凛冽。他说他是义渠的王，就应该为义渠付出和牺牲，一个女人，如何比得了那能够让一族之人度过冬天的粮食？如何比得了族群的生存和传承？

他愤怒，他惶恐，他无奈，他一刻也不能再待在那个大帐里了！他不是那个大帐里的王！王不应该是让所有的人听从于他吗？为何那个大帐里所有的人都在逼迫他？他不服，他不甘，他还抱着最后一丝希望！他要亲自去问那个女人，如果在她的心中，有一点点他的位置，有一点点想留下来的想法，那么他就算和老巫翻脸，和秦国人翻脸，也一定要留下她。

芈月此刻正耐心地教小狼说话："叫我阿——姊——"她已经努力了好几天，却是徒劳无功，青驹和白羊都懒得理她了，连一向野性未驯的小狼，此时也不再畏惧地蜷缩在角落里，只是一脸无奈地坐在芈月对面，看着芈月。他也试过，只能发出一声"阿"来，那个"姊"字却是无论如何也发不出来。

可芈月闲极无聊，非要把这个当成一件正经事来做，每天只追着小狼给他擦洗伤口，换药，教他说话，教他如何在日常生活中脱去狼的习性，学习人的行为方式。

小狼反抗了几日，又不理不睬了几日，终究拗不过她的努力，只能一脸无奈地任她摆布。

不料义渠王却忽然疾风骤雨般冲进来。小狼虽然在芈月面前十分顺从，但对别人仍然保持了一定的小兽性子，此刻义渠王一进来，他便觉得他身上的气息不对，一惊之下便蹿起来跳到角落里，又缩成一团，摆出防御的样子。

芈月见他一来就捣乱，不悦地道："你干什么？"

义渠王一把抓起芈月的手，道："只要你一句话，我就去回绝秦人。你告诉我，你喜欢我，你愿意留下来。"

芈月道："鬼才愿意留下来呢……"忽然觉出他的话中意思来，惊喜道，"你说秦国派人来了？是来救我回去吗？"

义渠王本是抱着最后的希望而来，听她居然还这样说，不由得又伤心又愤怒地道："你这个女人没有心吗？我这么对你，你居然还想去咸阳！"

芈月昂首直视他，道："当然，我弟弟还在咸阳呢，我为什么不去咸阳？我就不留在这儿，我就是要回去！"

那缩在一边的小狼听到芈月说到"弟弟"二字，这几日他听得多了，只道是在指他，见芈月与义渠王剑拔弩张的样子，顿时又蹿回来，蹭回芈月的身边，芈月爱抚地摸了摸他的头顶。

义渠王正一肚子怒气无从发泄，看到她居然对一个狼崽子这般满脸温情，对自己却尽是嫌弃之意，不由得怒上心头，指着小狼道："你能走，他不能走！"

芈月气愤地道："为什么？"

义渠王冷笑一声，心中方找回一点得意来，道："不为什么！我是大王，我说了算。"说罢，一昂首，不顾芈月的愤怒，又冲回大帐，拉起张仪，道："一百车粮食，换那个女人！”

张仪面不改色地道：“二十车，已经是极限。”

义渠王把张仪摔到座位上，怒道：“没有一百车，老子就不换！”

张仪道：“漫天要价就地还钱，大王要真不换，根本连价都不会出。”

老巫忽然张口，叽里咕噜半晌，义渠王这才恨恨地看着张仪道：“八十车，不能再少了！”

张仪道：“四十车，不能再多了。”

义渠王大怒道：“岂有此理，四十车粮食根本不够过冬！”

张仪道：“够，怎么不够？八十车粮食，过冬不用宰杀牛羊；四十车粮食，把牛羊宰杀了就能过冬。”

义渠王道：“牛羊都宰杀了，那我们明年怎么办？”

张仪冷酷地道：“如果大王把精力都用在操心明年的牛羊上，就没有心思去算计不属于您自己的东西了。”

义渠王气得拔刀抵上张仪的脖子，道：“我杀了你！”

庸芮急得上前道：“住手！”

张仪以手势止住庸芮，面不改色地道：“杀了我，和谈破裂，今年义渠就要饿死一半人。”

义渠王道：“你以为我义渠只能跟你们秦国合作？”

张仪道：“可这却是成本最小、最划算的合作。您现在要跟赵人合作，路途遥远，光是粮食在路上的消耗就要去掉一半。而且秦楚联姻，所有的嫁妆都写在竹简上了，我相信没有人敢冒着得罪秦楚两国的危险，去收购您那些珠宝。”

老巫又在说话，义渠王恨恨地将刀收回鞘内，道：“哼，我可以让一步，七十车。”

张仪微笑道：“五十车。”

最终，通过谈判，议定了六十车粮食为赎金。

义渠王将劫走的铜器以及楚国公主的首饰衣料还给秦人，秦人先运三十车粮食来；义渠王再放走芈月，然后秦人再送三十车粮食来，完成交易。

一车粮食数千斤，这六十车粮食亦有二三十万斤，正如张仪所说，若是部族倚此完全度过冬天或嫌不够，但若是再宰杀掉一部分牛羊的话，便可度过。

只是这样一来，次年春天，义渠王就要愁着恢复牛羊的繁殖，而无力再掀起风浪来了。

夜深了，庸芮在营帐外踱步，他挂念着那位在上庸城见过的少女，虽然仅仅一面之缘，在他的心底却留下了深深的烙印。

这时候，他看到义渠王迎面而来，月光下，他显得心事重重。

庸芮微一拱手，“义渠王！”

义渠王点了点头，两人交错而过，义渠王已经走到他身后数尺，忽然停住了脚步，问道：“管子是谁？”

庸芮有些诧异地道：“义渠王是在问臣？”

义渠王只是随口一问，见他回答，倒有些诧异，停住脚步转头道：“你知道？”

庸芮也转头，与义渠王两人相对而立，点头，“管子是齐国的国相，曾经辅佐齐桓公尊王攘夷，成就霸业。”

义渠王道：“那什么叫轻重术？什么叫盐铁法？”

庸芮道：“敛轻散重，低买高卖，管子使用轻重之术，不费吹灰之力，将鲁、梁、莱、莒、楚、代、衡山击垮。”

义渠王皱眉道：“等等，你给我解释一下，我有些听不明白……”

庸芮微笑道：“义渠盛产狐皮，如果我向大王高价购买狐皮，那么义渠的子民就会都跑去猎狐挣钱，到时候会发生什么事呢？”

义渠王若有所思。

庸芮道：“如果大王点集兵马，所有的人却都在猎狐，这时有外敌入侵会如何？如果大家都去猎狐而不屑于放牧耕种，而我又停止再收购狐皮，那么已经无人放牧也无人耕种的义渠会发生什么事呢？”

义渠王一惊道：“饥荒。”看到庸芮以为已经说完，正欲转身，急忙问：“那盐铁法呢？”

庸芮本以为他已经说完，不想还有，忙转头站住，道：“如果大秦和其他各国联手，禁止向义渠人出售盐和钢铁之器，义渠人能挨上几年？”

义渠王悚然，道：“若是断盐一个月，部族就会大乱了。”

庸芮微笑不语。

义渠王忽然明白，向庸芮行了一礼道：“多谢庸公子提醒，我必不负与大秦的盟约。”

庸芮道："我可以问大王，是何人告诉您轻重术、盐铁法的？"

义渠王看了宫内一眼，不说话。

庸芮心中顿时明白，暗道："果然又是她。"想起她来，心中既是怅然，又有一点点甜蜜来。

芈月亦知道了要走的事情，这是义渠王亲自告诉她的。说完，义渠王叹了一声，道："我真不愿意放你走。"

芈月不说话。

义渠王叹息道："可我留不住你，你的心也不会在义渠。"

芈月继续沉默。

义渠王道："你为什么不说话？"

芈月道："你真要我说，我只想最后一次问你，是谁让你去劫杀我们的？"

义渠王看着她，道："我说过，想知道，就留下来。"

芈月摇摇头。

义渠王道："你既然这么想知道，为什么不留下来？"

芈月道："我想知道仇人是谁，为的是报仇。留在义渠就报不了仇，那知不知道又有什么区别？你现在不告诉我，我回去自然也能查得出来，又能报仇，我为什么不走？"

义渠王语塞："你……唉，总之，你真要报了仇无处可去，就回这儿来吧。"

芈月抬起头来看着义渠王，义渠王被看得有些发毛，道："你这是怎么了？"

芈月道："现在看看，你也没这么可恨了。"

看着义渠王落寞地走出去，芈月心中竟有一丝离别的不舍。这种离别的情绪，到了要走的时候，似乎更加浓烈了。芈月从来不知道，当她有一天终于能够离开义渠的时候，竟然会有这种感觉。

她登上马车，回头看了看，见到来相送的只有青驹和白羊，不禁有些失望，问道："小狼呢？"想了想又问道，"义渠王呢？"

青驹便道："大王说，不想见你。还说，你要走，就不许你带走小狼。"

芈月心中暗叹，她这次回咸阳，亦是前途未卜，这些日子她与义渠王相处，亦是看出这人嘴硬心软，恩怨分明，不是个会亏待小狼的人。若是她终可了结咸阳之事，带着魏冉去齐国前，再到义渠接走小狼，也是可以的。

远处的山坡上，义渠王带着小狼，站在高处，远远地看着芈月离开。

义渠王冷笑一声，对小狼道："你看，她说得那么好听，却头也不回地把你抛下了。"他心里不高兴，便要叫个人来陪他一起不高兴。她既然喜欢这小狼，他便要这小狼同他站在一起送她远走。

小狼满心不服，苦于说不出来，又被身高力壮的义渠侍卫扼住双臂动弹不得，只能在喉咙里发出呜咽的声音。这时候他倒有些后悔，若不是满心里抗拒芈月教他说话，此时也不能任由这人胡说八道，诋毁他的阿姊。

义渠王喃喃道："我把你留下来，你说她以后会不会来看你呢？"

小狼却只呃呃地叫着。

义渠王道："她说她在咸阳还有一个弟弟，你又不会说话，估计她见到她的亲弟弟，就会忘记你了！"

小狼实在被他这话气坏了，急怒之下，原来在口中盘旋多日一直无法说出口的话，竟在此时忽然冲口而出："阿姊——"

虽然声音含糊而破碎，但这尖厉的声音还是划破了长空，甚至远远地传到了草原，传到了秦人车队，也传到了马车里芈月的耳中。

芈月坐在马车上，忽然听到远处传来的这一声破碎的呼喊。虽然听得不清楚，但似乎下意识地就认为是"阿姊——"。

她忽然钻出马车道："停一下。"

庸芮过来道："怎么了？"

芈月道："我好像听到有人在叫我'阿姊'……"

庸芮道："刚才那一声是人叫啊？我还以为是狼吼呢。"

芈月一惊，"狼吼？莫不是小狼？"她连忙下了马车，站在车前，手做喇叭状大声地向远处呼唤道："小狼，是你在叫我吗？小狼——小狼——"

山坡上，小狼只能一声声叫着："阿——姊——"声音却变形得厉害，半似狼吼。

芈月看着远方大呼道："小狼，你快点长大，学会说话，我以后会再来看你——"

草原上，只有一阵阵似狼非狼的吼声传来。

第三十四章　大婚仪

行行复行行，走过了草原，走过了高坡，走过了山川，走过了城池，芈月等一行人的马车终于来到了咸阳城外。

芈月好奇地挑起帘子向外看着高大的城门，轻轻地嘘了一口气，这便是咸阳城啊。

咸阳始建于夏，属禹贡九州之雍州。周武王灭商，封毕公高，毕地便是今日之咸阳，后秦孝公迁都咸阳，至今也不过数十年而已。

咸阳自行商君之法，人员往来，便要以符节为凭。张仪取了自己的铜符，让军士去关门验了，便从专用通道进入。

那军士验过铜符，便要捧着送还给张仪，芈月却正于此时掀帘，忽然见那军士手中的铜符，"啊"了一声，道："你手上捧着的是什么？"

此时庸芮正骑马守护在马车边，见状便问："季芈，怎么了？"

芈月便问："那是何物？"

庸芮答道："那是铜符，持此符往来，车辆免查免征。"

芈月"哦"了一声。庸芮问道："季芈在何处见过此物？"

芈月摇了摇头，笑道："没什么。"

当下无话，一路到了驿馆，与芈姝相见。

芈姝早已出来相迎，拉着芈月的手，泪盈于睫，半晌终于一把将芈月拉进自己的怀中，道："我不知道有多后悔，让你代我冲出去。我每天都在后悔，小冉也天天哭着要阿姊。后来知道你还活在，在义渠人的手中，我就说不管花多少代价我都要把你救回来。天可怜见，终于让你回来了，回来就好，我们再也不分开了。"

芈月深深一拜，道："多谢阿姊赎我回来。"

芈姝嗔道："你我姊妹，何用说这样的话来？你为我冒死引开戎人，我又当怎么谢你？"说着拉了她的手坐下，说起自己到了咸阳，求秦王驷相救之事。由于义渠人游牧草原，大军围剿不易，且此时必会提高警惕，如若一击不中，反而连累芈月性命，因此提出派人赎她，张仪因刚刚入秦，自告奋勇，与庸芮一同前行。

说完之后，看着芈月，忽然感叹："我本允了你与子歇一起离开，可是如今子歇不在，你孤身一人，又当如何着落？"

芈月沉默不语。

芈姝想了想，又道："这些日子我一直想着你回来后，又当如何安排。思来想去，你如今也只能随我一起进宫了。"

芈月摇头道："阿姊，我不进宫，我曾经和黄歇约好一起周游列国，如今他不在了，我就代他完成心愿。"

芈姝一怔，料不到她竟如此回答，忙问："那弟弟怎么办？"

芈月道："他当然是跟我一起走。"

芈姝想了想，还是劝道："妹妹，难道你还不明白吗，我们从楚国到咸阳，带着这么多臣仆，这么多护卫军队，还差点死在乱军中；你一个女儿家带着个小孩子，凭什么周游列国？"

芈月沉默了。正当芈姝以为自己已经说服了她的时候，芈月忽然问道："阿姊，黄歇的尸骨可曾收葬？"

提起此事，芈姝亦觉心中酸楚难忍，掩面而泣道："不曾。"

当日乱军之中，甘茂带着芈姝等向武关而逃，中间幸而遇上樗里疾来接应。只是当时两边交战，楚国所携人手多半是宫人奴隶，于军中惊惶失措，死伤无数，所以樗里疾也只能掩护着他们暂时先退到武关，直到义渠兵掳人退去。樗里疾与甘茂会合，点齐武关之兵冲杀，却也只寻到义渠营地里的一些遗留之物。入武关之后，才清点人手，清理财物，芈姝此时亦想起黄歇，派人前去战场收尸。岂知方一夜过去，战场上便上有秃鹫啄食，下有野狼分尸，许多尸体竟是残缺不全了。众人无奈，只得拣了些重要的物件，所有残缺不全的尸体俱是混在一起，草草收葬。

芈月半晌回不过神来，芈姝叫了她两声，却不见她回话，推了她一下，却见芈月张口喷出一口鲜血来，便晕了过去。

黄土坡上，战斗的遗迹犹存，折断的军旗，废弃的马车，插在土里的残破兵器，以及破碎的衣角。芈月孤独地走在旧战场上，寻找着黄歇的遗踪。走着，走着，也不知道走了多久，她站在那儿四顾而望，整个战场竟似无边无际，永远走不到头一般，似乎这并不只是一场伏击战的战场，而是千百年来所有的战场。

风吹处，呜呜作声，千古战场，又不知有多少女子如她一般要用尽一生，去寻找那永远不能再回来的良人。

就在她越来越绝望的时候，忽然，前边一辆马车上飘下一角衣服的碎片。她狂喜，飞奔过去，颤抖着想伸手去抓，手还未触到，一阵风沙刮过来，刮得人眼睛都睁不开，风过后，连衣服的碎片也没有了！

芈月绝望地向天呼号："子歇，你在哪儿？你说你要带我走遍天下，可如今你在哪儿？为什么抛下我一个人？你失信于我……"

声越长空，无人回应。芈月伏地，泣不成声。突然间，耳边有人在轻轻唤她："皎皎，皎皎——"

芈月惊喜地抬起头来，这声音好生熟悉，是子歇，他还活着吗？她连忙抬起头来叫道："子歇——"

这声音一出口，梦，就醒了。她用力坐起来，一抬眼，但见四面漆黑一片，唯有窗前一缕苍白的月光照入。

环顾四周，哪来的子歇？哪来的声音？整个室中只有她，以及睡在门边的薜荔。

薜荔被她的叫声所惊醒，连忙爬起来，取了油灯点亮，执灯走到她的席边问道："公主，您怎么了？"

芈月怔怔地看着她，好一会儿，才道："没什么。"

次日凌晨，魏冉便已经飞奔而来。昨日芈月方回来，他正要去接，芈姝恐他小孩子受了惊吓，叫侍女稍后再带他过来。谁料芈月吐血晕倒，侍女只得同魏冉说阿姊累了睡着了。

那时女医挚已经来看过芈月开了药，薜荔、女萝亦为芈月更衣净面完毕。因此魏冉来的时候只看到芈月昏睡，坐在她席边等了好久，只等得睡着了，让他的侍女抱了回去。

早上一醒来，他又急匆匆来看芈月，一见到芈月，便飞扑到她的怀中，哭得一脸眼泪鼻涕地道："呜，阿姊，你可回来了，我好害怕，你莫要抛下我——"

芈月亦是泪如雨下，紧紧地抱住魏冉，那颗空洞失落的心，被这小小孩童的稚气和依赖填实了许多。若是自己当真不在了，这么小的孩子，他将来能依靠何人？她不由得愧疚万分，不住地道："小冉，小冉，对不起，阿姊不会再丢下你了，从今往后，阿姊走到哪儿，都不会抛下你。"

两人抱头痛哭了许久，这才缓缓停息。

魏冉问："阿姊，子歇哥哥呢？你们这些日子去哪儿了？我问了很多人，还有公主，她们都说，你们去了很远的地方……"他的脸上露出害怕的神情，"去了很远的地方"这样的话，他从前听过。某一天阿娘让她一切听阿姊的，然后他被人抱走，然后他问他的阿娘去哪儿了，周围的人都跟他说"阿娘去了很远的地方"，然后，他就再也没见过阿娘。

所以，当他听到这样的话时，那份恐惧和无助每天夜里都会让他惊醒，可是他不敢说，也不敢哭。这个孩子已经从周围人的态度看出来，如果他"不乖"的话，是不会有人来耐心哄他劝他理会他的。

还好，阿姊回来了，阿姊答应，再也不会抛下他了。他紧紧地抱住芈月，一直不敢松手，不管是用膳，还是梳洗，都一步不离地盯着。

芈月被他看得心酸起来，拉着他搂在怀中，哄了半天，才让他渐渐安下心来。

过了数日，芈月便向芈姝辞行，说要带着魏冉去齐国，芈姝苦劝不听，只得依从。

芈月带了魏冉，与女萝、薜荔一起上车，直到咸阳城外，却被人挡住。

芈月掀开车帘，却见是张仪挡在前面，不禁问道："张子为何挡我去路？"

张仪歪坐在轩车里，看上去颇有些无赖相。

"小丫头，你带着你弟弟要去哪儿？"

芈月反问道："张子这又是要去哪儿啊？"

张仪呵呵一笑，"我是特地来看看这用六十车粮食换回来的宝贝怎么样了，若是一闪神又让这六十车粮食给白费了，我跟庸芮这趟腿可就白跑了。”

芈月苦笑，知道他已经清楚了自己的动向，便道：“您都知道了？”

张仪却没有继续这个话题，反问道：“丫头，知道老子不？”

芈月一怔，她本以为张仪会游说自己不要走，留在咸阳，谁知他竟莫名其妙地提起老子，不禁诧异道：“张子，您想说什么？”

张仪道：“老子骑青牛，出了函谷关。从此，人就没影儿了。你说，这人是羽化成仙了吗？”

芈月一怔。

张仪又紧接着追问了一句：“还是你们也打算羽化成仙一回？”

芈月怔住了。

张仪冷笑，“你以为在这大争之世，四处战乱，是可以随便乱走的？孔夫子带着七十二弟子，尚且差点饿死。”他又指指自己道，“我当初为什么趴在楚国了？还不就是不到悬崖边，不敢迈出那一步吗？列国征战连年，出门就会遇到虎豹豺狼、狄戎贼寇，再不济还遇上大军过境。大丈夫出门都得小心着，更别说你一个小丫头独自行走，还带个小孩儿。实是……”芈月听到这里，心中已经有些悔意了，不料张仪最后又劈头扔下八个字：“勇气可嘉，没有脑子！”

芈月被他的话气得够呛，此人虽是好意，怎奈唇舌实在太毒，欲待反驳，但看了看身边的魏冉，不得不承认道：“可我如今留下来也是……”

张仪直截了当地问：“你是顾忌王后，还是顾忌黄歇？”

芈月想了想，摇头，“我过不了我的心。”

张仪叹道：“你是个聪明的姑娘，可惜了……”

芈月道：“可惜什么？”

张仪看着芈月，神情复杂，久久不语，好半日才道：“其实这样也好……”

芈月倒听不懂了，问道：“张子此言何意？”

张仪却抬头，遥望云天，悠悠一叹：“我当日若不开窍，不过是楚国一个混饭吃的货。可我开了这个窍，天地间就多一个祸害，按都按不下来。”

芈月听了此言，若有所动，见张仪神情似有怆然之色，竟浑不似素日嬉笑无忌的样子，心中竟有一丝莫名的伤感，劝道：“天底下哪有骂自己是祸害的？再说，张子是天底下难得的国士。天地既生你张子，岂有让您永远混沌下去的道理？”

张仪本是神情恹恹的，甚至已经不准备再劝说芈月了，闻听此言，他的神情忽然一振，拍膝赞道：“不错，不错，天地既生了你，岂有叫你永远混沌下去的道理？既然这么着，我也多说一句话——你这一走，就不管王后了？”

芈月一怔，“王后……又怎么了？”

张仪嘿嘿一笑，“傻丫头，义渠王就没告诉你，他当日为何要伏击你们？”

芈月摇头道：“他不肯说。”

张仪盯着她，慢慢地道：“他不肯说，你就当什么都不知道了？”

芈月看着张仪的神情，渐渐有些领悟道：“你是说……”

张仪唰地放下帘子，道：“我可什么都没说，走了！”

芈月看着张仪的马车渐渐远去，脸上的神情变幻莫测。

魏冉推了她两下，道：“阿姊，阿姊……”

芈月忽然转头，紧紧抱住了魏冉，她抱得是这么紧，紧得让魏冉觉得她在微微颤抖，他只听阿姊问他：“小冉，你愿不愿意跟阿姊进宫？”

魏冉被她抱着，不知所措，然而，却斩钉截铁地道：“阿姊去哪儿我就去哪儿。”

此时，驿馆外，芈姝已经穿上了嫁衣，坐在马车中，焦急地向外看去。长街已净，两边皆是秦兵守卫，一眼就可以望到尽头，路上，什么也没有。她也不知道自己在看什么，明明那个人已经走了，明明自己也早就答应让她离开的。可是此时，她就要步入秦宫，前途茫然，她竟不由自主地想到，若是她在自己的身边，自己一定不会这么心慌，这么茫然无措吧？

不知从何时起，她开始依赖她了。是从何时起？是遇上越人伏击时，她及时拉她一把，还是在入秦之后，她几番受不了旅途之苦，是她一直在安慰帮助她？是在上庸城她将死之际，她为她冒险取药，还是在义渠人伏击的时候，她毅然为她引开追兵？

她怔怔地看着长街，心中有期盼，有失望。

玳瑁不解地看着她，道：“王后，大王在宗庙等您呢。”

芈姝“哦”了一声，眼见天边夕阳西斜，天色渐暗，便放下帘子，道：“走吧。”

所谓婚礼，便是在黄昏之时举行。此时时辰已到，一行人便依礼乘坐墨车，仪仗起，车队开始前行。

方起步，忽然传来一阵马蹄之声，芈姝正执扇挡在面前，心中似有所动，拿开扇子，道："傅姆，掀帘！"

玳瑁忙道："王后，执扇，奴婢去掀帘。"

她掀起帘子，却见长街那一头，芈月骑马奔来，却是奔到近处，便被兵士挡在了仪仗外。

此时正是樗里疾代秦王迎妇，他所乘墨车正在芈姝车驾之前，已经先看到了芈月骑马而来，便下令让她入内。

芈姝也已经派人到前面来说明，引了芈月登上马车。

芈月一进来，便问："阿姊，我现在赶得及吗？"

芈姝喜不自禁，连声道："赶得及，绝对赶得及！傅姆，叫她们再取一套吉服来。"

玳瑁却料不到芈月去而复返，内心已经是惊涛骇浪，却不敢多言，嘴唇动了动，最终还是令跟随在马车边的婢女迅速跑到跟随的媵女马车中，取备用的吉服来。

吉服很快取来，芈姝服色为纯衣纁袡，芈月等媵女为袗玄纚笄，皆被纚黼。

马车极大，芈月在车中更衣毕，又由女侍为其梳妆着笄，很快便打扮好了。

芈姝看着她，欣慰地道："妹妹，你能跟我一起进宫，我这心里就有主了。"

芈月看着芈姝，轻叹一声："阿姊，秦国是虎狼之邦，我怎么能放心让你一个人进宫呢？"

芈姝紧紧握着芈月的手，叹息道："我们姐妹再也不会分开了。"

芈月忽然想到一事，顿时脸色一正，道："阿姊，我此番随你进宫，你能否允我三件事？"

芈姝忙道："妹妹，别说三件，十件也行。"

芈月伸出三根手指，道："就三件事。第一，我与弟弟相依为命，请阿姊准我带着他，就当是多个小侍童，阿姊可允？"

芈姝道："小事一桩。"

芈月屈起一根手指，又道："第二，我只协助阿姊，不服侍大王，不做大王的妃子。"

芈姝怔了一怔，诧异道："妹妹何其愚笨？人争名位如兽争食物，没有名分就没有地位，没有地位就没有相应的衣食奴仆，就没有在这世上立足的根本。你若不服侍大王，难道一辈子就当个老宫女不成？你放心，你我姊妹既然同心，你便是服侍大王，亦是我所乐见。”

芈月凄然一笑，摇摇头道：“我不在乎，我只随我的心。”

芈姝忽然似明白了什么，不可置信地道：“难道，你是为了子歇……”芈月不语，芈姝看着她，心中又是怜惜又是钦佩，叹道，“好吧，你既有此志，我便随你。若是你以后想清楚了，我也会安排的。总之，不会亏待了你。”

芈月长嘘了一口气，道：“多谢阿姊。”

芈姝又问：“那第三件事呢？”

芈月沉默片刻，道：“若有一天我做了什么错事，还是那句话，求阿姊帮我照顾小冉。”

芈姝吃了一惊，道：“你能做什么错事？你既知是错，为何要做？便是做了错事，又如何会到要我帮助你照顾小冉的程度？你到底想做什么？”

玳瑁也是一惊，目光炯炯地盯着芈月。

芈月却道：“阿姊别管，阿姊从头到尾不知情，对阿姊也好。”

芈姝听得出她话中的深意，越想越是不对，急道：“妹妹到现在还说这样的话，你我已经是同坐一条船，知不知情，有区别吗？”

芈月沉默。

芈姝急得推了她一把，“你倒是说啊！”

芈月抬头，带着决绝的神情，“阿姊，在武关外伏击你的人，就是害死黄歇的人。义渠王不肯告诉我幕后的黑手是谁，可我也能猜出来，必是在咸阳，甚至必是在秦宫之中。”

芈姝一惊，“你说什么？”

芈月又沉默了。

芈姝低头一想，恍然大悟，“莫不是……莫不是妹妹回来，与我同入宫中，竟是为了追查此人而来？”

芈月没有说话。

芈姝怔了半晌，无奈道：“好吧，我既知道，你只管放手去做。那个人，是你的仇人，更是我的敌人。你若能够替我对付她，不管发生什么事，我都与你一并担当。”

玳瑁欲言又止，此时状况亦不是她能够开口的，只暗暗地将有些话记在心底，留待日后有机会再说。

马车一路前行，很快，便到了王宫门前。但见宫前三鼎，已经烹熟，一盛乳猪，一盛二肺脊、二祭肺及鱼十四尾，一盛腊兔一对。

秦王驷身着玄衣纁裳，头戴冕旒，站在咸阳宫大殿台阶外。他左侧是穿着黑色礼服的女御们，诸臣皆穿玄端，侍立在后。

此时芈姝马车已到，鼓乐声起。芈姝下了马车，手执羽扇遮面，在玳瑁的搀扶下沿宫道而来。她的身后，芈月以及屈氏、景氏、孟昭氏、季昭氏紧紧跟随。

芈姝走到秦王驷跟前。

赞者道：“揖。”

秦王驷向芈姝一揖，芈姝还礼。

秦王驷身后的女御和玳瑁交换位置，秦王驷引道，带着芈姝在鼓乐声中一步步走上台阶，一直走到大殿前。秦王驷停住脚步再揖，然后自西阶进殿，女御和玳瑁扶着芈姝亦随后进殿。

秦王驷与芈姝入殿，赞者道：“揖。”

秦王驷与芈姝相互一揖。

赞者道：“却扇。”

乐声中，秦王驷执住芈姝的手，芈姝含羞将遮在脸上的羽扇一寸寸移下，将扇子递给秦王驷。秦王驷将扇子递给女御，携芈姝，走到殿中，此时西边朝南之位已经置席。

秦王驷身后的女御走到芈姝身边，浇水服侍她盥洗；芈姝身后的芈月等媵女则走到秦王驷身边，浇水服侍他盥洗。

侍者将鼎、大尊抬入，复置醯酱两豆、肉酱四豆、黍稷四敦。

此时便由赞者先撤除酒樽上的盖巾，抬鼎人盥洗后出门，撤去鼎盖，抬鼎入内，放置在阼阶之南，执匕人和执俎人随鼎而入，把匕、俎放置于鼎旁，执俎人面朝北把牲体盛置于俎上，执俎立待。执匕人从后至前，依次退出。

赞者又依次在席前设酱，先是执俎人入内，把俎设置于酱之东。又将鼎中之鱼取出，依序设置在俎之东。再将鼎中的腊兔置于俎之北，黍敦设置在酱之东，稷敦更在黍敦之东。肉汁陈放在酱之南。又在靠东处为新妇设酱，肉酱在酱之南，黍敦置于腊兔北边，稷敦置于黍敦之西。肉汁陈放在酱的北边。

这一边，女御亦在为芈姝设席。赞者打开秦王几案前的敦盖，仰置于敦南地上，芈姝几案前的敦之盖，则仰置于敦北。

此时赞者方报告馔食安排已毕，秦王驷再对芈姝作揖，两人入席。

先不自用，而是祭告天地诸神及列祖列宗。祭毕，方是正式的婚宴。

二人一起祭举肺，食举肺。取食三次，进食便告结束。赞者及女御举爵斟酒，请两人漱口安食。每个动作俱是先让秦王驷，次让王后孟芈，两人拜而受之，饮过祭酒，赞者进肝以佐酒。新人执肝振祭，尝肝后放置于菹豆中。

干杯之后再拜，赞者接过酒爵，再二次服侍新人漱口饮酒，只是这次却进肴佐酒。

直到第三次漱口饮酒，方是合卺之酒。所谓的卺，便是一只分成两半的葫芦，以丝线相连，由女御与媵女分别捧着送到新人面前。

赞者道："合卺而酳。"

秦王驷和芈姝一齐举卺而饮。

赞者又切了两块乳猪肉，再度奉给新人，道："共牢而食。"

秦王驷和芈姝举筷互敬，只象征性地咬一口放下。

赞者再道："举乐。"乐声再起。

因秦王驷这边侍宴皆以芈月为首，到此时仪式已毕，芈月方得休息，立于秦王几案之西；那女御也服侍芈姝毕，立于几案之东，两人正站在一起。此时鼓乐声起，两边的臣子已分别入席，连歌舞一并上来。

瞧着最是忙乱最怕出错的时候已经过去，芈月不禁松了一口气，发觉身边的女御也松了一口气，两人相视而笑。

芈月见她比自己大了十来岁，却正是一个女子最成熟最美好的年纪，但见她笑容明媚，实有诗中所云"巧笑倩兮，美目盼兮"之态。

那女御对着芈月同情地微笑，又悄然指一指自己，表示自己亦是深有同感，只这一顾一盼间，便奇迹般地拉近了两人的距离。

但见鼓乐声起，一群秦国武士玄衣朱裳，举盾执戈而上，跳起秦舞。歌曰：

岂曰无衣？与子同袍。王于兴师，修我戈矛，与子同仇！
岂曰无衣？与子同泽。王于兴师，修我矛戟，与子偕作！
岂曰无衣？与子同裳。王于兴师，修我甲兵，与子偕行！

正是喜乐融融之际，忽然有一秦臣击案而叹道："秦楚结姻，有秦舞，岂可无楚舞？大王，可请王后身边媵女歌舞，臣等亦可沾光欣赏？"

秦王驷微微一笑，便转头对芈姝道："孟芈以为如何？"

他貌似看着芈姝，眼睛的余光，却是瞄向了芈月。他自然知道，这种做法甚为不妥，但不知为何，脑海中却忽然浮现出当日芈月在少司命祭舞中的姿态来，不由得身上一热。他不欲被人察知，当下深吸一口气，又将这种情绪压了下去。

芈姝等人既入秦宫，便不以闺中小字为称呼。此时女子皆从父姓、排行、出生地、夫婿之号等各取一种而称谓，便唤芈姝为孟芈、芈月为季芈。

芈姝便看了一眼芈月，有些不知所措地道："妹妹以为如何？"

芈月心中暗恼那秦臣好生无礼，面上却是不显，笑道："当从大王所请，的确是应该上楚舞，楚国也与秦国一样，既有武士之舞，也有女伎之蹈。既然殿上已经有了武士之舞，那就再献上楚国的山鬼之舞，请大王允准。"

秦王驷点头道："准。"

芈月示意道："举乐。"

一群长袖纤腰的楚国美姬步入殿中，作山鬼之舞。歌曰：

若有人兮山之阿，被薜荔兮带女萝。
既含睇兮又宜笑，子慕予兮善窈窕。
乘赤豹兮从文狸，辛夷车兮结桂旗。
被石兰兮带杜衡，折芳馨兮遗所思……

那女御看着芈月，意味深长地微微一笑。

秦王驷呵呵一笑，将手中酒一饮而尽，芈月依仪忙为他再倒上一杯，却听得秦王驷低声在耳边道："寡人什么时候能见季芈为寡人舞上一曲呢？"

芈月一惊，酒壶中的酒洒了一些出来，她连忙佯作镇定，低低屈膝道："是，大王。"

但此时秦王驷却像根本没说过话一样，直视着面前的歌舞，击案而赞道："妙！妙！"

芈月退回原位，长嘘了一口气，那女御转头看她，又是一笑。

好不容易酒席已毕，芈月便率其余四名媵女随芈姝进了秦王新婚专用的清凉殿中。诸媵女等服侍秦王更衣，女御等亦服侍新妇更衣，再铺好卧席。此时秦王方入房中，女御与媵女等俱退了出来，室内只剩下秦王驷和芈姝。

今日新婚之清凉殿，原是秦宫中纳凉之所，水殿风凉，窗外一池荷花之香远远飘来。

两人对坐，秦王驷伸手解去了芈姝头上之缨，含笑看着芈姝，“孟芈。”

芈姝含羞回应道：“大王。”

秦王驷就着烛光，看着灯下新妇娇容，粉面含羞，恰如桃花绽放，美不可言，不由得笑道：“桃之夭夭，灼灼其华。之子于归，宜其室家。”

芈姝知这是秦王以诗赞她，含羞低头。

秦王驷看着眼前的新妇，稚气未脱，天真犹存。想着她对自己的痴情，亦想到自己对她的期望，不禁声音也放柔了些，道：“孟芈，今日你我合卺而酳，共牢而食，从此时起，你便不再是楚国公主，而是我秦国王后了。”

芈姝抬头，看着自己妆台上的王后之玺，低头含羞道：“投我以木瓜，报之以琼琚。匪报也，永以为好也。大王，你要了我的彤钗，还了我美玉，结下永以为好的盟约，妾身自那一日起，便、便是夫君的人了。”

秦王驷看着眼前新妇，每一个人的天真只有一次，待到一重重的重任压到身上以后，这份天真亦不会保有太久，唯其如此，这种天真才更显可贵。他亦是看中她心性简单，如此将后宫托付于她，方才放心，当下郑重道：“孟芈，寡人知道你是楚国娇养的公主，我秦国却比不得楚国奢华，你身为王后，要做秦国女子的表率，贤惠克己。你嫁到秦国便是我秦国之人，要事事以秦国为重，你可能做到？”

芈姝亦是出身王族，新婚之夜，纵然心怀旖念，然则夫君于此时托以重任，深知却是比甜言蜜语更加重视的对待，心中欣喜，也郑重道：“夫君委我以重任，是对我的信任和倚重，我嫁到秦国就是秦国之人，一定事事以秦国为重。”

秦王驷道：“孟芈，你一路上受了些波折，可觉得委屈吗？”

芈姝心中虽然委屈，然则在他的面前，一切的委屈又算得了什么呢？犹豫片刻，欲言又止道：“我……”

秦王驷道：“我是你的夫君，自会为你做主，你不必有什么顾虑。”

芈姝一喜，抬头道：“夫君当真会为我做主？”

秦王驷见着她眼中欢喜无限，心中一软，笑道："自然是真的。"

芈姝方欲开口，想了想还是笑道："夫君真心待我，妾身再没有什么可说的了。"

秦王驷握住了芈姝的手，道："从今以后，寡人的后宫就都交给你了。楚国立国数百年，寡人想孟芈耳濡目染，必能做一个贤惠的好王后。寡人素来不好色，秦国的后宫一直都很清净。如今是大争之世，列国纷争，朝堂上的事已经让寡人甚是劳心，寡人希望你能给寡人一个清净的后宫，你可能做到？"

芈姝只觉得一双手被握住，酥软无力的感觉自手心传递到了全身，顿时从头到脚只觉得火热，含羞道："臣妾绝对不会让大王受后宫所扰。"

秦王驷见她如此，亦已情动，低头便吻住了她，道："好王后，寡人就知道没有娶错……"

灯光摇曳，一室春色。

第三十五章　新婚日

内室新婚燕尔，春光无限。一板之隔，却只有芈月等媵女跪坐在外侍候，只要里面一声呼喊，便都能够听到。

方才席上的食物，已经端了过来，女御用芈姝席上余下之食物，芈月等人用秦王席上余下之食物，分飧已毕，又以酒漱口安食，女御退出，媵女等便在外室等候传唤。

已过夜半，诸女都累了一天，不免打起瞌睡来，却又不敢睡，都强撑着。芈月心中亦是不耐烦，当下便低声提议四人不如分成两班，她与两人守着，另两人亦可倚着板壁打个盹，下半夜再行换人。

五个媵女中，孟昭氏居长，当下便说自己不累，让屈氏、景氏先去休息，自己与妹妹季昭氏回头再休息。

季昭氏却不愿意，说自己已经累了，便要先去休息，回头再来守夜。偏屈氏早看出她的心意来，取笑她莫不是想等着下半夜时秦王传召。季昭氏自然不肯被她这般说，两人便小小争执了两句，被芈月低声喝住，孟昭氏又打圆场，当下便由孟昭氏与景氏守上半夜，季昭氏与屈氏守下半夜，这才止了。

芈月心中冷笑，以秦王之心计，两三下便会将芈姝哄得死心塌地，他要女人，何时何地不成，又岂会在新婚三日召幸媵女，给芈姝心中添堵？这几个媵女分属各家族，在芈姝新婚之夜便各起心思，实是让人又好气又好笑。还不知道将来，她们到底是助力，还是拖累。

果然一夜过去，什么事也没有，几个怀着心事的媵女虽然分班休息，终究还是谁也没有睡好。

将近凌晨，芈月和几个媵女正开始打瞌睡，清凉殿内室的门忽然开了，秦王驷精赤着上身，只穿着犊鼻裤持剑走了出来，看到睡了一地的媵女们，似是怔了一怔，旋即还是迈过她们，走到门边，道："缪监——"

芈月顿时惊醒，一睁眼就看到一个半裸的男子，吓得险些失声惊呼，定了定神，才认出是秦王驷，忙挣扎着欲站起来，偏昨夜大家都疲累，彼此倚在一起，她的袖子被季昭氏压着，裙裾下摆又被屈氏踩着，只得用力抽取。

她这一动，屈氏、季昭氏都醒了，三人一有动作，连带着倚着板壁打盹的景氏和孟昭氏也都醒了。

芈月这才得以站起来退到一边，看了看内室仍无声响，低声道："王后她……"

秦王驷摆了摆手，道："王后还在睡，别吵醒她，让她再睡一会儿。"

芈月看了看秦王驷精赤着的上身，羞得不敢抬头，道："大王可要更衣洗漱，妾这就去叫人——"

秦王驷道："不必了——"

这时候一个满脸笑容的中年宦者早已经无声无息地出现在门前，身边跟着两个小内侍，一人端着铜盆，一人捧着葛巾上前。一个小内侍极熟悉极迅速地拧好葛巾，由那中年宦者呈给秦王，秦王驷擦了一下脸便扔在盆里，拿着剑走到庭院里。

众媵女等对视一眼，不知如何是好，却见那中年宦者与两个小内侍也走了出去，不禁都看着芈月。

芈月只得道："留两人在这里候着王后，我们出去看看。"

此时四名媵女才发现自己睡得钗横鬓乱，只怕这便落入了秦王眼中，不禁心中暗自懊恼。此处又无镜奁，只得两两对坐，彼此为对方整理一下仪容，匆匆跟着芈月出去。

芈月走到门边，此时外头尚是漆黑一片，唯有天边一丝鱼肚白。虽是夏日，但晨起依旧有些寒气。

秦王驷精赤着上身，已经在庭院中舞剑。只见他剑走龙蛇，泛起银光一片，身手矫健。芈月素日曾见过楚国少年演武，与之相比，竟还少了几分悍勇。

芈月微微出神，想起年幼之时，亦曾见楚威王晨起于庭院中练武，只是……自先王去后，只怕楚国当今之王，是不会有从美人榻上晨起练武的心志的吧？想到这里，不禁心中暗叹。

她这里出神，却见天色渐亮。秦王驷停剑收势，身上都是汗珠。

此时景氏等人站在芈月的身后，又是害羞又是痴迷地看着秦王驷矫健的身影，微微发出惊叹。见秦王驷收剑之后，走到廊下，季昭氏不禁上前两步，含羞道："妾身服侍大王……"

秦王却并不看她，只走过来将剑掷给缪监，道："缪监——"

缪监会意地接过剑，递给身边的缪辛，将一个盾牌和一支戈交给秦王驷，自己也拿起盾和戈，跃入庭中，与秦王驷各执盾和戈相斗。

景氏自作聪明地去拧了葛巾想递给秦王驷，哪知秦王驷早已经在与缪监相斗，只得悻悻地将葛巾扔回盆内。

孟昭氏似笑非笑地看了她一眼，道："就你聪明。"

芈月看那缪监和秦王驷动手，竟是毫无主奴相对之态，手底下毫不相让，竟是招招裹挟杀气，不禁感叹："没想到大监也有这么好的身手！"

侍立着的一个小内侍看着两媵女忙活，嘴角微笑，不料听得这个媵女竟有这样的感叹，不禁对她有些刮目相看，当下便自负地道："我阿耶跟着大王上阵多年，每日陪着大王习武，这么多年下来，多少也有些功底。"

芈月知道地位较高的内侍收小内侍为义子在宫中是常有的事，见这小内侍眼睛灵活，不似另一个内侍颇有骄气，当下便问道："大王每日都是四更习武吗？"

那小内侍道："是，一年四季，风雨无阻，霜雪不变。"

芈月叹道："要是冬天下雪，也是四更起来，可是够呛的。"

那小内侍得意地道："要不然怎么能是我们的大王呢？"

芈月见他好说话，便问道："不知你如何称呼。"

那小内侍忙道："不敢当季芈动问，奴才名唤缪辛，那边也是我阿耶的假子，名唤缪乙。"

芈月点了点头，想是两人跟着缪监姓，此时奴隶侍从多半无名，为了方便称呼，多是唤作甲乙丙丁之类。

两人正说着，却见秦王驷和缪监一场斗完，缪监收起盾和戈，又变成那个满脸赔笑的宦者。

两人走过来，那缪监便把盾和戈交与缪乙，缪辛见秦王驷过来，正想去为他拧一把葛巾，不料景氏和季昭氏却是连忙挤上前去，争着要为秦王侍奉葛巾。两人这一争，便见秦王驷到了眼前，一把葛巾还未拧起来。

秦王驷一身是汗，却见这两个媵女手忙脚乱的样子，便皱了皱眉头，直接拿起铜盆，一盆水从自己头上浇下。景氏等人都怔住了，然后发现自己两人还握着葛巾，吓得连忙跪地赔罪。

秦王驷也不理她们，只这么湿漉漉地走过芈月的身边，芈月惊得连忙退后一步，道："大王。"

秦王驷似乎这时候才看到了她，怔了一怔道："小丫头，是你？"

时为夏天，秦王驷淋得全身湿透，他自己不以为意，但站在芈月面前，一股男性气息扑面而来，芈月只觉得脸上发烧，不禁又退后一步道："大王要更衣吗？"

她说这话的意思只是想让秦王驷快去穿上衣服，但这样一说，若无人上前来，她不免要上前去服侍他更衣了，吓得她眼睛转到一边去，巴不得有人上来替她。

偏那爱出头的季昭氏和景氏方才因为争递葛巾之事让秦王不耐烦，此时吓得跪在外面，稍持重的孟昭氏和屈氏却守着芈姝内室门口，一时之间竟无人可替。

秦王驷何等人，一眼便看出她的心事，也不理她，只走进另一间内室，此时缪辛也忙跟了进去。

芈月松了一口气，却听得芈姝在内室已经醒来，叫了一声："来人——"当下连忙进了内室。芈姝听说秦王晨起练武，却不让人叫她起来侍候，不禁为他的体贴感到既高兴又心虚，当下心中暗暗打定主意，明日必不能如此失礼了。她低声吩咐了侍女，明日若是秦王晨起，必要唤醒她。她这边匆匆更衣出来，便见另一头更衣完毕的秦王驷已经出来了。

芈姝忙行礼道："大王。"

秦王驷轻抚一下芈姝的头发，道："王后今天很美。"

芈姝脸一红，含情脉脉地道："妾身服侍大王用早膳。"

秦王驷摇头，"不必了，寡人要去宣室殿处理政务。"

芈姝诧异地道:“可大婚三日不是免朝吗?”

秦王驷笑了,“寡人只是去处理政务,午时会来跟你一起用膳,你再多休息一会儿,掖庭令过会儿会来向你禀事。”

芈姝无奈,只得依了。及至午后,秦王驷回到清凉殿,与芈姝一同用过膳食以后,便带着芈姝与众女游览整个秦宫。

咸阳宫是先孝公时迁都咸阳后开始营建的,虽不如楚宫华美绮丽,但却占地更广,气势更强。整个宫殿横跨于渭河之上,以周天星象规划,五步一楼,十步一阁,内中大小行宫皆以复道、通道、阁道巧妙结合,西至上林苑、东至终南山修建门阙,称为冀阙,又巧借地势,将南边的秦岭、西边的陇山、北边的北部山系和东边的崤山作为其外部城墙。

虽然此时的咸阳宫只营造了一半,另一半仍然在建造之中,但于媵女看来,已是非常雄壮,一路观来,不免发出惊叹之声。

秦王驷此时正是三十多岁,相貌并不属于俊美之列,长脸、蜂准、长目,手足皆长,走路如风,曾经被不喜欢他的政敌诋毁为形如鹰狼。然而因他久居高位,言行举止自然带着一种威仪,且他为人极聪明,一眼就可看透人心,注视别人时会令人慌乱无措,三言两语可直指别人内心隐秘,但愿意放下身段时又如和风细雨,令人倾心崇拜。列国游士皆是心高气傲之辈,在他面前不消三言两语便也会折节信服。

更何况这些才十几岁的宫闱少女,她们想些什么,要些什么,想表现什么,想掩盖什么,于她们彼此之间,或可玩些心术,但在他这种久历世事人心的掌权者面前,直如一泓小溪,清澈见底。

秦王驷走在前面,缓步温言,指点宫阙,华美辞章信手拈来,天下山川皆在指掌,却又能够对芈姝以及诸媵女各人的脾气爱好了如指掌,谈笑间面面俱到,夸孟昭氏“女子有行”,夸季昭氏“美目盼兮”,夸屈氏“隰有荷华”,夸景氏“颜如舜华”,夸得诸女都心花怒放,面色羞红。

诸女原本初入秦宫,心中惴惴,跟秦王走了这一路,个个便都放松下来,有说有笑,但听得娇声燕语,声声入耳。

秦王与芈姝并走,偶一回头,见到诸媵女原先紧张恭谨的状态已经放松,原来腰肢僵硬地随侍在后,如今多是顾盼生姿。却唯有芈月仍然保持着僵硬和紧张的状态,心中微有诧异,不免多了些注意。

用过午膳之后,秦王又提起后头有一马场,问诸女可愿随他一起行猎,芈姝自然赞同，诸女也都欢欣不已。

当下众人回宫更了骑装，芈姝与众媵女到了马场，却不见秦王，细问之下，才知道秦王在马厩中洗马。

芈姝诧异道："大王怎么会亲自洗马呢？"

秦王此时正好牵着马走出来，笑道："这是寡人的战马，只有亲自照顾，才能够了解马的习性，才能够让它在千钧一发的时候，救寡人的性命。"

芈姝吃惊地道："大王您还要亲自作战？"

秦王肃然道："我大秦历代先君，都是亲自执戈披甲，身先士卒，浴血沙场。在寡人之前共有十五位国君，有一半就是死在战场上的。"

芈姝闻言，倒吸了一口凉气，芈月亦心中长叹，秦人立国之处，原为周室旧都，为犬戎所陷，正是历代秦君身先士卒，方才从那些凶悍异常的戎人手中一寸寸夺了回来。所以秦人好战，战不畏死，列国才畏惧秦人如虎狼。

秦王驷亦叹道："历代先君抛头洒血，这才有我大秦今日之强盛。人说我秦国是虎狼之国，却不知道我秦国之国土，就是从虎狼丛中一分一厘用性命换来的。"

芈姝知道自己说错了话，脸也不禁红了。

秦王驷知她不好意思，亦不再说话，而是翻身上马。

"来，上马，寡人带你们看看我大秦的山河。"

诸女皆习六艺，骑术弓箭虽然不甚精湛，但在楚国却也经过行猎之事，当下便一起翻身上马，随秦王骑马而行。果然行了不久，便各自寻着猎物跑开。

芈月手中持弓，却无意行猎，只想敷衍了事，混过一场便罢。她看出芈姝心中欢悦，显然对秦王情意已深。这秦王一边哄得芈姝晕头转向，一边随意撩拨诸媵女，令她们意乱神迷，实在是令她有些想远而避之。不知不觉中，她的马便落到了最后，她也不在乎，只悠然信马由缰，看着两边景色，不觉走神。

忽然听得耳边有人问道："季芈，你怎么不去行猎？"

芈月一惊，抬头却见秦王驷正骑马与她并缰而行。

芈月朝左右看去，周围除了随侍的小内侍外，竟无其他人，不由得暗生退避之心，当下谨慎答道："我骑射不精，所以还是藏拙的好。大王何以在此？不知王后与其他姐妹去了何处。"

秦王驷斜看她一眼，笑道："哦，你骑射不精？不知初见之日，是何人射了寡人一箭？"

芈月见他言语中有调笑之意，心中暗恼，却不能表现出来，只得强笑道："便是自那次之后，方知自己骑射不精，因此不敢卖弄。"

秦王驷看了她一眼，知她言语不尽不实，有心想问她"射义渠王的三箭连发又如何说"，旋即想起黄歇便是因此而死，此必是她伤心事。当下只是笑了笑，抬头见天边有一行大雁飞过，便将自己的弓箭递与她道："你试试寡人这弓，看能否射下一只大雁来。"

芈月接过弓来，略一试，只觉得弓大弦紧，比她素日所用重了许多。但她是个不甘服输的性子，暗中咬了咬牙，还是控箭上弦，慢慢地将弓拉开，瞄准天边，一箭射去。那雁群飞得甚低，竟有一雁应声而落。

缪辛远远地跟着，也瞧不清秦王与芈月行事，只见天上一雁掉落，便连忙跑去拾了起来，见那雁上之箭是秦王驷的，只以为是他所射，忙捧着大雁跑回到秦王身边奉承道："大王好箭法，一箭中的！"

秦王笑了，指了指芈月，道："是季芈射中的。"

芈月把弓箭递还给秦王驷，道："是妾失礼了。"

秦王驷笑道："这又何妨？"

缪辛却卖乖地依例将大雁挂在了芈月的马前，又迅速退到后面去。芈月低头见雁上秦王那箭仍在，只觉得碍眼，却也无奈，道："说起来，这也亏了大王的弓好。大秦弓弩，果然名不虚传。"

秦王驷微微一笑，"季芈果然会说话。"

他素日忙于政务，不假于人，女色上并不在乎，宫中也算清净。此番娶新王后，罢朝三日，亦算得忙里偷闲。带着新王后与媵女们游览宫廷，骑马行猎，乃至逗弄一个一心想要避开他的小姑娘，亦不过是他政务繁忙之余的调剂罢了。

芈月见他如此有调笑之意，心中抗拒，忽然想到一事，便抬头笑道："妾说的是真心话，只是——"她有意顿了顿，见秦王注目过来，才又道，"妾不明白，以大秦之威，为什么还要对义渠忍气吞声，甚至连他们劫杀王后的罪行也轻轻放过，还要用六十车粮食来赎人？"

秦王驷见她忽然把话带到此事上去，也笑了，"看来季芈一直对此事耿耿于怀。"

芈月盯着秦王，斩钉截铁地道："是。"此事，她耿耿于怀，至死不能忘，一有机会，便要去追查真相，找寻真凶。既然已经来到秦王驷面前了，她为何不直接说出来呢？她在秦国无援无助，但秦王驷却是秦国之君，他要去追查此事，一定比她自己追查有效得多。

秦王驷见她如此执着的神情，原本不想对她解释，此时却觉得她似乎能懂，当下改变了主意，道："此事得不偿失。秦国大军固然可以去围剿义渠，但军队到处，义渠人躲入草原，等大军一过，他们照样骚扰边境。"

芈月恨恨地问："难道就此算了不成？"

秦王驷摇头道："是啊，戎人素为秦国之患，秦国的国土，便是从戎人手中一寸寸夺来的。为此，多少先君沙场捐躯。每当大秦要东进征伐列国时，义渠就会在大秦的背后捣乱，使得我们不得不分很多的精力去防着义渠。虽然这些年秦国之势益强，而戎人之势益弱，然而，这边患却无法清除。此等僵局已经持续数百年了，征伐多次却劳而无功。所以我们只能等……"

芈月不解地问："等？"

秦王驷颔首道："等时机成熟，自会一举歼灭。"

芈月听了此言，沉默不语，两人并缰而行了一段路，秦王只道她已经将此事放下。不料芈月隔了好一会儿，又问了一句："那大王就不怀疑，为什么义渠王这么巧劫到阿姊的车驾？"

秦王驷锐利地看了芈月一眼，这一眼中已经有了些警告，他并不喜欢这个胆大的小女子在这件事上太过纠结。一切都要为大局让路，他素日威仪甚重，连沙场老将在他面前也无不战战兢兢，今天这个小女子已经出格太多了，当下便收了笑容，沉声道："你还想说什么？"

芈月被他这一眼扫过，心脏骤然收紧，君王之威，一至于斯，本有许多质问，也只得咽了回去，只是心中终究还是不服，低下头，忍不住还是顶了一句："大王英明，臣妾不敢在大王面前卖弄。"

秦王驷沉声道："两国联姻天下皆知，义渠人穷凶极恶，去伏击迎嫁队伍，也不足为奇。"

芈月却想到义渠王曾经落下的铜制符节，又想到上庸城中之事，不禁冷笑，"大王真当那是意外？"

秦王驷看了芈月一眼，眼光带着寒意，道："你问得太多了。"说罢，似已经对她失去了逗弄的兴趣，一挥马鞭，策马而去。

芈月看着秦王驷的背影，心中一沉。她虽然成功地打断了秦王驷的逗弄，却也看出秦王驷对此事根本不欲追究的意思。她入宫之前，还天真地以为若能够追查出指使义渠人伏击芈姝的幕后之人，交与秦王，便可报仇。可是若秦王非但不是不知情，甚至明明知情却不欲追究，那么，她进宫还有什么意义？而她们这些楚女在宫中的前途，岂非可怕得很？想到这里，她看着秦王驷纵马而去的背影，眼睛中直要喷出火来。

偏此时众随从见秦王驷去了，便一齐跟了上去，唯有缪辛还甚是奉承地上前提醒她："季芈，大王和王后在前面呢，可休教他们多候，请季芈也赶紧前去吧。"

芈月只得恨恨地拿马鞭抽了一下马，飞奔而去。

及至前面，果然见秦王与芈姝并缰而行，两人言笑晏晏，仿佛是从出发到如今都不曾分开过半步似的，几个媵女也或多或少均得了猎物。

芈姝见芈月到来，向她招手笑道："季芈如何走得这么慢？我还只道你今日必无收获呢，不想也有所得。"

芈月强笑了笑，只低了头跟到诸媵女后面。

季昭氏马前却悬了数只狐兔，见芈月只有一雁，嗤笑出声。

芈月却不理她，径直慢慢而行。

孟昭氏倒有些不好意思，见她落后，有意也放缓了马缰，与她同行，劝道："我也没猎到多少，你不必在意。"

芈月看向孟昭氏马前，果然也只悬了两只猎物，但她们素日都是一起行过猎的，一看昭氏姊妹所获，便知季昭氏有些猎物必是孟昭氏让给她的，当下也只是淡淡地一笑置之。

孟昭氏见她并无不悦之情，也略松了一口气。她这个妹妹其实为人并不坏，只是性子好强，爱与人争个高下，有时候却会忘记自己的身份和场合。她这做阿姊的，少不得要经常帮她描补一番罢了。

当日晚宴，便以诸女所猎之物为炙，于清凉殿前水台上举宴，欢歌笑语，水殿倒映，乐声轻扬，直如仙宫。

这一夜过去，这三朝之日便结束了。

秦王重去上朝，而新王后芈姝则由秦宫派来的傅姆教习，将秦人习俗、历代先祖诸事及宗庙祭祠等一一研习，又有永巷令来禀报宫中事务等，连诸媵女亦要学习宫规，帮助王后分摊事务等，此便为三月之后的新妇庙见之礼准备。

芈姝首要问的，便是宫中妃嫔之事。

分配在她宫中的内侍阍乙便笑道："王后放心，大王素不好色，宫中甚是清净，寥寥几个妃嫔，不是先孝公所赐，就是与先王后大婚时所陪嫁的与周室所赠的媵女罢了。"

芈姝与芈月交换一眼，心中也甚是诧异。她二人从小所见，楚宫中素来美女如云。不只是如今的楚王槐好色，便是先威王时，不管征伐所得，或者是其他大国赠美、小国献女、诸封臣与附庸之地的进贡之女，皆是来者不拒。新宠旧爱，济济一堂，争宠斗爱屡见不鲜。后宫多冤魂，楚宫的荷花池子底下，到底有多少美女"失足而死"只怕算也算不清。

然而听阍乙所言，秦宫之中竟甚是清净。历代秦君甚是简朴，诸后宫连名位分阶都不曾有，不过是正室称夫人，其余人称诸妾罢了。

后来列国皆开始称王，如今的秦王驷亦随众称王，便正室称王后，妾称夫人。后因几个已经生子的姬妾争列，方让内小臣议了分阶，在夫人之下再设美人、良人、八子、七子、长使、少使等。

芈姝便又问诸人之封，阍乙便道："夫人有唐、魏二氏，唐夫人乃先孝公所赐，魏夫人是先王后之妹；其次虢美人、卫良人，乃先王后入秦之时，为西周公和东周公所荐之陪嫁媵女。"

芈姝点了点头，列国嫁女均有媵女，有的来自姊妹，有的来自宗族，亦有同姓之国相送的。

魏氏出自姬姓，西周公与东周公素来不合，借魏氏出嫁而各推荐姬姓国之女为媵，乃是借故插手秦国内政，只是秦国不好不收。后宫如此依次排列，当是一为尊重先孝公及先王后，二为尊重周室。

阍乙又道："其下樊长使、魏少使，都是先王后的媵女，宫中有封号的就这些了。"

芈月暗忖，魏少使想是魏氏宗女，樊长使想必亦是附庸魏国的小国陪媵，想到这里心中一动，便问道："这诸姬之封，是早就有了，还是近期才封的？"

阍乙尴尬地一笑，支吾道："是、是先王后去世之后，才开始册封的。"

芈月又问："那么诸夫人争列之事，想也是先王后去世之后，才发生的？"

阍乙诧异："正是。季芈如何得知？"

芈月又问："历年来主持后宫事务者，是先王后，还是唐夫人、魏夫人？"

阍乙便道："原是先王后，后先王后多病，这五六年间，是魏夫人。"

芈姝有些不甚明白，却藏在了心底，见阍乙退下，便问芈月是何原因。芈月便与她分析，魏夫人既主持后宫多年，那么去年忽然冒出来所谓诸夫人争列之事，便不是无缘无故的，想是魏夫人自有野心，以她主持后宫的身份，不甘与诸夫人同列，故此借故闹事，欲令秦王封她为后。而秦王已经决定另娶楚女为继后，便借此将诸妾分阶而册封，令魏夫人居首，避免争端。

芈姝听得倒吸一口凉气，又想起上庸城之事，试探着问："妹妹，你看，上庸城之事，是否也是那魏氏所为？"

芈月摇头，"这却未可知，有可能是魏氏所为，亦有可能是其他人一石二鸟，既除阿姊，又除魏氏。"

芈姝一惊，"还有这等事？"

芈月道："虢、卫二氏，乃周室所赠，焉知不是周室阴谋？"

楚人对周室俱无好感，芈姝既嫁秦国，更以自己为秦人，当下便恨恨地道："若当真是周室阴谋，我可不会放过她们！"

芈月轻叹："秦魏相争，周室虽然暗弱，仍是天下共主，到底是何方作怪，如今还不知道啊！"

芈姝亦是长叹。

第三十六章　魏夫人

椒房殿自先王后魏氏去后，便无人居住，原本住于椒房殿偏殿的诸妾也皆迁至掖庭。秦王娶芈姝，亦要入住椒房殿，但椒房殿是以椒子和泥糊墙，取其温暖之意，更宜冬日入住，所以便将夏日所居的清凉殿挪为新婚之所。

芈姝率诸媵女到椒房殿时，便见殿前已经有数名宫妆女子站在殿外相候。

为首一人笑容明媚、举止亲切，正是婚宴之上与芈月同列的女御，那人手握羽扇盈盈下拜道："妾魏氏，参见王后。"

她身后诸人，亦随着她一齐行礼道："妾等恭迎新王后。"

芈月微微一怔，在她的脑海中，其实已经隐隐视魏氏为大敌，想象中她也应该是一个骄横的蛇蝎妇人，不料却是此人。想到自己初见她时，竟对她还隐隐有好感，心中更是一凛，暗道怪不得孔子云"以貌取人，失之子羽"，这魏氏看似明媚亲切，谁又能想象得到她的心底有深壑之险呢？又想到楚宫的郑袖，当日在魏美人眼中，又何尝不是这般明媚可人、望之亲切的角色呢？

她心中虽然已经闪过了千万个念头，脸上表情却是纹丝不动。她身边诸媵女，亦是听过魏夫人之名，但都是深宫中训练有素之人，皆未变色。

芈姝也是心里一凛，脸上却笑道："各位妹妹免礼，平身。"

众人行礼毕起身，魏氏便笑道："妾在此久候矣，容妾侍候王后进殿。"说着，便侧身让开，引芈姝入殿，她便立于身侧，做引导之姿。

芈姝自知来者不善，当下便处处小心，唯恐有失礼之处，落入魏氏算计，惹了笑柄。

当下诸人移步入殿，芈月留神观察，但见这椒房殿中陈设略旧，仍有魏风，显见并不曾为了迎接新王后入住而重新装修布置。且这椒房殿本是注重保暖，此时除正门外所有门窗俱还闭着，隔帘处皆是厚锦毡毯之物，并未换新。楚国诸女料不到这一招，诸人皆是正妆重衣，这一走进去，便觉得炎热潮闷，十分难受。

魏夫人将芈姝引到正中席位，恭敬让座，芈姝已经热得一头是汗，苦于头上冠冕身上重衣，脸上的脂粉也险些要糊开，只得以绢帕频频拭汗，却见旁边一只香炉，犹在幽幽吐香，那香气更是说不出来的古怪。

芈月心中亦是暗恼，欲待芈姝坐下之后提醒芈姝，下令开门开窗取扇通风。芈姝坐下之后，正待端坐受礼，但见那魏氏走到正中，诸姬亦随她立定。

岂知那魏氏看着芈姝时忽然似怔了一怔，眼睛似看着芈姝，又似看着芈姝身后，露出似怀念似感伤似亲切的神情来，竟是极为诡异。

芈姝被她瞧得毛骨悚然，一时竟忘记说话。芈月见此暗惊，方欲说话，那魏氏看了半晌，却忽然转头拭泪，又回头赔礼道："王后恕罪。妾看到王后坐在这里，忽然就想起了先王后。那一年妾随先王后初入宫受朝拜，先王后也穿着同样的青翟衣，坐在同样的位置上，如今想来，就像是在昨天一样。"

芈姝却不防魏氏竟然说出这样的话来，浑身寒意顿起，看着这阴沉沉的殿堂，再看着左右诡异的摆设，只觉得仿佛自己所坐的位置上，有一个阴恻恻的鬼魂也同她一起端坐受礼一般，不由得又气又怕，怒道："魏氏——你、你实是无礼……"

魏氏却恍若未闻，半点也不曾将芈姝的言语放在心上，只径自一脸怀念地喃喃道："这宫中的一席一案，一草一木，都是先王后亲手摆设的。先王后去了以后，这里的一切还都是按照先王后原来的摆设，一点都不许改动。就连今日熏的香，都还是先王后最喜欢的千蕊香呢。"

虽然此时正午阳光还有一缕斜入，然这殿中阴森森的气氛、阴沉沉的异香，再加上魏氏阴恻恻的语气，竟显出几分教人胆寒的鬼气来。

芈姝只觉得袖中的双手竟是止不住地颤抖，一半是气的，一半是吓的，方才浑身的潮汗浸湿了里衣，此时竟有又湿又冷反侵入体的感觉。她活到十几岁，从小到大都是在宠爱中长大，接受的都是各色人等在她面前努力展示的亲近善意，便是有时候也知道如芈茵等会在她面前有小算计、小心思，却是从来没有人敢对她表示过恶意。虽然她也知秦宫内必有艰难，但知道与直面这种不加掩饰的恶意，完全是两回事。

芈姝被这种前所未有的恶意给击中了，一时竟是不知道如何应付，如何回答，只觉得无比难堪，无比羞辱，心中只想逃走，只想立刻到无人处躲在被子里大哭一场。此时从小到大所受的教养、应对、自负、聪明，竟是荡然无存，只除了结结巴巴地指着魏氏说“你、你、你……”之外，竟是一点办法也没有，脑子里完全糊成一团，不成字句了。

玳瑁大急，待要上前说话，芈月已是抢前一步，斥道：“魏氏，你胡说些什么？”

玳瑁见芈月已经开口，已经迈出去的脚步又悄然退了回来。她毕竟是奴婢之流，魏氏乃是如今主持后宫之人，她此时维护芈姝，说不定倒被她反斥为僭越无礼。芈月是诸媵女之首、王后之妹，由她出面才是再好不过的。

与此同时，孟昭氏也悄悄地收回了迈出去的一只脚。

魏氏眉毛一挑，原本明媚的神情竟似带着几分阴森，芈姝心中一紧，不料魏氏忽然转颜又笑了，这一笑，眼神中诸般轻蔑嘲弄之意毫不掩饰，转而又收了笑容，掩口做吃惊状道：“王后恕罪，是妾一时忘形，忆起故去的阿姊，竟至失神，还望王后大人大量，勿要见怪才是。”

芈姝只觉得被芈月这一呵斥，三魂六魄方似归位，见魏氏如此作态，胸口似堵了一块大石一般，想要说些什么，却又说不出来。

芈月上前一步，道：“小君，此殿中气息闷滞，可否令她们将门窗打开，也好让殿中通通气……”

芈姝颔首，方要答应，那魏氏微一侧头，对站在她身后的一个姬妾使了个眼色，那人立刻掩面泣道：“想昔年先王后产后失调畏风，大王下旨，椒房殿中不可见风，自那时候起，直至今日，未曾有人忤旨，不想今日……呜呜呜……”

芈姝一怔，话到嘴边，竟是说不出口了。

芈月大怒，斥道：“你是何人？如今小君正坐在此处，你口不择言，实是无礼！”

芈姝到此时气到极处，反而镇定下心神来，也不理那人，只下旨道：“把门窗都打开，让这殿中通通风，闷热成这样，实是可厌！”

那姬妾脸色也变了，连忙偷眼看向魏氏。魏氏却仍笑吟吟地摇着羽扇，似忽然想到了什么，道："今日乃是新王后入椒房殿受礼，都怪妾身一时忘形。诸位妹妹，你们还不与我一起，向新王后行礼？"

诸姬妾便忙聚到她的身后，但见魏氏完全无视殿内殿外诸内侍宫女乱哄哄地开窗打帘、灰土飞扬的情况，只率众姬妾走到正中，端端正正地行礼道："妾魏氏，向新王后请安。"

诸姬妾亦一起行礼道："妾某氏，向新王后请安。"

芈姝只觉得一口气噎在喉头吞不下吐不出，只勉强笑道："诸位妹妹且起。"

魏氏依礼三拜，又率众女起身。

芈姝呆立当场，一时竟不知如何应对，芈月忙提醒道："王后赐礼诸夫人。"

芈姝深吸一口气，勉强微笑道："正是，诸位妹妹今日初见，不如一一上来，让小童也好认认人。"她本不欲第一日便以身份压人，此时却不得不自称一声"小童"。

魏氏脸色变了变，芈姝便已经转头看向她，微笑道："魏妹妹于宫中何阶？"

魏氏无奈，上前屈膝敛袖道："妾魏氏，与先王后乃是同母姐妹，大王恩赐册封为夫人，生公子华。"她蓄意说到同母，眼角又瞄了芈月一眼，想是亦早已经打听过，芈月与芈姝并非同母。

芈姝点头笑道："赏。"

玳瑁便捧着托盘上前，上面摆着白玉大笄一对、手镯一对、簪珥一对，呈给魏氏。魏氏只得行礼拜谢道："谢王后赏赐。"她身后侍女便忙接过托盘，两人退到一边。

其后便有一个服色与魏氏相似，却更为年长的贵妇出列行礼，魏氏含笑道："此为唐氏，唐国之后，封夫人，为公子奂之母。唐妹妹为先孝公所赐，是宫中资历最深的人，在大王还是太子的时候，就服侍大王了。"

芈姝定睛看去，但见唐夫人打扮素净，举止寡淡，如同死灰枯木一般，心中暗叹，道："赏。"

唐夫人之后，便是一个年轻娇艳的妇人出列行礼，魏氏道："此虢氏，东虢国之后，封美人。"

其后又有一个举止斯文、表情温柔的妇人出列行礼，魏氏道："此卫氏，封良人，为公子通之母。"

芈姝俱赏。

其后便是长使樊氏、少使魏氏等上前行礼。芈姝一个个凝视，见那魏少使却是方才假哭先王后之人，便不理睬，转眼见那樊氏大腹便便，不禁问道："你几个月了？"

樊长使捧着肚子，露出身为人母心满意足的微笑，垂首道："谢小君关爱，六个月了。"

芈姝盯了好久，心中羡慕之下又有微酸之意，忙道："妹妹快快免礼，你既身怀六甲，从此以后到我这里就免礼了。"转头吩咐珍珠："快扶樊长使坐下。"

樊长使便娇滴滴地谢过芈姝，由珍珠扶着坐下。

芈姝与诸人相见之时，便赐给她们每人笄钗一对、镯子一双、簪珥一副、锦缎一匹，若有生子之人，再加赐诸公子每人书简一卷、笔墨刀砚一副。

诸夫人均谢过就座。芈姝亦令芈月等自己陪嫁之诸媵女与诸夫人相见，诸夫人亦有表礼一一相赠，双方暂时呈现出一种其乐融融的假象来。

此时便有侍女奉上玉盏甘露，芈姝顺手拿起欲饮，忽然觉得触手不对，低头一看竟不是自己惯用的玉盏，转头问玳瑁道："这是——"

魏夫人却忽然笑道："王后当心，此乃先王后最喜欢的玉盏，如今只剩下一对了，可打坏不得。"

芈姝吓了一跳，像触到毒蛇一样手一缩，玉盏落地摔得粉碎。

其他人还未说话，魏少使尤夸张地叫了起来："哎呀，这可是先王后的遗物啊，大王若是知道了必是会伤心的……"

芈姝本已经被吓了一跳，此时再听魏少使闹腾，怒道："放肆！"转头问方才奉上玉盏的侍女道："谁叫你给我上的此物？"

魏夫人却笑道："王后勿怪，是妾身安排的……"她微微一笑——但在芈姝的眼中，这笑容里尽是挑衅——她温言解释道："想当年先王后第一次受后宫朝贺，就是坐在这个位置，用的这只玉盏，妾身这样安排原是好意，本想让王后您感受到与先王后的亲近，也能够让妾身等备感亲切，如敬重先王后一般，敬重王后您。不想却造成如此误会，致使先王后遗物受损，王后您千万别自责，若论此事，实是妾身也要担上三分不是的。"

芈月不禁冷笑，"不过一件器物罢了，损了便损了，魏夫人为何要强派王后必须自责？魏夫人说自己有三分不是，这是指责王后有七分不是吗？你一个妾婢，来编派小君的罪名，是不是太过胆大了些？"

魏夫人暗忖今日之事，原可拿定王后，偏生被这媵女处处坏事，当下脸一沉，冷笑道："我对王后一片诚意，你胡说什么！倒是你一个媵女，敢来编派我的不是，难道不也是太过胆大吗？"

芈姝定了定神，被芈月提醒，也暗恨魏氏无礼，忙道："季芈说的话，就是我的意思，魏夫人是在说我放肆吗？"

魏夫人索性也沉了脸，道："妾身不敢，只是这先王后的遗物，就这么损伤了，只怕连大王也会觉得惋惜的……"

芈月打断道："既然是遗物，就不该拿出来乱用，所以还是魏夫人自己不够小心。小君，以妾看来，当令魏夫人将所有先王后的物件都收拾起来，送到这几个口口声声念着先王后的媵妾房中去，让她们起个供桌供上，好好保存。从今日起，这个宫中所有的东西全都撤了，摆上如今的王后喜欢的东西。"

魏夫人怒道："季芈这么做未免太不把先王后放在眼中了！先王后留下的规矩，难道如今的王后就可以不遵守了吗？"

芈月冷笑道："自然是不需要遵守的。"

魏夫人言辞咄咄逼人："难道季芈要让王后背上个不敬前人的罪过吗？"

芈月反而哈哈一笑，道："什么叫不敬前人？大秦自立国以来，非子分封是一种情况，襄公时封诸侯是另一种情况，穆公称霸时又是一种情况，时移世易，自然就是要与时俱进，不见得襄公时还原封不动用非子时的法令，穆公称霸时难道不会有新的法令规矩？不说远的，就说近时，商君时不也一样有一些拘泥不化的人反对变法？可若没有变法，秦国现在还能称王吗？"

她这一长串比古论今，滔滔不绝地说出来，不但魏夫人怔住了，连众姬妾皆怔住。

芈月停下，看着魏夫人，忽然掩袖笑道："魏夫人，您口口声声说先王后，难道忘记了，先王后活着的时候可不曾当上过王后，只是个秦国的君夫人罢了。大王称王以后，为什么不将魏夫人您扶正而是要不远千里求娶我楚国的公主为王后？就是因为魏夫人您不曾见识过什么叫王后，脑子里还食古不化，想的是君夫人当年的规矩……"说到这里，她又幽幽一叹道，"唉，说起来也难怪，我听说商君原就是在魏国为臣，偏生魏人容不得他，这才到了秦国，为大秦闯出一片新乾坤来。看来这魏人的眼界，唉……"

她原不是这般口舌刻薄之人，只是黄歇身死，她心中强压一股郁气，无法排解。昨日秦王的态度，更似一盆冷水当头浇下，到了今日，见魏夫人三番五次挑衅，心中郁气便化为口中利语，喷薄而出。

魏夫人脸色一变，商君入秦，致使秦国变法成功，魏国不但错失人才，还因秦国军力大兴，河西之战，损兵折将丢城失土，致使魏、秦两国强弱易势，这实是魏人大恨。芈月既贬先王后，又贬魏人，说出这样的话来，无异于当面扇了魏夫人一个大耳光。

魏夫人眼中顿生恨意，冷笑道："果然，季芈好钢口，知道的说是季芈胸怀乾坤，不知道的还真以为楚国嫁错了人，季芈才应该是做王后的合适人选呢。"

芈月不屑地道："大人淳淳，小人戚戚。论口舌之辩，何须王后？身在高位，只要会用人即可。魏国这些年来既失孙膑，又失商君，想来也是不晓得用人之故。"

魏夫人冷笑一声道："口舌之利，我是比不上季芈了，甘拜下风。"说着看了一眼虢美人。

虢美人上前笑着道："哎呀呀，楚国来的妹妹果然不凡，能说会道的。我是个愚笨之人，有些东西不懂，可否向各位妹妹请教？"

芈月见了这愚人居然为魏夫人冲锋，冷笑道："虢美人果然是好学之人，第一天向王后请安，就准备了一堆问题，我们才真要多向虢美人学习了。"

虢美人也不理她，径自道："妾身以前听过许多关于楚人的故事，都觉得不可思议，难得今日王后也来自楚国，特地来求证一件事。请问'刻舟求剑'的事情是真的吗？楚人真的如此愚笨？"

樊长使亦笑道："是啊，妾身也听过类似的故事，还有'画蛇添足'、'买椟还珠'之类，看来楚人愚笨的事情还真是挺多的。"

楚人自周天子立国之初受了慢待之后，便不遵周人号令，自封为王，倚长江之险，以与周室分庭抗礼的姿态而自立。自周室到晋室，数番召集诸侯伐楚而不得成功。北方诸侯不喜楚人，故谈书论文寓言比喻之时，便常常将楚人作为嘲笑对象，凡是有愚人妄人执人，便都派到楚人的头上来。

如今魏夫人见以先王后为难芈姝不成，反被芈月口舌所伤，她亦早有准备，故意退让一步，反让这些小妃以楚人故事来恶意取笑。

芈姝气得将宫女新奉上的玉盏也摔了，怒道："你们太放肆了！"

魏夫人却也不恼，芈月发现她越是恼怒时，反而笑得越是娇媚。

"诸位妹妹只是想讨王后的欢心，拉近与王后的距离，所以才找一些和楚国相关的话题罢了。初次见面，王后就忽然发这么大的脾气，是存心想给各位妹妹来个下马威吗？"

芈姝怒道："哼，我看是你想给我一个下马威吧？"

芈月却笑道："王后，既然各位阿姊要同我们说故事谈笑话，那我们就跟各位阿姊说故事谈笑话罢了。虢姬[1]，我倒是听说过一个与虢国相关的故事，特来请教，'唇亡齿寒'这个故事的由来，虢姬可曾知道？"

虢美人一怔，顿时恼了，指着芈月道："你、你太……"

不待芈月说，屈氏便上前一步，笑眯眯地道："虢姬若是想不起来，那妾就代您说吧。晋献公要打虢国，想借道虞国，就送了虞公宝马美玉。宫子奇说，虞、虢两国是唇齿相依，若是虢国有失，难免唇亡齿寒。可是虞公不听，还是借道给晋献公，于是虢国就灭亡了。"

景氏亦是笑眯眯地补刀："楚国的故事虽多，不过是一二愚人的故事，可我大楚在这大争之世，仍然傲立于群雄之中。虢国人的愚笨，却是没有脑子，不结交强者，却误信他人，把国族的安危放在没有信用也没有实力可言的人手中，结果国亡族消，实在是可悲可叹啊。虢姬，须知做人要聪明识时务，您说是不是呢？"

虢美人脸色一变，她终于听出来了，怒道："你在威胁我？"

孟昭氏亦笑道："我劝虢姬莫给人当枪使，免得被人卖了还不知道。至于樊姬，抱歉，我也想跟您说几个樊国的故事拉近一下关系，可我真想不起来樊国有什么故事值得一提的。不过我还可以送您一个楚国的故事，叫'狐假虎威'，这山林之王，到底是虎还是狐，大家可要睁开眼睛看清楚才是。"

芈姝掩嘴轻笑，魏氏有帮手，难道她便没有帮手不成？她这几个媵女素日在高唐台也练辩术，起初只是事发突然，自己也是不曾反应过来，幸而芈月先出声，诸芈便反应过来，轮番而上。这素日互相辩论惯了，一齐对外时，居然也是配合有度。

虢美人显然怔住了，突然间就尖声叫道："好啊，你们一起来欺负我，我要去请大王做主……"

正欲闹时，忽然听得外头齐声道："大王到！"

众妃嫔转过身去，看到秦王驷正大步进来，连忙下拜道："参见大王！"

秦王驷走上前，扶起芈姝道："寡人远远地就听到这殿中极为热闹，看来你们相处和睦得紧啊。"

诸妃嫔听到他这番话，脸色顿时五彩缤纷起来。

芈姝笑了，道："正是，各位妹妹都颇为热情，与妾等相处得很好呢。"

秦王何等聪明，一眼看去早已经心里有数，脸上却不显露，反笑道："如此寡人就放心了。"

芈月暗中给芈姝一个眼色，芈姝会意道："两位魏妹妹对先王后怀念得紧，臣妾想请大王恩准，将这椒房殿中先王后遗留下的东西都赐给两位妹妹保管。这椒房殿布置陈旧，臣妾想重新布置一番，也好让大王看个新鲜。"

秦王驷不在意地道："你是王后，这些许小事，自己做主就成，不必请示寡人。"

芈姝看了魏夫人一眼，含笑道："大王这么说，臣妾就放心了。"

魏夫人的脸色顿时变得极为难看。

这一场诸芈与诸姬的初次交锋，算是楚宫大胜。直到回到清凉殿，芈姝犹兴奋未止，笑着对芈月道："今天看那魏夫人的脸色白了又青的，可真是太痛快了！"

芈月劝道："阿姊，魏夫人在后宫经营这么多年，今日是轻视了阿姊才会措手不及，以后的日子还长着呢。"

芈姝恨恨地道："哼，她居然敢给我下马威！你说得对，将来日子长着呢，有的是时间教她知道我的厉害。"

芈月轻叹："阿姊放心，总有收拾她们的时候。"

芈姝看着芈月，想到今日自己一开始惊慌失措，全仗芈月及时出面，才不至于失了王后威仪，心中不禁百感交集："妹妹今日表现，可真是令我刮目相看。我总以为你还一直是那个让我庇护着的小妹妹，没想到，今日却是全仗你大展才智，才把那个魏氏给压下了。"

芈月知她素来好强，今日自己出头，只怕又招她心中不舒服。若是在楚宫，她或还惧她多心，只是到了如今，她也懒得再做戏，苦笑道："阿姊是不是觉得，我今日太过放肆大胆了？"

芈姝微笑，忙解释道："怎么会呢？其实今天还真的多亏了你……"她对自己今日表现实是十分沮丧，素日只觉得自己聪明厉害，威仪天成，只道自己一为王后，必是妃嫔俯首，秦王独钟。谁晓得一入秦宫，竟会被个妃子挤对得差点颜面尽失。这种“原来我没有这么厉害”以及“那个素日要我庇护的人居然这么厉害”的心思纠结万分。但芈月这么一说，她心中又暗自惭愧，觉得芈月今日为了自己出头，自己居然还有这种嫉妒的心思，实是不应该，又怕芈月心中误会，急着想解释，却又解释不清，急得出了一头的汗。

芈月按住了芈姝，叹道：“阿姊，我明白的，身处异地，满目敌人，心中自然有怯意，谁都会这样。我其实并不比别人强，只是我与阿姊不同，我是心中有恨，才会这样咄咄逼人。”

芈姝想到黄歇之事，也不禁心中恻然，更觉惭愧地道：“妹妹，过去种种譬如昨日死，人总要向前看的。”

芈月冷笑一声，“阿姊，你知道吗，我今天一直在期待，看魏夫人被我逼到什么程度上会翻脸，我就可以直接撕下她的伪面具来。可惜，她够能忍！”

芈姝一惊，“你怀疑是她？”

芈月点头道：“她的嫌疑最大，所以我今日本是想逼她一下，看看能不能找出真相。”

芈姝听了她这话，低头想了想，忽然犹豫起来，道：“你说大王会不会听到我们说的话，觉得我们太咄咄逼人了？”

芈月诧异道：“阿姊怕什么？”

芈姝犹豫道：“大王说，想要一个清净和睦的后宫，我们若是太过强势，会不会……”

芈月叹息道：“大王想要一个清净的后宫，阿姊就更不能软弱了。现在不是我们挑事，而是魏夫人她们在挑事。从下毒到勾结义渠，再到今日闹事，她何曾消停过？阿姊若是忍气吞声，她一定会更加嚣张。只有将她的气焰打下去，让她不敢再兴风作浪，这后宫才能清净，才不负大王将后宫交托给阿姊的心意。”

芈姝听了不禁点头，道：“那我以后应该如何行事？”

芈月斩钉截铁地道：“就像今天这样啊。若以后那魏夫人再挑事端，阿姊且别和她争执，由我来和她理论，到不可开交的时候，阿姊再出来做裁决。阿姊是王后，是后宫之主，宫中其他人都是妾婢，如何能与阿姊辩驳？”

芈姝恨恨地道：“嗯，就依妹妹。其实依我的脾气，真是恨不得将她拖下去一顿打死!”

芈月叹道:“阿姊不可。你和她斗,大王不会管,但你若要杀了她,大王是不会允许的。”

芈姝忙道:“我自然不会亲手杀她……”

芈月轻叹一声,按住芈姝的手,道:“阿姊,你心地善良,不是郑袖夫人那种人。更何况若论阴损害人的心性和手段,你我加起来也不及那魏夫人。这种事,不要想,免得污了你我心性。”

芈姝也有些讷讷的。以她如今的心性,其实要做出这种事来,也是不可能的。只不过心中气愤,过过嘴瘾罢了。

“我只是气不过……”

芈月道:“狗咬人一口,人只能打狗,不能也去咬狗。”

芈姝笑出声来,“妹妹说得极是。”

芈月坦言道:“秦宫不比楚宫,后宫的女人地位如何,其实是看秦王前朝的政治决断。阿姊,时机未到,你我不可妄动。”

芈姝急道:“那什么时候才算到时机?”

芈月道:“阿姊,既然做了王后,你就要学会忍。”

芈姝喃喃道:“忍?”

芈月道:“人不能把所有看不顺眼的东西全除去。阿姊,嫁给诸侯,就得忍受三宫六院的生活。”

芈姝叹道:“妹妹,我亦是宫中长大的女子。诸侯多妇,我岂不知?我不是嫉妒之人,不是容不得大王与别的女人在一起,我只是容不得那些想要算计我、谋害我的人一天天在我眼前晃。”

芈月叹道:“阿姊,这也是没有办法的事。后宫这么多女人,哪一个不是在谋算着往更高的位置爬?你身为王后,坐上了这个位置,就要承受后宫所有女人的谋算,并且忍下来。只要你还在这个位置上,就是最大的成功。”

芈姝越想越是委屈,倚在芈月的身上哭泣道:“妹妹,这真是太难了,一想到天天有这么一群人跟你斗嘴斗心计,晚上还要争大王的宠爱,我真受不了!”

芈月叹道:“阿姊,要享受一国之母的尊荣,就得承受所有女人的嫉妒和谋算。你担得起多少的算计,才享受得了多少的荣耀。”说着,她抬头看了看天边,笑道,“阿姊,快些梳洗打扮吧,大王今日要来与阿姊一起进晚膳。三日已过，我等也不必服侍，就容我躲个懒吧。”

芈姝却拉住了芈月，惴惴不安地道：“妹妹，我再问你一次，你真的不愿意侍奉大王吗？”

芈月微微一笑，“阿姊，庄子曾说过一个故事，说楚国有神龟，死已三千岁矣。王以锦缎竹匣而藏之庙堂之上。试问此龟是宁可身死留骨而贵，还是宁愿生而曳尾于涂中？只要阿姊答应我，五年以后让我出宫，我愿意做那只曳尾于泥涂中的乌龟。”

芈姝却莫名地有些不放心，幽幽一叹：“妹妹真的能永远不改初衷吗？”

芈月正欲站起退出，闻言怔了一怔，才道：“阿姊，若在过去，我可以毫不犹豫地说‘是’。但是，世事无常，到今日我已经不敢对命运说‘是’。阿姊，什么是我的初衷？我的初衷从来不是入宫闱为媵妇啊！”

芈姝心中暗悔，只觉得今日的自己，竟是如此毫无自信，处处露了小气，忙道：“妹妹，我并不是这个意思……”

她却不知道，一个女子初入爱河，又对感情没有十足的安全感时，这份患得患失，又岂能避免？只是有些人藏诸心，而她从小所生长的环境过于顺利，实是没有任何足以让她学会隐藏情绪的经历。也唯有在自己心爱的男人面前，在绝对的权威面前，她或许才会稍加掩饰，但与芈月等从小一起相伴长大的人，与玳瑁这些仆从之间，她实不必作任何掩饰。

但她此刻话一出口，已经是后悔了。其实自那日发现芈月与黄歇欲私奔之后，黄歇身死，芈月被劫，在她的心中，已经隐隐地对芈月有几分愧疚之意，又有一种油然的敬佩。所以在发现自己又出现如在楚宫那样对芈月的态度时，就已经感觉到了失礼。

芈月摆了摆手，叹道：“我的初衷，是跟着戎弟到封地上去，辅佐他，也奉养母亲。此后又想跟着黄歇浪迹天下。如今黄歇已死，我只愿养大小冉，让他能够在秦国挣得一席立足之地，也好让我有个依靠。男女情爱婚姻之事，我已经毫无兴趣。只是命运会如何，今日我纵能答应阿姊，只怕事到临头，也做不得主。”

芈姝叹息：“妹妹不必说了，我自然明白。”

芈月站起，敛袖一礼，退出殿外。

她沿着廊庑慢慢地走，心里却在想着方才与芈姝的对话。她对秦王没有兴趣，她对婚姻情爱也已经毫无兴趣，她可以答应芈姝，以安芈姝的心。

可是，芈姝的心安不安，与她又有何干呢？她入秦宫，又不是为了芈姝，她是为了追查那个害死黄歇的幕后真凶。若能够为黄歇报仇，必要的时候，她什么都不在乎，就算是秦王，她也未必会放弃利用他的心思。

忽然间一个低沉的声音道："季芈又在想些什么？"

芈月抬头一惊，却见秦王驷正站在廊庑另一边，饶有兴趣地看着她。

芈月只得微一屈膝行礼道："见过大王。"

秦王驷提醒："你还没回答寡人的问题呢。"

芈月垂首道："妾刚才在想，不知道晚膳会吃什么。"

对这种摆明了是敷衍的回答，秦王驷却也并不生气，只道："你不与其他人一起吃吗？"

芈月道："我住蕙院。"

秦王驷一怔，蕙院在清凉殿后略偏僻的位置，诸媵女都在清凉殿两边偏殿居住。

"你为何独自一人住那么远？"

这地方是芈月这两日问了宫人才知道的，亦是向芈姝要求过才得答应。诸媵女皆是为秦王准备，住在王后的附近，自然是为了就近方便。她既无意于秦王，自然住得远些，也省心些，更兼可打听宫中消息，当下只答道："妾还有一个幼弟，住在殿中恐扰了小君清净，因此住得远些。"

秦王驷点了点头，又问："这番季芈与寡人相见，似乎拘束了很多。"

芈月行礼道："当时不知是大王，故而失礼。"

秦王驷摇头，"不是，寡人感觉，你整个人的精气神，都似不一样了。"

芈月苦笑，她自然是不一样了，那时候的她正是两情相悦、无限美好自信的时候，如今经历大变，如何还能如初？

"妾长大了，再不能像以前那样年幼无知了。"

秦王驷沉吟："这离寡人上次见你，似乎没隔多久啊。"芈月垂头，"大王，有时候人的长大，只是一瞬间的事情。"秦王驷道："说得也是。"

芈月见他再无话，便退到一边，候他走过。秦王驷摆手，"你只管去吧，寡人还要在这里站一站。"

芈月只得行了一礼，"妾失仪了。"说着，垂头走出。

秦王驷看着芈月的背影沉默，他身后跟着的缪监似乎看出了什么来，上前一步笑道："大王对季芈感兴趣？"

秦王驷笑了，摇头道："不是你想的那种兴趣。"他看了缪监一眼，又道，"你休要自作聪明。"

缪监却也笑了，"老奴随大王多年，大王何时看老奴自作聪明过？"

秦王驷失笑："说得也是。"

当下无话，便入殿中。

注释

①先秦时期对女子的称呼，通常是在其姓氏之前加识别区分，这种区分可能是方位，亦可能是父族的地名，亦可能是丈夫的封地、谥号，亦可能是族中长幼排行等，但不会直呼名字。如西施，便是住在西边的施姓女子；如《赵氏孤儿》中的庄姬，便是姬姓女子，其夫谥号为庄，所以称"庄姬"。晋文公的妻子姜氏来自齐国，所以人们对她的称呼就是"齐姜"或者"文姜"。如芈月、芈姝在秦国，就不会有人直接称呼她们的名字，通常是以排行称为"孟芈"和"季芈"；如屈氏、景氏，则可以称为"屈芈"和"景芈"，而昭氏姐妹可以称为"昭芈"，但为了区别更可能会称为"孟昭"和"季昭"。虢美人来自虢国，姬姓，所以通常就会称她为"虢姬"。同理，魏夫人等人，可称其名位，亦可称为"魏姬"等。

第三十七章　铜符节

暂不提清凉殿中秦王与王后共进晚膳如何恩爱，且说魏夫人等一行人在椒房殿中失了面子，一怒之下回了她所居的披香殿内，犹自恨恨。

魏少使是她从妹，便先开口道："楚女实是无礼，阿姊可不能就这么忍气吞声。"

魏夫人却故意道："我倒罢了，谁叫我主持后宫，新王后不拿我立威，还能拿谁立威呢？只是姐妹们好意和王后亲近，却教人平白羞辱了一场。"

樊少使添油加醋地道："可不是，若是王后也罢了，谁教她是后宫之主。可是一个连名分都没有的媵女也敢骑在我们头上，这日子以后没办法过了。"

魏夫人长叹一声，说："自我入宫以来，对各位妹妹素来关爱有加，一视同仁。只是以今日来看，只怕日后宫中楚女当道，我们姐妹连站的地方也没有了。"

虢美人气恨恨地道："夫人，我们可不能这么算了！得让她知道，这宫里谁说了算！"

魏夫人只是笑笑，却看着唐夫人与卫良人道："唐姐姐、卫妹妹，你们两位也说说话啊。"

那唐夫人却是一脸的云淡风轻，只皱了皱眉，道："我素来多病，也不管这些事儿，一切由魏夫人做主便是。”

她本就不是魏国诸姬中的一员，原是先孝公所赐，是秦王驷为太子时的旧人，在宫中资历既深，有脸面，又有儿子。昔年魏氏诸姬在宫中得宠，她也不管不问，只专心养着儿子。到后来魏夫人借着诸妾争列闹出事来，秦王驷分了后宫位阶，她又是头一等。

她与魏夫人同阶，若论资历，原该站在魏夫人前头。魏夫人借着自己主持后宫的名义，每每要抢在她前面，她也无所谓，退让一步也无妨。就这么个一拳打去半天不见她吱一声，叫人疑心自己是不是打错了的人，便是魏夫人再智计百出，也拿她无可奈何。

此番拜见新王后，她只不过是随大流一起见一下，一出了椒房殿就要分手，是魏夫人硬拖了她过来，她亦知道这是魏夫人逼她站队。只是她依旧这么一副半死不活的样子，也实在教魏夫人无可奈何。

魏夫人又转向卫良人，卫良人也素来颇多算计，颇为魏夫人倚重，此时见魏夫人问她，只笑了笑道：“各位姊妹言重了，其实也不是什么大不了的事。人初到一处陌生的地方，不免要些强。如今王后初来宫中，便有什么不到的地方，我们自然要多体谅，多帮助，如此才不负大王对我等姐妹的期望。”

魏夫人一听，不禁暗赞此人心思果然深沉，表面上看去这话四平八稳，毫无恶意，但细一品，却有无限陷阱。见诸姬还不解，索性挑明了道：“还是卫良人想得周到，你们也都听到了，王后新到宫中，不熟悉宫务，若是在处理宫务之上出了什么不周到的事情，大家都多多看着点，帮着留点神！”

虢美人顿时明白了，掩口轻笑道：“正是正是，我们知道了。”当下暗定了主意，要叫人在宫务上设几个套教王后出几个错来，方显得是她的本事。

卫良人暗叹一声，说实话，她为人自负，对虢姬之好胜无脑、樊姬之自私胆小，都没有好感。诸姬之中，有愚有慧，有能藏话的，也有特别多嘴的。若依了她的性子，有些事少数几个人心照不宣已经足够，如何能够挑明了说？只是魏夫人却喜爱将众人拉在一起，行事都要同进同退，方显得自己是后宫主持之人，她也无可如何。

魏夫人计议已定，当下遣散了诸姬，却留下了卫良人独自商议，道：“卫妹妹向来是最聪明的，这以后何去何从，还指望卫妹妹拿个主意呢！”

卫良人笑道：“阿姊已经处于不败之地，何须我来拿主意？”

魏夫人一怔，“妹妹这话怎么说？”

卫良人长叹一声，暗示道：“我笑阿姊舍本逐末，跟这些毛丫头置什么闲气，她能盖过我们的不过是名分，阿姊若能在名分上争回来，岂不是……”

魏夫人细细思忖了一下，忽然悟了，“妹妹的意思是……”

卫良人掩袖一笑，魏夫人已经明白，她指的是自己所生的儿子，公子华！

此时宫中诸夫人虽然俱有子，然而皆不及公子华出身，且先王后无子，亦三番五次说过要将公子华记在自己名下。若能够趁孟芈初来之时，将公子华立为太子，则魏夫人已处于不败之地。

卫良人又暗悔自己刚才的暗示叫魏夫人明着宣扬出去，若出了事，必会说是她的计谋，忙又描补道：“我若是阿姊，此时什么也不出手最好。”魏夫人不解，卫良人忙解释道：“大王是何等厉害之人？阿姊久掌宫务，如今王后初入宫中，她若是出了什么差错，大王岂不疑了阿姊，叫子华受累？”

魏夫人虽能够接受，终究心有不甘，道：“难道我就这么叫楚女得意不成？”

卫良人劝道：“大王要的是一个清净的后宫，谁叫大王不得清净，大王心里就会嫌弃了谁。更何况王后现在正防着阿姊，不管出了什么事都会说是阿姊使的坏，阿姊真要对付她们，倒不如等她们松懈下来，自乱阵脚……”

魏夫人已经明白了她的意思，笑道：“妹妹不愧是出身卫国，当真有鬼谷子之才，得纵横心术啊！”

卫良人娇嗔道：“我为阿姊出谋划策，反倒被阿姊取笑了。”

两人说笑一番，卫良人这才辞了出去，心中却暗自嗟叹。她自负才貌不在魏夫人之下，可魏夫人仗着出身，压在她头上多年，她不但不能反抗，还得处处讨好她，为她出谋划策。虽然得了魏夫人的看重，可自己的心中，终究是意难平啊！

七月成婚，从炎热的夏季转到黄叶飞舞的秋季，芈姝在宫中已经两个多月了。

这一日，秦王下旨，令诸芈准备动身，前往雍城。

雍城是秦人宗庙所在，接下来正是王后芈姝人生中最重大的仪式——“庙见”之礼[①]。

这却是一个新妇人生中最重要的时刻。新妇三月，乃备奠菜，行庙见之礼，祭过先祖，这才能正式列为夫家的一员。这三个月中，如同新妇的试用期一般，新妇要表现出自己最美好的品质，令夫婿满意；要表现出胜任一国之母的素质，令宗族满意。如此，才能够在庙见之仪上，告之先祖，正式接纳其为秦国嬴姓王族的成员。

这一日，无数车队，前后簇拥，浩浩荡荡自城西而出，前往雍城。走了十余日，终于在三月期满之前，到了雍城宗庙。

黄昏时分，秦王驷与新后俱着礼服，在祝者引导下进了宗庙，祭告列祖列宗。芈姝从楚国带来的陪嫁礼器悉数摆放在宗庙之内，如玉璜、玉琮、玉璧、玉圭、玉璋、玉琥等六玉，如鼎、鬲、甗、簋、簠、盨、敦、豆、爵、觯、觥、尊、卣、壶、斝、罍、觚、盘、匜等诸般铜器俱刻有铭文，再加上全套青铜编钟、青玉编磬等乐器俱由乐师奏乐。这等豪华的陪嫁阵势，也唯有国与国之间的联姻，才能够摆出来。

新后芈姝亲奉嘉菜，秦王驷与王后行礼如仪，王曰："臣驷，娶新妇芈姓熊氏，今奠嘉菜于嬴氏列祖列宗，愿列祖列宗惠我长乐无疆，子孙保之。"后曰："芈姓熊氏来妇，敢奠嘉菜于我嬴氏列祖列宗，愿列祖列宗佑我百室盈止，妇子宁止。"

所谓嘉菜者，不过是五齑七菹，五齑即是将昌本、脾析、蜃、豚拍、深蒲这五样荤素各异的菜肴细切为齑，七菹便是将韭、菁、莼、葵、芹、菭、笋七种菜蔬制成菹菜。

嘉菜虽然名义上须得新妇亲手所制，奉与舅姑，以示嫁为人妇，主持中馈之意。但芈姝既为王后，自也不必亲处厨下洗手烹制，不过提早叫侍人准备好腌制七种菹菜的食材，烹煮好五齑之肴，然后在庙见之礼前，切好摆入祭器，她只是在每个流程进行中站在那里沾一下手便是。

如此诸般礼仪成了，芈姝再受册宝，更笄钗，才算正式为宗庙所接受，此后才能够行主持祭祀之仪。

庙见之后，就是行反马之仪。所谓返马，就是成妇之后，新妇将从娘家带来嫁入夫家所乘坐的马车留下，自谦战战兢兢，若不能得欢于夫家，当乘原车而返。而夫家则行"反马"之礼，就是把新妇从娘家来所驾乘车子的马匹退回，表示对新妇十分满意，一定不会有出妇之事。如此，方算完成了整个婚礼。

庙见之后，秦王驷方才对芈姝说，先王后病逝，群臣欲为王求新妇，亦至宗庙问卜，卜得诸国皆不堪为正，数次之后，才卜得荆楚为贞，能兴秦业。因此他亲去楚国，以诚其心。

芈姝听得自是心花怒放，本来有些不安的心，顿时也安定了下来。既是宗庙卜得荆楚为贞，能兴秦业，那么她又何忧之有？

自雍城回来，芈月便开始思量着下一步的行动。这些日子，她居于蕙院，与魏冉同住，身边亦只有薜荔、女萝侍候，与楚国身为公主的待遇自然是相差甚远，只是她也不以为意，反觉得蕙院狭小不惹嫌疑，侍女人少清净。

这些日子以来她一直想办法，试图将她在义渠王那里所见到的铜符节重新做出来，这是她目前唯一的线索。很明显，这东西是过秦人关卡时所用。义渠王掠劫完毕，星夜奔驰回义渠，纵有阻拦，也是一冲而过。但义渠人潜行数个郡县来伏击送嫁队伍时，却必是通过这东西来过关卡的。

只是毕竟她对那铜符节只匆匆看了一眼，虽然大致的形状已经可以恢复了，但许多细节却怎么也想不起来。她看着手中的泥制符节，泄气地放了下来。

蜗居小院，实不合她的性格。她在楚宫之时，经常会跑出去骑马射猎习武，只是到了秦宫，不免要小心三分。她想起当日秦王带诸芈去马场，便让薜荔去打听了一下。薜荔来报说，那马场素日只有秦王罢朝之后，会过去骑射半个时辰，平时却是无人。之前亦有宫中妃嫔去射猎游玩，并无禁忌。

她听了之后，不禁心动，想着今日烦闷，索性将那泥制符节忘了，就要去马场。

走到院中，魏冉又上前来缠着她要玩，她亦无心理会，只问了他已经背会了《大雅》、《小雅》之后，便叫他先背《秦风》。魏冉不解，原来芈月同他说，习雅之后，诸国风当从《周南》开始，为何跳过先习《秦风》？芈月只得道，既然到了秦国，当入乡随俗，更快地融入秦国。

魏冉听了她的话，沉默良久，才问道："阿姊，我们不去齐国了吗？"

芈月心中一酸，想到当日与黄歇共约一起入齐的计划，如今已经不可能再实现了，抹了一把泪，匆匆跑出了蕙院。她一股怨气无处发泄，跑到射场，叫内侍摆开靶子。眼前的靶子时而变成义渠王，时而变成魏夫人，时而变成楚威后，时而变成楚王槐。让她只将一腔怨恨之情，化为手下的利箭，一箭箭地向前射去，射至终场，忽然传来一阵鼓掌声。

芈月猛然惊醒，眼前箭靶仍然是箭靶，她轻叹一声，抹了抹额头的汗，心中诧异。她明明打听了此时是秦王在前朝议政的时间，诸姬近年来亦不爱骑射，此时又是谁来了呢？她转头看去，却是一个不认识的少女，那少女边笑边向她走来，脸上却带着善意道："好箭法！真没想到宫中还有人箭法比我好。你是谁？我怎么从来没见过你？"

芈月细看那少女英气勃勃，带着几分男儿之气，她从未曾遇见过能够与她气味相投的女子，此时见了这人，竟有几分亲切，正欲开口道："我是……"

那少女却顽皮地以手指唇，笑道："且等一下，容我猜猜……嗯，你是从楚国来的季芈，是也不是？"

芈月诧异地道："你如何知道？"

那少女歪着头，历数道："看你的打扮，自然不会是宫女。那最近宫里新来的就只有王后和她的五个媵女。我听说屈氏和景氏形影不离，孟昭氏和季昭氏更是姐妹同行。我听父……听人说季芈擅骑射，那么独自一人在这里练习弓箭的，自然就只有季芈了。"

芈月也笑了，"既然你猜着了，那么让我来猜猜阁下是谁。宫中妃嫔拜会王后的时候我都已经见过，你的打扮也不像是宫人，那你不是王妹，便是王女……你方才脱口说出'父'字，想来是要说'父王'二字，你莫不是公主？"

那少女拍手道："果真如父王所言，季芈是个聪明女子，你就唤我'孟嬴'好了。"

孟嬴者，嬴氏长女也，芈月便明白了，笑道："原来是大公主。"

两人相互为礼，芈月看着孟嬴，却与自己一般高矮，想来也是年岁相仿，忽然想起一事，实是忍俊不禁。

孟嬴诧异道："你笑什么？"

芈月掩嘴笑道："还记得在楚国与大王第一次见面，他长着一把大胡子，我管他叫长者，他还不高兴。后来就剃了胡子让我看，说他不是长者。可如今看来，他确实是长者，他都有你这么大的女儿了。"

孟嬴笑得前仰后合，道："你真的管他叫长者？那父王岂不是要气坏了？怪不得回来的时候他的胡子没了，我还以为是为了在新王后面前显年轻呢，原来是被你叫恼了。"她性子直爽，想到素来高高在上的父王竟也有此狼狈之时，不由得对芈月好感大增，"你这人好玩儿，我喜欢你。"

芈月亦喜欢她的直爽，两人虽是初见，竟是不到半日，便成了知交，索性抛开身份，互以“季芈”、“孟嬴”相称。

芈月听得孟嬴不停地夸自己的父王如何英武，却是不服气，历数楚威王当年事迹，两人竟如孩童似的抬起杠来。

孟嬴道：“我父王是世间最英伟的君王。”

芈月便道：“我父王也是。”

孟嬴道：“我父王会成为秦国扩张疆域最广的君王。”

芈月也道：“我父王在位时扩张疆域，楚国有史以来无人能比。”

最后还是孟嬴先罢战，说道：“好了好了，我们都有一个好父王，好了吧？”

芈月叹了一口气，想到自己的父亲，看着孟嬴诚挚地道：“是啊，所以公主一定要好好珍惜你父王，孝敬你父王。”

孟嬴见了她庄重的神情，不禁问道：“季芈对我父王可有好感？”见芈月点头，忙又问道：“你会不会做我父王的女人？”这次芈月却是摇头了。

孟嬴诧异了，“这是为什么？”

芈月扑哧一笑，“孔子曰：‘吾未见好色如好德者也。’吾亦好色，天底下的好男儿多了去了，欣赏便可。”

孟嬴从来不曾听过这般离经叛道却又爽快异常的话，不禁拍膝大笑，“季芈，季芈，你当真是妙人也！”说着，自己也吐露心事，道：“我素来不爱与后宫妃嫔交往，她们一个个的心思都写在脸上了，偏还装模作样，当我是傻子吗？”

芈月亦是明白，便道：“她们亦是可怜人，宫中多怨女，大王一个人，不够分啊！”

孟嬴直笑得前仰后合，“哈哈哈，季芈当真是妙人，我从来不曾笑得这般开心，哈哈哈……”

芈月诧异地问道：“孟嬴，我说的话，便是如此可乐，还是你我理解有差？”

孟嬴抹泪笑道：“不差不差，季芈，我只是、只是觉得耳目一新罢了。”

自此，两人便多有来往，芈月将自己手抄的庄子之《逍遥游》赠予孟嬴，孟嬴亦将自己最喜欢的一匹白马赠予芈月。

那马才四岁，正是刚成年的时候，十分可爱。芈月与孟嬴到了马厩挑选时，一见之下便十分喜欢。她虽然喜欢弓马，但毕竟楚国在南方，以舟楫见长，论起良马，却不如秦人。秦人善驯马，始祖非子便是以善驯马而得封，孟嬴身为秦王最宠爱的长女，亦有好几匹良驹，这匹马恰好是秦王所赐，刚刚成年，孟嬴见芈月喜欢，便转手赠予芈月。

待得两人相交颇有一段情分之后，芈月便将自己私下用泥土所仿制的符节交与孟嬴，托她辨认打听一下。孟嬴却只觉得这符节虽然颇似秦国高层的通关符节，但是具体要查出是谁的，非得看这上面的铭文才是。

当日芈月只是匆匆一瞥，能够记得大致样子复原出来已是绞尽脑汁，这上面的铭文，当日便不曾看清，又何来回忆？

但她深知查出真凶，这才是关键所在。心中不甘，苦思冥想，几乎连做梦，梦到的都是当日那符节的样子，只是当她想仔细看清上面的铭文时，却总是糊作一团。

这一日，芈月正欲去找孟嬴，自廊桥上经过，却见廊桥下卫良人带着侍女恍恍惚惚地走过，她的手中居然还持着一枚铜符节。

芈月一见之下，只觉得脑海中轰然作响，那梦中始终糊作一团的东西此刻突然间清晰地显现出来，与卫良人手中的铜符节重合起来。她还没来得及思索，身体已经先于思维一步，一手按住廊柱，双足迈过廊桥的扶栏，跃了下来。

卫良人这日正是自内府中回来，接了家信，心中恍惚时，突然间一人从天而降，落到她的面前，她还未反应过来，她身边的侍女采蓝便已经吓得失声惊叫。

这廊桥离地面有十余尺高，若换了普通人，怕是要跌伤，幸而芈月从小就喜欢弓马，又身手矫健，这才无事。此时见吓着了人，忙行礼道："吓着卫良人了，是我的不是，还望恕罪。"

卫良人抚着扑通乱跳的心口，强自镇定道："无事。"又呵斥采蓝住口，方又向芈月笑道："侍女无知，失礼季芈了。"

芈月脸一红，"哪里的话，是我十分无礼才是。"

卫良人腹诽，你既知无礼，如何还会做出这等举动来？但她素来温文尔雅，这样的话自然是不会出口的，只是不知这位新王后跟前最得势的媵女，为何忽然在自己面前做出这样奇特的举动来。

芈月却也懒得和她绕弯，直接道："卫良人手中之物，可否借我一观？"

卫良人诧异道："我手中之物？"她看了看自己，左手拿着父亲寄来的鱼书，右手拿着铜符节，却不知道对方要看什么。

芈月已经直接道："卫良人手中铜符节可否借我一观？"卫良人听说她只是要借铜符节，松了一口气。她还怕对方是要借她手中的鱼书一观，这可是无法答应的事，当下忙将手中的铜符节递过去道："不知季芈要此物何用。"

芈月接过铜符节，在自己手中翻来覆去地看了一遍，似要把所有的细节都记住。但见那符节正面阴刻秦字铭文数行，秦字与楚字略有不同，她亦不能全识，连猜带蒙其大致的意思，好像是述某年某月某日，王颁节符于某人，可用于水陆两路免验免征通行，准过多少从人多少货物等内容。

卫良人看着她的举动，疑惑越来越深，却不言语。采蓝欲问，却被卫良人一个眼神制止了。

芈月越看这铜符节，心中疑惑越大，虽然那日义渠王的铜符节只是匆匆一瞥，但这些日子魂牵梦萦，卫良人手中的铜符节便是她记忆中的那一枚。想到这里，她深吸一口气，强抑住激动问："卫良人，此物何用？"

卫良人诧异地道："季芈不认得这个吗？"

芈月道："不认得。"

卫良人笑道："大秦关卡审查极严，如果有车船经过关隘，没有这种铜符节，都要经过检验，若是携带货物还要纳征。后宫妃嫔来自各国，与母国自然有礼物往来，所以大王特赐我等一枚铜符节，以便关卡出入。"她笑容温婉，娓娓道来，仿佛一个亲切的长姊一般。

芈月皱起眉头，抓住卫良人话中的信息："这么说来，后宫妃嫔手中都有这枚铜符节了？"

卫良人掩袖笑道："哪能人人都有？不过是魏夫人、虢美人，还有我手中有罢了，如今大约王后手中也会有一枚。"

芈月紧紧追问："其中外形、内容、铭文，可有什么区别吗？"

卫良人有些不解，看了芈月一眼，"季芈为何对此事如此关心？"

芈月低头思忖片刻，抬头大胆地道："卫良人当知道，我们在入咸阳途中曾遇义渠王伏击，而我在义渠王营中曾见到过相似的一枚铜符节。卫良人以为，这符节会是谁的呢？"

卫良人倒抽一口凉气，似乎想到了什么，伸手想从芈月的手中抽走铜符节。芈月观察着卫良人的神情，手中却握住铜符节不放，道："卫良人可愿教我，如何才能够分辨出各人手中的铜符节？"

卫良人已知今日之事不能善了，心中暗悔，自己接到父母家书，心神恍惚，握着鱼书和铜符节竟忘记藏好，竟卷入这等事情当中了！她不禁前后一看，幸而今日这条宫巷上只有她主仆二人与芈月，沉默片刻道："把符节给我。"芈月松手，卫良人拿回铜符节，指着正中一处环形内之字道："其形制、铭文基本相似，只有此处……季芈看清楚了吗，这个位置上是个'卫'字，是我母族国名。"

芈月瞪大眼睛，盯住了铜符节上的"卫"字，努力回想着义渠王掉在地上的铜符节，试图看清上面的字，却是一片模糊。芈月抚额，顿觉晕眩。她回过神来，却见卫良人扶住她道："季芈，你那日见到过的铜符节此处刻着一个什么字？"

芈月微笑，盯着卫良人的眼睛缓缓地摇头道："我记不清了。"

卫良人看着芈月，她口中虽然说记不清了，可表情却更显得神秘莫测，卫良人叹道："季芈，你真的不像一个宫中的女人。"

芈月笑了，"宫中的女人应该如何？"

卫良人脸上露出无奈和忧伤道："这宫里到处是眼睛，到处是耳朵，稍有不慎，就会给自己和身边的人招来祸患，甚至不知道风从哪里起，往何处辨别申明。所以，在这宫里久了，有许多事，不能说，不能做，装聋作哑才能明哲保身。"

芈月看着卫良人道："我明白卫良人的意思，我做事一向恩怨分明，绝不会牵连他人。"说罢，她转身而去。

卫良人凝视着芈月的背影，叹息："季芈，你真是太天真，太单纯了。"

这样天真单纯的性子，在这样诡秘的深宫之中，能活多久呢？卫良人心中暗叹，却知道此事只怕她不会善罢甘休。

王后在入咸阳的途中遇伏，此事她竟是毫无所知，不仅她不知道，只怕在这宫中除了那个主谋之外，谁也不知道吧？而这个主谋，当真是那个呼之欲出的人，还是……另有阴谋呢？

她正出神，采蓝怯生生地问："良人，我们……要不要提醒一下魏夫人？"

卫良人沉了脸，斥道："你胡说什么！魏夫人与此事何干？"

采蓝吓了一跳，忙低了头，"奴婢也是，奴婢也是……"

卫良人冷笑，"你只是个奴婢罢了，贵人的心，也轮得到你来担忧？"

采蓝连忙摇头。

卫良人叹息道："此事你管不了，我也管不了。把符节收好了，今日我们什么都没看到，没听到。”

采蓝心一凛，忙应道：“是。”

芈月回到自己所居的蕙院之中，已经依着方才在卫良人手中所见铭文，再度重做符节了。

此时院中，芈月面前的石几上，已经摆着十来枚相似的泥符节，她小心翼翼地用小刀刻着上面的铭文，俱是和卫良人出示的符节相同，唯一不同的就是正中圆环处各国的国名。石几边的地下，是一个盛水的铜盆，铜盆旁边是做坏了的许多泥坯。

芈月小心翼翼地把这些晒得半干的泥符节拿起来，转动着正面、反面、侧面，闭上眼睛又睁开眼睛，努力回忆着……那日义渠王掉落地上的铜符节，那个本来糊作一团的图案，此时变得越来越清晰，那个字……每一个符节比对以后，那个字，果然是个“魏”字。

芈月跳了起来，将其他符节俱收在一起，只取了那枚刻着“魏”字的符节，就要回屋洗手更衣，去芈姝的宫中。她方一转头，却看到一只青色的靴子停在她的裙边，她惊诧地抬起头来，从靴子到玄端下摆、玉组佩、玉带、襟口，一直看到了秦王驷的脸和他头上的高冠。

芈月伏地请安：“参见大王。”

秦王驷的声音自上而下传来，冰冷无情：“此为何物？”

芈月一怔，有些不明白秦王驷的意思，惶然抬头，看到秦王驷面无表情的脸，顿时感觉心乱如麻，她似乎有一种不太好的预感。此时，并不是应该见到秦王的时候，这个节奏不对，她支吾道：“这似乎，是……符节。”

秦王驷道：“季芈，符节是做什么用的？”

芈月道：“是……妾不知道。”

秦王驷声音冷冷地道：“这符节是君王所铸，赐予近臣，过关隘可免验免征，是朝廷最重要的符令，岂是谁都可以私铸的？”

芈月慌乱得理不出一个思绪来，只慌忙答道：“朝廷符节，乃用金铜所铸，臣妾这是泥铸的，只是用来找人……”

秦王驷的声音似在轻轻冷笑：“找什么人？”

芈月抬起头来，心头还在实情说与不说之间犹豫：“妾想找……那个伏击我们的人。”

秦王驷的声音依旧冷漠：“伏击你的是义渠人，你在秦宫找什么？”还未等芈月说话，秦王驷伸出手，将石几上的泥符节统统拂入水盆中，冷冷地道，“不管你出于什么目的，这东西都不是你一个媵妾可以沾手的！”

泥坯入水，顿时溶化成一团泥浆，芈月看着自己数月费尽心血努力的一切，在他这一拂手间，化为乌有，不禁伏地哽咽：“大王……”

秦王驷并不理会，只将这些泥坯符节拂入水盆之后，便不再看芈月一眼，就拂袖而去。

芈月绝望地坐在地上，冲着秦王驷的背影叫道：“大王，难道王后被人伏击，就这么算了吗？”

秦王驷转身，眼角尽是讥诮之色，只说了一句话：“你以为你是谁？”

“你以为你是谁？”

“你以为你是谁？”

秦王驷不知道已经去了多久，可这句话，似乎一直在芈月的耳边，嗡嗡作响，占据了她所有的思绪，让她没有办法动弹，没有办法反应过来。也不知道过了多久，她伏在地上，忽然大哭，又忽然大笑，吓得薜荔和女萝只敢紧紧拉着魏冉远远地看着她，不敢靠近。

她真是太天真，太愚蠢了！她原以为，她只要找到那个背后指使义渠王去伏击芈姝的人，就能够搜集到证据，把这证据交到秦王的手中，便可以为黄歇报仇。为了这个目的，她才进了秦宫，她才宁愿违背生母临死前“不要做媵”的叮嘱，以媵女的身份入宫。

可是如今，她才知道自己的计划是何等可笑！秦王驷志在天下，他岂是连自己的后宫发生什么事都不清楚的人？他若是有心，岂有查不到之理？又何须要别人为他寻找证据？就算自己找出证据来又如何？芈姝安然无恙，死的只有黄歇，痛的只有自己。他又如何会为了一个与他毫无利害关系的人之生死去降罪于一个自己的枕边人、自己儿子的母亲？

“你以为你是谁？”这话，他问得刻骨，也问得明白。是啊，自己是谁？何德何能去撼动后宫宠妃，去改变一个君王要庇护的人？

注释

①三月“庙见”之礼还有一种说法，即为远古风俗，男女婚前情爱不禁，所以婚后要等三个月的观察期确定新娘不是带孕而嫁，才能够正式算夫家的人。所以一些早期风俗如弃长子（如周朝始祖后稷就是被弃）、杀头生子等，都是与此有关。

第三十八章　不素餐

芈月病了，她这病突如其来，却病势沉重，竟至高烧不醒。

承明殿廊下，秦王驷正闲来踱步，听得缪监回报，只淡淡地说了一声："病了？"

缪监看着他的脸色，道："是。大王要不要……"

秦王驷继续踱步，"王后叫御医看过了没有？"

缪监忙道："叫的是太医李醯。"

秦王驷"哦"了一声，看了缪监一眼，道："你这老物倒越来越闲了，一个媵女病了，何须回我？"

缪监赔笑道："这不是……大王说看奏报累了，要散散步、说说闲话嘛。"

秦王驷看了缪监一眼，并不理他，又自散步。

缪监只得又上前赔笑道："大王，蓝田送来一批新制的美玉，大王要不要看看？"

秦王驷摆摆手，"寡人懒得看，交与王后吧！"

缪监应了一声："是。"

秦王驷忽然停住脚步，想了一想，道："去看看吧！"

缪监连忙应了一声，叫缪乙快步先去令玉匠准备迎驾，自己亲自侍奉着秦王去了。

披香殿魏夫人处，魏夫人亦听闻了此事，低头一笑，道："病了？"

侍女采桑笑道："是啊，听说是病了，还病得挺重的。"

魏夫人懒洋洋地道："既是病了，就叫御医好好看看，可别水土不服，弄出个好歹来。"

采桑会意，忙应了道："是。"

魏夫人皱眉道："采蘩呢？"

采桑知她是问另一个心腹侍女，那采蘩更得魏夫人倚重，早些时候却奉了魏夫人之命出宫，如今还未回来，忙禀道："采蘩还不曾回来呢！"

魏夫人面带忧色，叹道："真是无端飞来之祸——但愿此番能够平平安安地渡过。"

采桑知她心事，劝道："夫人且请放心，这些年来，夫人又有什么事，不是平平安安地渡过的呢？"

魏夫人想了想，便又问："那个叫张仪的，真的很得大王之宠信？"

采桑忙应道："是，听说如今连大良造也要让他三分。"

魏夫人沉吟："他若当真有用的话，不妨……也给他送一份厚礼。"

采桑又应下了。

魏夫人却越思越烦，只觉得千万桩事，都堆到了一起，却都悬在半空，无处可解。她坐下来，又站起来，又来回走了几步，出了室外，却又回了屋内，终究还是令采桑道："你叫人去宫门口守着，见采蘩回来，便叫她即刻来见我。"

采桑应了。

魏夫人却又道："且慢，你先去请卫良人过来！"

采桑忙领命而去。

魏夫人轻叹一声，终究还是坐了下来，叫人上了一盏蜜汁，慢慢喝着。这些年来，她并不见得完全相信卫良人，许多事情，亦是避着卫良人，但每每在她心烦意乱之时，叫来卫良人。卫良人总能够善解人意地或开解，或引导，能够让她烦躁的心平静下来，也能够给她提供许多好的思路。

所以，她不完全相信她，却又不得不倚重她。

芈月的病越发严重了，芈姝派了数名太医，却是每况愈下。芈姝十分着急，便问孟昭氏，到底应该如何是好。

孟昭氏一言提醒了她，说："季芈妹妹之病，只怕不是普通的病吧？"

芈姝一惊，问她："如何不是普通的病？"

孟昭氏却道："小君还记得您初入秦国时，在上庸城所遇之事吗？"

芈姝骤然而惊道："你是说，在这宫中，在我这个王后面前，也有人敢弄鬼？"

孟昭氏道："若是在小君这里，自然是无人敢弄鬼，只是季芈妹妹处，则未免……"

芈姝听了微微颔首，叹道："都是季芈固执，我也叫她住到我这里来，她偏要独居一处！"芈姝入秦，侍女内宦辅臣奴隶数千，一切事物，皆不假于人手，如上庸城那样受制于人之事，自然是再不会发生。但芈月独居蕙院，侍从人少，自然就有可能落了算计。

孟昭氏便建议道："不如让女医挚去看看？"

芈姝犹豫地道："女医挚医术如何能与太医相比？"其实宫中置女医，多半是宫人产育或者妇人之症，有些地方男医不好处置，故而用女医，女医亦多半专精妇科产育。芈月之病并不属此，所以芈姝自恃已经正位王后，亦是第一时间叫了秦国的太医。孟昭氏此议，实是令她吃惊万分，亦是令得她对自己的环境产生了不安的感觉。

孟昭氏看出她的心事，忙道："女医挚虽然只精妇幼，论起其他医术，自不能与外头的太医相比，可是若是季芈症候有错，让她去，多少也能看出个一二来吧？"芈姝不禁点头，当下便令女医挚前去看望芈月。

芈月听说女医挚来了，忙令其入见。女医挚跪坐下来，正欲为芈月诊脉，芈月却淡淡地道："不必诊脉了，我没病。"

女医挚亦叹道："季芈的确是没有病，是心病。"

芈月沉默片刻，叹了一口气道："不错，我是心病。"

女医挚道："心病，自然要用心药来医。"

芈月摇头，"我的心药早已经没有了。挚姑姑，你是最知道我的，当日在楚国，我一心一意想出宫，以为出了宫就是天高任鸟飞，海阔凭鱼跃。可是等到我出了宫，却是从一个宫跳到另一个宫。本来，我是可以离开的，可是能带我离开的人，却永远不在了。我原以为，进来，能圆一个心愿，求一个公道。可公道就在眼前，却永远不可能落到我的手中来……那么，我还能做什么？就这么在这四方天里，浑浑噩噩地掐鸡斗狗一辈子吗？"

女医挚听了，也不禁默然，终究还是道："季芈，人这一辈子，不就这么过来了吗？谁不是这么浑浑噩噩地过一辈子呢？偏您想得多，要得也多。”

芈月苦笑，“是啊，可我错了吗？”

女医挚亦苦笑，“是啊，季芈是错了。您要什么公道呢？您要公道，人家也要公道呢。她辛辛苦苦侍候了大王这么多年，连儿子也生下来了，最后忽然来了个王后压在她的头上，对她来说，也认为是不公道吧？您向大王要公道，可大王是您什么人？您又是他什么人呢？从来尊尊而亲亲，论尊卑，她为尊您为卑；论亲疏，大王与她夫妻多年，还生有一个公子。疏不亲间，是人之常情，不管有什么事，大王自然是维护她为先，凭什么要为您而惩治她呢？”

芈月叹息道：“是，我正是想明白了，所以我只能病。”

女医挚叹道：“季芈的病，正是还未想明白啊！”

芈月点头道：“是，我的确还未想明白。若想明白了，我就走了。如今正是还想不明白，所以，走又不甘心。”

女医挚沉吟道：“事情未到绝处呢。若是有朝一日，王后生下嫡子，封为太子，到时候由王后出面，不管尊卑还是亲疏，都是形势倒易，要对付那个人，就不难了。”

芈月摇了摇头道：“魏夫人生了公子华，大王为了公子，也不会对魏夫人怎么样的。太子……不错，若是我们能想到，魏夫人更能想到，她一定会在阿姊生下孩子之前，争取把公子华立为太子的。”

女医挚一惊，“正是！那我们可得提醒王后。”芈月看了女医挚一眼，女医挚便已经明白，点头道，“我会把这话带给王后的。”

芈月亦是想到此节，只是这话若是她不顾一切拖着病体去说，不合适，若教侍女去说，更不合适。唯有在女医挚探望之时，叫女医挚带话过去，方是最合适的。

女医挚诊脉毕，便要起身，芈月却道：“医挚既然来了，薜荔，你去把药拿来给医挚看看。”

女医挚一惊，“什么药？”

便见薜荔捧着一只药罐和两只陶罐进来，将这三只罐子均递与女医挚，女医挚不解地问：“这是什么？”

薜荔道：“这是三个太医看过季芈之后开的药方，奴婢把药渣都留下来了。”女医挚转头，看到芈月冷笑的神情，便已经明白，当下一一察看了三只罐子里的药，抬起头来，叹息："有两帖药倒也无妨，只这一帖……"她指着其中一只陶罐里的旧药渣道，"用药之法，热者寒之，寒者热之，温凉相佐，君臣相辅。季芈只是内心郁结，外感风寒，因此缠绵不去。可这药中却用了大寒之物又没有温热药物相佐，若是吃多了就伤身，甚至卧床不起。"她看了芈月一眼，"季芈想是察觉了什么？"

芈月吃力地坐起来道："看来我果然是打草惊蛇了，人家如今便乘我生病开始下手了……"

女萝连忙上前扶着芈月坐起来，着急地道："那怎么办？"

芈月冷笑道："既然知道了尊尊亲亲之礼，我还能怎么办？女萝，把药罐子拿到门外，砸下去。"

女萝惊诧地道："砸下去？"

芈月道："不错。"

薜荔却有些明白了，便道："季芈何不将计就计？若是她们一计不成，只怕再生一计，岂不更糟？"

芈月却冷笑道："我不耐烦跟她们玩，装中计装上当装弱智装吃药，她们还得把这些药一罐罐送过来。砸吧，砸得越响越好，这宫里的聪明人太多，我就做这个不聪明的人好了！"阴的怕横的，横的怕不要命的，她连死都不怕，还怕这些？倒是魏夫人，她既然处处爱用阴谋，只怕这要顾忌的地方，会比她更多吧？

蕙院的宫女女萝捧着季芈服过药的罐子，在蕙院门口当场砸得乒乓作响，药罐的碎片、罐中的药渣，散落一地，竟是无人收拾。

这药渣碎片便散落在门口，整整一天。直到傍晚时分，才见不知何处过来的两个小内侍，将这些碎片药渣都收拾走了。

芈姝闻讯也派了人来收拾，才发现这些碎片药渣俱已不见，问到蕙院的侍女薜荔、女萝，为什么要把这药罐摔到外面的时候，两个侍女俱是装傻充愣，只说是季芈吩咐，这样可以驱邪避瘟。而芈月又一直"病重不醒"，芈姝亦是无奈，也不知道她到底打的什么主意，只得作罢。

而这砸碎的药罐药渣，此时正摆在缪监面前的几案上。缪监敲了敲几案，问太医李醯道："你看出什么来了？"

李醯久在宫中，这等事岂有不明白之理？当下只是喃喃地道："依下官看来，只怕是用药有误。”

缪监似笑非笑地道：“你确定是用药有误？”

虽然天气已经转凉，但李醯仍在这样的眼神下抹了一把汗，更加小心地解释道：“大监，这人之体质不同，医者高下不同，且医科各有所长，或有误诊误判之处，也是难免！”

缪监点了点头，“你倒是个谨慎之人，我看你开的药方倒妥。既这么着，季芈之病就交给你了。”

李醯只得应了：“是。”

见李醯出去，缪监笑了，又问缪辛：“披香殿如何？”

缪辛乖觉地回答：“披香殿魏夫人前日说自己头疼，叫了太医看诊！”

缪监悠然道：“恐怕这以后，魏夫人头疼的时候会更多呢。”

缪辛低头不敢回答。

缪监看着他，心中暗叹。他这一生，从太子身边小竖童做起，到今日人人尊一声“大监”，经历风雨无数，便是收养的十个义子，以甲、乙、丙、丁、戊、己、庚、辛、壬、癸为名，到如今亦只剩下乙与辛二人，其余人或是跟随秦王征战沙场而死，或因涉入宫闱阴私而死，或犯错被杀被责被贬，或对他心怀不忠而被他自己所处置。

便是如今这两个义子，缪乙外憨内奸，缪辛却是外滑内直，将来的造化如何，亦只能看他们自己了。想到这里，他站了起来，问道：“大王今日可有旨意传哪位夫人侍奉？”

新王后初迎，三月庙见之前，秦王几乎日日宿于清凉殿，没有再召幸其他夫人。直至庙见反马之礼以后，返回宫中，秦王始召幸其他宫人。

当下，缪辛便道：“今日大王召的是卫良人。”

缪监沉吟：“哦，是卫良人啊！”

驰云殿，卫良人接了口谕，沉吟良久，便叫了小内侍毕方，道：“魏夫人宫中的采蘩若要出宫，你给我盯着她，看她去了哪里，有谁跟她说话，做了什么事情。”

毕方一惊，但他素日受卫良人恩惠良多，之前亦是向卫良人卖过魏夫人处的消息，便也应了。

见毕方收了钱退出，侍女采蓝难掩忧心，道：“良人，您真的要这么做吗？

若是让魏夫人知道了，可就……”

卫良人摆手阻止了她再说下去，轻叹一声，道：“我也不知道应该如何是好。你也当知道，我卫国已经是衰落小国，母族无势。当日东周公送我入秦，原也不过想后宫有人，可拉拢秦国之助力，为东周增加庇护。我入宫后不得已依附魏氏，只为了生存需要。可如今楚女入宫，宫中格局大变，而魏夫人行事越来越过分，我实在是惶恐，将来若是出了什么大事岂不连累我等？”

采蓝不解道：“良人真觉得楚女会胜过魏夫人？”

卫良人摇头道：“不是楚女会胜过魏夫人，而是我怕魏夫人行事犯了大王的禁忌。后宫之争，大王虽懒得理会，但大监的一双眼睛，却是盯着每个角落，只要不涉子嗣，不涉人命，女子之间嫉妒相争，闹得再厉害，大王也不会在乎的。但若是涉及前朝，涉及国与国之间的事，再小，大王也不会容得。”

采蓝点头，“还是良人了解大王。”

卫良人苦笑，“越是在夹缝中求生，越是要比别人多长一个心眼。好了，不可让大王久候，你赶紧帮我梳妆吧。”

这一夜，卫良人服侍秦王之后，甚得欢心，还得赐一批蓝田新贡的玉饰。

王后芈姝听到这个消息，却是砸了一只玉盏。

而这一切后妃们的明争暗斗，芈月却是全然不知，她的病自换了李醯之后，也一日日地好了起来，十几日后，便已经差不多痊愈了。

当下，她便先去清凉殿向芈姝问安。此时芈姝正在玳瑁和珍珠的服侍下试着新的秋装，看到芈月进来，兴奋地道：“妹妹，你看我穿这件绛红色的衣服好看，还是那件杏黄色的衣服好看？”

芈月笑道：“阿姊穿什么都好看。”

芈姝放下衣服叹道：“唉，好看有什么用？”

芈月奇道：“阿姊怎么了？”

芈姝挥手令侍女们退下，潸然泪下，道：“大王、大王前日去了驰云殿。”

芈月一怔，“驰云殿？卫良人？”见芈姝点头，神情郁郁，她亦是无奈，只得劝道，“阿姊，您嫁的是一国之君，按制他是该有六宫九嫔、八十一世妇的男人，也是无可奈何。”

芈姝拭泪道：“我知道，新婚他能够在我宫中三个月专宠，已经是极为难得。所以就算他去了别人那儿，我也无话可说，可我这心里就是难受得很……”待芈月劝了半日，她才略见好，强笑道，“妹妹不必管我，我如今找你来，却是有一件正事要与妹妹商议。”

芈月问她何事，芈姝才肃然道：“班进来报，说是如今外头十分热闹呢！”

芈月便问：“阿姊说的是什么事？”

芈姝冷笑，“听说魏夫人派人向那些擅长游说的客卿行贿，让他们去游说大王和朝中众臣，支持立公子华为太子。”

芈月眉头一皱，“那些游说之士，凭着三寸不烂之舌，游走列国搅起风云无限。一言可以兴邦，一言也可以乱邦。若是他们真的游说成功，让公子华当上太子，那魏夫人可就横行宫中了。”

侍立一边的玳瑁亦道：“可不是，听说魏夫人下得最重的礼，就是送给那个最会游说的客卿，叫张什么……对，张仪的。”

芈姝眉头一挑，道：“咦，张仪，我好像听说过这名字。”

芈月忙道：“阿姊忘记了，当日我被义渠人抓去，大王就是派他去游说义渠，用六十车粮食把我赎回来的。”

芈姝却摇了摇头，“不对，不是这个……”她忽然双手一拍，道，“我想起来了，就是那次，我们一起躲在章华台后面，看着那个人胡说八道，把王兄还有王嫂和郑袖哄得晕头转向，那个人是不是就是他啊？”

芈月忙点头，“阿姊记性真好。”

芈姝叹道：“我这辈子才见过这么一个巧舌如簧到不可思议的人，怎么会记不住呢？”说到这里又有些惊道，“若是他的话，那可糟了。这个人要说什么话，没有人会不上他的当。怎么办？大王那样端方的男子，可不知道这种人翻云覆雨的心计。”芈月听了腹诽，秦王这般的人，翻云覆雨的心计却是远胜旁人，在芈姝心中，竟还是一个“端方”之人，真是笑话。

玳瑁忙劝道：“小君别急，我们也可以同样向他行贿啊。”

芈姝道：“对对对，这个人是死要钱，如果我们给他的钱比魏夫人的多，肯定有用。妹妹，这件事就交给你了。”

芈月愕然指着自己道：“我？”

芈姝抓住芈月的手热切地道：“当然是你了，好妹妹，除了你以外，我还有谁可以信任可以托付的呢？”

芈月便想推开道：“只怕我难以胜任啊。”

芈姝嗔道："不就是送个钱嘛，有什么难的啊？"

芈月摇头道："君子爱财，取之有道。张仪这个人看似无德无行，但实际上却是胸有丘壑，极为自负。他如果爱财，以他的能力只会自取，却绝不会为钱财所驱使。如果单纯以金钱贿赂他，只怕会得罪了他，适得其反。"

芈姝急了，"那怎么办呢？"

芈月劝道："阿姊勿急，这个人既然难以为钱所驱使，只怕魏夫人的钱财也未必能打动他，还是我去看看，能不能找到机会。"

芈姝大喜，忙叫人取来出宫的令符塞到芈月手中道："妹妹，一切都交给你了。"

芈月无奈，只得取了令符，回房梳洗更衣之后，出宫去见张仪。

张仪此时已经有了府第，一应童仆姬妾皆有。芈月到了张仪府前，叫人通传，过得不久，便有一个侍童出来，引着她入内。

一路上直到了张仪书房前，那童仆推门，芈月一眼望去，却见张仪科头跣足，爬在竹简地图堆中也不知研看些什么，当下便笑了，"秋高气爽时分，正可登高望远，赏菊品茗。张子倒宅在屋里，可是在研究什么军国大事吗？"

张仪抬起眼，又举手挡了一下光，仔细看了一看，方点头笑道："季芈好久不见，你给我带来了什么？"

芈月见了这室中气息甚浊，皱眉退后一步，挥了挥手，道："这里气闷得紧，你这小竖不会服侍人，连待客也不知吗？赶紧把窗子打开。薜荔，你去院中采几枝菊花来……"她四周看了看，欲寻一个插花之器，却无奈张仪这书房实是极简，只得指了指几上一只四方形的樽器，道："先将这洗洗，把花就插在这里吧。"

张仪叫道："喂喂喂，那是酒樽、酒樽——"

芈月瞪他，"插了花你就不用喝酒了，正好。"说着又取了两只锦袋来给那侍童道："这里一袋是晒干了的木樨花，给你家先生蒸饭烹茶的时候放一点进去，倍增香气。这一袋是茱萸子，放在荷包里佩在身上，可以驱邪去恶。好了，把这东西收好，赶紧出去帮薜荔拿花。"

那侍童早被她支使得团团转，连张仪的叫声也未听到，便慌里慌张地连声应"是"，跑了出去帮助薜荔剪花了。

张仪叫："喂喂喂，这是我家，你倒支使起我的侍童来了。"

芈月挑了挑眉头道："不行吗？"不知为何，她一见到张仪，便无法再有淑女之仪了。她对谁都可以温婉相待，唯有张仪此人，实在叫她觉得不把最恶劣最真实的态度拿出来，便无法与他交谈，甚至会被他气个半死。

张仪搔了搔头，见她如此，只得让步道："行行行。只是你既然拿了茱萸子来，我没有装它的荷包，一事不烦二主，季芈若是有空，帮我做一个可好?"

芈月白了他一眼，"上次借给你的钱，还没还我，这次却又向我要荷包，你又打算怎么还我?"

张仪索性也不站起，就趴在席上，道："我说过，季芈若要我还钱，我十倍奉上。只是这样却显不出我的诚意来，而且现在也不是还钱给你的最好时机。"

芈月冷笑，"你就这么肯定我会有落魄到要你给钱接济的份上?"

张仪笑道："人生自有起伏，我也愿季芈一生都不需要我还钱。"

芈月叹道："我不需要你还钱，却需要你指点迷津。"

张仪歪头看她，"哦，你还需要我来指点迷津吗?"

芈月索性坐下来，叹道："当日在咸阳城外，张子指点我回头，如今我又遇上事情，却不晓得如何前行了。"

张仪道："季芈已经做得很好，何须我来指点?"

芈月诧异地指着自己道："我? 做得很好?"

张仪微微一笑，将自己的铜符节扣在几案上道："这个!"

芈月已知他明白自己之事，不禁引起伤心事来，转头拭泪道："张子别提这件事了，这是我最失败的事。"

张仪诧异道："怎么会是失败呢? 你有没有听说大王赐了一批蓝田玉给后妃们做中秋节礼? 此次玉质甚好，后宫各位夫人都选了上好美玉呈献母国国君。"

芈月坐正，惊诧道："张子的意思是……"

张仪微笑，笑容中似看透一切，"大王自然不会明着让各宫妃嫔们拿出铜符节来验证，就算拿不出来的人，也可以借口刚好派使节送礼物回国，算不得罪名。可是他赐下美玉，大家都送玉献君，若是有谁此时没有动作，又或者虽然也装作送玉归国，但在过关卡的时候却没有验铜符节的记录……"

芈月已经明白，惊喜地道："原来大王是这个用意……"

张仪笑道："虚则实之，实则虚之。有时候一时看不到成果，或者甚至是看到相反的成果，都不足作为最后的定论啊!"

芈月沉默片刻，忽然站起，向张仪行礼道：“多谢张子提醒。”

张仪道：“好说，好说。”

两人说着话，薜荔与那侍童已经摘了花过来，便将花插在酒樽中，又因刚才开窗开门，驱散气息，此时再闻菊花清香，芈月方觉精神一振。那侍童又将那木樨花拿去，沏了蜜水奉上，两人才开始说到今日正式的话题。

“张子，听说最近有人重金拜托张子行游说之事？”芈月先问道。

张仪点头道：“正是。”

芈月便说：“若我要以重金让张子放弃对方的托付，如何？”

张仪看了看芈月，笑着摇头道：“太亏，太亏。”

芈月笑了，“若是张子觉得自己太亏，自还有厚礼奉送。”

张仪看着芈月却摇头道：“我不是说我太亏，而是说你太亏。”

芈月诧异道：“张子这话怎么说？”

张仪道：“据我所知，魏夫人托付的可不止我一人，甚至有更位高权重的如大良造公孙衍，以及司马错、甘茂等重臣。要我放弃魏夫人的托付容易，可是我放弃了，王后又打算怎么去说服其他人呢？”

芈月道：“这……”她看到张仪的笑容，忽然明白过来，向张仪行了一礼道，“还请张子教我。”

张仪道：“你所求的是自己之事，还是王后之事？”

芈月道：“是王后之事。”

张仪摇头，“季芈，人情之事，最忌混杂不清，世间事有多少由恩变怨，就在这混杂不清上。既是王后之事，就应该王后付酬劳。”

芈月不解。

张仪亦不解释，只斜倚着，拍打着大腿哼唱着：“坎坎伐檀兮，置之河之干兮，河水清且涟猗。不稼不穑，胡取禾三百廛兮？不狩不猎，胡瞻尔庭有县貆兮？彼君子兮，不素餐兮！”

芈月低头，思品着这首《魏风》，恍悟道：“君子不稼不穑，不狩不猎，却能够空手得富贵，就在于君子从来不素餐。张子这是索要酬劳了？”

张仪一拍大腿，“季芈真是聪明！”

芈月问：“不知道张子要多少酬劳。”

张仪反问：“一个太子位值多少酬劳？”

芈月问：“张子的意思是，只要王后付得出足够的酬劳，张子就能够平息此次风波？甚至包括大良造公孙衍，大将司马错、甘茂等重臣？”

张仪微笑点头，“孺子可教也。”

芈月当下便试探着问：“五百金？”

张仪冷哼，“张仪这辈子没见过五百金吗？”

芈月又问：“一千金？”张仪索性答也不答，只哼哼一声作罢。

芈月便问：“到底多少？”张仪便伸出一只手。

芈月失声道：“五千金！张子这口也太大，心也太狠了吧？”

张仪冷笑，“季芈此言差矣。我若不要足了重金，王后如何能相信我有这样的能力……”他瞄了芈月一眼，又慢吞吞地道，“又如何知道你季芈出力游说之不易。”

芈月若有所悟，叹息：“张子此言，真是至理名言……可惜，我知道，却做不到。”

张仪叹道：“季芈……时候未到啊。有些事，非得经历过，你才能了悟。”

张仪的话，让芈月不禁有些恍惚，直到走在咸阳街头，依旧有些回不过神来。

咸阳街头，人群熙熙攘攘，车水马龙。远处一行车马驰来，众人纷纷避让。

芈月亦避到一边，看着那一行车马越来越近，来人轩车怒马，卫士成行。咸阳街头似这样的排场，亦是少见。

但见前头两行卫士过去，中间是一辆广车，车中坐着两人似正在说话。就在马车快驰近的时候，背后忽然有人用力一推，将站在路边的芈月与薜荔推倒在地。

顿时人惊马嘶，乱成一片。眼看那马就要踏到芈月身上，广车内一人眼神一变，一跃而起跳上那马的马背，按住惊马。同时人群中冲出一人，将芈月迅速拉到路边。

芈月惊魂甫定，便见那制住惊马之人冷眼如刀锋扫来，道：“你是何人？为何惊我车驾？”

芈月抬头一看，但见那人四十余岁，肤色黝黑，整个人站在那儿，便如一柄利刃一般，发出锋利的光芒，稍不小心便要被他的锋芒所伤。

芈月方欲回答，便听有人喝道：“大良造问你，你为何不答？”

芈月心中一凛，知这人便是如今秦国如日中天、一人之下万万人之上的大良造公孙衍，当下忙低头敛袖一礼道："妾见过大良造。妾是楚国媵女，奉王后之命出宫行事。大良造车驾过来，妾本已经避让路边，谁知背后拥挤，不知是谁误推了妾一把，跌倒在地。多亏大良造及时相救，感激不尽。"

公孙衍此时已经跳下马来，目如冷电，迅速扫了芈月背后一眼，挥了挥手，头也不回地上了马车，径直而去。

但那与公孙衍同坐的人，却在听到芈月自称"楚国媵女"之时，眼神凌厉地看了芈月一眼。芈月察觉到不知何处过来的眼神，似不怀善意，忙抬头一看，却与那人打了个对眼。但见那人年近五旬，脸色苍白瘦削，看上去亦是气度不凡，却不知为何，全身一股郁气缠绕。

芈月只看了一眼，便见那马车驰动，转眼便只见那人背影。芈月眼见马车远去，那股莫名不安之气才消失，这才松了一口气，转回头去看方才到底是谁拉他一把，却见缪监身边的缪辛扎在人群中一溜烟跑了。她心中疑惑，难道方才竟是他拉了自己一把？

若不是他的话，芈月再凝视人群，却再没有其他自己所认识的人了。难道，真是他？他为何会在这时候出宫？为什么会刚好在自己有难的时候拉自己一把？难道说，他一直在跟踪自己不成？

这时候薜荔亦已被公孙衍拉起，退在路边，见了马车远去，这才惊魂未定地来告罪："公主，都是奴婢的不是……"

芈月便问："刚才是怎么回事？"

薜荔泪汪汪地道："奴婢什么也没看到，就觉得背后被人推了一把，不但自己摔倒了，还连累公主……"

芈月举手制止她继续请罪，只问道："方才是谁拉了我一把？"

薜荔一脸迷茫，芈月只得再问她："是不是缪辛？"

薜荔恍然道："对，对，好像是他……咦，他人呢？"

芈月心中有数，道："别理会这些了，我们赶紧回宫。"

回到宫中，芈姝已经派人在宫门处等她，却见她一身狼狈，只得候她更衣之后，再去见芈姝。

芈姝已得回报，知她街头遇险，吓得脸色苍白，拉住她的手不住地上下看着，道："好妹妹，你无事吧？"

芈月摇头，"无事，只是虚惊一场，也幸而大良造及时勒马……"

芈姝急问："可看清是谁干的？"

芈月摇头道:“不知道,我根本没看清对方。”

芈姝紧紧握着她的手道:“好妹妹,出了这种事情,你别再出宫了。”

芈月安抚了芈姝半日,才道:“阿姊,我已经见到了张仪,那张仪说,要五千金,就能帮阿姊完成心愿,让公子华无法再被立为太子。”

芈姝一惊,“五千金?”

玳瑁也吓住了,喃喃道:“一张口就要这么多,这张仪可真是够狠的。”

芈姝却道:“给他。”

玳瑁诧异地道:“小君……”

芈姝高傲地道:“莫说五千金,便是万金又何足惜?能够用钱解决的,都不是问题。”

芈月点头,“阿姊说得对。”

芈姝又拉着芈月的手,叹道:“此人要价如此之高,必是十分难以对付。那人我当日也见过,口舌翻转,十分厉害,妹妹能够说服于他,想是出了大力了。”说着便叫玳瑁取了无数珠宝安抚于她。

芈月心中暗叹,张仪果然观人入微,这五千金的大口一开,芈姝不但将他高看了几分,甚至亦对芈月的功劳也高看几分。但既然芈姝不在乎这五千金,自己自然乐观其成了。

“公子卬?”秦宫前殿耳房中,缪监亦有些失声。

缪辛恭敬地答道:“正是!”

缪监又问:“可看清是谁推了她一把?”

缪辛恭敬地答:“孩儿只顾着拉了季芈一把,来不及看清那人,但是已经让人跟下去了。”

缪监问:“哦,有回报吗?”

缪辛道:“果然是同一批人。”

缪监“哼”了一声,脸色阴沉,“越来越嚣张了,当真把咸阳当成大梁了吧?”却又叹息,“公子卬与大良造在一起?看来,他果然是不甘寂寞了。”

缪辛不敢答,只低下了头去。

缪监叹:“咸阳只怕多事矣!”

诚如缪监所言,此二人在一起,谈的自然不会是风花雪月。

此时公孙衍与魏公子卬携手而行,直入云台,摆宴饮酒。但见满园菊黄枫红，秋景无限，魏印却只喝了两杯，便郁郁不能再食，停杯叹道："想当年你我在大梁走马观花，如今想来，恍若昨日。"

公孙衍亦不胜感叹："衍想起当日初见公子的风范，当真如《卫风》之诗中说言：'有匪君子，如金如锡，如圭如璧。'"

魏印苦笑一声，"印此生功业，都已成笑话。如今我已经垂垂老矣，犀首再说这样的话，实在是令人无地自容了。"

公孙衍听了他这话，也不禁黯然，道："此商君之过也。"

魏公子印，本是魏惠王之弟，人称其性豪率，善属文，七岁便能诵诗书，有古君子之风。在先魏武侯时，事宰相公叔痤，与当时中庶子之卫鞅（即商鞅）相交为莫逆，后卫鞅出奔秦国为大良造，魏印并不以为意。魏惠王任公子印为河西守将，魏印为政威严，劝农修武，兴学养士，为政无失，为将亦多战功。

不料商鞅入秦，奉命伐魏，两军距于雁门。商鞅便致书魏印，大述当年友情，并说不忍相攻，欲与魏印会盟，乐饮而罢兵。当时士人虽然各奔不同的国家，各为其主，各出奇谋，然则公是公、私是私。在公事上血流成河亦不影响私下的惺惺相惜，托以性命。因此魏印不以为意，毫不怀疑地去赴了盟会，不料商鞅却早有算计，便在盟会之上暗设埋伏，尽出甲士而将魏印俘虏，又派人伪装魏印回营，诈开营门，可怜魏军数十万人马，便被商鞅轻易覆灭，魏军失河西之地。再加上之前与齐国的马陵之战又大败，本来在列国中魏国属于强国，因这两战之败，国力大衰，与秦国竟是强弱易势。

魏印被俘入秦，虽然商鞅对他有愧于心，多方礼遇，除不肯放他归国之外，并不曾对他有任何限制。便是秦孝公亦是敬他有古君子之风，不以俘虏视之，起居亦如公卿。

后秦王驷继位，与商鞅不合，商鞅曾欲逃魏，但魏王恨他欺骗公子印，拒不接受，以至于商鞅失了归路，死于车裂。商鞅死后，秦王欲放魏印归魏。但魏印自恨轻信于人，以至于丧权辱国，为后世羞，无颜见君，不肯归魏。

魏印虽得礼遇，但常自郁郁，不肯轻与人结交。公孙衍在魏时，亦曾与魏印是旧识，也因此两人有些往来，如今见他神情郁郁，不禁劝道："公子有古君子之风，奈何季世多伪。胜败乃兵家常事。以公子之才德，岂可甘于林泉之下？多年来秦王一直想请公子入朝辅政，公子却不曾答应，实是可惜。"

魏印摇头道："我多年来已经惯于闲云野鹤，不堪驱使，不过和你们这些旧友往来而已。前日樗里子来与我说起，似乎你在朝政上与秦王有所分歧，可是为何?”说到这里,素来淡漠的神情,倒也有了一丝关心。

唯其少见,更觉珍贵。公孙衍心中亦是触动,不禁将素日不肯对人明言的心事说了出来:“唉,秦王以国士相待,我当以国士相报。可惜我无能,与秦王之间,始终未能达到先孝公与商君那样的举国相托、生死相依的默契。唉!”

魏印安慰道:“如管仲遇齐桓公,这种际遇岂是天下人人可得?”

两人又互饮一杯,半晌无语。

魏印忽道:“有一件事我想请教犀首……”公孙衍昔在魏国任犀首一职,魏国旧人常以此相称。魏印虽身在秦国,却始终心向魏国,自不肯称呼他在秦国的官职之名大良造。更何况这大良造一职,原为秦孝公为商鞅而设,更是令他不喜。

公孙衍便应道:“何事?”

魏印问:“犀首以为张仪此人如何?”

公孙衍不屑地道:“小人也。此人在楚国,便以偷盗之名被昭阳逐出,到了秦国又妄图贩卖他的连横之说。哼,列国争战,从来看的就是实力,只有确确实实一场场的胜仗打下去,才能屹立于群雄之上,徒有口舌之说而无实力,徒为人笑罢了!”

魏印劝说:“犀首不可过于轻视张仪,此人能得秦王看重,必是有其才干,你的性格也要稍作收敛。时易世变,当日秦国贫弱,秦孝公将国政尽付商鞅,那是以国运为赌注。如今秦国已然不弱于列国,甚至以其强横的态度,有企图超越列国的势态,而我观秦王驷之为人,并不似孝公厚道,他曾借公子虔之手对付商鞅,回头又收拾了公子虔等人,实非君子心肠。犀首,你毕竟是为人臣子,这君臣之间相处的分寸,不可轻忽。”

公孙衍“哼”了一声:“君行令,臣行意。公孙衍离魏入秦,为的是贯我之意,行我之政。若君王能合则两利,若是君臣志不同、道不合,我又何必勉强自己再留在秦国?”

魏印长叹一声道:“你这性子,要改啊……”

公孙衍不以为意地呵呵一笑,“这把年纪了,改不了啦!”

魏印不语,只一杯杯相劝,两人说些魏国旧事,推杯换盏。

夕阳余晖斜照高台,映着台下一片黄紫色的菊花更显灿烂。

这一片繁花暗藏下的杀机,却时隐时现。

第三十九章　谋士策

公孙衍在魏印面前虽然自负，但他内心着实有些焦虑不安。

商君之后，再无商君。

商鞅之后，天下策士看到了这份无与伦比的成功，纷纷向着咸阳进发，自信能够再创商君这样的功业。然则，秦国再不是当初那个穷途末路到可以将国运孤注一掷地托于策士的国家。秦王驷自商君之后，好不容易在维持新政与安抚旧族中间找到平衡，亦不愿再出来一个商君经历动荡。

国不动荡，如何有策士的用武之地？公孙衍虽然坐在商鞅曾经坐过的位置上，但内心却知道，他永远不可能再造商鞅的神话。拔剑四顾，他有一种说不出来的焦虑，他寻找着每一个可以建立功业、操纵政局的切入点。

与魏印的交往，是旧谊，也是新探索。而魏夫人试图立太子的游说，又何尝不是一个试探秦王心意的方式？

公孙衍冷眼旁观。一开始，秦国诸臣亦是观望。但不料近日却渐有传说，说秦王本就有意立太子，所以才会纵容说客游说。此言一经流传，便有一些臣子悄然动心。之前秦宫之中几乎都由魏女独宠，公子华亦可算得秦王最喜欢的儿子。许多人猜测魏夫人可能为继后，虽然这个猜测被楚女入秦的事所打破。但是，焉知秦王不会为了势力上的平衡，而立楚女为后，立魏子为储呢？

便有臣子暗忖，若秦王当真有此意，倘能抢先上书，拥立公子华为太子，便是向未来的储君卖了好。即便猜错了，此时楚国来的王后连孩子都未怀上，也不会有什么不好的后果。这样一来，在朝堂上便有大夫上书，请立太子。

此时并非立太子的最好时机，秦王还在盛年，王后新娶，嫡子未生，而庶子却有数名。然而，如果秦王计划对外扩张，那么他不会在此刻立太子，因为他对江山有无限的期望，那么他对于储君，同样有着无限的想象。如果秦王想变更国内政策，则他会在娶楚后之后，再立魏子，以安抚两个强邻，好让自己推行对内政策时无掣肘之苦。

公孙衍想试一试，只有零星的上书是不够的，只有演化成让秦王驷不得不应对的局面，才能够测试出秦王真正的心意来。且他身处高位，对君王心意更要测知一二。魏夫人素日常有信息与他，他亦投桃报李，加之魏印又曾向他请托。如此，种种因缘聚在一起，他在推动群臣让此事愈演愈烈之后，最终也顺水推舟，加入了请立的队列。

公孙衍在等着秦王驷的回答，忽然有一人加入进来，打乱了他的节奏。

客卿张仪在公孙衍发出请立的建议后，忽然发难，站出来表示反对。他云，秦王春秋正盛，议立者是有意推动父子对立；又云，王后尚无嫡子，若是将来王后生下嫡子，则二子之间何以自处？

张仪于朝堂，洋洋洒洒，大段说来，看似直指公孙衍，却又句句抓不着把柄，他的话语又极富煽动力，甚至让许多原本保持中立的人，亦不知不觉对他的话连连点头。

秦王驷不置可否，只说了一句“容后再议”，便退了朝。

消息传至后宫，魏夫人心中一凉，知道最好的时机已经失去，不由得对张仪恨之入骨。

芈姝听到消息，却是欣然至极，忙找了芈月来一起庆祝：“妹妹，今日朝议，张仪驳了公孙衍等人议太子之立，这真是太好了。”

芈月也笑着恭喜道：“想来大王必是正等着阿姊的嫡子出世，才好立为太子呢。”

芈姝得意至极，道：“我亦作此想。”说着便令人去请示秦王是否与王后共进晚膳，并说要亲手烹制楚国之佳肴，请秦王品尝，这边又令人准备厚礼，令芈月再去谢过张仪。

她今日心情极好，于是又再一次劝芈月搬回她殿中居住，见芈月又以与幼弟居住不便为由拒绝，便不在意地道："有什么关系，让你弟弟也一起住进来吧。"

又见芈月不以为然，她想了想，还是附在芈月的耳边低声把原委说了："我听说，男孩子的阳气足，有助于妇人怀上儿子……"

芈月瞪着芈姝无言以对，这种突发的奇想，也不知道是谁灌到她脑子里来的，想了想，正色问她："阿姊，这种事，你还有什么听说过的，甚至已经做过了？"

芈姝脸红了红，欲言又止，芈月还待再说，却见玳瑁已经笑得一脸殷勤地过来了。她素来厌恶这个楚威后身边的恶毒妇人，又知芈姝因着楚威后的缘故，极易听信玳瑁的话，当下便不愿再说，只叮嘱一声："大王是个心里有数的人，魏夫人又虎视眈眈，阿姊莫要多做什么，落人话柄。"

芈姝亦知她是好意，也忙应下了，芈月便让女萝取了礼物，再度出宫去了张仪府中。

芈月将一盒金子放到张仪面前，问他："张子早知道有今日？"

张仪坦然叫侍童把金子收下，"张仪爱财，只会自取，不会乞求，也不会被钱财驱使为奴。"

芈月看了他的神情，忽然感觉到了一丝熟悉的狡黠之色，若有所悟："我记得当日张子在楚宫时，亦曾放风说要往列国，为大王寻找美人……"

张仪大笑拍膝道："知我者季芈也……"

芈月惊得不再跪坐，而长身立起，双手按在几案上，似居高临下看张仪，"所以这件事从头到尾都是张子一人操纵？是你放风说大王要立太子，把所有的人都算计进去了？"

张仪摇头道："起初这事，我倒是没有插手。原只是那位魏夫人想要我游说大王立太子，我本来不感兴趣，但后来听说她又向公孙衍等许多重臣都一一送礼……"

芈月便已明白，道："那她真是自作聪明。却不知伤其十指不如断其一指。若是人人都求到，人人都答应帮忙，那不成功也就是人人都没有责任了。她尤其不应该在求了张子以后，又去求大良造。"她揶揄道，"以张子你比针眼还小的心胸……"

张仪大笑，"季芈不必挤对我！不错，我张仪的心胸可以容纳四海，却也会锱铢必较。我与公孙衍不合，她却先求了我再去求公孙衍，是欺我不如公孙衍吗？”他自负地一挑眉，“所以我故意放出风去，说大王有意议立太子……”

芈月又坐了回去，还舒缓了一下坐姿，道：“结果，魏夫人上了当，王后也上了当！”见张仪微笑，不禁有些诧异，“张子挑起这种事端，难道就仅仅只是为了取财吗？”

张仪笑道：“敢问季芈，这天下是什么样的天下？”

芈月道：“大争之世，人人皆有争心，不争则亡。”

张仪点头道：“对极了，不争则亡。可我问你，争从何起？为何而争？争完以后呢？”

芈月一怔，道：“这……”

张仪伸出双手，握紧又放开，道：“这双手可能抡不动剑拉不开弓，可是天下争斗，却在说客谋士手中。大争之世，只要有争斗就有说客们谋利之处。说客没有王权没有兵马也没有财富，如果天下太平无事，说客们就永远是说客。可是人心不足，争权夺利，想要付出最少的代价得到最多的东西，那就必须借助说客谋臣的力量；说客们挑起争斗，就能够借别人的势为自己所用，今日身无分文，明日就可一言调动天下百万兵马为他的一个理念、一个设想而厮杀争斗。在这种争斗中，轻则城池易手，重者灭国亡族。争由说客起，各国君王为利而争；争完以后，仍然是由说客来平息争战。”

芈月听着张仪这一番话，忽然觉得自己原来的一些观念受到了冲击。她自幼就学于屈原，学的是家国大义；她喜爱庄子的文章，讲的是自在逍遥。却从来不曾有人似张仪这样，将玩弄人心、谋算山河的事，说得如探囊取物，说得如儿案游戏，说得理直气壮，甚至说得如此激烈动人。

她的内心受到了极大的震撼，久久不语。张仪亦不再说，只是面带微笑，静静地看着她。这个女子，在他最落魄的时候见着了他，看过他最狼狈的样子，他亦见过她最痛苦、最绝望的时候。

他是国士，她亦是国士。她是楚国公主也罢，是秦宫后妃也罢，是一介妇人也罢，对于他来说，她都是那个与他第一眼相见，便能够与他在头脑上对话的人。他能懂她，她亦能懂他，这便足矣。

现在，她是一只未曾出壳的雏鹰，浑浑噩噩，不敢迈出最关键的一步来，便如他当日浑浑噩噩地在昭阳门下一样。但他很有兴趣，看着有她啄破自己的壳、一飞冲天的那一刻。

他愿意等，因为对于他这种过分聪明的人来说，这个世界其实会在大部分时间里显得很无趣，能找到一两件有趣的事，是值得慢慢等的，太急，便无趣了。

其实黄歇亦是一个很聪明的人，只是黄歇的身上少了一些有趣的东西。那些东西，非经黑暗而不足有，却因经历了黑暗而显得更危险，也更吸引人。

这种本性，他有，秦王有，眼前的这个女子，亦有。也唯其如此，有些话，他愿意告诉眼前的这个女子，因为他知道她能懂，哪怕她现在不懂，终有一天会懂的。而她一旦懂了，这个天下，将会有不一样的走向。

芈月独自出神很久，才幽幽地道："张仪爱财，只会自取。所以你利用了王后和魏夫人之争而获利，更在挑起风波和平息风波后，抬高了身份。"

张仪微笑，"你要这样理解，也算可以。"

芈月道："难道还有其他的用意不成？"

张仪冷笑，"后宫如何，与我何干？太子谁做，与我何益？你忘记了，我是什么人。"

芈月慢慢地道："张子是策士，要的就是立足朝堂，纵横列国。"

张仪点头道："不错。"

芈月继续想着，她说得很慢，慢到要停下来等着自己想好："你不是收礼办事，是借礼生事。"

张仪抚须微笑，"知我者，季芈也。"

芈月却叹了一声："我却宁可不知你。"

两人沉默无语。这时候，廊庑上的脚步声，或许正好打破了沉默。

张仪身边那个侍童恭谨地在门外道："先生，魏夫人又派宫使来了。"

芈月站了起来，"张子，容我告辞。"

张仪却举手制止道："且慢。"见芈月诧异，他却笑道，"季芈何妨暂避邻室，也可看一出好戏。"

芈月会意，当下便暂避。但听得那侍童出去，不久之后，引了数人进来，脚步杂乱而沉重，似还抬着东西，不一会儿便听得邻室有人道："奴婢井监，见过张子。"

但听张仪淡淡道："井监有礼。"

又听得井监令小内侍将礼物奉上，"张子，这是魏夫人的一点心意，请张子笑纳。"

张仪道："无功不受禄，张仪不敢领魏夫人之礼。"

井监挥手令小内侍退下，赔笑道："张子说的是哪里话。其实我们夫人对张子是最为看重的，只是身边总有些过于小心的人，想着人多些事情也好办些，却不晓得得罪了张子。夫人也晓得做差事了，因此特派奴才来向张子赔礼。"事实上，魏夫人恨得差点想杀了张仪，幸好卫良人及时相劝，又请教了人，这才决定结好张仪。这个人既然不能除掉，便不能成为自己的障碍，若能为自己助力，才是上上策。所以，最终还是派了井监来示好。

张仪故做思忖状，"非是我张仪无情，只是你家夫人断事不明。人人都以为大良造是国之重臣，求他自然是更好。只是越是人人都认为可做之事，做起来就越是不容易成。"

井监道："张子这话，奴才是越听越糊涂了。"

张仪道："凡事有直中取，曲中取，这两条路径是不一样的。敢问立公子华为太子，你家夫人意欲直中取，还是曲中取？"

井监尴尬地道："嘿嘿，张子，瞧您说的，此事若能直中取，还会来求您吗？"

张仪一拍大腿，道："着哇，求我是曲中取，求公孙衍是直中取，一件事你们既想直中取，又想曲中取，以昏昏思，焉能成昭昭事？"

井监恭敬地行了个大礼，道："张子之言，如雷贯耳，还请张子教我。"

张仪道："大王春秋正富，嫡子未生，他哪来的心思这会儿立太子？若依我，以非常之法曲中取，此事早成。偏让公孙衍在朝堂上提出来，岂不是打草惊蛇？以后再想提立公子华为太子的事，只怕张不开嘴了。"

井监抹汗，道："正是，正是。"

张仪道："唯今之计，那就只能曲中取。我且问你，大秦以何立国？"

井监不假思索地道："大秦以军功立国。"

张仪微笑不语。

井监顿时明白，"张子之意，是要让公子华先立军功？"

张仪漫不经心地道："当日楚国屈原曾经试图联合五国共伐秦，此事虽然在楚国被破坏，但诸侯若生此事，合纵还是会继续实施。大秦与列国之间，战事将发。我自会设法奏请大王，和公子华一起领兵出征。公子华若以庶长之名久在军中，而大王其余诸子不谙兵事，你说大王将来会考虑立谁为嗣？"

井监如醍醐灌顶，激动地站起来向张仪一揖，"多谢张子。此后魏夫人当只倚重张子，再无他人。”

张仪却只呵呵一笑，“好说，好说。”

见井监走了，芈月推开门，从邻室出来轻轻鼓掌道：“张子左右逢源的本事，又更上层楼了。”

张仪矜持道：“季芈夸奖了。”却见芈月向他行了一礼，张仪诧异道：“季芈何以多礼？”

芈月叹道：“妾身如今身在深宫，进退维谷，还请张子教我。”她此时实在是有些茫然，不知何去何从。

她自幼年起，便一心要脱离宫廷，逍遥天外。不想一步错，步步错，为了替黄歇报仇，为了胸中一股不甘不服之气，为了张仪的激将，她又入了宫廷。

而如今，她在宫廷中所有的努力和挣扎都无法达到目的，她想，她是不是应该抽身而退了？可是，如何才能够再一次离开这宫廷呢？她想请教眼前这个似乎已经不被任何事难倒的聪明人。

不想张仪却摇了摇头，道：“季芈，旁人我倒有兴趣教，只是你嘛，实在是不用教。季芈，许多事其实你都知道，也能想到，只是如今你却不肯迈出这一步来。一个人过于聪明其实不是一件好事，因为许多应该经历和面对的事情，都想凭着小聪明去躲开。许多摆在眼前的事，却非经大痛苦大挫折，而不肯睁开眼睛去看。”

芈月恼了，“你又拿这句话来敷衍我，亏我还当你是朋友，告辞！”

见芈月转身离去，张仪看着房门叹息：“季芈啊季芈，你掩耳盗铃，还能维持到几时？”

宣室殿内，秦王驷正与樗里疾议事。

在外人眼中，或云过去大良造公孙衍深得秦王倚重，或云近来客卿张仪可令秦王言听计从，但事实上，真正能够被秦王驷倚为心腹、无事不可直言之人，却只有樗里疾这个自幼到大一直紧紧追随、任何时候都可以让自己放心把后背交给他的弟弟。

此时秦王驷便将公孙衍的策论交给了樗里疾，问道：“你看这公孙衍上书，劝寡人或伐义渠、东胡等狄戎部族，或征楚国，你意下如何？”

樗里疾看了看，沉吟道：“臣以为不可。魏国自雕阴之战以后，国势衰弱，这只病了的老虎我们不抓紧时机把它打下去，恐怕以后就难办了。再说，魏国是大国，不管割地还是赔款，都有利可图。而义渠、东胡等狄戎，是以游牧为主，一打就逃，一溃就散，得不偿失。更何况……”

秦王驷见他吞吞吐吐，便问：“更何况什么？”

樗里疾直视秦王，劝道：“大王，公孙衍身为大良造，执掌军政大权，手中的权力几乎和商君无异。当日先孝公封商君为大良造，将国政尽付商君，为的是支持商君变法。而公孙衍对国家的作用却远不能和商君相比，臣以为封他为大良造，实有权力过大之嫌。公孙衍不能警惕自守，为国建功，却把手插进后宫之争中，意图谋立太子，大王不得不防啊。”

说到这里，樗里疾也不禁叹息一声。

且说公孙衍虽为大良造，乍看上去，与商鞅权势相当，秦王驷对他也甚为倚重，但实际上，秦王驷与公孙衍之间的关系，却远不及当日秦孝公与商鞅之间互为知己、以国相托的默契和信任。

公孙衍心中亦知，自不免有些不安，欲依以商君曾刑太傅公子虔、黥太师公孙贾之前例，寻一个有违法度的公子重臣处置而立威。樗里疾察知其意，处处小心避让，两人这才没有发生冲突。然而终究心中埋下怨气，且公孙衍于秦之功，实不如商君，尤其在头几年见其征伐之利后，这几年无所建树，见秦王驷已经有些不喜，便终于把忍耐了甚久的话说了出来。

秦王驷亦知其想法，安抚道：“樗里子，寡人知道你的意思。如今军国大事，还离不开公孙衍。”

樗里疾摇头，不以为然地道：“大王，商君变法，虽然国力大振，军威大壮，可我大秦毕竟国小力弱，底子单薄。这些年来虽然取得了一些胜利，可是青壮年都派出去连年征战，田园荒芜啊。虽然也得到一些割地赔款，但是收不抵支，这些年来都是靠秘密派出商贾向楚国和巴蜀购买粮食才能够接济得上。大王，秦国不能再继续打仗了，要休养生息啊。”

秦王驷沉默。

铜壶滴漏的声音一滴滴似打在樗里疾的心上。

过了好一会儿，秦王驷才长叹一声：“是啊，秦国是不能再继续打仗了，打不起了啊。可是秦国却又不能不继续打仗。大秦立国，一直如逆水行舟，不进则退。若是大秦一味休养生息，只怕什么样的东西都敢欺上来了。”

樗里疾叹气道：“说得也是啊。”忽然想起一事，忙从袖中取出一卷竹简呈上，道，“大王，这是臣入宫前，客卿张仪托臣交给大王的策论。”

秦王驷接过竹简，诧异道："哦，这张仪自楚国跟着寡人来咸阳后，寡人故意冷着他，就料定他不甘寂寞，如今这是要写一些惊世之论出来了。"

秦王驷飞快地翻看着竹简，看着看着，忽然又卷到开头，再仔细地一行行研读过来，拍案赞道："善！大善！疾弟，你可曾看过没有？"

樗里疾摇头苦笑，"臣弟自然是看过了，可是觉得忒荒唐了些。诚如其所言，就这么不动一兵一卒，能够搅得列国如此？我们只消打几场小战，能够得到比大战更有利的结果？"

秦王驷叹道："此人有些鬼才，你看他当年一文不名，就能够将楚王及其后妃耍得团团转。"他抬头，看着樗里疾，两人相视一笑，秦王驷继续道，"他既然敢夸此海口，且让他试试也好。如果他能够以三寸之舌胜于百万雄兵，那么他要什么，你就给他什么。"

樗里疾躬身应道："是。"

见樗里疾离开，缪监悄悄进来，又向秦王驷低声回了芈月再度奉王后之命出宫与张仪会面之事，秦王驷点了点头，不以为意。王后能有什么心思，他闭着眼睛也猜得出来……终究，不过是后宫女人的心思罢了。

缪监退出，秦王驷却看着几案上的匣子沉吟。这是当日樗里疾在打扫战场之后，找到的一支玉箫。只是当日芈月已经被义渠王所劫，因此这支玉箫，就留在了他的手中。

只是，如今……他想到了那个小女子，倔强、大胆，无所畏惧，又心志坚定。他喜欢芈姝那样的女子，省心、简单，可是他又会不由自主地去欣赏那个跟她完全不一样的女子。

想到这里，他站了起来，顺手取了木匣，沿着廊庑信步走到了蕙院门口，却见芈月正在院子里教魏冉用沙盘写字。

听得她轻声说："这四个字是什么，小冉认得吗？"

听得魏冉脆生生的童声，道："是'岂曰无衣'。"

秦王驷笑道："岂曰无衣？与子同袍。你这么快就教到这首诗了吗？"说着，推门走了进来。

芈月闻声抬头看见竟是秦王驷到来，心中一惊，连忙行礼，"大王。"

秦王驷进来时，便见院中一场沙地，上面用树枝写着诗句，芈月与魏冉正蹲在旁边。

秦王驷凝目看去，见芈月低着头，神情拘谨？心中有些不悦。他看着芈月好一会儿，才笑道："你怎么如此拘谨？莫不是还记恨寡人毁了你的心血吗？"

芈月知他说的是之前自己私制符节为他所毁之事，不禁汗颜，垂首道："妾岂敢？是妾愚蠢冒失，若非大王睿智，妾做出这样失当的事情，必会被人治罪了。"

秦王驷也笑了，"你能自己明白，也算是一件好事了。"

女萝正侍立一旁，见状连忙领着魏冉行了一礼之后退出，院中只余芈月与秦王驷二人。

芈月低头，却不知他忽然到此，出于何因。她当日入宫，原就是存了查出幕后黑手为黄歇报仇之心而来，如今人是查出来了，可是却仍然无法报仇。细想之下，此番入宫也不过是想得芈姝一点助力，但秦王驷为人精明，便是没有自己，芈姝也当无事。自己查了许久，却不如秦王驷轻轻巧巧，便查出幕后之人来。细思量此番进宫，竟是完全无用，反而将自己陷在宫中，不如早谋脱身之策。

也是因此，她对秦王驷实是没有半点遐思，甚至避之不及，心中正思忖着如何早早将他打发走，半晌才道："妾还未来得及向大王道谢，幸亏有大王派缪辛跟着妾，妾才免得杀身之祸。"

秦王驷并不知此事，闻言一怔，"怎么？你出了什么事？"

芈月诧异地道："大王不知此事？"当下便将自己奉命去见张仪，回程之中却被人在背后推了一把，险些被惊马踩踏之事说了一遍。

秦王驷听了一半，皱眉打断："你遇上的是大良造的车？"

芈月点头，"是，还幸得大良造及时勒住了马车。"

秦王驷沉吟片刻，温言道："哦，那也是赶巧了，你以后出门，要多加小心才是。"

芈月一时不知如何接话，顿了顿才道："大王今日来找我，就是为了这件事吗？"

秦王驷这才想起，便将手中的木匣递给她，道："哦，不是。是前日樗里疾跟我说，收拾战场的时候发现黄歇留下的玉箫，寡人想这件东西还是你收着最好。"

芈月打开盒子，看到盒中的玉箫，心中又惊又喜，更是悲伤得不能自已。她轻抚着玉箫，眼泪不由得一滴滴落下，终于不禁哽咽出声："子歇……"

秦王驷原本只是准备将玉箫交与她便罢了，然则看着她悲伤得不能自已，心中亦不禁有些伤感，脚步欲行，终于还是留了下来。

自黄歇出事，芈月压抑已久，此刻在这支黄歇所用的玉箫面前，所有的悲伤终于如开闸的水倾泻而出。此时她忘记了自己是在秦宫，也忘记了眼前的人是秦王，更忘记了自己在秦宫的身份。此刻她只想痛痛快快地大哭一场。秦王驷不动声色，将她轻轻拥住，叹道："你若是伤心了，就哭一场吧。"

芈月只觉得在极度的孤单悲伤之中，有一个人在身边轻轻安慰，那种悲伤和痛苦，仿佛也得到了宽解，终于忍不住痛哭起来，"为什么？为什么上天要对我这般残忍……子歇，为什么你将我一个人抛下……你曾经说过只为我吹乐，到如今物是人非，教我情何以堪……"

她又哭又诉，一片混乱，不知道自己要说些什么，也不知道到底对谁说，只是生死惊变数月来，所有的忧虑、愤怒、悲伤、矛盾、逃避、无助等种种混乱情绪，尽在此时发泄出来。

她素日绷得太紧，已经到了不能承受之境，这一刻见着这玉箫，便如长河决堤，一发不可收拾，竟是完全失去了素日的警惕，也完全忘记了周遭的环境。她不知道秦王是什么时候走的，也不知道自己是怎么回到房间的，只知道自己曾经哭过诉过甚至捶打过，然后，昏昏沉沉地一觉睡去。直至第二天醒来，才忽然想起昨天黄昏曾经发生过的一些事情。然而这些事情，亦在她极度的悲伤中变得模糊混乱，让她想了半天，还是想不起其中的细节来。

她打开木匣，看着匣中的玉箫，心中一痛，黄歇已经永远不在了，而自己想要为黄歇报仇的目标，又不知何时才能够实现。想到当日，与黄歇在上庸城中相处的无忧无虑的日子，她那时候天真地以为，她已经逃离了楚宫，逃离了命运的捉弄，可以扫除过去所有的阴霾，自此步入幸福和快乐。

可是幸福和快乐却如昙花一现，转眼即逝。如果这个世界真有幸福存在，为什么给了她，又要将它夺走？如果她从来未曾获得过，那么，她在秦宫的日子就不会这么难熬，这么绝望。

她苦笑，曾经在楚国那样处处小心，防着受猜忌而克制压抑自己的生活，难道还要在秦宫继续上演吗？只是当初她在楚宫的忍耐是为了有朝一日能够摆脱这样的生涯，若是在秦宫还要继续忍耐，又有什么必要呢？

若说在楚宫中，她还有着对未来的期盼，还有着黄歇的爱和安慰，那么在这秦宫里，她有什么？这冷冷秦宫、漫漫长夜，何日，是尽头？

图书在版编目(CIP)数据

芈月传 贰 / 蒋胜男著. —杭州:浙江文艺出版社,2015.8(2016.1 重印)

ISBN 978-7-5339-4245-8

Ⅰ. ①芈… Ⅱ. ①蒋… Ⅲ. ①长篇小说—中国—当代 Ⅳ. ①I247.5

中国版本图书馆CIP数据核字(2015)第143109号

选题策划 郑 重 柳明晔 夏 烈
责任编辑 王晶琳
封面题字 任 平
封面绘图 陈柏言
装帧设计 嫁衣工舍
责任校对 许红梅 陈 玲
责任印制 朱毅平

芈月传 贰
蒋胜男 著

出版 浙江文艺出版社
网址 www.zjwycbs.cn
经销 浙江省新华书店集团有限公司
印刷 浙江新华数码印务有限公司
制版 浙江新华图文制作有限公司
开本 700毫米×980毫米 1/16
字数 274千字
印张 17.25
插页 1
版次 2015年8月第1版 2016年1月第5次印刷
书号 ISBN 978-7-5339-4245-8
定价 32.80元